Für alle, die gerade ein gebrochenes Herz haben.

Kapitel 1 – Liebeskummer

Männer waren Schufte. Halunken, Grobiane und Lackaffen. Aber das Schlimmste – wahre Herzensbrecher. Genau wie Mark. Einer wie er brachte kein Frühstück ans Bett oder massierte einem nach einer langen Wanderung die Füße. Der Mistkerl zählte da schon eher zur Sorte derer, die das Geschirr nie abspülten, dreckige Socken herumgammeln ließen und zu guter Letzt mit der Sekretärin ins Bett stiegen. Sie waren nicht nur wahre Arschlöcher, sondern auch ein reines Klischee. Warum ich auf ein Klischee von Mann wie ihn hereingefallen war? Die Antwort darauf war gleichwohl simpel wie bescheuert:

Liebe macht blind.

Und infolgedessen sah man manchmal aus naiven Augen selbst den bösen Wolf als ein liebliches Schäfchen. Womöglich hatte diese unliebsame Überraschung aber auch nicht nur an der Liebe gelegen. Vielmehr war das böse Erwachen durch meine katastrophale Menschenkenntnis ausgelöst worden. Ein Paradebeispiel dafür war Bianca: Marks Sekretärin, mit der ich bisher immer gut ausgekommen war und der ich einmal sogar meinen Lippenstift geborgt hatte (einen von der guten Sorte, der beim Küssen nicht verwischt). Sie war von einem Unschuldslamm zu einer falschen Schlange mutiert. Und das von einem auf den anderen Tag. Da konnte man mir nicht weiter verdenken, dass ich aus allen Wolken gefallen war, als ich die zwei zusammen in meiner Wohnung erwischt hatte.

Ja, genau – in meiner Wohnung. Der Ärger, den ich seit Tagen zu verdrängen versuchte, loderte von Neuem in meinem Inneren auf und mir entkam ein wütendes Zischen.

»Ich hasse ihn«, fauchte ich ins Telefon. »Wie konnte ich nur so dumm sein und auf ihn hereinfallen?«

Eigentlich war die Frage eher rhetorisch gemeint, dennoch erwies sich meine große Schwester als so freundlich, darauf zu antworten.

»Schätzchen, Liebe macht eben hin und wieder nicht nur blind, sondern auch dumm. Aber das ist nicht schlimm.«

Doch! wollte ich laut schreien, hielt mich aber zurück. In manchen Situationen neigte ich dazu, melodramatisch zu werden, und in den meisten Fällen endete das nicht besonders prickelnd. Viel eher peinlich. Nicht auszudenken, wie ich mich blamieren würde, sollte jemals jemand erfahren, was für eine Szene ich hingelegt hatte, als ich mit dreizehn keinen Hund vom Weihnachtsmann bekommen hatte. Leider gehörten meine Eltern zu jenen Leuten, die (um Einbrecher zu vertreiben) lieber nur ein Schild mit der Aufschrift »Hund! Achtung bissig« am Gartenzaun hängen hatten, anstatt einen echten Vierbeiner in ihr Leben zu lassen. Ein Hund brachte viel Arbeit mit sich, doch natürlich hatte mein damaliges dreizehnjähriges Ich das nicht verstanden. Noch heute schoss mir die Schamröte ins Gesicht, wenn ich daran zurückdachte.

Und da mich meine Schwester Ella nur zu oft an solche Momente erinnerte, sobald die innere Diva in mir die Oberhand gewann, würde ich meine Wut erst nach dem Telefonat herauslassen. Am besten mit einem Messer und einem Kissen. Ein Meer aus Federn als Resultat. Wie bereits erwähnt, ich neigte sehr zur Melodramatik.

Vielleicht lag das ja an meiner schriftstellerischen Ader, vielleicht war ich aber auch einfach nur bescheuert.

Doch mit solch einem Theater musste nun Schluss sein.

So Schluss wie zwischen Mark und mir.

»Was soll ich denn jetzt machen?«, jammerte ich und schnäuzte mich lautstark in ein Taschentuch. Wie nicht anders zu erwarten, hatte sich bereits eine Flut an gebrauchten Exemplaren um mich herum verteilt.

»Einfach einen kühlen Kopf bewahren«, antwortete meine Schwester. »Zeit heilt alle Wunden.«

Aus ihrem Mund klang der Ratschlag wie das einzig Vernünftige. War es vermutlich auch. Aber deswegen fiel es mir nicht leichter, mich auch dementsprechend zu verhalten.

Seit geschlagenen zwei Stunden saß ich nun im Wohnzimmer auf der Couch und schwelgte in traurigen Erinnerungen. Nicht zu vergessen – dabei telefonierte ich seit gut einer Stunde und fünfzig Minuten mit Ella und verputzte schon mindestens genauso lange Schokoladenherzen aus einer XXL-Pralinenschachtel. Ja, genau die, die mir Mark mit zwei Tagen Verspätung zu unserem Jahrestag geschenkt hatte. Trauriger ging es wohl nicht mehr – und armseliger auch nicht. Wenn er wenigstens daran gedacht hätte, die Pralinen mit Pfefferminz zu nehmen, da das meine liebsten waren. Aber nein, nicht mal das hatte er geschafft. Abermals stiegen Tränen in meinem Inneren empor und ich schniefte erstickt.

Der Auslöser dieses erneuten Zusammenbruchs, obwohl der eigentliche Betrug von Mark bereits über zwei Wochen zurücklag?

Ein Foto, das sich heimtückisch als Lesezeichen in einem meiner Lieblingsbücher versteckt hatte. Es war meinem ersten Wutanfall, bei dem ich all seine Habseligkeiten aus der Wohnung geworfen und alles, was mich an ihn erinnerte, vernichtet hatte, entgangen. Die Aufnahme zeigte uns bei unserem Sommerurlaub in Rom. Wir sahen aus, als wären wir einem Film entsprungen. Jung, schön, glücklich und natürlich unglaublich verliebt.

Nachdem ich das Buch geöffnet und das Bild gefunden hatte, war an Lesen natürlich nicht mehr zu denken gewesen. Stattdessen hatte ich einen Rückfall erlitten (eine bessere Bezeichnung fiel mir dazu auf die Schnelle leider nicht ein). Bedauerlicherweise musste ich in dieser Hinsicht gestehen, dass es nicht der erste war. Ella hatte jedes Mal als Seelsorgerin aushelfen müssen, weswegen ihr Mitgefühl langsam zur Neige ging.

Doch nun, da Mark weg war, fühlte ich mich nicht nur allein, streng genommen war ich es auch. Die Person, die mir die letzten Jahre am nächsten gestanden hatte. Die Person, mit der ich jeden Tag meine Zeit verbracht hatte. Der ich Neuigkeiten immer als Erstes hatte erzählen wollen. Und der ich bedingungslos vertraut hatte – war einfach weg.

Puff.

Wie ein zerplatzter Luftballon.

Oder meine zerplatzten Träume …

»Ich glaube, ich kann nicht atmen«, keuchte ich mit einem Mal von Panik übermannt. Mir war, als würden mir die Schluchzer die Luft abschneiden. »Ich kann nicht atmen ... ich ... ich ...«

»Keine Angst«, vernahm ich die ruhige Stimme meiner Schwester. Sie klang wie eine Flugbegleiterin, die in einer Notsituation einen Passagier davon abhielt, das Fenster einzuschlagen und aus dem Flugzeug zu springen. »Nur die Ruhe bewahren.«

Das war leichter gesagt als getan. Schließlich zersprang hier gerade mein Herz in tausend Einzelteile. Ella hingegen wirkte so gelassen und routiniert wie eine geschulte Liebeskummer-Krankenschwester. Irgendwie war sie das wohl auch. Beruhigen konnte mich dieser Gedanke trotzdem nicht.

»Tief durchatmen und entspannen.« Im Hintergrund hörte ich ein Bügeleisen dampfen. »Du hast sowieso etwas Besseres verdient als diesen Mistkerl.«

Ich weiß. Warum fühlte es sich dennoch so furchtbar an? Tränen rollten mir über die Wangen, während ich das nächste Schokoherz aus der Verpackung nahm und mir in den Mund stopfte, als hätte ich ein tiefes Loch zu füllen. Bei diesem handelte es sich allerdings nicht etwa um einen leeren Magen, sondern um die Stelle, an der sich mal mein Herz befunden hatte. Doch mit diesen Überlegungen drehte ich mich nur im Kreis, es hatte keinen Zweck.

Das Frustessen.

Die Gedanken.

Alles sinnlos.

»Ella, du hast recht«, lenkte ich ein und mein Atem normalisierte sich langsam, aber stetig. Der Rückfall war allmählich überwunden, obwohl es mir deswegen noch lange nicht wieder gut ging. Denn so sehr ich Mark auch hasste, ich vermisste ihn noch viel mehr. Die Sehnsucht nach ihm schmerzte unglaublich. Ella konnte das nicht verstehen. Sie war seit der Schulzeit mit ihrer Jugendliebe Thomas zusammen. Eine so beständige Beziehung hätte ich mir für mich ebenfalls gewünscht. Doch in den meisten Fällen konnte man sich so viel wünschen, wie man wollte – es ging trotzdem nicht in Erfüllung.

»Manchmal muss man viele Frösche küssen, bis man seinen Prinzen findet«, meinte Ella leichthin und zitierte damit eine allgemein bekannte Binsenweisheit.

Zur Besserung meines Gemütszustandes trug dieser Satz zwar nicht bei, aber wenigstens versiegten vorübergehend meine Tränen. Schniefend wischte ich mir mit dem bereits komplett zerknüllten Taschentuch die nassen Wangen ab und beschmierte damit das weiße Papier mit schwarzem Mascara, der mir vermutlich gerade das Aussehen eines übernächtigten Pandas verlieh. Doch weit und breit war kein Prinz in silberner Rüstung zu sehen, der an meinem Erscheinungsbild Anstoß hätte nehmen können.

»Du hast gut reden«, murmelte ich missmutig. Im Gegensatz zu ihren Geschwistern hatte Ella ihren Mann Thomas bereits nach dem Studienabschluss geheiratet. Da sie vor ihm gerade mal eine andere Beziehung gehabt hatte, konnte man bei ihr wirklich nicht von vielen Fröschen sprechen. Das Leben konnte einfach so ungerecht sein!

Ich schwelgte in Selbstmitleid und auch ihre aufmunternden Worte bewirkten keine Blitzheilung. Gegen Ende des Gespräches fühlte ich mich immer noch einsam, allein und vor allem traurig – sehr traurig. Mir stiegen erneut die Tränen in die Augen.

»Fanny, ich muss jetzt Schluss machen.«

»So wie Mark mit mir Schluss gemacht hat?«, fragte ich mit theatralischer Stimme und presste eine Hand an mein Herz. Zwar konnte sie das nicht sehen, aber ihrem Seufzer nach zu schließen, stellte sie es sich bildlich vor. Man merkte: Selbst das tiefe Loch in meiner Brust konnte mein altes Selbst nicht bändigen.

»Mach nicht immer so ein Drama«, sagte Ella. Allerdings hörte ich ihr das Schmunzeln an.

»Thomas kommt gleich von der Arbeit und ich muss noch das Abendbrot für ihn und die Kinder vorbereiten. Ruf an, wenn die Schokoherzen nicht helfen … oder bei anderen Notfällen.«

»Danke«, murmelte ich und nickte artig.

»Stürz dich von keiner Brücke, Mark ist es nicht wert.« Damit legte sie auf.

Sehr aufmunternd, dachte ich und verzog das Gesicht.

Seufzend platzierte ich mein Handy auf dem Wohnzimmertisch, um den Fernseher einzuschalten, da es mir in der leeren Wohnung plötzlich viel zu still war. Tief kuschelte ich mich in die Decke und drehte die Lautstärke hoch. Mein verschmuster Kater Tommy schmiegte sich in meine Armbeuge. Auch er schien Mark zu vermissen. Aber leider konnte ich dem Kater nur schlecht erklären, warum wir Mark nun unisono hassten. Na ja, versuchen konnte ich es wohl, nur ob er es verstehen würde, blieb fraglich.

Ausdruckslos starrte ich auf den Bildschirm. Vor mir lief in grellen Farben Werbung. Motivationslos verzichtete ich darauf, den Sender zu wechseln. Gedanklich war ich ohnehin weit weg. Liebeskummer war schon etwas Hinterhältiges. Da wurde man wegen eines jüngeren und hübscheren Exemplars der weiblichen Spezies Mensch verlassen und dann musste man aus Frust Unmengen an Schokolade in sich hineinfuttern. Das tat der Figur gar nicht gut – und dem Selbstwertgefühl erst recht nicht. Wirklich ein Teufelskreis, den ich selbst mit meinen knackigen zweiundzwanzig Jahren nicht zu durchbrechen schaffte!

Ein neuer Werbespot wurde eingeblendet und etwas zog meine Aufmerksamkeit auf sich. Bei diesem Etwas handelte es sich jedoch nicht um einen angepriesenen neuen Staubsauger oder ein teures Haarshampoo, sondern um einen jungen Mann. Gebannt starrte ich auf den Bildschirm und konnte es nicht glauben. Das war er! Die schwarzen Haare, die verstrubbelt in alle Richtungen abstanden, als wäre er gerade frisch aus dem Bett gekommen. Die blauen Augen, die in einem absurd leuchtenden Azurblau in die Kamera strahlten. Die hohen Wangenknochen, die ihn reif und erwachsen wirken ließen, und die kleinen Grübchen, die jedes Mädchenherz zum Schmelzen gebracht hätten. Zu gut konnte ich mir vorstellen, wie er in seinem Arbeitszimmer am Schreibtisch lehnte – eine Tasse mit der Aufschrift »Bester Papa der Welt« in der Hand. Verzückt seufzte ich auf.

Das war er!

Jedes noch so kleine Detail stimmte überein. Das war er, mein Traumprinz!

Dornröschen war aus ihrem Liebeskummer erwacht, mein Herz raste und ich griff nach meinem Laptop. Die Traurigkeit war vollkommen in den Hintergrund gerückt und das Gefühlschaos, das in mir tobte, war mit einem tropischen Wirbelsturm zu vergleichen. Zu meiner eigenen Verblüffung klickte ich die Website an, ohne dass meine Hand auf dem Touchpad zitterte.

Für das, was ich als Nächstes tat, konnte man nur Mark verantwortlich machen. Mein durch Liebeskummer unzurechnungsfähig gewordenes Gehirn konnte ich nun auf jeden Fall zum Sperrmüll bringen. Ella würde ausrasten.

Wäre ich doch bloß von der Brücke gesprungen …

Kapitel 2 – Crazy Girl

Mein gebrochenes Herz hatte mich verrückt gemacht, anders war es nicht zu erklären.

»Ella, ich habe etwas ganz Dummes getan«, beichtete ich meiner Schwester mit zittriger Stimme.

Mittlerweile war es weit nach der akzeptablen Störungszeit. Jeden normalen Menschen, der noch zu dieser späten Stunde anrief, würde man vermutlich anschreien und die Nummer anschließend löschen.

»O nein! Ich wusste, ich kann dich nicht allein lassen«, rief meine Schwester entsetzt aus und ich konnte mir gut vorstellen, wie sie die Hände vor ihrem Gesicht zusammenschlug. Vermutlich nur eine Hand, mit der anderen hielt sie schließlich das Telefon.

»Was genau?«, fragte sie zaghaft nach. Offenbar versuchte sie sich nicht das Schlimmste auszumalen.

»Ichhabemichbeirichloveangemeldet«, ratterte ich ohne Punkt und Komma herunter und wäre vor Scham am liebsten im Erdboden versunken. Die letzten Stunden hatte ich damit zugebracht, Fotos meines Traummannes anzusehen und eine Bewerbung zu tippen. Mit dem Klicken auf den Button »Senden« hatte ich mein Schicksal besiegelt. Und erst danach hatte ich das volle Ausmaß meiner Tat begriffen.

Wie gelähmt saß ich auf der Couch, die ich seit meinem letzten Telefonat mit Ella nicht mehr verlassen hatte. Obwohl mich niemand außer mein Kater Tommy sehen konnte, standen meine Wangen in Flammen und ich versteckte mich mit zusammengekniffenen Augen unter der flauschigen Wolldecke. Auch wenn das nicht wirklich helfen würde, fühlte ich mich zumindest ein wenig besser.

»Häh?«, fragte Ella und obwohl ich mir gerade wie der verzweifeltste Mensch auf der Welt vorkam, wäre mir beinahe ihr Standardsatz »Das heißt *Wie bitte, Kinder*« herausgerutscht. Doch Situationen wie diese setzten wohl sogar so sprachbewusste Menschen wie meine Schwester vorübergehend außer Gefecht.

»Ich habe mich bei *Rich Love* angemeldet.« Ich bemühte mich langsam und deutlich zu sprechen – dennoch war es nur ein heiseres Flüstern. Ella schien es trotzdem verstanden zu haben.

»Du hast was!?«, kreischte sie auf. »Hast du jetzt komplett den Verstand verloren? Mama wird der Schlag treffen.« Natürlich wusste Ella sofort, wovon ich sprach. *Rich Love* war seit der letzten Staffel so bekannt wie *Germany's Next Topmodel* oder *Der Bachelor*.

»Ich weiß, dass es bescheuert war«, sagte ich und wieder verschleierten Tränen meinen Blick. Ein Schluchzer bahnte sich meine Kehle hinauf. Ich hörte, wie meine Schwester am anderen Ende der Leitung tief ein und ausatmete, um sich zu beruhigen.

»Aber warum hast du es dann getan?«, fragte sie und ich merkte ihr deutlich an, wie sehr sie sich zu beherrschen versuchte.

»Weil ich meinen Traumprinzen gefunden habe«, antwortete ich schlicht und zum ersten Mal seit Stunden stahl sich ein kleines Lächeln auf meine Lippen. Zum Glück konnte Ella das nicht sehen, andernfalls hätte sie mir wohl spätestens jetzt eine Kopfnuss verpasst. Mich bei einer Castingshow anzumelden, zählte wirklich nicht zu meinen Glanzleistungen.

»Außerdem hast du mir gesagt, ich müsse viele Frösche küssen«, fügte ich kleinlaut hinzu.

»Fanny! Wie oft soll ich es dir noch sagen: Es gibt keine Traumprinzen«, beteuerte sie.

Vielleicht hätte ich besser eine Nacht darüber schlafen sollen, um der Tatsache, wie bescheuert mein Vorhaben war, erst morgen in die Augen sehen zu müssen. Ella redete sich zunehmend in Rage, wobei ihre flüsternde Stimme kratzig klang. Vermutlich versuchte sie Thomas nicht zu wecken, sollte dieser bei ihrem vorherigen Aufschrei nicht bereits vor Schreck aus dem Bett gefallen sein.

»Glaubst du, Thomas ist mein Traumprinz?« Hoffentlich war der Gute neben ihr im Bett wirklich nicht gerade wach. »Nein und das ist auch gut so, denn das Leben ist kein Märchen«, beantwortete sie ihre Frage selbst.

Sie verstand mich nicht und ich mich im Moment auch nicht. Aber was hätte ich denn tun sollen? Zusehen, wie mein Traumprinz auf seinem weißen Pferd auf und davon reitet?

»Eine Fernsehshow, Fanny? Ist das dein Ernst? Möchtest du ernsthaft bei so etwas mitmachen?«

So wie sie es sagte, hörte es sich nach irgendetwas absolut Anstößigem an. Als würde ich mich in einem Puff nach einem potenziellen Ehemann umsehen, nicht in einer seriösen Fernsehshow. Na gut, die Bezeichnung seriös war wohl wirklich ein bisschen übertrieben.

»Hör mir zu«, sagte Ella nun etwas ruhiger. Ihre nächste Frage war da schon um einiges zynischer. »Was glaubst du denn, was das für ein Mensch ist, wenn er sich im Fernsehen anmelden muss, um an eine Frau zu kommen?«

Klar hatte sie, ganz rational gesehen, mit dieser Aussage vollkommen recht. Einsehen wollte ich das jedoch in jenem Moment absolut nicht.

»Also, am Aussehen kann es auf jeden Fall nicht liegen«, schoss es aus mir heraus. Erst im Nachhinein begriff ich, wie dumm und oberflächlich ich mich dabei angehört hatte.

»Aussehen ist nicht alles«, antwortete meine Schwester knapp. Schweigen umhüllte uns und von Sekunde zu Sekunde kam ich mir blöder vor. Ich war kein Showgirl für eine TV-Sendung und es war absolut naiv und unvernünftig, mich aufgrund eines Werbespots in einen Mann zu vergucken, ohne ihn zu kennen. Die Erkenntnis versetzte mich regelrecht in eine Schockstarre. Wo hatte ich mich da nur hineingeritten?

»Vielleicht kann man die Anmeldung ja noch rückgängig machen«, sagte ich irgendwann hoffnungsvoll. Ob ich mir wünschte, der Peinlichkeit mit einer Abmeldung zu entgehen, oder ich den Hoffnungsschimmer hegte, die Anmeldung wäre unwiderruflich und ich würde meinem Traumprinzen tatsächlich begegnen, konnte ich nicht mit Sicherheit sagen.

»Lass uns noch nicht den Teufel an die Wand malen«, antwortete Ella – was auch immer sie damit meinte. »Ich habe morgen bis Mittag an der Rezeption zu tun. Am besten treffen wir uns um eins zu meiner Mittagspause auf einen Kaffee in *Fredericks Backstube.* Bis dahin habe ich genügend darüber recherchiert.«

Darüber – damit meinte sie die deutsche Kuppelshow *Rich Love,* in der vier vermögende Junggesellen auf der Suche nach einer Frau fürs Leben einen wilden Sommer mit gut vierzig Kandidatinnen erlebten und dabei von Millionen Zuschauern über die Fernseher beobachtet wurden.

»Danke. Du bist die Beste«, seufzte ich und vor Erleichterung schossen mir wieder Tränen in die Augen. Auf Ella konnte ich mich verlassen. Egal in welch katastrophale Situation ich mich hineinritt, meine große Schwester berief einen Krisenstab ein und brachte das Chaos unter Kontrolle.

»Schlaf eine Nacht drüber. Morgen ist ein neuer Tag.«

Was war nur mit meiner Schwester passiert? Hatte sie mein ständiges Drama nun zu einem Spruchkalender mutieren lassen?

»Bis morgen«, sagte ich noch, dann hatte sie schon aufgelegt.

Unschlüssig, was ich nun mit mir anfangen sollte, tapste ich mit nackten Fußsohlen in die Küche, um mir ein Glas Wasser zu holen. Als mein Blick jedoch zurück ins Wohnzimmer glitt und Bilder von Mark und Bianca vor meinem geistigen Auge Gestalt annahmen, wurde aus dem Glas Wasser ein Glas Wodka.

Kapitel 3 – Kriegspläne

Passend zu meiner miserablen Laune regnete es in Strömen, als ich mich am nächsten Tag in meinen Parka wickelte und unter einem halbkaputten Regenschirm von der Haltestation der Straßenbahn bis zum Eingang des Cafés lief. Zwei der Metallschienen des Schirms waren eingeknickt, sodass dicke Wasserperlen vom hydrophoben Stoff abperlten und mich langsam aber sicher durchnässten. Eigentlich hätte ich das alte Teil an der nächsten Ecke in die Mülltonne pfeffern sollen. Denn zusätzlich handelte es sich auch noch um ein Uraltstück aus meiner Jungendzeit, das in einem grellen Pink erstrahlte und mit kleinen gelben Herzchen versehen war. Damit war er nicht nur kaputt, sondern outete sich auch als ein absoluter modischer Fauxpas. Aus irgendeinem Grund war ich mit fünfzehn der Meinung gewesen, Pink sei der neuste Schrei. Heute war der Neonfarbton aber definitiv nicht mehr meine Lieblingsfarbe – nur weg damit. Doch wie nicht anders zu erwarten, war ich spät dran und kein Mülleimer in der Nähe. Wie eigentlich immer – beides.

Ein alter Herr öffnete von innen die Tür des zwischen einem Juwelier und einer Eisdiele versteckten Cafés und vor Kälte fröstelnd schlängelte ich mich an ihm vorbei in die behagliche Wärme. Wie eine Katze, die in einen Teich gefallen war, schüttelte ich mir die Regentropfen aus meinen blonden Locken, die durch die hohe Luftfeuchtigkeit aufgeladen in alle Richtungen abstanden, und steckte den Regenschirm lieblos in einen der am Eingang stehenden Schirmständer. *Fredericks Backstube* war klein und behaglich, allerdings so voll, dass sich die Frage stellte, wie all die Leute hineinpassten und man dennoch nicht auf dem Schoß des Tischnachbarn sitzen musste. Der Duft von frischem Kaffee lag in der Luft und wäre das Stimmengewirr nicht so laut gewesen, hätte man vermutlich selbst das Mahlen der Kaffeebohnen vernommen.

Von Weitem sah ich bereits Ella in einer Ecke an einem kleinen runden Tisch sitzen. Und ein weiteres vertrautes Gesicht blickte mir entgegen. Die braunen Locken, die ihren Kopf um das Doppelte vergrößerten, und die leuchtend blauen Augen waren unverkennbar. Freudig begann ich zu winken und versuchte mir einen Weg durch das vollbesetzte Café zu bahnen.

»Da bist du ja endlich«, murrte Ella, als ich ihren Tisch erreichte, während die zweite Person ihr gegenüber aufstand und mich lachend an sich drückte.

»Schön dich zu sehen.« Sandra (meine beste, wenn auch im Moment viel zu beschäftigte Freundin) grinste mich an.

Ich wollte antworten, brachte jedoch nicht mehr als ein glückliches Strahlen zustande. Seit Sandra ihr Philosophie-Studium abgebrochen hatte und nach Wien gezogen war, war sie schon lange nicht mehr in die Steiermark gekommen. Nun hatte sie den weiten Weg und eine ungemütliche Zugfahrt von gut dreieinhalb Stunden für mich auf sich genommen. Demnach musste Ella Alarmstufe Rot ausgerufen haben.

Insofern vielleicht doch kein Grund zu lächeln?

»Wir haben nicht viel Zeit – also kommen wir gleich zur Sache.« Ella fuhr sich entnervt mit einer Hand durch ihre zerzausten braunen Haare. Dann zückte sie einen Kugelschreiber und deutete damit auf mich, als wollte sie mich am liebsten aufspießen.

Um nicht noch länger den Durchgang zu blockieren, setzte ich mich auf den letzten freien Stuhl. Erwartungsvoll – und ein klein bisschen ängstlich – sah ich meine Schwester an. Der Ernst, den sie an den Tag legte, wirkte passend für die Besprechung eines Schlachtplans, nicht für einen Kaffeeklatsch – was unser Treffen streng genommen wohl auch nicht war. Viel eher eine Intervention. Und zwar für mich.

»Sandra ist bereits auf dem groben Stand der Dinge – zumindest wenn ich dich gestern richtig verstanden habe.« Ihr Blick sprach Bände. Leider hatte sie meinen Anruf von vergangener Nacht wohl nicht als irrwitzigen Traum abgetan.

»Dir hat die Trennung von Mark ganz schön zugesetzt. Das ist nicht zu übersehen. Aber er ist nur ein Mann wie jeder andere …«

Wohl wahr! Doch mit einer Sache hatte sie unrecht.

»Ella, es geht nicht mehr um Mark«, versuchte ich ihr verständlich zu machen. »Ich habe meinen Traumprinzen gefunden – er ist genau so, wie ich ihn mir schon als kleines Mädchen erträumt habe«, sagte ich und klang dabei gleichzeitig reif für die Klapsmühle.

Glückselig lächelte ich meine zwei größten Unterstützerinnen an. Sandra hatte sich bisher ruhig zurückgehalten, aber nun konnte sie sich nicht mehr länger zurückhalten.

»Jetzt komm schon, Fanny. Du nutzt das doch nur, um über Mark hinwegzukommen. Und mal ehrlich, musst du das ausgerechnet in einer Fernsehshow machen, wo es jeder mitverfolgen kann?«

Gequält verzog sie das Gesicht, als hätte ich ihr soeben ein Rezept für französische Froschschenkel anvertraut, nicht den Plan, den Mann meiner Träume zu treffen.

Während Ella und Sandra einen einstimmigen Blick wechselten, winkte ich nach einem Kellner, der jedoch vollkommen damit beschäftigt war, eine achtköpfige Runde zu umschwirren, und mich somit gekonnt übersah.

»Natürlich würde ich lieber darauf verzichten, bei so einer Show mitzumachen, aber wie soll ich ihn sonst treffen? Es gibt keine andere Möglichkeit und ich schwöre euch, als ich ihn gesehen habe, wusste ich, dass …«

Das Ende meines Satzes wäre »dass er mein Seelengefährte ist« gewesen. Aber da mir absolut bewusst war, was Ella von meiner romantischen Schwäche für Schicksal hielt, vollendete ich den Satz besser nicht. »Ich habe nichts zu verlieren«, sagte ich stattdessen schulterzuckend.

»Außer deiner Würde«, ergänzte Sandra leise mit einer grimmigen Miene und wickelte eine Locke um ihren Finger.

»Ich merke schon. Du bist von deiner Meinung felsenfest überzeugt«, antwortete meine Schwester, nicht ohne einmal theatralisch aufzuseufzen. »Aber ich habe gar nichts anderes erwartet. Daher lasst uns nicht länger Zeit verschwenden. Wie versprochen habe ich mich schon ein wenig informiert.«

Geschäftig öffnete sie eine Mappe, die bisher unbemerkt neben ihrer Kaffeetasse gelegen hatte.

Augenblicklich begann mein Herz aufgeregt zu schlagen. Eigentlich hätte ich selbst die Initiative ergreifen und recherchieren müssen. Allerdings wäre ich gestern Abend nach der Anmeldung vor Scham am liebsten im Erdboden versunken und sogar mit einigen Gläsern Wodka intus hatte ich mich nicht überwinden können, die Webseite erneut aufzurufen.

Spätestens heute Vormittag hätte ich mich der Situation stellen müssen. Doch erstens hatte ich verschlafen und rennen müssen, um überhaupt noch rechtzeitig zu meiner Vorlesung zu kommen, und zweitens war Ella ohnehin viel besser im Recherchieren. Dafür hatte ich in den eineinhalb Stunden, in denen uns der Professor in einem stetigen Monolog zugetextet und ich halb im Schlaf Herzchen auf meinen Collegeblock gekritzelt hatte, viel nachgedacht. Das warme Glücksgefühl, das mich bei dem Anblick meines Traumprinzen beschlichen hatte, war zurückgekommen und die Zweifel von gestern verschwunden.

»Was hast du herausgefunden?«, fragte ich nervös, obwohl ich ursprünglich schweigend hatte abwarten wollen. Mein Magen verknotete sich in mir vor Aufregung und mir war ganz schlecht.

Sandra ließ sich währenddessen mit einem Ächzen an die weiche Lehne ihres Sessels plumpsen. »Nun bin ich aber gespannt«, meinte sie sarkastisch.

Mit angehaltenem Atem wartete ich ab. Mein Magen rumorte.

Ella zückte ihre Brille, dann schlug sie die Mappe auf und begann uns ihre Recherche darzulegen. Die Lesehilfe ließ sie noch einen Tick strenger wirken.

»*Rich Love* ist eine Fernsehshow, in der sich vier reiche Junggesellen auf die Suche nach ihrer großen Liebe begeben.« Spitz verzog Ella die Lippen, als würde ihr das alles ganz und gar nicht gefallen – tat es nun mal auch nicht. »Offiziell wollen sie durch dieses nicht gerade originelle Format eine Frau finden, die sie ihrer Menschlichkeit wegen liebt, nicht wegen des Geldes …«

Genau diese Frau war ich!

»Ich glaube, da brauche ich nicht hinzufügen, was für ein absoluter Schwachsinn das ist.« Abschätzig zog Ella ihre Nase kraus. »Wie sich in zahlreichen anderen Shows mit exakt dem gleichen Konzept bereits gezeigt hat, sind die Kandidatinnen lediglich auf Ansehen und Bekanntheit aus. In diesem speziellen Fall wohl auch vor allem auf das Geld«, führte sie ihre eigenen Überlegungen weiter aus.

»Und den Typen ist es egal, wenn die Frauen nur ihr Geld wollen?« Fragend hob Sandra die fein gezupften Augenbrauen und beäugte Ella skeptisch.

»Tja, sie nehmen diese Tatsache wohl in Kauf«, meinte jene resigniert. »Vielleicht werden sie auch nur gerne als großer Geldjackpot angehimmelt. Hier steht, die Dates sollen den Männern die Gelegenheit geben, die wahren Absichten der Kandidatinnen zu durchschauen. Klingt in der Werbung zwar gut, ist in der Realität aber Blödsinn.«

»Also, mir kann auch niemand weismachen, dieses Getue würde auch nur in irgendeiner Weise dazu dienen, den ehrlichen Charakter der Kandidatinnen zu testen«, stimmte Sandra ihr zu.

»Die Männer werden auch aus dem normalen Alltag daran gewöhnt sein, nur auf ihr Vermögen reduziert zu werden. Aber Fanny, du spielst nicht in der Liga der oberen Zehntausend. Du wirst dort schrecklich fehl am Platz sein«, sagte meine Schwester schmallippig.

»War nicht letztes Jahr der Typ von Goldman Sachs dabei?« Sandra schlürfte nachdenklich an ihrem Kaffee. »Der war auch heiß, beworben hätte ich mich dort deswegen allerdings um kein Geld der Welt.«

Augenblicklich warf Ella einen Blick in ihre Unterlagen. »Ja, in der letzten Staffel ist auch noch ein IT-Selfmade-Millionär dabei gewesen und ein Adelsspross, der kurz vor der Show allerdings sein ganzes Vermögen verloren hat und obendrein auch noch spielsüchtig gewesen ist. Das ist natürlich erst lange nach der Ausstrahlung der Show aufgedeckt worden. Man kann im Vorhinein zwar recherchieren, so viel man will, aber wie der tatsächliche Kontostand aussieht, weiß man schlussendlich bei keinem.«

Es wurde Zeit, dass ich mich auch mal wieder zu Wort meldete. Immerhin ging es hierbei um mein Leben!

»Das ist doch vollkommen egal«, warf ich vorwurfsvoll ein. »Ich habe mich wegen Alexander beworben, nicht weil er eventuell reich sein könnte.« Ihre

Annahme, ich würde mich nur des Geldes wegen für ihn interessieren, kränkte mich zugegeben sehr.

»Alexander«, wiederholte Sandra säuerlich. Aus ihrem Mund klang die Bezeichnung wie eine schlimme Beleidigung. »Nun hat der Auserwählte auch schon einen Namen.«

Klar hatte er das. Er war schließlich ein Mensch. Verstimmt presste ich meine Lippen aufeinander.

»Ihr tut so, als wäre es das Bescheuertste, das man machen kann.« War es vermutlich auch. Ellas und Sandras Blicke bestätigten das nur. »Aber ich bin verliebt und ich will ihn kennenlernen. Manchmal braucht es nur ein Bild, einen Moment, und man weiß es.«

»Du bist nicht in ihn verliebt! Du kennst ihn doch gar nicht!«, rief Ella aus und raufte sich die Haare. »Hätte ich doch nur nicht zu früh aufgelegt.« Sie seufzte genervt. »Dann gäbe es dieses ganze Problem nicht!«

Ich stellte ihre Geduld ganz schön auf die Probe, aber das war mir egal. Sie musste begreifen, dass ich diese Dummheit tun musste, auch wenn es unklug war.

»Ich habe ihn gesehen und es hat Klick gemacht.« Verzweifelt versuchte ich meine Gefühle zu beschreiben, ohne wie eine völlig verrückte Schreckschraube zu klingen. Den Gesichtern nach, die die zwei jedoch zogen, gelang mir das ganz und gar nicht.

»So eine Chance bekomme ich womöglich nie wieder. Es ist der letzte Sommer, bevor ich mein Studium abschließe und zu arbeiten beginne. Meine letzte Gelegenheit, etwas total Verrücktes zu tun …«

»Das ist noch keine beschlossene Sache«, sagte Ella bestimmt. Meine kleine Ansprache schien sie ganz und gar nicht zu berühren. »Aber erst mal weiter mit den Fakten.«

Sandra trank einen Schluck aus ihrer Tasse, während ich mir den auf ihrer Untertasse platzierten Keks stibitzte und die Plastikverpackung aufriss. Vom gestressten Kellner war immer noch weit und breit keine Spur zu sehen.

»Die diesjährigen Hauptdarsteller heißen Alexander Himmelberg, ein …«

Ach, klang das nicht himmlisch?!

»… Rechtsanwalt. Niklas Weber, Schauspieler. Lars Graf …«

»Graf Lars oder wirklich nur Lars Graf?«, fiel ihr Sandra ins Wort.

Ella schmunzelte. »Nein, nur Lars Graf, Manager. Aus altem Adelshaus ist stattdessen Thomasch von Gritschetz, ein verdammt sexy Musiker mit Gitarre. Alle vier stinkreich und bereit die Frau fürs Leben zu finden.«

»Das ist doch verrückt«, platzte Sandra unglücklich heraus. »Niemand kann sich ernsthaft verlieben, wenn die ganze Zeit eine Kamera an ihm dranklebt. Da kann mir niemand erzählen, er sei nicht auf Aufmerksamkeit und Publicity aus. Noch dazu, wenn die vier so reich sein sollen. Alle Welt wird glauben, die Kandidatinnen wären nur auf das Geld der Männer oder einen schicken Adelstitel aus. Das werden die Leute auch von dir denken. Möchtest du das wirklich?«

Eigentlich hatte sie damit recht. Doch irgendetwas hatte sich verändert. Vielleicht hatte ich bis jetzt (und Ella und Sandra immer noch) falsch gelegen und das wahre Leben war genauso voller Intrigen und Lügen. Immerhin war ich nicht mehr länger mit dem großartigen Mark zusammen – denn er hatte mich getäuscht und anstatt zu einem Prinzen war er zur Kröte geworden. Man war nirgends vor Unehrlichkeit geschützt. Nicht im Fernsehen, aber auch nicht im echten Leben. Warum also nicht auf diese unkonventionelle Art und Weise den Richtigen finden?

»Ich bin nicht auf Publicity aus, das weißt du ganz genau«, erwiderte ich gelassen. »Alexander ist vielleicht – nein nicht nur vielleicht – er ist der Richtige für mich und das weiß ich.«

»Das kannst du gar nicht wissen«, rief Sandra entnervt aus, doch Ella überging ihren Ausruf mit ruhiger Ernsthaftigkeit.

»Man wird es dir aber vorwerfen. Sie werden dich als von der Bühne verschwundene Autorin verkaufen, die die Show dafür nutzen will, mehr Bücher an den Mann zu bekommen, und schlussendlich im Dschungelcamp landet.«

»Vielleicht wäre das aber gar nicht so schlecht«, warf Sandra plötzlich ein und ihr überlegenes Lächeln zeigte mir, dass sie mich nun aus der Reserve locken wollte, indem sie mich ärgerte. »Deine Bücher sind absolut großartig.

Starke Charaktere mit Tiefsinn und Realitätsbezug. Trotzdem – seien wir ehrlich – bist du unbekannt.«

»Da hat sie recht.« Ella nickte bekräftigend.

Obwohl ich durchschaute, was sie beabsichtigten, konnte ich meinen Ärger nicht zurückhalten.

»Auf diese Weise Aufmerksamkeit zu bekommen, ist armselig. Das habe ich nicht vor und das wisst ihr ganz genau.«

Schulterzuckend nahm Ella einen Schluck ihres Kaffees. »So läuft das im Showgeschäft und das Fernsehen bietet eine riesige Werbefläche, also warum nicht nutzen ...«

»Das ist nicht der Grund, weshalb ich mich angemeldet habe, aber selbst wenn – dann wirkt es sich eben gut auf die Verkäufe aus, das ist doch nichts Schlechtes und im Moment brauche ich genau das, ein verrücktes Abenteuer, das mich aus dem Hamsterrad reißt.«

Mein Leben war in den letzten Jahren im Alltagstrott untergegangen und sobald ich mein Lehramtsstudium abgeschlossen hatte und erst mal im richtigen Berufsleben stand, würde das mit Sicherheit nicht besser werden.

»Glaubst du wirklich, du würdest in der Literaturbranche noch ernst genommen werden, wenn du erst mal bei solch einer Show mitgemacht hast? Dann kannst du deine Autorenkarriere gleich vergessen und an den Nagel hängen«, wetterte Ella dazwischen. »Du bist dabei einen schrecklichen Fehler zu begehen.«

»Aber das ist doch hirnrissig.« Verärgert atmete ich aus. »Jetzt soll ich mir wegen einer nicht vorhandenen Karriere die Chance fürs Leben entgehen lassen?«

»Bist du dir sicher, dass das eine Chance fürs Leben ist?« Eine braune Strähne fiel Ella ins Gesicht. In einer vertrauten Geste strich sie sie zurück. Ich kannte Ella so gut wie meine Westentasche. Sie war meine Schwester und ich wusste ganz genau, ich sollte auf sie hören, wenn ich nicht Gefahr laufen wollte, mein ganzes Leben zu zerstören. Aber jegliches rationale Argument prallte von mir ab.

»Ich glaube an Liebe auf den ersten Blick, das wisst ihr genau …« Kläglich vergrub ich mein Gesicht in den Händen.

»Mag schon sein, aber nur, weil wir dich kennen und wissen, was für eine hoffnungslose Romantikerin du bist.« Ellas Stimme wurde sanfter.

Leider hatte sie damit in zweierleiweise recht: Zum einen war ich Romantikerin und zum anderen hoffnungslos. Schließlich hoffte ich auch jedes Mal, wenn ich meinen Regenschirm verlor, er könnte durch Zufall bei meinem Seelenverwandten landen und à la Ted aus der Kultserie *How I met your mother* zu mir zurückfinden. Wie gesagt, eine hoffnungslose Romantikerin …

»Die Leute hingegen wollen Geschichten hören. Da ist es egal, ob sie wahr sind oder nicht. Und ich weiß nicht, ob du das verkraften wirst«, äußerte Ella ehrlich ihre Sorge.

Durch ihre Worte nachdenklich geworden, starrte ich aus dem Fenster hinaus in den Regen. Wollte ich meine Glaubwürdigkeit und meinen Ruf riskieren, nur weil ich mir einbildete, mich verliebt zu haben? In einen Mann, den ich gar nicht kannte. Vielleicht war ich nach der Trennung von Mark wirklich nicht mehr ganz zurechnungsfähig. Doch dann schoss mir ein Gedanke durch den Kopf.

Ein Satz, den mir meine Oma einmal gesagt hatte: Wir werden am Ende nicht die Dinge bereuen, die wir getan haben, sondern die Dinge, die wir nicht getan haben.

»Was?« Ella hob verwirrt die Augenbrauen. Offenbar hatte ich unabsichtlich meinen Gedanken laut ausgesprochen – oder zumindest gemurmelt.

»Wir werden am Ende nicht die Dinge bereuen, die wir getan haben, sondern die Dinge, die wir nicht getan haben«, sagte ich, diesmal jedoch in voller Lautstärke. Ein wohliges Gefühl übermannte mich und brachte mich dazu zu lächeln. Ich wusste, dass meine Worte wahr waren.

Kapitel 4 – Aufbruchsstimmung

Im Zuge des Bewerbungsprozesses hatte ich in der zweiten Runde ein Motivationsschreiben verfassen müssen, das ich gerockt hatte. Als daraufhin jedoch ein persönliches Gespräch via Skype gefolgt und ich dabei zugegeben etwas ungeschickt rübergekommen war, hatte ich nicht mehr erwartet, noch mal vom Castingteam zu hören. (Zu meiner Verteidigung: Ich hatte Skype seit meiner Schulzeit nicht mehr verwendet und mein Laptop hatte ohnehin technische Gebrechen, weshalb meine Kamera und das Mikrofon immer wieder ausgefallen waren und ich gedacht hatte, es läge an der Internetverbindung. Stattdessen hatten die Produzenten jeden meiner verärgerten Flüche gehört). Aber als ich bereits die Hoffnung aufgegeben hatte, wendete sich das Blatt. Der Anruf war in jeder Hinsicht überraschend und kurzfristig gewesen. Doch die Produzenten hatten durch diese kurze Vorbereitungszeit gewährleisten wollen, dass sich niemand vor der Presse über die Kandidaten verplappern hätte können und die Überraschung damit nicht zerstört worden wäre. Die gesamten zwei Wochen hatte ich auf glühenden Kohlen gesessen, doch nun war es so weit. Die Koffer waren gepackt, auch das Visum, das alle Pläne hätte zunichtemachen können, war genehmigt. Niemand konnte mich aufhalten. Immerhin war ich in Amors Auftrag auf dem Weg nach Amerika.

Vor Aufregung zitternd wie Espenlaub saß ich auf dem Beifahrersitz des in die Jahre gekommenen VW-Kleinbusses meiner Schwester und starrte aus dem Fenster. Benjamin und Lisa, ihre zwei Kleinen, quengelten auf der Rückbank und machten gerade einen Riesenkrawall darum, wer das letzte Schokoladenbonbon aufgegessen hatte. Ich hätte ihnen ja gerne eine der sündhaft teuren Pfefferminzpralinen gegeben, nach denen ich regelrecht süchtig war und die ich mir zur Feier der letzten Uniprüfung für dieses Semester gegönnt hatte. Allerdings befanden sich jene bereits in meinem Magen und schlugen nun munter Saltos.

»Möchtest du ganz sicher keinen Rückzieher machen?«

Ich sah zu meiner Schwester. Ella hatte ihren Blick starr auf die Straße gerichtet, doch ich konnte ihr ansehen, dass sie kurz davor war, mir eine Szene zu machen. Sie war mit meiner Entscheidung nicht einverstanden und selbst jetzt, fünf Monate nach meiner Trennung von Mark, war sie noch felsenfest davon überzeugt, ich würde seinetwegen an der Show teilnehmen. Das war aber nicht der Fall! Ich tat es für mich, für niemanden sonst. Denn ich wollte glücklich werden.

»Ich mache keinen Rückzieher«, antwortete ich fest und selbstsicherer, als ich mich fühlte.

Ohne zu blinzeln, sah ich aus dem Fenster. Es war Hochsommer und die Hitze brannte auf uns herab. Für mich ging es nun nach Kalifornien. Einfach nur surreal. Wenn alles gut verlaufen und ich Alexanders Herz erobern würde, wäre ich mindestens zwei Monate in Übersee und würde als glückliche Gewinnerin aus der Show hervorgehen. Mit einem neuen Leben vor mir.

Die Aufzeichnungen würden zeitverzögert ausgestrahlt werden, sobald ich wieder zurück an der Uni war. Das bereitete mir ebenso ein mulmiges Gefühl. Ich war aufgeregt und natürlich machte mir der Gedanke Angst, mich vor der Kamera zu zeigen.

Zugeben würde ich dies zwar nicht, doch ich hatte tatsächlich einige Male mit der Idee gespielt, alles hinzuschmeißen.

Wie nicht anders zu erwarten, hatte auch das Gespräch mit meiner Familie (oder sollen wir es lieber die Beichte nennen) nicht gerade zur Besserung meiner Nervosität beigetragen. Ella war der Meinung gewesen, meine Eltern würden mir die Ausrede, ich verbrächte meine Sommerferien irgendwo in Südamerika im Dschungel ohne Internetverbindung, nicht abkaufen. Daher hatte kein Weg daran vorbeigeführt, mich für eine Familienzusammenkunft zu rüsten. Glücklicherweise hatte Ella die gesamte Familie Blum anlässlich der Zeugnisvergabe zum Mittagessen eingeladen. Um gleich mehrere Fliegen mit einer Klappe zu schlagen, hatte ich die Feierlichkeit genutzt, um nicht nur meine Eltern, sondern auch Opapa (den Vater meines Vaters), meine zwei Brüder Patrick und Mathias und meine Schwägerin Gloria in meinen Plan einzuweihen.

Ich war schrecklich aufgeregt gewesen, da meine Familie alles andere als einfach war. Gerne hätte ich mich vor der Beichte gedrückt, Ella war allerdings der Meinung gewesen, es wäre noch schlimmer, wenn sie es von jemand anderen erfahren hätten. Mir wäre es natürlich am liebsten gewesen, sie hätten von meinem Vorhaben schlichtweg niemals erfahren, damit sie die Aufzeichnungen im Fernsehen nicht mitverfolgen würden. Aber vielleicht nahm ich mich auch einfach zu wichtig. Schließlich hatte meine Tante vor einiger Zeit ebenfalls bei der Millionenshow mitgemacht und die Ausstrahlung hatte sich keiner in der Familie angesehen. Womöglich lag das aber auch daran, dass sie nicht die Million gewonnen hatte.

Schlussendlich hatte mir jedoch Ella die Entscheidung abgenommen, indem sie angekündigt hatte, ich hätte Neuigkeiten.

Nachdem ich mit der Wahrheit herausgerückt war, hatte erst mal erschrockene Stille geherrscht. Die Art von Stille, die normalerweise vor einem großen Unglück anhält und erst mit einem gewaltigen Knall verschwindet.

Opapa hatte als Erster das Schweigen durchbrochen. »Du stehst auf einen Piefke?«

»Opapa, das sagt man nicht.« Ella hatte aufgeseufzt und meine Wangen hatten geglüht wie Herdplatten.

»Es ist eine deutsche Fernsehshow, aber der Drehort ist Los Angeles.«

»Ist das wahr?«, hatte Mama baff gefragt und mein Vater hatte mich konsterniert angestarrt. »Ist das wie *Bauer sucht Frau* oder *Adam sucht Eva*?«

Ich war überrascht gewesen, dass er die Sendungen überhaupt kannte.

»Es ist eine einmalige Gelegenheit und ich sehe es als Abenteuer«, war ich schließlich ausgewichen.

»Das ist doch ein schlechter Scherz.« Mama hatte um Fassung gerungen.

Nein, ein Scherz war es leider nicht. Aber mir war ohnehin klar gewesen, dass sie meine richtigen Beweggründe nicht verstehen würde.

»Sich im Internet auf diesen ganzen Dating-Portalen zu verlieben, ist schon verrückt, aber sich jetzt im TV um einen Mann zu duellieren, grenzt an puren Wahnsinn«, hatte Gloria ungläubig gemeint und ganz bestimmt an meinem Geisteszustand gezweifelt.

»Kein einfaches Duell. Es gibt mindestens dreißig bis vierzig andere Kandidatinnen, gegen die sie kämpfen muss«, hatte sich Ella nicht verkneifen können zu sagen und ich hatte ihr einen strafenden Blick zugeworfen.

»Ach Fanny, warum kannst du nicht einfach ausgehen und normal jemanden kennenlernen?« Entnervt hatte Mama die Hände über dem Kopf zusammengeschlagen. »Das kann doch nicht so schwer sein.«

»Ach wirklich?« Obwohl ich beabsichtigt hatte mich erwachsen zu benehmen, hatte ich ein Feixen nicht unterdrücken können. »Wohin sollen wir denn gehen?«, hatte ich herausfordernd gefragt.

»Wie wäre es mit der *Penne*? Mir haben haufenweise Kollegen erzählt, das Lokal sei klasse«, hatte mein ältester Bruder Mathias eingeworfen.

Ich hatte mir gut vorstellen können, dass seine zwanzig Jahre älteren Arbeitskollegen (frisch in der Midlife-Crisis) sich dort herumtrieben. Denn auch wenn der Nachtclub aufgrund des Nachnamens des Besitzers so hieß, änderte es nichts an der Tatsache, dass dort passend zum Namen die meisten Männer Penner waren.

»Glaub mir, da willst du nicht hin. Außerdem ist es doch immer das Gleiche. Sobald man einmal ausgeht und in einem Club Spaß haben will, fühlt man sich wie eine Kuh auf einer Auktion.«

Alle hatten mich nur irritiert angesehen, daher hatte ich entschlossen weitergesprochen.

»Das ist wirklich wahr! Als Single-Frau in einem Lokal ist man ein Lamm vor einer Horde geiler Wölfe. Tut mir leid, aber das ist die Wahrheit. Auf normalem Wege jemanden kennenzulernen, ist unmöglich.«

»Heutzutage hat man es wirklich nicht so leicht«, hatte mir Ella aus einem schlechten Gewissen heraus beigepflichtet. »Entweder sind Männer Wölfe, polyamorös, dreißig Jahre zu alt, schwul oder gute Freunde – und aus der Friendzone herauszukommen ... na viel Glück!«

»Nach deinen ganzen Erfahrungen hätte ich wirklich nicht gedacht, du könntest dich dabei schwertun. Na, ich mein, nachdem du … du weißt schon …«, hatte Gloria verwundert eingeworfen und ich hatte stöhnend die Augen verdreht.

Aus irgendeinem Grund dachte sie, ich hätte große Erfolge in der Männerwelt, nur weil ich blond und blauäugig war.

»Hättest du dich nicht gleich bei *Hochzeit auf den ersten Blick* anmelden können?«, hatte mein jüngerer Bruder Patrick kichernd gefragt, um mich aufzuziehen.

Ich hätte es besser wissen und schweigen sollen. Doch mein Kopf war ganz verklärt gewesen. »Aber dort ist nicht Alexander.«

»Wer ist Alexander?«, hatten alle wie aus einem Mund gefragt und ich war rot angelaufen. Nur Ella hatte betreten geschwiegen.

Das Ende vom Lied war gewesen, dass keiner meine Gefühle nachvollziehen konnte und auch jegliche Unterstützung ausblieb. Opapa hatte den ganzen Trubel schrecklich amüsant gefunden und meine Eltern hatten meinen Geisteszustand angezweifelt. Aber schlussendlich hatte mich nichts davon aufgehalten, mich meinem Abenteuer zu stellen und nun dem immer näher kommenden Flughafen entgegenzublicken.

»Dass es dir gar nichts ausmacht, was deine Schüler von dir denken werden«, meinte Ella anerkennend. Nun setzte sie wohl auf eine neue Strategie. »Beeindruckend – das könnte ich nicht.«

Zähneknirschend betrachtete ich sie von der Seite.

»Noch bin ich keine Lehrerin und bis ich meine erste Klasse unterrichte, kann sich doch kein Mensch mehr an diese Staffel erinnern.« Das hoffte ich zumindest inständig.

»Wenn du meinst«, antwortete Ella. Sie konnte ihren Missmut nur schwer verbergen.

»Wann kommst du wieder, Tante Fannniiii?«, rief die kleine Lisa mit ihrer hohen Kinderstimme, sodass ich mich auf meinem Sitz umdrehte.

»Hmh … so genau kann ich das noch nicht sagen. Tante Fanny geht auf Reisen.«

Ich lachte mit einer Mischung aus Aufregung und tatsächlicher Vorfreude. Das war es wohl wirklich – eine große Reise. Eine große, fantastische Reise. Ich war noch nie in Los Angeles gewesen – nicht mal in Amerika. Geflogen war ich ebenfalls erst einmal, dementsprechend hüpfte mein Herz wie ein Flummi auf und ab, wenn ich daran dachte, was in den nächsten Wochen alles auf mich zukommen würde.

»Ich will auch auf Reisen«, erwiderte die Kleine.

»Glaub mir, nicht auf diese. Tante Fanny macht schon wieder Blödsinn«, merkte Ella an, woraufhin Lisa in typischer kindlicher Manier die braunen Augen ganz groß machte. Ein bisschen wie ein Kugelfisch kurz vorm Platzen. Ich lächelte still in mich hinein.

»Ich würde niemals Blödsinn machen«, verkündete die Kleine und warf sich stolz in die Brust. Dabei strahlte ihr pausbäckiges, rundes Gesicht wie die Sonne am Himmel. Ella kicherte vergnügt.

»Schätzchen, da muss ich dich leider enttäuschen. Als du noch ganz klein gewesen bist, hast du einfach alles in den Mund gesteckt und da ist auch das Katzenfutter nicht verschont geblieben. Aber es heißt ja immer, man muss aus Fehlern lernen, und das macht euch Tante Fanny mit Bravour vor.«

Eigentlich wusste ich, mich sollte ihre spitze Bemerkung kränken, stattdessen wanderten meine Augenbrauen nach oben und ich blickte zwischen Ella und Lisa hin und her.

»Sie hat Katzenfutter gegessen?«, fragte ich mit einer Mischung aus Entsetzen und Belustigung.

»Keine Sorge, war eh Bio«, antwortete meine Schwester mit einem Schulterzucken.

»Ich bin ein Kätzchen und will auf Reisen«, erklärte Lisa übermütig. Dann wandte sie sich verträumt ihrem Bruder zu, um diesen von einer Reise in den Weltraum zu überzeugen.

Schmunzelnd drehte ich mich wieder nach vorne. »Hast du ihnen gesagt, wo ich mitmache?«, erkundigte ich mich mit gedämpfter Stimme.

Meine Schwester warf mir einen kurzen Blick zu. »Nein«, antwortete sie knapp, fügte dann aber hinzu: »Ich werde erst mal abwarten, bis du mir glaubhaft versichert hast, dass du nichts Unüberlegtes getan hast, was meine Kinder vielleicht nicht unbedingt im Fernsehen von ihrer Tante sehen sollten ...«

»Als würde ich etwas Unüberlegtes tun. Du kennst mich doch«, sagte ich lachend.

»Warum fahre ich dich dann gerade zum Flughafen, damit du bei einer Dating-Show mitmachen kannst?«, unterbrach sie mich ungehalten und bedachte mich mit einem taxierenden Blick.

Dazu fiel mir keine Erwiderung ein. Denn eigentlich hatte sie mal wieder recht, ich *war* für mein unüberlegtes Handeln bekannt. Es würde nicht lange dauern, bis ich auch schon etwas Blödes getan hatte und die ganze Welt daran teilhaben konnte. Mit einem Mal wurde mir ganz schlecht und in meinem Kopf drehte sich alles.

»Ich kann nicht mehr ...«, wollte ich sagen, doch nur ein heiseres Gurgeln verließ meine Kehle.

Es war zu spät.

»Wir sind da«, verkündete Ella und der Wagen wurde langsamer.

Mein Blick wanderte nach rechts und das große Flughafengebäude ragte vor mir auf. Ich schluckte schwer.

Nun gab es kein Zurück mehr.

***

Der Abschied von Ella und den Kindern war lang und tränenreich. In manchen Situationen ließ sich selbst meine sonst so vernünftige Schwester zu einem melodramatischen Auftritt hinreißen. Erst nachdem ich ihr gefühlt hundertmal versichert hatte, ich würde sie sofort nach dem Landen anrufen, schien sie sich wieder einigermaßen gefasst zu haben. Dabei wusste ich gar nicht, ob ich dieses Versprechen halten würde können, schließlich würde man uns unsere Privathandys abnehmen und Familiengespräche waren nur über das Haustelefon möglich, da die Unterhaltungen natürlich auch aufgezeichnet werden würden.

»Du bist mit Abstand der bescheuertste Mensch, den ich kenne. Aber ich bewundere dich für deinen Mut und deinen unerschütterlichen Glauben an die große Liebe. Gewinn Alexander für dich. Das wünsche ich dir von Herzen. Er muss einfach sehen, was für eine unglaubliche Frau du bist.«

»Ich hab dich auch lieb, Schwesterherz.«

Ihre Worte rührten mich zutiefst und wenn ich mich nicht schnell auf den Weg machte, würde ich mich doch noch umentscheiden.

»Bis bald!«

Ella tupfte sich die Tränen mit einem Taschentuch von den Wangen, während ich mich (meinen Koffer hinter mir herziehend und enthusiastisch winkend) zum Schalter vorkämpfte.

»Gute Reise!«, riefen die Kinder und brachten mich damit zum Lächeln. Was für eine tolle Familie ich doch hatte.

***

Erst am Flughafen in Los Angeles würde mich das Fernsehteam in Empfang nehmen, bis dahin war ich auf mich allein gestellt. Nervös machte ich mich daran, das Gepäck abzugeben und mich Schritt für Schritt weiter in das Abenteuer zu stürzen. Die Strapazen der beginnenden Reise und die Aufregung vor dem Flug lenkten mich so sehr ab, ich vergaß vollkommen mir Sorgen bezüglich der (hoffentlich) nächsten Monate zu machen.

Kurz vor dem Start checkte ich ein letztes Mal mein Handy. Als ich das Symbol für eine SMS entdeckte, zog ich überrascht die Nase kraus. Wer verschickte in einer Zeit von WhatsApp, Facebook und SnapChat noch gewöhnliche SMS? Neugierig öffnete ich die Nachricht.

> Viel Glück, Fanny Schatz! Schnapp ihn dir! Und grüße George Clooney von mir. Deine Omama.

O Gott – die Nachricht war von meiner Oma, die es sich momentan auf einer Kreuzfahrt in den Malediven gutgehen ließ. Natürlich hatte Mama ihr von meinem Vorhaben erzählt. Schamröte schoss mir ins Gesicht. Leider war meine Oma für ihr Alter ganz schön auf Zack. Zwar noch nicht modern genug für WhatsApp, jedoch so up to date sich *Rich Love* im Fernsehen anzusehen.

Es war mir bereits peinlich, dass ein Millionenpublikum die Show mitverfolgen würde. Aber sogar meine Großmutter? Doch an diesen Gedanken musste ich mich nun wohl gewöhnen.

Sobald das Flugzeug abhob, erfasste mich unbeschreibliche Aufgeregtheit und eine seltsame Schwerelosigkeit. Fast ein wenig wie verliebt sein.

Wir gewannen immer mehr an Höhe und irgendwann sah die Welt unter uns wie ein Monopoly-Spielbrett aus. Das letzte Mal geflogen war ich als kleines Kind und ich hatte kaum noch Erinnerungen daran. Anfangs hatte ich daher die absurde Angst, das Flugzeug könnte durch das Auf- und Abrennen der Leute kippen, aber nach einer Weile entspannte ich mich.

Während mein Sitznachbar nach einiger Zeit zu dösen und wenige Minuten später zu schnarchen begann, setzte ich mir Kopfhörer auf und kam in den seltsamen Genuss, mitten in der Luft den Anfang von *Drei Engel für Charlie* zu sehen. Doch irgendwann konnte ich mich nicht mehr länger darauf konzentrieren und starrte stattdessen durch das kleine Fenster hinaus in den Himmel. Wir flogen über einer dicken Wolkendecke, nur hin und wieder blitzte die Landschaft durch den weißen Wattebausch. Es war einfach nur wahnsinnig berauschend, so weit vom Boden entfernt zu sein, beinahe unwirklich.

Einzig ein nerviges Kind auf dem Platz hinter mir tat dem phänomenalen Reisestart einen Abbruch. Unablässig trat es gegen meinen Sitz, was ich deutlich im Rücken spürte. Irgendwann konnte ich es nicht mehr länger ignorieren. Sauer drehte ich mich in meinem Sitz um, richtete mich auf, warf dem kleinen Knirps über meine Lehne hinweg einen bösen Blick zu und fauchte: »An deinem Taktgefühl musst du noch arbeiten. Bis dahin – Hör auf, gegen meinen Sitz zu treten.«

Für einen Moment sahen mich sowohl Mutter (warum hatte die nicht schon längst etwas dagegen unternommen?) als auch Kind erschrocken an. Dann tauchte ich wieder hinter meiner Sitzlehne ab und hörte nur noch, wie der Junge zu weinen begann.

Na toll – jetzt litt zumindest auch das restliche Flugzeug unter der Lärmbelästigung. Ich setzte abermals meine Kopfhörer auf die Ohren und blieb die restliche Zeit bis zu meinem ersten Zwischenstopp in Wien sogar von weiteren Tritten verschont.

In der österreichischen Hauptstadt war die Zeitspanne zwischen Ankunft und Abflug so knapp, dass ich auf Teufel komm raus von einem Schalter zum nächsten rannte. Endlich in der Maschine sitzend atmete ich tief aus. Zumindest die erste Hürde war geschafft und wie sich herausstellte, saß diesmal kein nerviges Kind auf dem Platz hinter mir. Stattdessen war mein Sitznachbar eindeutig ein Kettenraucher, denn der beißende Geruch, der von ihm ausging, ließ sich nur schwer ignorieren.

Der Flug über den Atlantik war ein einziges Auf und Ab der Gefühle. Einerseits war es faszinierend, das unendliche Blau des Ozeans unter uns zu sehen. Andererseits versetzte mich der Gedanke, das Flugzeug könnte abstürzen und in den Untiefen des Meeres auf Nimmerwiedersehen verschwinden, in Angst und Schrecken. Irgendwann wurde das mulmige Gefühl Gott sei Dank schwächer und verflüchtigte sich schließlich ganz. In Träumen schwelgend verbrachte ich die Stunden und nach einer Weile driftete ich in einen mehr oder weniger erholsamen Schlaf.

Als es schließlich Zeit für die Landung wurde, knurrte mein Magen so laut, als wäre er der Donner eines stürmischen Gewitters, denn das Flugzeugessen hatte mich nicht gerade gesättigt. Ich schob mir ein Tick Tack in den Mund und vertrieb damit den fahlen Geschmack, den der Schlaf hinterlassen hatte.

Der Flughafen Newarks – mein zweiter Zwischenstopp – lag in New Jersey und ich hätte gerne die Wartezeit mit einem kleinen Abstecher nach New York verbracht. Aber ich hatte zu große Angst, durch irgendein Missgeschick aufgehalten zu werden und es nicht rechtzeitig zurückzuschaffen. Daher saß ich meine Zeit am Flughafenareal ab und versuchte mich mit Unmengen an Kaffee wach zu halten, um das Boarding nicht zu verschlafen.

Schlussendlich schaffte ich es zum Glück ohne größere Zwischenfälle in das Flugzeug, das mich endlich nach Los Angeles an die Ostküste bringen würde. Der Flug war wesentlich kürzer und ich zählte die Minuten. Bald würde ich Alexander gegenüberstehen. Mein Herz flatterte aufgeregt. Sobald wir zur Landung ansetzten, war mein Nervositätspegel ungefähr auf der Höhe einer Raumkapsel im Weltall und alles um mich herum verschwamm. Es war eine Erleichterung, das Flugzeug unbeschadet zu verlassen, und wieder Boden unter den Füßen zu haben.

In einer E-Mail, die sich nun in ausgedruckter Form in meinen Händen befand, stand genau erklärt, wo am Flughafen wir in Empfang genommen werden würden. Doch als ich nach der langwierigen Einreise und dem Beantworten unzähliger Fragen (wer war schon so blöd, die Frage *Sind Sie Terrorist*? mit *Ja* zu beantworten?) auf der Suche nach dem Treffpunkt durch das Gebäude streunte, bekam ich langsam, aber sicher Panik.

Der amerikanische Flughafen war riesig. Die genauen Sicherheitskontrollen bei der Anreise hatten mich ausgezehrt und ich war todmüde. Schwer zog mich das Gewicht meines Gepäcks nach unten.

»Sind Sie Franziska Blum?«, hörte ich eine mir unbekannte Stimme auf Deutsch fragen und ich drehte mich um. Was für ein Glück, mich hatte jemand gefunden.

»Ja, die bin ich«, antworte ich atemlos. »Aber Fanny reicht.«

Nickend nahm sie meine Bitte zur Kenntnis. »Alles klar. Hier entlang.«

Aufgeregt folgte ich der geschäftig davoneilenden Frau. Von hinten erkannte ich nur noch ihre rote Haarmähne. Auf den hochhackigen Schuhen sah sie aus, als würde sie auf Zahnstochern gehen. Dennoch konnte ich mit meinen Sneakers kaum mithalten.

»Ihr Flug war Nummer sieben, also fast Halbzeit. Sie waren in der einzigen Maschine aus Österreich, aber in den nächsten Fliegern sitzen gleich mehrere unserer Kandidatinnen, daher wird es ab jetzt hoffentlich etwas flotter gehen. Hatten Sie einen schönen Flug? Wir sehen uns dann bei der allgemeinen Begrüßung. Bis dahin warten Sie bitte dort drüben bei den anderen«, erklärte sie in beachtlicher Geschwindigkeit und deutete zu ihrer linken Seite auf eine Frauengruppe.

Ohne auf eine Antwort meinerseits zu warten, entfernte sich die Rothaarige bereits wieder und ließ mich ganz aus dem Konzept gebracht stehen. Wenigstens hatte ich nun den Platz gefunden, wohin ich musste.

»Hallo«, sagte ich zögernd und näherte mich dem kleinen Grüppchen, das auf Bänken verteilt saß.

Im ersten Moment war ich eingeschüchtert, denn ich hätte genauso gut bei einem Casting für Models gelandet sein können, so bezaubernd sahen meine Mitkonkurrentinnen aus. Vereinzelte Köpfe hoben sich bei meiner Begrüßung, andere wirkten eher desinteressiert. Verständlich, nach sieben solchen Begrüßungen ...

»Hallo. Hier ist noch ein Platz frei.« Lächelnd sah mir eine Brünette mit Stupsnase entgegen.

»Danke«, murmelte ich leise. Ich stellte meinen Koffer ab und setzte mich neben sie. Plötzlich zurück in mein vierzehnjähriges, pubertierendes Ich geworfen, knetete ich nervös meine Hände. Ich wusste nicht, was ich Geistreiches erwidern konnte und schwieg vorsichtshalber.

»Mein Name ist Toni und ich komme aus München.«

»Ich bin Fanny.« Höflich zeigte ich mein bestes Kameralächeln, das vermutlich etwas verrückt wirkte.

»Und für wen interessierst du dich?«, fragte sie neugierig und beugte sich verschwörerisch kichernd zu mir.

»Wie meinst du?« Eine Spur verwirrt legte ich meinen Kopf schief. Nach dem langen Flug konnte ich kaum klar denken.

»Wegen welchem Mann bist du hier?«, verdeutlichte sie ihre Frage und sah mich dabei so erwartungsvoll an, als wäre das die normalste Frage überhaupt.

Ich kam mir ganz schön blöd vor, dass ich so lange gebraucht hatte, um zu schnallen, was sie meinte.

»Alexander Himmelberg«, antwortete ich und errötete augenblicklich. Mir war es peinlich, so offen darüber zu sprechen. Für gewöhnlich teilte ich meine Schwärmereien nicht mit Menschen, die ich gerade mal zwei Minuten kannte und von denen ich nicht mehr als den Namen und die Herkunft in Erfahrung gebracht hatte.

»Und du?«, hakte ich ebenfalls nach, da ich das Gefühl hatte, ansonsten unhöflich zu wirken. Außerdem wartete Toni bereits mit großen Augen nur darauf, zu antworten und der ganzen Welt ihre Liebe zu verkünden.

»Lars. Lars Graf«, sagte sie strahlend.

»Hey«, mischte sich da eine weitere Kandidatin in unsere Unterhaltung ein. »Ich bin Samantha und kämpfe um Alexander«, verkündete sie wie bei dem Dreh für einen enthusiastischen Werbespot. So würde also unsere Vorstellung ab sofort lauten? Ich brachte es allerdings nicht über mich zu sagen: Ich bin Fanny und kämpfe um Alexander. Das kam mir dann doch zu blöd vor.

»Sonst noch jemand?« Selbstzufrieden grinsend ließ sich die hübsche Blondine anmutig auf die Sitzbank neben mich sinken und ließ in guter Zahnpastawerbung-Manier ihre strahlend weißen Zähne aufblitzen. Das konnte ja noch heiter werden!

Zweifellos würde Samantha eine große Konkurrenz im Rennen um Alexander werden. Sie war blond und blauäugig wie ich, allerdings war sie um einiges größer und brachte es trotzdem fertig, sich leicht und elegant wie eine Elfe zu bewegen. Charakterlich schien sie ebenso eine große Nummer zu sein, allerdings im negativen Sinne. Die wesentlich sympathischere Toni war mindestens genauso schön und mit ihren braunen Haaren, den braunen Augen, der gebräunten Haut und den Sommersprossen ein ganz anderer Typ. Bestimmt verbrachte sie den ganzen Tag draußen und machte regelmäßig Sport. Das war zumindest mein erster Eindruck.

»Ladys, bitte alle herkommen«, unterbrach uns die schrille Stimme der Rothaarigen und ersparte mir damit eine Antwort auf Samanthas Frage.

Sie kam erneut mit einer Gruppe von vier Frauen anmarschiert und klatschte in die Hände. »Es ist alles schneller gegangen als erwartet. Das sind gute Nachrichten.« Dennoch erreichte ihr Lächeln nicht ihre Augen. »Der Rest der Gruppe wartet bereits.«

Ich schluckte nervös. Wie es wohl werden würde, all den anderen von Angesicht zu Angesicht gegenüberzustehen? Bisher waren mir nur hübsche Frauen ins Auge gestochen. Wie sollte ich da aus der Masse herausragen? Würde Alexander überhaupt Notiz von mir nehmen?

»Folgt mir bitte für die offizielle Begrüßung, dann geht es ab in die Ladys-Villa und das erste Treffen mit unseren Herren steht an. Aber keine Sorge, ihr habt genügend Zeit für Fragen, bis das Kamerateam die ersten Aufnahmen machen wird. Lasst euch von den Fotografen nicht stören. Das Team wird immer wieder Presseaufnahmen machen, aber gebt euch einfach natürlich.«

Mein erster Eindruck von vorhin war offenbar durch die Hektik verfälscht worden, denn nun, da die Show offiziell startklar war, leuchteten ihre grünen Augen begeistert und in Kombination mit ihrem breiten Grinsen konnte ich den Vergleich mit einem Breitmaul-Frosch nicht aus meinem Kopf bekommen.

»Oh, ich bin ja so aufgeregt«, flüsterte mir Toni heiser ins Ohr, während sie sich an meinem Arm festkrallte.

»Ja, wirklich aufregend«, antwortete ich, wobei ich mir ein kleines Lachen nicht verkneifen konnte. Toni war sogar noch quirliger als ich, was etwas heißen sollte.

Mehr oder weniger im Gänsemarsch folgten wir der Rothaarigen und stellten uns in einem Halbkreis vor ihr auf, als wir in einem abgesperrten, ruhigen Konferenzraum haltmachten. Alle Tische und Stühle waren an den Rand geschoben worden. Und mehr gab es zwischen den grauen Wänden und dem trostlosen Teppichboden auch nicht zu sehen. Ich stellte mich neben Toni, da sie eine der wenigen Personen war, von denen ich wenigstens den Namen kannte, und die mir im Gegensatz zu Samantha sympathisch war.

Wie die Rothaarige angekündigt hatte, trafen wir hier auch auf die restlichen Kandidatinnen.

»Sind das die anderen Frauen?«, fragte eine Schwarzhaarige an ihr Gegenüber gewandt, obwohl wir ganz eindeutig weder die Männer, um die sie kämpfen würden, noch eine verlaufene Reisegruppe waren.

Zwar war es in dem Raum nun zu voll, um jeden genauer unter die Lupe nehmen zu können, aber auch hier war der erste Eindruck nicht anders – das Aussehen war bei der Auswahl der Kandidatinnen ganz eindeutig ein entscheidenderes Kriterium gewesen als die Intelligenz.

»Gut, jetzt wo wir ungestört sind, möchte ich euch noch mal herzlich willkommen heißen. Ich bin Mara, Regisseurin und eure Ansprechpartnerin, sollte es Probleme jeglicher Art geben. Ihr könnt euch immerzu an mich wenden!«

So wie ihre Augen glitzerten, wirkte es auf mich, als würde sie damit sagen wollen, sollte es keine Probleme geben, dann macht welche – alles für die Show.

Ich musste mich auf die Zehenspitzen stellen, um über Tonis Schulter sehen zu können. Zusätzlich zu den Kandidatinnen waren noch ein paar andere Filmset-Mitarbeiter vor Ort, die sich hinter Mara aufgestellt hatten. Allerdings konnte ich vom Großteil nur den Haarschopf ausmachen, da ich mir einen Platz mit schlechter Sicht ausgesucht hatte.

»Nun aber gebe ich das Wort weiter an Produzent und Regisseur Mark Dieter.«

Alle klatschten, während ich nur wie erstarrt auf das Erscheinen des Produzenten warten konnte.

Mein erster Gedanke war: *Nein, bitte nicht Mark! Alles nur nicht noch ein Mark!*

Mein zweiter: *Wie kann man mit Nachnamen Dieter heißen?*

Kapitel 5 – Sweet Home California

Als Mark Dieter sich an Mara vorbeischob, sich in die Mitte stellte, um den Applaus entgegenzunehmen, erkannte ich erleichtert, dass der ergraute Mann keinerlei Ähnlichkeit zu meinem Mark aufwies. Der Nachname blieb jedoch immer noch ein ungelöstes Mysterium.

Herr Dieter schüttelte das schüttere Haar graziös und neigte galant den Kopf, bis der Applaus langsam abklang. Er war bestimmt schon in seinen Fünfzigern und eine interessante Erscheinung. Vor allem, da seine dunklen Augen ganz klar mit schwarzem Kajal nachgezeichnet waren. Die schwarze Lidumrandung hatte genau dieselbe Farbe wie die klobige Fassung seiner Brille. Ich fragte mich, ob er tatsächlich optische Gläser als Sehhilfe benötigte oder er zu jener Gruppe von Menschen gehörte, die Brillen nur als modisches Accessoire trug. Ihm traute ich Option zwei durchaus zu.

»Meine Damen, wunderbar euch endlich live hier vor mir stehen zu sehen. Wir haben wahrlich ein paar sehr aufregende Wochen vor uns. Davon bin ich schon jetzt überzeugt. Für die ein oder andere wird die Reise bereits nach wenigen Tagen zu Ende sein, für vier Auserwählte wiederum wird sie bis zum Schluss andauern, vielleicht sogar niemals enden.«

Obwohl der Gewinn eines Herzens etwas Gutes sein sollte, grinste er teuflisch. Ein seltsamer Herr, dieser Mark Dieter. Doch die anderen Frauen schienen meine Meinung nicht zu teilen. Fasziniert hingen sie an seinen Lippen und lauschten jedem Wort gespannt.

»Ich bin wirklich froh, die Chance zu haben, euch durch diesen Prozess zu begleiten. Schlussendlich hängt jedoch alles von unseren vier jungen Herren ab.«

Auch diesmal hatte ich nicht das Gefühl, er würde meinen, was er sagte.

Genauso gut hätte er laut schreien können, *schlussendlich entscheiden wir, wer weiterkommt.* Aber er blieb ruhig und behielt das breite Grinsen bei, mit dem er Frau Breitmaul-Frosch gewaltig Konkurrenz machte. Vielleicht war so ein breites Lächeln auch einfach eine Voraussetzung, die man für einen Job beim Fernsehen selbst im Schlaf beherrschen musste. Demzufolge konnten sie für diese Angewohnheit gar nichts und sie erfüllten nur die notwendigen Kompetenzen. Hoffentlich würde ich mir jenes idiotische Lächeln nicht auch aneignen müssen. Es fiel mir nicht schwer, mir bildlich vorzustellen, wie Ella sich bei diesem Anblick im Fernsehen totlachen oder in Grund und Boden schämen würde.

»Gibt es im Moment bereits konkrete Fragen oder kann ich schon zum Organisatorischen kommen?«

Diesen Satz hätte er Wort für Wort von meinem Klassenlehrer aus der Schulzeit geklaut haben können, wodurch er plötzlich eine fatale Ähnlichkeit zu Professor Krötze aufwies – langsam machte sich der Jetlag bemerkbar. Meine Gedanken wurden immer wirrer und ich merkte, wie meine Augenlider schwer wurden.

»Wann werden wir sie das erste Mal treffen?« Die Frage kam von einer kleinen Brünetten, die hinter einem schrägen Pony hervorlugte und ihre Stimme vor Nervosität kaum unter Kontrolle hatte. Es war nicht schwer zu erraten, wen die Frau mit *sie* meinte.

»Eine sehr gute Frage«, lobte Herr Dieter und nickte wichtigtuerisch. »Nachdem ihr die Ladys-Villa bezogen habt, werdet ihr die Herren bei einem gemütlichen Dinner kennenlernen. Ihr werdet zu Anfang jeweils einzeln vorgestellt und habt ein paar Minuten Zeit, um euch zu unterhalten und natürlich auch, um einen guten ersten Eindruck zu hinterlassen.« Abschließend ließ er noch mal die weißen Zähne aufblitzen.

»Das mit dem ersten Eindruck wird ein Klacks«, raunte Samantha, die nicht weit von uns entfernt stand, dem Mädchen neben ihr zu – leider viel zu laut. Ich verkniff mir ein Lächeln. Mark Dieter hingegen musterte Samantha interessiert – offenbar witterte er bereits die ersten spannungsgeladenen Zickenkriege. Denn Samantha war ohne Zweifel eine perfekte Zickenkriegerin – dafür brauchte sie gar keine Kriegsbemalung, das erkannte man auch so auf einen Blick.

»Gut, wenn es jetzt keine weiteren Fragen gibt … Keine Sorge, das ist immer so. Die Aufregung, die neue Umgebung – absolut verständlich. Sobald ihr euch eingelebt habt, werden die ganzen Fragen nur so Schlange stehen.« Amüsiert klopfte er sich auf den runden Bauch. »Ich muss euch nun darum bitten, alle eure Handys abzugeben, das ist Vorschrift bei uns.«

Da wir das bereits aus dem Vertrag wussten, gab es keine Proteste und jede warf ihr Smartphone in die Box, die herumgereicht wurde.

»Um mit euren Lieben zu Hause in Kontakt zu bleiben, könnt ihr das Telefonzimmer in der Ladys-Villa nutzen. Ihr seid nicht befugt euch außerhalb des Areals aufzuhalten, also verlasst euren Hausabschnitt unter keinen Umständen. Schließlich sind wir für euch verantwortlich und wollen nicht, dass ein Schäfchen verloren geht.« Er lachte, als hätte er einen guten Scherz gemacht. »Das Showformat ist euch allen bestimmt bekannt. Es wird sowohl Einzel- als auch Gruppendates im Laufe der Woche geben und pro Woche gibt es mindestens einen Entscheidungsabend. Ansonsten kann ich nur sagen, lasst euch überraschen. Jetzt geht es erst mal weiter zu eurem Aufenthaltsort. Mara wird euch dorthin begleiten. Ich komme zu gegebener Zeit nach. Wundert euch nicht, wenn mein Team die Kameras bereits aufbaut, ab heute wird das zu eurem Alltag gehören.«

Ein nervöses Raunen ging durch die Runde. Offenbar war ich nicht die Einzige, die die Aussicht auf ständige Beobachtung einschüchterte. Lediglich Samantha wirkte, als hätte sie mit der bald beginnenden Überwachung und den im Haus montierten Kameras absolut kein Problem. Sie warf ihr glänzendes blondes Haar in den Nacken und ich fragte mich, wie es möglich war, nach so einem Tag noch so wunderschön auszusehen – im Gegensatz zu mir, versteht sich. Meine Haare waren zu einem unordentlichen Knoten hochgebunden und selbst im normalen Zustand glänzten sie nicht in diesem satten Goldton wie Samanthas. Unverhohlener Neid drohte an die Oberfläche zu schwappen.

Doch bevor ich in die dunkelsten Abgründe eines Frauenkopfes abtauchen konnte, drängte Mara uns zur Eile. Sie geleitete uns zu den Taxis, die uns in die Ladys-Villa bringen sollten. Vor Nervosität zog sich mein Magen krampfhaft zusammen. Jetzt ging es wirklich los.

Als wir das Flughafengebäude verließen, hüllte uns eine drückende Hitze ein, die ich aus Österreich gar nicht kannte. Die Sonne brannte vom Himmel und ich versteckte meine lichtempfindlichen Augen hinter zwei großen Gläsern einer Sonnenbrille.

Die Wagen, die uns zu unserem neuen Zuhause kutschierten, waren nicht so pompös, wie man es im Fernsehen sonst immer sah. Warum auch, immerhin waren die Kameras noch nicht an. Meine zitternden Knie waren dankbar für die Sitzgelegenheit und ich versuchte meine angespannten Nerven zu beruhigen, während mein Puls auf hundertachtzig war.

Der Verkehr ging stockend und es war absolut unglaublich, wie befahren und vollgestopft die Highways waren. Hier gab es bestimmt doppelt so viele Spuren, wie ich es gewohnt war, und ich verlor nach wenigen Minuten den Überblick. Das Auto hätte uns genauso gut über die mexikanische Grenze entführen können, ich hätte es nicht bemerkt.

Ich saß mit Toni und einem anderen Mädchen auf der Rückbank und versuchte möglichst nicht an ihre Arme zu kommen, da ich völlig durchgeschwitzt wirklich keinen sehr kuscheligen Eindruck hinterließ. Kein Wunder, dass sie uns erst mal Zeit gaben, uns in der Villa zurechtzumachen, bevor wir auf die Auserwählten trafen.

Irgendwann bogen wir von den dicht befahrenen Straßen ab und folgten dem Konvoi in ein nobles Ortsgebiet. Mit an den Scheiben eingedrückten Nasen starrten wir aus den Fenstern und betrachteten staunend die herrschaftlichen Residenzen der Schönen und Reichen von Los Angeles. Viel war zwar nicht zu sehen, da der Großteil hinter hohen Zäunen und Hecken versteckt war. Dennoch war es absolut unglaublich. Toni und die Kandidatin rechts von mir, deren Namen ich noch nicht kannte, spekulierten lauthals, welche Prominenten hier wohl unsere Nachbarn sein würden. Da drehten bei den zwei wirklich die Fan-Girl-Gene durch. Der Wagen verlangsamte sein Tempo und bog um die Ecke.

»Wow!« Mit offenen Mündern bestaunten wir die Villa, der wir auf einem gepflasterten Weg entgegenfuhren. Erstaunlich, wie sie einerseits aufgrund der weitläufigen Glasflächen modern war, aber andererseits auch die zauberhaft romantische Atmosphäre eines Märchenschlosses verkörperte. Die Fassade war in einem schlichten Weißton gehalten. Vermutlich gab es dafür noch eine exaktere Bezeichnung, doch ich kannte nicht viel mehr als das klischeehafte Perlmutt- oder Alabasterweiß, die in diesem Fall nicht gerade treffend waren.

»Das ist echt krass. Schau dir die Bäume an – sind die etwa in Formen geschnitten?«, fragte Toni perplex und begutachtete die in Reih und Glied aufgestellten Buchsbäume argwöhnisch.

»Komm, schauen wir uns den Rest an«, meinte ich und drängte sie dazu auszusteigen, denn das Taxi hatte mittlerweile angehalten.

Wir holten unser Gepäck aus dem Kofferraum und schlossen uns den restlichen Frauen an, die ebenfalls aus den Wagen kletterten. In dem Moment war die Müdigkeit vollkommen vergessen und gegen meinen Willen musste ich zugeben – selbst bei mir schalteten sich die Mädchen-Kreisch-Gene ein. Vielleicht äußerlich nicht so laut und schrill wie bei Toni. Allerdings innerlich genauso begeistert.

Durch eine große Tür kamen wir direkt in eine Art Wohnzimmer, was man sonst nur aus den amerikanischen Sitcoms kannte. Im Inneren des Hauses überwog definitiv der moderne Stil, denn allein der Flachbildfernseher, der beinahe die gesamte Wohnzimmerwand einnahm, erinnerte mehr an die Leinwand in einem Kino und ich erwartete ganz automatisch Popcorngeruch.

»Das ist so krass«, sagte Toni neben mir völlig aus dem Häuschen. Ich konnte ihre Begeisterung nur teilen, das war der absolute Wahnsinn!

»Mädels, hergehört«, rief Mara über das allgemeine Getuschel und Freudengeschrei hinweg. »Ihr habt zwei Stunden, dann werden euch die Limos abholen.« Einstimmiges Keuchen. Ich wegen den Limousinen, ungefähr achtzig Prozent des Rests wegen den zwei Stunden.

»Das schaffe ich nie«, flüsterte Samantha laut, im ganzen Raum war es zu vernehmen. Sie wirkte ehrlich schockiert – immerhin waren noch gar keine Kameras an, die ein Schauspiel erfordert hätten.

»Aber klar schafft ihr das«, rief Mara gut gelaunt und zufrieden. Das war dann wohl die erste Stufe, um Streit zu provozieren.

Dennoch verhalten amüsiert sah ich in die Runde. Ich war umgeben von bildhübschen Mädchen, die einfach nur mal unter die Dusche mussten, aber wem würde man das nach so einem Tag verdenken? Toni machte jedoch ein Gesicht, als müsste sie sich erst von Aschenputtel in Cinderella verwandeln.

»Wir sehen uns dann später. Und Ladys – Toi, toi, toi für die erste Begegnung.« Mit einem dicken Grinsen spazierte sie nach draußen zu den Kameraleuten, die bereits mit den Vorbereitungen begannen. Wenn sie weiter so lächelte, würde sie noch einen Krampf bekommen – das war ja nicht mehr gesund.

»Komm, beeilen wir uns«, riss mich Toni aus meinen Gedanken und zog mich zur Treppe, wo sich gerade gut vierzig andere Frauen durch den kleinen Durchgang in Richtung der Schlafzimmer zu quetschen versuchten. Überrumpelt ließ ich mich von der Menge mitziehen, bis sich alles zerstreute und wir ein leeres Zimmer fanden. Besser gesagt fand Toni es und verteidigte es wie eine Löwenmutter vor einer platingefärbten Blondine, die ehrlich erschrocken über Tonis Unerbittlichkeit Reißaus nahm. Unser Weg kreuzte sich und ich lächelte ihr entschuldigend zu. Hoffentlich hatte Toni uns damit nicht schon die erste Erzfeindin beschert.

Ich folgte Toni und war ihr gleichzeitig unglaublich dankbar, denn offenbar hatte unser kurzes Gespräch am Flughafen dazu beigetragen, dass wir nun Zimmergenossinnen waren. Nichts wäre schlimmer gewesen, als allein nach einem freien Bett zu suchen, ohne irgendjemanden der anderen Kandidatinnen zu kennen.

Die Zimmer der Villa erinnerten sehr an standardmäßige Hotelzimmer. Es gab ein Doppelbett, dessen rechte Seite Toni besetzte. Sie war bereits voll und ganz damit beschäftigt, ihren Koffer auszupacken, während ich noch unser Zuhause für die nächste Zeit in Augenschein nahm. Ich setzte mich auf die linke Betthälfte und sah durch das bodentiefe Fenster nach draußen. Von unserem Standpunkt aus konnte man das Meer erkennen und ich fühlte mich ganz wie im Urlaub. Die Bettwäsche war blütenweiß und das Bett war einladend bequem, allerdings musste ich gegen die Müdigkeit ankämpfen, denn wenn ich mich jetzt hinlegen würde, würde ich die zwei Stunden bis zur Abfahrt durchschlafen. Ein Blick in den Spiegel gegenüber vom Bett bestätigte mir – ein Besuch des Badezimmers war eindeutig vonnöten.

Da nicht jedes Zimmer ein eigenes Bad hatte, drängelten sich im Etagenbad, das so groß war wie mein Wohn- und Esszimmer zusammen, gut zwanzig Kandidatinnen. Die weißen Fliesen blitzten wie frisch aus dem Katalog und es roch nach Rosenwasser und ätherischen Ölen. Man hätte sich wie im Spa fühlen können, hätten sich die anderen Frauen vor den Spiegeln keine Zweikämpfe auf Leben und Tod geliefert.

Wenn ich noch an die Reihe kommen wollte, sollte ich mich wohl doch ebenfalls sputen. Daher holte ich aus unserem Zimmer frische Kleidung.

Aus den Gesprächen hatte ich bereits herausgehört, dass ich mit Jeans und Bluse so was von underdressed wäre, weshalb ich ein blitzblaues Kleid wählte, das perfekt zu meinen Augen passte. Schließlich wagte ich mich mit Handtuch, Duschgel und Wechselkleidung bewaffnet zurück ins Bad. Es herrschte allgemeine Hektik, die mich schnell ansteckte.

Nervöse Vorfreude ließ mein Herz höherschlagen. Bald war es so weit. Keine zwei Stunden und ich würde Alexander endlich gegenüberstehen.

Ich gesellte mich zu Toni, die sich einen Platz an einem der sieben Waschbecken gesichert hatte.

»Lars ist ja so heiß«, sagte sie in diesem Moment zur Platinblonden, die sie zuvor aus dem Zimmer verdrängt hatte.

»Ich weiß«, seufzte diese verzückt und wickelte eine ihrer Strähnen um einen Lockenstab. Offenbar schien sie Toni ihr Verhalten von vorhin nicht übel zu nehmen. Oder sie verfolgte bereits den allgemeinen Grundsatz – kenne deine Freunde gut, deine Feinde noch besser. Wobei man in dem Fall wohl von Konkurrentinnen sprechen musste.

»Wären sie nicht scharf, wären sie vermutlich nicht für eine Fernsehshow ausgewählt worden«, meinte ich ironisch, doch weder Toni noch die Blonde schienen den beißenden Unterton zu bemerken.

»Ja, sie sind wirklich scharf«, meinte Toni daher nur verträumt und seufzte glücklich.

Sie betupfte ihre Zahnbürste gerade mit Zahnpasta. Gut, dass sie mich daran erinnerte, Zähneputzen hatte ich auch dringend notwendig. Zwar würde es heute mit Sicherheit noch nicht zum ersten Kuss kommen, dennoch musste man für alle Fälle gewappnet sein.

»Ich bin übrigens Michelle«, stellte sich die Blondine vor und reichte mir ihre Hand.

»Freut mich. Ich bin Fanny.«

Ich stand noch ein paar Minuten mit den beiden zusammen, während Michelle ihre Haare lockte und Toni begann sich zu schminken, dann begab ich mich auf die Suche nach einem freien Duschabteil. Ich legte das blaue Kleid in eine Ablage und schloss mich anschließend in einer Duschkabine ein. Angenehm kühl prasselte das Wasser auf meine erhitzte Haut und wusch Schweiß und Anstrengung der vergangenen vierundzwanzig Stunden ab.

Ich nutzte die Entspannung vollkommen aus, bis ich die drängelnden Rufe von draußen nicht länger ignorieren konnte. Schnell wickelte ich mich in ein flauschiges Frotteehandtuch und gab die Dusche frei. Auf dem nassen Fliesenboden legte ich fast eine Bruchlandung hin, weswegen ich nur mit kleinen Trippelschritten meinen Kleiderhaufen ansteuerte. Doch bereits einige Meter vom Ziel entfernt erkannte ich das Horror-Szenario.

»Mein Kleid«, rief ich erschrocken aus, als ich den blauen Stoff in einer Wasserlache vor einer überschwemmten Duschkabine liegen sah. Entsetzt sah ich in die Runde, als bräuchte ich eine Bestätigung von den anderen, dass ich mir das hier gerade nicht nur einbildete.

»Oh, das ist wohl nass geworden«, meinte eine Blonde, die neben Samantha vor dem Spiegel stand, und hob abschätzig mein blaues Kleid vom Boden hoch. »Ist womöglich auch besser so.« Mit diesen Worten reichte sie mir das Kleid weiter, während mir vor Frustration beinahe die Tränen kamen.

Kapitel 6 – Zeitdruck

»Halb so wild«, murmelte Toni, die wie aus dem Nichts plötzlich neben mir auftauchte.

»Wir finden schon ein anderes passendes Kleid. Dann kannst du dir das blaue für einen anderen Abend aufheben«, meinte auch Michelle, die ihren Platz am Waschbecken aufgegeben hatte und ebenfalls zu uns gekommen war. Sie lächelte schüchtern.

Zumindest wenn es noch einen anderen Abend hier für mich geben würde. Ich nickte wie in Trance. Den Start in den ersten Tag der Show hatte ich mir irgendwie anders vorgestellt.

»Komm schon, wir haben keine Zeit zu verlieren.«

Samantha und die andere Blonde beobachteten Toni mit Argusaugen, wie sie munter und aufgeweckt zum Eingang tänzelte. Als ich zögerte, machte sie noch mal kehrt. Sie und Michelle nahmen mich in ihre Mitte und führten mich zu unserem Zimmer zurück, um mir bei der Auswahl eines neuen Kleides unter die Arme zu greifen.

Ich hatte nicht damit gerechnet, dass mein Vorsatz, nicht wie eine aufmerksamkeitssüchtige Barbiepuppe wegen jeder Kleinigkeit loszuflennen, bereits am ersten Tag ins Wanken geraten würde. Seit ich Alexander nach meiner Trennung von Mark im Fernsehen entdeckt hatte, hatte ich keine Träne mehr vergossen und jetzt sollte ich aufgrund eines Kleides weinen?

Nein, das war definitiv nicht ich!

Zu meinem Schrecken verschleierte sich allerdings bereits meine Sicht und ich spürte, wie sich die Tränen ihren Weg nach oben bahnten. Müdigkeit, Aufregung und Ärger vermischten sich zu einem einzigen Gefühlschaos und ich fühlte mich hilflos. Mit der Wucht eines herannahenden Schnellzugs wurde mir bewusst, worauf ich mich hier eingelassen hatte und ich wollte so schnell wie möglich zurück nach Hause.

Nun wurde es aber wirklich peinlich! So weinerlich durfte ich mich keinesfalls vor Toni und Michelle zeigen! Andernfalls würden sie glauben, ich wäre tatsächlich eine Heulsuse. Ich atmete tief durch und riss mich zusammen. Ich war eine Kämpferin und keine Mimose, rief ich mir in Erinnerung.

»Ich komme schon zurecht. Macht euch um mich keine Sorgen, immerhin müsst ihr euch selbst doch noch fertig machen«, meinte ich entschuldigend.

Michelles Kopf war auf der einen Hälfte in wilden Locken um einiges voluminöser als die linke Seite mit den glatten Schnittlauchhaaren, die ihr bis zur Brust reichten. Damit erinnerte sie mich ein bisschen an Medusa, was ein kleines Lächeln aus mir herauslockte und die Trauerstimmung endgültig vertrieb.

»Nein, das ist jetzt wichtiger.« Toni schob uns zielsicher über die Türschwelle unseres Zimmers. Ihr Make-up war ebenfalls noch nicht fertig, wie man an den braunen Farbklecksen auf ihren Wangen erkennen konnte. Und ich rechnete es ihr hoch an, dass sie sich so um mich kümmerte. Schließlich kannten wir uns erst wenige Stunden.

Geschäftig beugte Toni sich über ihren erst halb ausgepackten Koffer und zog ein rotes Kleid hervor, das vom Stoffanteil genauso gut als T-Shirt hätte durchgehen können.

»Du ziehst das hier an!«, verkündete sie mit einem Ton, der keine Widerworte duldete. »Das passt perfekt zu deinen dunkelblonden Haaren und das Rot sticht so richtig raus – echt der Knaller.«

Zufrieden musterte sie mich, als sie das Kleid vor meine Nase hielt.

»Na, ich weiß nicht«, meinte ich unsicher und sah hilfesuchend zu Michelle. So etwas Gewagtes würde ich normalerweise niemals anziehen. Meiner Meinung nach war bereits meine eingepackte Kleiderauswahl viel zu extrem. Aber das toppte das rote Kleid noch mal um Längen. Ella würden die Augen aus dem Kopf fallen, wenn sie mich so im Abendprogramm sah. Vor allem, da Toni kleiner war als ich und das Kleid an mir dementsprechend kürzer.

Doch ungewöhnliche Umstände verlangten ungewöhnliche Maßnahmen.

Außerdem traute ich mich nicht Toni zu widersprechen. Ihre Augen funkelten zufrieden und die Geste war wirklich nett. Ich war zwar nicht hier, um Freunde zu finden, sondern um mir den Traummann zu angeln – dennoch würde eine Freundschaft in dieser Löwengrube bestimmt von Vorteil sein. Zudem schätzte ich Alexander (oder auch jeden anderen Mann) nicht so ein, als würde er diesen roten Blickfang als zu aufreizend verurteilen.

Nein, das würden die Zuschauer zu Hause tun.

Ich spürte, wie sich meine Wangen rot färbten, als ich daran dachte, wie meine Studienkollegen (oder noch schlimmer – meine Oma) mich in diesem Kleid verzweifelt um das Herz eines Mannes kämpfen sehen würden. Mein Gesicht hatte mittlerweile bestimmt die gleiche Farbe wie das Kleid angenommen – wenigstens das passte schon mal zusammen.

»Man muss wirklich sagen, die Farbe steht dir echt gut. Und *Mann* wird es gefallen«, mischte sich Michelle ein und zwinkerte mir schelmisch grinsend zu. Langsam, aber sicher schien sie uns gegenüber aufzutauen.

Toni kicherte über das Wortspiel. »Das bedeutet wohl, du bist überstimmt, Fanny.« Sie frohlockte und drückte mir den Stofffetzen in die Hand. »Wehe du ziehst es nicht an.« Drohend senkte sie die Stimme, was ich jedoch wegen der gehobenen Mundwinkel nicht ernst nehmen konnte.

»Sieht so aus, als hätte ich keine Wahl.« Ergeben zuckte ich mit den Schultern und ließ mich auf mein Bett fallen.

»Ganz genau.« Toni grinste breit. »Aber jetzt müssen wir uns wirklich beeilen. Also los, los.«

Michelle vor sich herscheuchend strebten die beiden die Tür an, um sich fertig zu machen.

Seufzend rief ich mir noch einmal in Erinnerung, wie wichtig der erste Eindruck war. Andernfalls könnte die ganze Märchenreise bereits heute ihr Ende finden – ich musste mich ins Zeug legen. Vielleicht war das rote Kleid also wirklich keine schlechte Idee.

Manchmal musste man eben über seinen Schatten springen und in meinem Fall hieß das, aus dem Schatten zu treten.

Wenn ich hier Alexanders Herz erobern wollte, durfte ich nicht länger ein graues Mauerblümchen bleiben – ich musste mich aus dem Schatten wagen und ihn umhauen!

»Toni«, rief ich ihr nach, als die zwei bereits die Tür erreicht hatten.

»Ja?«, fragend sah sich mich an.

»Danke. Vielen Dank.« Ich lächelte breit.

***

Mein Herz klopfte wie verrückt und nervös trat ich von einem Bein auf das andere. Ich stand im Eingangsbereich der atemberaubenden Villa und beobachtete, wie die Kandidatinnen von einem Zimmer zum nächsten eilten, während ich mich wie ein verloren herumstehendes Paket fühlte. Nachdem ich Zähne geputzt und mich geschminkt hatte, war die Atmosphäre im Badezimmer von Minute zu Minute angespannter geworden, weshalb ich mich aus dem Staub gemacht hatte, um niemandem im Weg zu stehen.

Das Haus wimmelte nur so von Tontechnikern, Kameraleuten und Assistenten. Das Fernsehteam war ein bunter Mix aus Deutsch- und Englischsprechenden, die eine eingespielte Truppe waren und vermutlich für jede Staffel zusammenarbeiteten.

Laut der Liste, die an einem Klemmbrett am Eingang hing, würde ich eine der Letzten sein, die den vier Herren vorgestellt werden würde. Bevor das eigentliche Dinner begann, hatten wir in Vierergruppen jeweils fünf Minuten Zeit, uns mit den Kandidaten zu unterhalten. Demnach würde jede von uns vier Gespräche zu jeweils gut einer Minute führen. Das war nicht viel Zeit, aber zumindest war es unsere Gelegenheit, bei den Herren einen ersten Eindruck zu hinterlassen, so wie Herr Dieter angekündigt hatte.

Ich war unglaublich aufgeregt, aber dennoch voller Vorfreude. Das war der Moment, auf den ich seit Monaten wartete. Doch nun, da der Zeitpunkt nahte, konnte ich keinen klaren Gedanken fassen und der Fluchtinstinkt setzte ein.

Alles kam mir verkehrt vor.

Das Kleid, das mir Toni geliehen hatte, die High Heels, das Make-up – alles wirkte so unecht, so nicht ich.

Alexander würde mich nicht um meinetwillen hierbehalten, sondern wegen einer äußeren Hülle, die nicht ich war. Zumindest wenn ihm diese Hülle überhaupt gefallen sollte ...

Kalt fuhr die Erkenntnis meinen Rücken hinunter. Ich sollte nicht hier sein. Es war falsch anzunehmen, Alexander wäre der Traumprinz, der mich aus meinem andauernden Pech in Liebesbeziehungen retten würde. Panik überfiel mich, die Aufregung machte meine Gedanken dumpf, als wäre mein Kopf vollgestopft mit Watte, die die Synapsen in meinem Gehirn verklebte.

»Fanny? Bist du fertig?«, hörte ich eine quirlige Stimme von hinten fragen. Perfektes Timing, denn das bewahrte mich davor, in Tränen auszubrechen. Das hätte mir gerade noch gefehlt.

In Nullkommanichts wäre Herr Dieter aufgetaucht und hätte eine Lachnummer aus mir gemacht. Ich konnte Toni nur erneut dankbar sein. Ich drehte mich zu ihr um und setzte eine möglichst gefasste Miene auf.

Mittlerweile war auch sie fertig hergerichtet und angezogen. Nun zupfte sie am Saum eines ebenso kurzen Sommerkleides wie das, welches sie mir geliehen hatte. Allerdings war es in einem kräftigen Gelb gehalten, das ihre sandfarbene Haut zum Strahlen brachte.

»Ja, klar«, sagte ich und lächelte sie breit an.

»Dann auf geht's. Es sind bis dato zwei Minuten oder so.«

Bis dato? Ich musste über ihre Wortwahl grinsen, während sie fröhlich auf der Stelle tanzte. Einige der anderen Frauen liefen noch hektisch durch das Wohnzimmer. Die Aufregung spitzte sich weiter zu – die Nerven aller waren zum Zerreißen gespannt.

Um mich abzulenken, konzentrierte ich mich auf Toni. »Was hat dich dazu gebracht, dich hier anzumelden?«, fragte ich sie leise mit gedämpfter Stimme.

Überrascht sah sie mich an, als wäre die Antwort total offensichtlich – war sie vermutlich auch.

»Für den Spaß«, erwiderte sie lachend. »Ich sage zwar, ich wäre wegen Lars hier. Aber ich würde nicht so weit gehen, zu sagen, ich wäre bereits in ihn verliebt oder so. Das geht doch gar nicht.« Sie lachte glucksend auf. »Allerdings fand ich ihn interessant und ich kann es wohl zugeben, echt heiß.« Sie kicherte. »Genauso wie die Situation hier. Mein ganzer Freundeskreis hält mich für durchgeknallt, doch ich sehe es als ein Abenteuer.« Erneut trat ein schelmisches Grinsen auf ihre Lippen. »Ich bin jung – warum sollte ich den Sommer allein in einer stickigen Einzimmerwohnung ohne Klimaanlage verbringen, wenn ich auch hier sein kann?« Sie schloss die Villa in einer weitläufigen Geste ein. »Vielleicht funkt es zwischen Lars und mir, vielleicht auch nicht. Vielleicht ist einer der anderen drei Herren mein Zukünftiger. Ich weiß es nicht und ich will es auch gar nicht wissen – zumindest jetzt noch nicht.«

Meiner Meinung nach ein paar zu viele Vielleichts. Im Gegensatz zu ihr wäre es mir lieber, sofort auf Nummer sicherzugehen. Denn ich hatte es satt, mir immerzu das Herz brechen zu lassen.

»Warum würdest du es nicht wissen wollen?« Neugierig legte ich meinen Kopf schief. Ihre Antwort interessierte mich wirklich brennend.

»Weil ich den ganzen Sommer Zeit habe, es selbst herauszufinden. Wo wäre da die Spannung in einem Film, wenn du das Ende schon kennst?« Kokett drehte sie an einer ihrer braunen Locken.

Ich kicherte. Der Vergleich gefiel mir. Wir waren wohl wirklich in unserem eigenen Film, das Drehbuch lag in unseren Händen.

»Machst du dir denn gar keine Gedanken darüber, was andere über dich denken könnten?« Damit äußerte ich genau die Zweifel, die mich die ganze Zeit über plagten.

Toni wischte meine Worte jedoch gekonnt mit einem Schulterzucken weg. »Sie können denken, was sie wollen. Dann sollen sie mich eben für eine aufmerksamkeitsgeile Möchtegern-Prinzessin halten. Solange ich meinen Prinzen bekomme, ist mir das egal«, meinte sie munter. »Aber jetzt lass uns rausgehen, wir wollen doch nicht die Letzten sein.«

Damit packte sie mich am Ellbogen und zog mich mit nach draußen. Die Letzten waren wir zwar bei Weitem nicht, dennoch war es schöner, an der frischen Luft im Licht der untergehenden Sonne zu warten. Tonis Ansicht zur Show hatte mich zum Grübeln gebracht und meine Nervosität kurzzeitig verdrängt. Aber nun richtete sich Herr Dieter, der mittlerweile auch am Set angekommen war, an die gesamte Gruppe und ich hatte das Gefühl, innerlich zu sterben. Die Aufregung saß in jeder Faser meines Körpers und mein Puls raste.

»So, Ladys! Hört gut zu. Zu viert werdet ihr in den Limousinen zum Treffpunkt gebracht. Wenn ihr dort seid, steigt ihr aus und habt knapp fünf Minuten Zeit, euch mit allen Herren bekannt zu machen. Das bedeutet nur etwas über eine Minute pro Kandidat. Ich weiß, das ist nicht viel – daher ist ein perfekter erster Eindruck vonnöten. Haut die Herren um!« Herr Dieter lächelte über den Rand seiner dicken Brillenfassung hinweg. »Wenn die Zeit um ist, seid so gut und macht keine Szene – wir wollen uns an den Zeitplan halten, ansonsten wird das eine langwierige Angelegenheit. Anschließend gibt es ein Essen, da könnt ihr dann die Eigeninitiative übernehmen. Bevor ihr in die Limousine steigt, werdet ihr noch verkabelt, damit mit den Kameras und der Tontechnik alles problemlos klappt und man eure schönen Stimmen gut hört«, zwitscherte er. »Anfangs wird das sehr ungewohnt sein, aber daran werdet ihr euch schon gewöhnen. Mara, möchtest du noch etwas ergänzen?«

Die dünne Rothaarige trat nun vor, auch sie grinste breit.

»Ladys, ich wünsche euch viel Glück. Wenn es irgendwelche Probleme gibt, scheut euch nicht zu mir zu kommen.«

Damit wir es auch ja in vollen Zügen für das Publikum ausschöpfen können, vervollständigte ich in Gedanken.

»So, jetzt aber los. Toi, toi, toi!« Grinsend hielt sie ihre Daumen in die Höhe und ließ die weißen Zähne aufblitzen.

Maras Worte waren das Startzeichen und zügig begann der Dreh.

Eine Gruppe nach der anderen verschwand in den ankommenden Limousinen. Obwohl wir im Endeffekt nur knapp über eine Minute Zeit hatten, um uns jedem der Kandidaten vorzustellen, war es ein mühsames Prozedere. Wir waren vierzig Frauen und somit zehn Gruppen, allerdings vermutete ich, dass die Aufnahmen wesentlich länger dauerten und sich durch Einzelinterviews nach jeder Vorstellungsrunde verzögerten, denn als nur noch acht Kandidatinnen in der Einfahrt warteten, wurde es bereits dunkel und ich hatte aufgehört die Minuten zu zählen.

Meine Gruppe würde gleich an der Reihe sein. Nervös trat ich von einem

Fuß auf den anderen, wobei ich aufpassen musste, auf den High Heels nicht das Gleichgewicht zu verlieren.

»Michelle, Fanny, Kira, Samantha – der nächste Wagen ist eurer. Kommt her!«, rief ein junger Mann.

Ich schätzte ihn auf Ende zwanzig und er war der Erste am Set ohne Breitmaulfrosch-Dauergrinsen. Damit war er mir automatisch sympathisch. Doch er wirkte gestresst und von den vielen Glitzerpailletten schlichtweg genervt. Ihn sollte man wohl besser nicht verärgern. Schnell stellten wir uns in einer Reihe auf.

Zum Glück war Michelle in meiner Gruppe, auf Samantha hätte ich hingegen auch verzichten können. Toni war bereits seit einer Weile in der ersten Limousine verschwunden.

»Hi, ich bin Kail und für die Technik zuständig«, stellte der Mann sich kurz angebunden vor, ohne mir wirklich in die Augen zu sehen. »Bitte umdrehen, ich muss das hier irgendwo befestigen.«

Bevor ich auch nur etwas erwidern konnte, hatte er mich schon umgedreht und heftete ein graues, viereckiges Teil an den Träger meines Kleides. Sobald er fertig war, versteckte er das Kabel unter meinen Haaren.

»Und die Nächste.« Routiniert arbeitete er weiter.

Ich wollte mich noch bedanken, da kam auch schon eine schwarze Limousine mit getönten Scheiben um die Ecke und ich vergaß alles um mich herum. Mein Herz schlug nervös schneller – der Moment, auf den ich seit Monaten wartete, nahte.

»Gott, ist das geil«, rief Samantha aus und ihr grelles Kreischen ließ mich zusammenzucken.

Mit einem hatte sie allerdings recht. Auch wenn ich es anders ausgedrückt hätte. Selbst ich konnte meine Begeisterung kaum zügeln. Mein Gesicht strahlte.

Sobald wir im Wagen Platz genommen hatten und er sich in Bewegung setzte, nahm die Aufregung überhand und ich wusste ganz genau, dass ich nun keinen Rückzieher machen konnte.

Jetzt ging es richtig los!

Kapitel 7 – Der erste Eindruck

Alles worüber ich nachdenken konnte, war, wie ich mich gegenüber Alexander verhalten sollte. Jedes Mal, wenn der Wagen langsamer wurde, begann mein Herz zu rasen – waren wir da?

Fehlalarm. Nur eine rote Ampel.

Mein Mund war trocken, ich brauchte dringend Wasser, andernfalls würde ich kein Wort herausbringen. Mit zitternden Fingern griff ich nach einer auf einem Tischchen stehenden Flasche, doch bevor ich auch nur den Schraubverschluss öffnen konnte, verringerte die Limousine auch schon erneut ihr Tempo und hielt schlussendlich an. Erschrocken klopfte mein Herz wilder denn je in meiner Brust. Nun war es also so weit.

Die Stimmung in der Limousine war die komplette Zeit über angespannt gewesen. Jetzt kehrte allerdings Schockstarre ein. Niemand sprach ein Wort. Selbst Samantha schien nervös und zupfte die ganze Zeit über an der filigranen Hochsteckfrisur, die sich auf ihrem Kopf türmte. Michelles und mein Blick trafen sich für einen kurzen Moment. Auch sie war ganz offensichtlich nahe der Ohnmacht. Da konnte auch das Make-up nicht länger überdecken, wie bleich ihre Wangen plötzlich waren.

Mit immer noch staubtrockener Kehle stellte ich die Wasserflasche an ihren Platz zurück. Jemand öffnete die Tür der Limousine von außen und Samantha kletterte als Erste aus dem Wagen. Jetzt war ich an der Reihe. Langsam näherte ich mich der Tür. Meine Hände zitterten unkontrolliert.

Ich kletterte aus der Limousine und hob den Kopf, um die Umgebung zu erkunden. Da traf mein Blick auf unnatürlich blaue Augen und mein Atem stockte.

Alexander stand nur wenige Meter von mir entfernt. Mein Traummann in

Fleisch und Blut. Innerlich stieß mein Herz einen Jubelschrei aus und mein Magen rebellierte. Aber ich hielt mein zaghaftes Lächeln aufrecht und bewegte mich ruhig und kontrolliert.

Neben ihm warteten drei weitere junge Männer auf einem roten Teppich. Doch mein Kopf war plötzlich wie leer gefegt. *Vorstellen? Erster Eindruck?*, fiel es mir siedend heiß ein und wie elektrisiert trat ich vor. Als jedoch Samantha vorschoss und sich Alexander als Erste sicherte, verharrte ich wie erstarrt auf dem Teppich, der unsere Schritte dämpfte.

»Begebt euch auf eure Plätze«, hörte ich die weibliche Stimme von Mara rufen.

Mit meinem eingeschränkten Blickfeld konnte ich jedoch nicht ausmachen, woher die Worte kamen. Denn von allen Seiten blendete Scheinwerferlicht und die Szenerie war so grotesk, beinahe, als würde Gott vom Himmel zu uns sprechen. Dies war natürlich nicht der Fall. Aber die Aufregung stieg stetig und meine Gedanken waren wirr.

Erst jetzt realisierte ich, dass Samantha sich Alexander nicht geschnappt hatte, sondern sie nur die zugeteilte Reihenfolge befolgte. Ich war so durcheinander. Plötzlich wusste ich nicht mehr, wem ich für das erste Gespräch zugeteilt war und ich geriet in Panik. Doch außer mir schien niemand ein Blackout zu haben und schlussendlich nahm ich den letzten freien Platz ein, wobei ich Alexander immer noch aus dem Augenwinkel beobachtete. Ich zwang mich dazu wegzusehen. Michelle stand neben mir, doch anstatt meinen Blick aufzufangen, hatte sie nur Augen für den attraktiven Mann vor ihr. Schmachtend sah sie zu ihm auf, während ihre Lippen zu einem vorfreudigen Lächeln gehoben waren

»Und Action!«, rief Mara aus dem Himmel und gab damit das Startsignal für die Kameras.

Schweiß trat mir auf die Stirn, es war unerträglich warm.

»Hallo! Ich bin Niklas«, sagte der junge Mann vor mir, den ich nun zum ersten Mal richtig wahrnahm. Seine warmen braunen Augen hatten grüne und gelbe Sprenkel und waren faszinierend schön. Sie erinnerten mich an Bernsteine, in denen Millionen Jahre alte Fossilien eingeschlossen waren.

Sein Blick war wach und energetisch, dennoch konnte er Alexander nicht das Wasser reichen. Ich ermahnte mich, nicht schon wieder zur Seite zu gucken, um zu sehen, wie Samantha Alexander begrüßte.

»Ich bin Fanny. Hi!«, antwortete ich ganz außer Atem und registrierte erst jetzt, dass er mir die Hand hinhielt. Sofort färbten sich meine Wangen dunkelrot und mein Blick zuckte zu einer der vielen Kameras, die uns fokussierte.

»Freut mich, dich kennenzulernen, Fanny.«

Galant lächelnd nahm er meine rechte Hand in seine, lehnte sich nach vorne und begrüßte mich mit einem Küsschen links und einem Küsschen rechts. Ein angenehmer Vanilleduft schlug mir entgegen, doch als ich meinen Kopf bei der Begrüßung leicht nach rechts drehte, fiel mein Blick sofort auf Alexander, der Samantha gerade mit einem breiten Lächeln anstrahlte. Ein dicker Kloß bildete sich in meinem Hals und mir wurde schlecht. Ich war keine Frau, die wusste, wie man herausstach. Hier nun das Gegenteil beweisen zu wollen, würde in einer Katastrophe enden.

»Ich hoffe, du bist nach der langen Reise noch nicht zu müde für das Dinner – ich kann nur sagen, die ganzen Gänge zu verspeisen wird genauso anstrengend, wenn nicht beschwerlicher als euer Flug«, scherzte Niklas, was mich dazu brachte, mich von Alexander loszureißen.

Mein Mund war ganz trocken und ich hatte Angst, meine Worte würden so kratzig klingen, als wäre ich eine jahrelange Kettenraucherin oder gerade erst aufgestanden.

»Das ist gut, nach dem Flug fühlt sich mein Bauch an, als hätte er ein Loch, und ich habe einen Bärenhunger«, versuchte ich mit möglichst lässiger Stimme zu entgegnen.

Niklas hingegen schien vollkommen entspannt. Sein Lachen wirkte echt und brachte seine Augen zum Strahlen und da das Lächeln bei Weitem nicht so aufgesetzt wie das von Mara oder Herrn Dieter war, wirkte er auch gleich viel sympathischer. Entweder hatte er ein paar Tabletten eingeworfen oder sich nach der achten Mädchengruppe einfach an die Kameras gewöhnt, die uns erschreckend nah auf die Pelle rückten und jedes Wort von uns aufschnappten. So ruhig, wie seine Hände waren, vermutlich eine Mischung aus beidem.

»Dann sind das ja die perfekten Voraussetzungen«, konnte Niklas gerade noch sagen, dann vernahm ich ein leises Piepsgeräusch. Das bedeutete, wir mussten nun unseren Gesprächspartner wechseln. Erleichtert atmete ich auf.

»Hat mich gefreut, dich kennenzulernen, Fanny. Wir sehen uns dann später beim Essen«, verabschiedete er sich freundlich und fuhr sich mit einer Hand durch die kurzen honigblonden Locken auf seinem Kopf. Zu den bernsteinfarbenen Augen war das eine wirklich faszinierende Kombination – ein bisschen musste ich durch die ganzen Honigtöne allerdings an Winnie Puuh denken und damit verlor er für mich jeglichen Sex-Appeal. Seinem Aussehen und dem gelösten Verhalten nach zu schließen, glaubte ich, er könnte der Schauspieler unter den Kandidaten sein. Leider blieb es jedoch nur eine Mutmaßung, denn da ich mich im Vorhinein nur auf Alexander konzentriert hatte, konnte ich mich an das, was Ella mir vor fast einem halben Jahr in dem Café über die anderen Kandidaten erzählt hatte, kaum noch erinnern.

Der Nächste an der Reihe war der junge Mann, mit dem Michelle zuvor gesprochen hatte. Ich konnte nur vermuten, dass seine Haare eine Afromähne sein würden, wären sie länger. Doch er trug sie kurz geschnitten, sodass man keine Löckchen erkennen konnte. Zu seiner Hautfarbe bildeten die hellen Augen einen außergewöhnlichen Kontrast und ganz dem Konzept der Show entsprechend war er unbestreitbar attraktiv. Seine vollen Lippen waren zu einem Lächeln geschwungen. War er womöglich Thomasch von Gritschetz? Allerdings konnte ich mich nicht mehr erinnern, was Ella zu ihm gesagt hatte. Musiker oder Manager? Dem muskulösen Körperbau nach zu schließen könnte er auch Sportler oder Tänzer sein, oder war er der Schauspieler? Doch anstatt meine vagen Vermutungen noch aus Versehen laut auszusprechen und mich damit erneut zu blamieren, zwang ich mich zu einem Lächeln, das hoffentlich nicht meine ganze Aufregung widerspiegelte, und ergriff das Wort.

»Hi – ich bin Fanny.«

Mein Gegenüber erwiderte offen und freundlich meinen Blick. »Freut mich sehr. Ich bin Lars«, stellte er sich vor.

»Lars«, wiederholte ich, um Zeit zu gewinnen.

Er neigte den Kopf zur Seite und lächelte mich schief an, wobei seine blaugrauen Augen funkelten.

Fieberhaft überlegte ich, was ich als Nächstes sagen sollte.

Samanthas lautes Lachen schallte aus unmittelbarer Nähe zu mir und machte mich nur noch nervöser.

»Ganz schön warm ist es hier. Ich bin schon froh, wenn wir drinnen bei der Klimaanlage sind. Ich muss gestehen, ich bin eher so der Wintertyp«, versuchte er die Stimmung zu lockern.

Der Eisbrecher funktionierte.

»Lars wie der Eisbär also«, antwortete ich munter und hätte im nächsten Moment am liebsten meinen Kopf gegen die Wand geschlagen. Lars wie der Eisbär … ging es noch blöder?

»Ja, so ungefähr.« Er lachte gut gelaunt und schien meinen Kommentar nicht weiter zu hinterfragen. Zeitgleich folgte das Piepssignal und routiniert verabschiedete er sich von mir.

»Hat mich gefreut, Fanny«, sagte er mit einem undefinierbaren Blick und entließ mich somit.

Mein nächster Gesprächspartner war also Thomasch. Doch nun, wo ich Alexander immer näher kam, konnte ich mich absolut gar nicht auf das Gespräch mit dem braunäugigen Charmeur konzentrieren. Nach der kurzen Minute, in der er Zeit hatte, mich kennenzulernen, musste er mit dem Resultat aus dem Gespräch gehen, dass ich einen an der Waffel hatte. Denn meine Nerven lagen blank und ich hatte die Fähigkeit verloren, zusammenhängende Sätze zu bilden. Doch selbst daran konnte ich mich nicht stören, ich wollte einzig und allein endlich mit Alexander sprechen.

Das erneute Piepsgeräusch war eine wahre Erleichterung und als ich mich eilig verabschiedete, rannte ich beinahe einen Kameramann, der sich zu nah an uns herangewagt und mit Sicherheit mein peinliches Gestotter in Nahaufnahme für die Nachwelt festgehalten hatte, über den Haufen. Sodass ich selbst zu Boden ging.

Ich fing mich gerade noch rechtzeitig mit den Ellenbogen auf, bevor ich mit der Nase auf den roten Teppich knallte. Schmerz zuckte kurz durch meine Arme, aber er wurde von Adrenalin überdeckt.

»Entschuldigung«, stammelte ich leise. Mein Blick hob sich, um abzuschätzen, wie viele Gesichter mich nun anstarrten. Als meine Augen auf die meines nächsten Partners trafen, rutschte mein Herz erneut in die Hose und mein Versuch aufzustehen scheiterte kläglich.

»Alles in Ordnung?«, fragte Alexander mit einem amüsierten Lächeln und reichte mir seine Hand, um mir hochzuhelfen.

Auf den hohen Schuhen brauchte ich seine Stütze auch wirklich dringend, denn ein weiteres Mal wollte ich keinesfalls umfallen. Die Kabel für mein Mikro waren verrutscht und hatten sich mit meinen Haaren verknotet, aber das war mir egal. Mit wackligen Knien, die sich gerade anfühlten, als hätten sich meine Muskeln und Knochen in Wackelpudding verwandelt, stand ich vor meinem Schwarm.

»Alles in Ordnung«, hauchte ich und sah Alexander aus großen Augen an.

Ich stand meinem Märchenprinzen gegenüber und brachte nicht mehr heraus als ein gestammeltes *Alles in Ordnung*. Hitze stieg mir bis zu den Ohren und ich wusste, dass ich etwas sagen sollte, aber seine Augen hielten mich gefangen. Anders als im Fernsehen glitzerten sie heute nicht in einem dunklen Azurblau, sondern in einem hellen Ozeanblau. Wie das Meer an einem besonders heißen Tag kurz vor dem Sonnenuntergang.

»Deine Augen sind schön«, entschlüpfte es mir da unvermittelt. Erschrocken schlug ich mir die Hand vor den Mund. Bitte keine Kameras, bitte keine Kameras … doch da, ein blitzendes Objektiv war genau auf uns gerichtet. Peinlich, peinlicher, am peinlichsten. Ella würde zu Hause einen Lachkrampf bekommen. Ich hingegen konnte mich nur mühsam beherrschen, mich nicht auf der Stelle umzudrehen und vor der Peinlichkeit davonzulaufen. Nun war es offiziell – ich drehte durch!

Doch Alexander lächelte. Er lächelte? War es ein Mitleidslächeln oder eines dieser Schauspieler-Dauerlächeln? Ganz mit Sicherheit konnte ich das nicht feststellen. Oder war das etwa ein echtes Lächeln?

»Danke«, antwortete er. Seine Mundwinkel hoben sich noch eine kleine Spur höher und er beugte sich näher zu mir. »Deine Augen sind auch sehr schön«, raunte er mir zu.

So, da hatten wir es dann wohl. Nun war es wirklich um mich geschehen. Wenn nicht gleich das Piepssignal kommen würde, um mich zu retten, würden als Nächstes die Sanitäter mit Blaulicht kommen müssen. Mein Gehirn hatte Sauerstoffzufuhr dringend notwendig.

Ich wollte Danke sagen oder zumindest irgendwas. Die Hoffnung auf etwas Geistreiches hatte ich schon längst aufgegeben. Aber ich bekam nicht mal ein einfaches Wort über meine Lippen.

Er legte seinen Kopf schief und grinste schelmisch. »Wenn wir uns schon an den Händen halten, sollte ich mich besser auch vorstellen. Ich bin Alexander. Und wie heißt du?«

»Ich bin Fanny.« *Und nur wegen dir hier,* ergänzte ich in meinen Gedanken. Nun, wo die ersten sinnvollen Worte geschafft waren, fühlte ich mich beflügelt und glücklicher denn je.

»Das ist aber kein bayrischer Akzent, den ich da höre, oder?«, fragte er interessiert und ich war froh, die erste Blockade überstanden zu haben.

»Nein, da kommt wohl ein bisschen Steirisch durch.«

Überrascht zog Alexander seine dunklen Brauen hoch. »Eine Österreicherin also. Woher kommst du denn genau?«

In meinem Magen braute sich ein freudiger Wirbelsturm an Gefühlen zusammen. Ich war begeistert, dass er mit dem Begriff Steirisch etwas anfangen konnte und ich mir keine üblichen Sprüche wie »Was ist denn das?« oder »Hinter welchem Berg ist denn das versteckt?« anhören musste.

»Momentan studiere ich in der Landeshauptstadt Graz.«

Ich führte meine erste Unterhaltung mit meinem Traumprinzen – wenn das kein Grund zur Freude war. Doch bevor ich meine Antwort weiter ausführen konnte, vernahm ich das leise Pling und vor Enttäuschung entglitten mir beinahe meine Gesichtszüge. Die Zeit durfte noch nicht um sein. Der erste Eindruck! Ich musste ihn doch noch überzeugen.

»Schade, aber dann sehen wir uns wohl später, Fanny. Ich freue mich schon mehr über dich zu erfahren.«

Lächelnd beugte er sich nach vorne, um mir einen Abschiedskuss auf die Wange zu geben. Das war gut? War er interessiert? Oder war das nur höflich? Ich musste etwas sagen. Etwas Schlagfertiges. Etwas, was ihm bis zum Schluss in Erinnerung bleiben würde. Doch mir fiel nichts ein.

Mara winkte bereits ungeduldig, damit wir Platz für die Nächsten machten und ich konnte nicht länger vor Alexander verharren.

»Bis später«, sagte ich daher und verlor jeglichen Mut. Das war die lahmste Verabschiedung überhaupt.

»Bis später. Und pass auf, dass du in der Zwischenzeit nicht wieder hinfällst.« Er zwinkerte mir zu und brachte mir damit ein Hochgefühl ein. Ich musste grinsen.

»Ich werde aufpassen.« Zumindest bis mein Ritter wieder Zeit hatte, mich zu retten.

Die nächste Limousine kam bereits um die Ecke und Herr Dieter winkte hektisch mit seinen großen Händen, die im Licht der Scheinwerfer funkelten. Vermutlich hatte er Nagellack aufgetragen.

»Vom Set, schneller, schneller ...«, zischte er durch zusammengepresste Zähne. Das Breitmaulfrosch-Lächeln war ihm nun definitiv vergangen. Stattdessen wirkte er, als hätte er in eine besonders saure Zitrone gebissen.

Alexanders Blick lag lächelnd auf mir und als ich mich umwandte, um den anderen Damen zu folgen, konnte ich mir ein breites Grinsen, mit dem ich sogar dem Breitmaulfrosch Konkurrenz machte, nicht verkneifen. Vor Freude tänzelnd folgte ich den anderen und wäre beinahe in das aufgeregte Quietschen von Michelle mit eingestiegen. Im letzten Moment packte mich jedoch wieder meine Vernunft und ich beließ es bei einem freudigen Jauchzen. Mein Magen drehte sich vor Aufregung – da waren die Schmetterlinge, unbestreitbar! So grauenhaft war das erste Aufeinandertreffen mit Alexander rückblickend wohl doch nicht gewesen. Gelächelt hatte er zumindest und dieses Lächeln würde mich nun vermutlich bis in meine Träume verfolgen. Verzückt seufzte ich auf.

»Und wie fandest du es?«, fragte Michelle mit einem dicken Grinsen im Gesicht, als würden ihre Wangen jeden Moment platzen.

»Aufregend, einfach aufregend.« Ich lachte munter. »Ich glaube, ich werde mir die Aufzeichnungen später im Fernsehen nicht ansehen können, ohne vor Scham im Boden zu versinken. Aber es war toll.«

Ich kicherte amüsiert, obwohl ich genau wusste, dass das die Wahrheit war und ich nicht nur einen peinlichen Moment gehabt hatte. Doch das Hochgefühl machte mich ganz schummrig und ich konnte nicht klar denken.

»Lars ist einfach umwerfend – er ist so witzig, hoffentlich habe ich später noch mal die Gelegenheit, mit ihm zu sprechen«, schwärmte Michelle und ihr Blick schweifte träumerisch in die Ferne, weshalb sie mit ihren hohen High Heels beinahe über den Randstein des gepflasterten Weges gestolpert wäre.

Sah ganz so aus, als wäre ich nicht die Einzige, die die Rettung ihres Prinzen brauchte.

»Da vorne ist Toni. Lass uns zu ihr gehen«, rief Michelle freudig und stürmte auch schon los.

Kapitel 8 – Der erste Abend

Amüsiert lächelnd folgte ich Michelle über die grüne Wiese des Gartens einer Luxusvilla auf die Mädels zu, die bereits seit einiger Zeit warteten. Wegen des unebenen Rasens traute ich mir nicht zu auf den hohen Schuhen so schnell wie Michelle voranzukommen, weshalb ich es bei meinem gemächlichen Tempo beließ. Ich nutzte die Zeit, um mich ausführlich umzuschauen.

Im Zentrum der Gartenanlage standen fein gedeckte Tische in einer Hufeisenformation. Die blütenweißen Tischtücher hoben sich von der grasgrünen Umgebung ab und die Flammen der Kerzen auf den Kerzenständern bildeten tanzende Lichtpunkte in der Dämmerung. In den Baumkronen hingen Lampions und die Kieswege im weitläufigen Gartengelände waren mit Fackeln gesäumt. Es duftete bereits lecker nach Essen, obwohl noch keine Teller zu sehen waren. Das Gespräch mit dem honigblonden Niklas hatte mich daran erinnert, heute den ganzen Tag noch kaum etwas gegessen zu haben und mein Magen knurrte bedrohlich seine Zustimmung. Hoffentlich würde die letzte Kennenlernrunde schnell abgewickelt sein, sodass es mit dem Abendessen weitergehen konnte.

Überall eilten Kameraleute umher und interviewten vereinzelt Mädchen oder nahmen die Unterhaltungen über die Herren nach dem ersten Aufeinandertreffen auf. Auch Michelle und Toni, die ich gerade erreichte, plauderten bereits angeregt über die Geschehnisse. Sie saßen etwas abseits vom Geschehen in einer gemütlichen Runde. Als Sitzgelegenheiten waren in einem Halbkreis mehrere Korbsessel aufgestellt worden. Sie erinnerten mich an die Gartenmöbel, die sich Ella für die Terrasse bestellt hatte, und mich beschlich ein kleiner Funke von Heimweh. Allerdings verschwand das Gefühl eine Sekunde später und ich war wieder ganz im Hier und Jetzt – unter dem funkelnden Sternenhimmel inmitten eines Fackelmeers. Es war wirklich ein sagenhafter Abend.

»Da bist du ja«, rief Toni enthusiastisch. Sie erhob sich aufgeregt zappelnd aus ihrem Korbsessel und zog mich in eine aufgedrehte Umarmung. »Wie ist es mit Alexander gelaufen?«, fragte sie mit strahlenden Augen.

»Ich glaube ganz gut«, meinte ich unsicher, musste aber lächeln. Ich war schlichtweg glücklich. So glücklich, ich könnte platzen.

Toni setzte sich wieder auf ihren Platz, während ich gegenüber von ihr und Michelle stehen blieb.

»Das freut mich.« Strahlend wie die Sonne in Person begann sie über ihre Unterhaltung mit Lars zu erzählen und es dauerte nicht lange, da visierte uns bereits eine Kamerafrau an. Aber damit blieb die Kamerafrau nicht die Einzige.

»Hey«, zwitscherte ohne Vorwarnung eine langbeinige Schönheit mit hüftlangem rabenschwarzem Haar. »Wir brauchen mal eure Meinung.«

Ihren Arm hatte sie um meine Schulter gelegt und ich fühlte mich ein bisschen wie in der Falle. Nur schwer konnte ich den Reflex, ihren Arm abzuschütteln, unterdrücken. Doch die Kamera war bereits auf uns gerichtet, weswegen ich meine Lippen zu einem unverfänglichen Lächeln bog.

»Klar – gerne«, antwortete Toni.

Galant überschlug sie ihre Beine und plötzlich traf es mich wie ein Schlag. So wie ich breitbeinig und mit herunterhängenden Armen dastand, sah ich vermutlich aus wie ein Bauerntölpel. Schnell korrigierte ich meine Beinhaltung, was mich beinahe zu Fall gebracht hätte. Doch da der Arm der Schwarzhaarigen noch um meine Schultern lag, konnte ich schnell die Balance zurückfinden. Was sollte ich nur mit meinen Armen machen? Reflexartig verschränkte ich sie vor der Brust – doch war das nicht ein nonverbales Zeichen der Abwehr? Irgendwann hatte ich das mal in einer Klatschzeitung beim Zahnarzt gelesen. Oder war das nur Küchenpsychologie? Ganz darauf verlassen konnte man sich bei solchen Zeitschriften ja nie. Wobei schaden würde es vermutlich auch nicht, weshalb ich sicherheitshalber die Arme vor meiner Brust löste und stattdessen einen Arm in die Hüfte stützte, was den positiven Nebeneffekt hatte, dass ich mich unauffällig vom Arm des Neuankömmlings befreien konnte.

»Ich bin Rachel und das ist Marissa.« Eine kurzhaarige Blondine trat hinter dem Schatten von Rachel hervor. Ganz offensichtlich fühlte sie sich unwohl. Noch unwohler als ich. Ihre wässrig hellblauen Augen huschten nervös von einem zum anderen.

»Das Kleid ist meines, aber ich weiß nicht so recht – sieht sie damit nicht irgendwie moppig aus?«, fragte Rachel und ließ sich elegant in einen der Korbsessel fallen.

Kritisch musterte sie ihre Freundin (wenn man nach so einer Aussage überhaupt noch von Freundinnen reden konnte) und ließ Marissa unter ihrem strengen Blick knallrot anlaufen. Sie tat mir sofort leid. Auch Toni sah Rachel irritiert an.

»Was?«, blaffte Rachel unter unseren befremdeten Blicken. »Unter Schwestern tauscht man eben Kleidung, erzählt mir nicht, ihr hättet das noch nie gemacht.«

Überrascht zog ich Luft ein, die anstatt in die Luftröhre in die Speiseröhre abtauchte, und ich hustete röchelnd wie Darth Vader.

»Ihr seid Schwestern?«, brachte ich unter Mühe zwischen zwei Hustern hervor. Tränen traten mir in die Augen. Michelle stand auf und klopfte mir auf den Rücken.

Als Antwort nickten beide Mädchen.

»Krass«, sagte Michelle und betrachtete die zwei mit einem Blick, als stünde sie gerade einem Hund mit drei Köpfen gegenüber.

Und ich dachte schon, die Unterschiede zwischen mir und Ella wären groß – aber die zwei Schwestern waren wohl das absolute Gegenteil voneinander.

»Also findet ihr es jetzt moppig?« Rachel hob forsch die Augenbrauen. Ich konnte nur den Kopf schütteln, das war echt schräg.

»Heißt das etwa nein?«, fragte Rachel sofort, während Michelle sich verwirrt erkundigte: »Was bedeutet moppig?«

»Vielleicht meint sie Moped – so nach dem Motto bist du Moped«, kicherte Toni, erntete damit jedoch nur einen bösen Blick von Rachel.

»Das macht doch keinen Sinn.« Michelle grinste.

»Ich glaube, sie meinte mopsig«, mischte auch ich mich lächelnd ein.

»Was heißt das?«, fragte Rachel verständnislos. Diesmal war es an ihr, verwirrt aus der Wäsche zu gucken.

Bei ihr konnte ich allerdings wirklich nicht einschätzen, ob das nur geschauspielert für die Kamera war oder ihr Ernst. Doch egal, wir hatten unseren Spaß.

»So viel wie mollig, pummelig, moppelig …«, erklärte Michelle.

»Aber so schau ich doch gar nicht aus«, mischte sich Marissa empört ein und nun mussten alle nur noch mehr lachen. Marissa, die in ihrem eng anliegenden Kleid alles andere als moppelig aussah, konnte ihre ernste Miene auch nicht lange aufrechterhalten. Was für ein seltsamer Haufen. Wir waren Fremde, standen im Garten einer Luxusvilla in Santa Monica und gackerten wie die Hühner.

In dem Moment war die Aufregung weg und ich war schlichtweg ausgeglichen und entspannt. Wie meine Oma mal gesagt hatte: Lachen ist die beste Therapie.

Dennoch konnte ich mich nur fragen – wo war ich hier nur gelandet?

»Ladys, herkommen«, rief Herr Dieter ohne Vorwarnung mit unnatürlich hoher Stimme und winkte uns von seinem Posten auf der Terrasse huldvoll zu.

Immer noch giggelnd raffte sich unser Grüppchen zusammen und strebte Herrn Dieter und die Mädchentraube, die sich um ihn gebildet hatte, an.

»Beeilung, Beeilung«, kam es da erneut aus seiner Richtung.

Nervös trat ich von einem auf das andere Bein. Zuvor hatten wir ja bereits erfahren, dass nach der offiziellen Begrüßung das gemeinsame Abendessen folgen würde. Essen in aller Öffentlichkeit und noch dazu vor einem Millionenpublikum gehörte nicht gerade zu einer Erfahrung, die ich unbedingt machen wollte. Es war nicht schwer zu erraten, dass das Ganze ganz schön peinlich werden konnte. Hoffentlich gab es etwas Leichtes, bei dem die Blamagerate nicht ganz so hoch war. Möglichst keine Spaghetti samt roter Soße, mit der man sich nicht nur bekleckern konnte, sondern genauso zum Schlürfen der langen Nudeln verleitet wurde. Alles andere als ladylike.

»Gleich beginnt das Abendessen und damit eure zweite Chance, euch von eurer besten Seite zu zeigen.« Herr Dieter zwinkerte uns schelmisch zu. »Ihr habt jetzt Zeit, euren Sitzplatz zu suchen.« Er machte eine kunstvolle Pause, in der er uns der Reihe nach einzeln musterte. »Es sind Namenskärtchen aufgestellt, glaubt ja nicht, ich würde es nicht merken, sollte jemand die Namen vertauschen.« Drohend hob er den Finger.

Leider wirkte die Geste ganz und gar nicht angsteinflößend, stattdessen unterdrückte ich ein Lachen. Warum sollte ich die Namen vertauschen? Wir waren ja nicht bei einer Kinderaufführung, bei der sich die Eltern darum schlugen, in der ersten Reihe zu sitzen. Aber vermutlich war genau diese Einstellung naiv und ich musste mehr Kampfgeist zeigen!

»Danach werden die Herren dazustoßen. Nun wünsche ich euch einen schönen Abend und viel Erfolg. Ich kann euch nur raten, zögert nicht die Chance zu ergreifen.« Glucksend lachte er auf, als hätte er einen besonders witzigen Scherz gemacht. »Fische frisch«, rief er unverwandt und grinste.

Es klang wie das Amen im Gebet nach einer Messe, doch niemand schien so recht zu wissen, wie er reagieren sollte. Auch ich wusste nicht, was das zu bedeuten hatte, oder ob ich mich verhört hatte, aber es schien das geheime Startsignal zu sein, denn mit einem Mal setzte sich die ganze Meute in Bewegung und strömte wie ein Fischschwarm auf die Tische zu.

»Aurelia, hierher! Wir sitzen hier«, rief ein Mädchen hibbelig, woraufhin ihr eine Brünette vor Freude wie ein Hase hoppelnd folgte.

Ich wäre auch gerne schneller gegangen (denn die Atmosphäre hatte etwas von dem Spiel *Reise nach Jerusalem*, das man an Kindergeburtstagen spielte und bei dem jeweils ein Kind ohne Sitzplatz übrig blieb), doch machten mir die hohen Schuhe auf dem unebenen Boden einen Strich durch die Rechnung. Langsam, wie eine Oma mit Rollwagen, stöckelte ich durch das Gras. Bei jedem Schritt bohrten sich die dünnen Absätze meiner Schuhe in die Erde und hinterließen bestimmt Spuren der Verwüstung. Warum schien keine der anderen Frauen solche Probleme zu haben?

Endlich erreichte ich den rechten Flügel der Tischkonstellation und ging nun die Plätze ab, auf der Suche nach meinem Namen. Zufrieden entdeckte ich ihn bereits nach dem vierten Kärtchen und ließ mich mit einem leisen Seufzer auf dem Stuhl links neben einer Rothaarigen, deren Tischkärtchen den Namen Luisa trug, nieder.

»Hi«, sagte ich schüchtern, was sie mit einem neutralen Lächeln quittierte. Dann begann sie jedoch sogleich eine Unterhaltung mit unserer Sitznachbarin gegenüber. Die zwei kannten sich offenbar. Na toll. Michelle und Toni waren zu weit entfernt und selbst Samantha und ihr Anhang waren in sicherer Entfernung platziert. Neugierig lugte ich zum Platz rechts von mir, der noch leer war. Auf einem weißen Tischkärtchen prangte in goldenen Buchstaben ein in der Tat bekannter männlicher Name.

Alexander.

Vielleicht hatte ich heute ja doch eine Glückssträhne. Ein warmes Gefühl brodelte in meinem Magen und ich richtete mich mit einem Mal voller Energie auf. Ganz hibbelig begann mein Fuß nervös auf den Boden zu tippen, was meiner Sitznachbarin Luisa einen bösen Blick entlockte. Mit einem Gespräch konnte ich heute wohl nicht rechnen.

»Zwei Minuten noch. Macht euch bereit«, rief Mara zu dem Kamerateam und ich wurde immer nervöser.

Mein Herz raste und meine Handflächen schwitzten. Das hatte mir gerade noch gefehlt. Natürlich stellte sich auch jetzt das Bedürfnis ein, vor Aufregung auf die Toilette zu müssen. Denkbar der ungünstigste Zeitpunkt. Ich überlegte, ob ich die Toiletten innerhalb von zwei Minuten finden würde, um rechtzeitig wieder zurück zu sein, doch da alle bereits ihre Plätze eingenommen hatten und sich das Kamerateam gerade auf seine Position begab, blieb ich verkrampft sitzen, wo ich war. Nur noch ein bisschen durchhalten. Das konnte doch nicht so lange dauern. *Einfach essen, wenig trinken – dann wird sich die Gesellschaft bestimmt bald auflösen und in den Garten ziehen und dann schwuppdiwupp, schleiche ich mich aufs Klo.*

Ja, das war eine gute Idee – das konnte doch gar nicht schiefgehen. Mit meinem neuen Plan fühlte ich mich gleich viel sicherer. Und als Mara den

Countdown zu zählen begann und das Auftauchen der Kandidaten nur noch Sekunden entfernt war, fühlte ich mich situationsbedingt eigentlich sogar ganz gut.

»Action«, hörte ich Herrn Dieter sagen und auf sein Kommando schlenderten die vier Herren über die Wiese auf uns zu. Im Fernsehen würden sie zu dieser Szene vermutlich passend peppige Musik einspielen, vielleicht auch etwas verträumt Romantisches? So musste es für die Kandidaten jedoch die Hölle auf Erden sein. Sie gingen im Gleichschritt, alle starrten sie an. Ich konnte mir ein Grinsen nur schwer verkneifen. Endlich mal war es nicht an mir, mich lächerlich zu machen.

Doch die Peinlichkeit meinerseits würde bestimmt nicht lange auf sich warten lassen, denn nun marschierten sie auf ihre Plätze zu, Alexander natürlich zu dem neben mir. Die Kameraleute, auf der Suche nach einem guten Blickwinkel, teilten sich auf und nahmen ihre Positionen rund um uns herum ein. Nun ergab es auch Sinn, warum die Tische seltsamerweise wie ein Hufeisen angeordnet waren, denn so konnten sich die Kameramänner auch von vorne nähern.

Doch als Alexander mit knirschenden Schritten auf mich zukam, blendete ich die Objektive vollkommen aus. Mein Mund formte sich zu einem breiten Lächeln und es war wie im Märchen. Sein Blick war tatsächlich auf mich gerichtet. Das konnte doch nur zu schön sein, um Wirklichkeit zu sein, oder hatte ich etwa etwas im Gesicht kleben? Erschrocken griff ich mir an die Wange. Der Klassiker wäre Schokolade an den Mundwinkeln – doch wann hätte ich in Berührung mit der braunen unvorteilhaften Süßigkeit kommen sollen?

Doch sein Blick mit dem unergründlichen Lächeln ließ nicht von mir ab.

»Hab ich was im Gesicht?«, äußerte ich meine Befürchtung ohne Umschweife. Die Worte strömten einfach so aus meinem Mund, ohne dass ich ihnen Einhalt hätte gebieten können.

Erschrocken schlug ich mir mal wieder die Hand vor den Mund. Gerne hätte ich nicht nur meinen Mund, sondern auch mein restliches Gesicht bedeckt. *Bitte, habe das nicht gerade laut gesagt.* Doch sobald ich mir einen kurzen Rundumblick erlaubte, wurde mir durch mehrere befremdete Blicke bestätigt, dass ich es wohl tatsächlich soeben laut geäußert hatte. Das Mädchen neben mir, Luisa, rückte von mir ab, als wäre meine Dummheit ansteckend und selbst Herr Dieter, der meinen Fauxpas offenkundig über den Monitor verfolgt hatte, schüttelte leicht irritiert den Kopf.

»Äh, nein …« Alexander schaute mich mit einem schiefen Grinsen an. »Sitzt alles perfekt.« Er lachte und fuhr sich durch die schwarzen Haare. War da etwa auch eine Spur von Nervosität zu entdecken?

»Gut«, murmelte ich beschämt und kämpfte gegen die Hitze in meinen Wangen an.

Die restlichen drei Kandidaten hatten bereits ihre Plätze eingenommen, nur Alexander stand noch leicht eingeschüchtert hinter seinem Stuhl und schien offenbar zu überlegen, ob er sich trauen sollte sich neben mich zu setzen. Als Herr Dieter im Hintergrund ungeduldig zu winken begann, entschied Alexander wagemutig, dass die Gefahr, die von mir ausging, wohl doch nicht so schlimm sein konnte, und setzte sich.

Daraufhin räusperte sich Lars und zog damit die allgemeine Aufmerksamkeit auf sich, womit die irritierten Blicke glücklicherweise von mir abließen. Erleichtert seufzte ich auf. Alexander warf mir einen neugierigen Seitenblick zu und ich errötete erneut.

In dem Moment erhob sich Lars von seinem Platz. Mit dem schicken maßgeschneiderten Anzug und dem klirrenden Kristallglas hätte er auch einem Werbespot entsprungen sein können.

»Ich würde gerne einen Toast aussprechen«, verkündete er galant und feierlich. Seine Stimme glich einem angenehmen warmen Basston, mit dem er bestimmt auch eine gute Karriere als Hörbuchsprecher hätte hinlegen können. »Auf eine schöne und unvergessliche Zeit. Ich kann hierbei wohl für uns alle sprechen …« In einer ausladenden Geste schloss er die restlichen drei Männer mit ein. »Wir freuen uns sehr auf die gemeinsamen Monate mit euch und sind schon gespannt darauf, mehr über euch zu erfahren.«

Überrascht stellte ich fest, dass auch vor mir bereits ein volles Sektglas stand. So in Gedanken versunken hatte ich die herumeilenden Kellner vollkommen ausgeblendet.

»Prost.« Alle hoben die Gläser, führten sie an die Münder und tranken. Zaghaft nippte auch ich an meinem Glas. Das entsprach so gar nicht meinem Plan – immerhin musste ich doch auf die Toilette.

Kapitel 9 – Fisch und Bärenkacke

So nahm das Essen seinen Lauf und ich blieb an meinem Platz gefangen. Anfangs begann das Dinner ganz harmlos mit einem Aperitif und Frühlingsrollen als Einstieg. Auch die Cremesuppe samt Croûtons überstand ich ohne große Schwierigkeiten und brachte es sogar fertig, mich währenddessen am Tischgespräch zu beteiligen. Bereits die ersten Minuten hatten aufgezeigt, dass Luisa und ich nicht die Einzigen in Hörweite waren, die Interesse an Alexander hatten. Dennoch bewahrte ich Ruhe und gab mich verhältnismäßig normal. Die Abwesenheit von jeglichen peinlichen Momenten und begangenen Fettnäpfchen war beinahe beunruhigend. Erst als es Zeit für den Hauptgang wurde, spitzte sich die Lage zu.

»Darf ich«, fragte ein Kellner höflich. Wie aus dem Nichts war er hinter mir aufgetaucht und versuchte mich darauf aufmerksam zu machen, meine Hände von der Tischfläche zu nehmen, damit er dort den nächsten Teller abstellen konnte.

»Oh, Entschuldigung«, sagte ich schnell und lehnte mich zurück. Erneut trafen mich ungehaltene Blicke, offenbar hatte es jeder andere geschafft, den Teller problemlos entgegenzunehmen. Zu meinem eigenen Verdruss konnte ich mir ein entsetztes Aufschrecken nicht verkneifen, als ich den Blick auf meinen eigenen Teller richtete.

Fisch!

Bitte kein Fisch! Seit meiner frühsten Kindheit setzte ich alles daran, jeglichen Meeresbewohnern auf Tellern fernzubleiben. Ganz abgesehen davon hatte ich keine Ahnung, wie ich das Ding essen sollte. Niklas hatte mit seinen Begrüßungsworten recht gehabt. Das Dinner würde anstrengend werden, allerdings nicht wegen der Fülle an zu verspeisendem Essen, sondern aufgrund der Herausforderung, ebendieses in den Magen zu bekommen. Allein der Geruch, der in meine Nase drang, ließ Übelkeit in mir aufsteigen.

Gesprächsfetzen, in denen meine Eltern sich über gefährliche Gräten unterhalten hatten, schwammen durch meine Gedanken. Wie war das noch mal gewesen? Ich verfluchte meinen Sturkopf dafür, jedes Mal beharrlich auf meinen eigenen Teller gestarrt zu haben, wenn mein Vater im Urlaub einen Fisch verzehrt hatte, anstatt ihm dabei zuzusehen, wie man Gräten entfernte. Wer hätte auch ahnen können, dass das Grätenentfernen hier im Fernsehen vorausgesetzt wurde, als gehörte diese Fertigkeit zur Allgemeinbildung?

Zaghaft lugte ich zu meiner Tischnachbarin Luisa, die mit dem Ungetüm auf ihrem Teller natürlich kein Problem zu haben schien. Mein Blick huschte hilfesuchend zu Toni, doch diese war in ein angeregtes Gespräch mit Lars vertieft und schien nicht mal zu bemerken, was sie da gerade munter in sich hineinschaufelte. Von ihr durfte ich keine Hilfe erwarten. Mich packte Verzweiflung und ich würde nicht drum herumkommen, jemanden zu fragen. Alexander wäre die naheliegendste Wahl, doch ich traute mich noch nicht mal zu ihm zu sehen. Er sollte nicht bemerken, wie ich an dieser Banalität scheiterte. Aber er unterhielt sich ohnehin angeregt mit der Kandidatin, die uns gegenübersaß. Wie auch alle anderen hatte sie bereits die Stoffserviette auf ihrem Schoß aufgefaltet und hielt Gabel und Messer in der Hand. Schnell zog auch ich die zu einem zierlichen Schwan gefaltete Serviette auf und legte sie über mein Kleid. Mich wie ein kleines Kind zu bekleckern, hätte mir gerade noch gefehlt.

Ich fühlte mich wie beim Entschärfen einer tickenden Bombe. Mit spitzen Fingern griff ich nach dem Besteck.

Während sich um mich herum langsam die Teller leerten, traten mir Schweißperlen auf die Stirn. Ich war kurz davor allen die Lüge aufzutischen, ich sei Vegetarierin (eine richtige, die auch keinen Fisch aß). Allerdings erinnerte ich mich daran, meine Essgewohnheiten im Voraus angegeben zu haben, und damit würden sie mich schnell als Lügnerin entlarven.

»Ist etwas nicht in Ordnung? Kann ich dir helfen?«, fragte da jemand neben mir und überrascht sah ich zu Alexander.

Er war nicht länger in ein Gespräch verstrickt. Stattdessen musterten mich seine blauen Augen mit einem amüsierten Glitzern. Nun musste wohl der Ritter in strahlender Rüstung wie angekündigt erneut zur Hilfe eilen.

»Ähm, ja …«, antwortete ich zaghaft.

»Ja?« Fragend sah er mich an.

Entweder ich würde ihn jetzt um Hilfe bitten oder jämmerlich an einer Gräte ersticken, weil ich zu stolz gewesen war meine Frage zu stellen.

Na los! Frag schon!, trieb ich mich im Geiste an. Ich schluckte schwer und prüfte schnell, ob auch gerade keine Kameras bei uns waren, dann beugte ich mich dicht zu ihm und flüsterte ihm ins Ohr: »Wie soll ich den Fisch essen? Ich kenn mich mit Gräten und dem Ganzen nicht so aus …« Meine Stimme überschlug sich beinahe.

Röte schoss mir ins Gesicht, als ich daran dachte, dass mein Suchen nach Nähe vermutlich für die anderen wie eine geradezu obszöne Anmache wirkte – und das bereits am ersten Tag. Am liebsten hätte ich mein Gesicht in meinen Händen vergraben, doch diese waren gerade damit beschäftigt, Messer und Gabel so verzweifelt zu umklammern, als müsste ich mit ebendiesen jemanden erstechen. Doch Alexander lachte glucksend auf.

»Das ist ein Fischfilet, da sind keine Gräten drin«, erklärte er mit einem amüsierten Funkeln in den Augen.

Zu meinem Leidwesen hatte er im Gegensatz zu mir nicht seine Stimme gesenkt. Zu meinem Leidwesen hatten es nun genügend andere gehört. Luisa und ihre Gesprächspartnerin musterten mich spöttisch. Ihr Blick sagte: Zwei Millionen Jahre Evolution und sie kann keinen Fisch essen …

»Danke«, antwortete ich mit einem geschlagenen Seufzer. Wenigstens musste ich während des Essens nicht mehr um mein Leben bangen. Außer Alexander erlaubte sich einen Scherz mit mir. Doch das war dann wohl doch ein wenig zu viel angesammelte Paranoia.

»Kein Problem.« Immer noch schmunzelnd sah er mich an und öffnete bereits seinen Mund, um noch etwas hinzuzufügen.

»Alexander, woher kommst du eigentlich genau?«, funkte Luisa mit einem lasziven Lächeln dazwischen. Sie hatte bereits aufgegessen und legte nun graziös ihr Besteck zur Seite.

Eigentlich kein Wunder, denn eines musste man der ganzen Situation zugutehalten – die Portionen waren nicht besonders groß. Es schien wie ein allgemeines Gesetz, dass bei Nobelköchen das Essen in Proportion zur Größe des Tellers nur 1:10 betragen durfte – das hatte ich zu besonderen Anlässen, wenn mich Mark in Fünf-Sterne-Restaurants ausgeführt hatte, bereits zu spüren bekommen. Besser gesagt – mein Magen.

Überrascht von der Unterbrechung wandte sich Alexander Luisa zu. Da ich zwischen den beiden saß, sprachen sie über mich hinweg.

Da er nun ohnehin abgelenkt war, widmete ich mich endgültig dem Essen. Schmecken tat mir der Fisch auch ohne Gräten nicht und ich versuchte die seltsame Substanz hinunterzuwürgen, ohne mein Gesicht zu verziehen. Ich musste mich sputen.

»Aus Hamburg«, entgegnete Alexander währenddessen höflich.

»Das ist eine wunderschöne Stadt«, säuselte Luisa. »Als ich klein war, haben wir einen Schulausflug dorthin gemacht und uns ein Musical angesehen«, erläuterte sie und setzte einen träumerischen Blick auf. »Ich würde gerne mal wieder dorthin. Vielleicht komm ich dich einfach besuchen«, setzte sie noch nach und ließ ein lautes Lachen folgen, das wohl überspielen sollte, wie bitterernst es ihr mit dieser Aussage war.

Neugierig musterte ich Alexander von der Seite. Zu meiner Enttäuschung lächelte er ihr jedoch offen zu und schien nicht abgeneigt.

»Besuch ist immer willkommen«, sagte er keck.

»Oh, ist das etwa Kaviar«, rief Luisa keine Sekunde später in großer Freude.

Mein vom Fisch so und so schon angeschlagener Magen zog sich vor Angst krampfhaft zusammen.

»So eine Köstlichkeit. Mein Vater besitzt ein Hotel in Frankreich. Immer wenn ich dort zu Besuch bin, gehen wir in das beste Kaviarrestaurant der Küste.«

Eine Schar von Kellnern kam mit dem nächsten Gang.

»Und was hältst du von Kaviar …« Sie schielte auf den Namen auf meinem Namensschild, nur um ihn eine Sekunde später auszuspucken wie ein Schimpfwort. »… Fanny?«

Fragte sie mich gerade wirklich, was ich davon hielt, gesalzene Fischeier zu essen, die aussahen wie Bärenkacke? Verständnislos sah ich sie an.

Zum Glück sprang mir Alexander zur Seite. »Ist nicht jedermanns Geschmack«, antwortete er an meiner Stelle mit einem nachsichtigen Lächeln.

Luisa hingegen stieß einen geradezu entsetzten Laut aus und klang dabei wie ein getretener Chihuahua. »Das ist eine Delikatesse. Hier so etwas geboten zu bekommen ist ein Privileg, das sollte selbst ihr klar sein.« Sie musterte mich mit einem abschätzigen Blick. Bestimmt sah sie in mir einen einzigen Proleten.

Entrüstet öffnete ich den Mund, wusste jedoch nichts Schlagfertiges zu erwidern. Luisa war eindeutig nicht hier, um Freundschaften zu schließen. Wieder einmal wurde mir bewusst, die Zeit in der Show würde alles andere als leicht werden. Wie eigentlich nicht anders zu erwarten würden alle Frauen die Krallen ausfahren, um zu erreichen, was sie wollten.

Eine Schar von Kellnern räumte die restlichen Teller ab und tauschte sie gegen den nächsten Gang aus. Ich hatte den Fisch nicht komplett geschafft und hoffte, es gäbe eine Küchenkatze, die sich darüber freuen würde.

»Mhm, lecker«, schnurrte Luisa, während ich den Kaviar auf meinem Teller unglücklich musterte. Ich fragte mich, ob ihr das Essen wirklich schmeckte oder sie nur so tat. Was die Schauspielerei betraf, war ich wohl ein hoffnungsloser Fall. Mit Sicherheit würde ich niemandem vorspielen können, ich wäre eine Feinschmeckerin.

Klar, Luisa war in dieser Fernsehwelt viel besser aufgehoben als ich. Wir waren in einer Show und bekanntlich konnte es in solch einem Fall nur eine glückliche Siegerin im Kampf um die Liebe geben. Aber das konnte ich auch. Vielleicht brachte ich nicht die perfekten Voraussetzungen mit, aber ich wusste, was ich wollte. Ich war bereit für den Spielstart. Wenn auch auf meine eigene Art und Weise.

Daher setzte ich mein charmantestes Lächeln auf und fragte Alexander zuckersüß: »Möchtest du …?« Dabei legte ich ein möglichst hilfesuchendes

Flehen in meinen Gesichtsausdruck und er konnte natürlich nicht widerstehen den helfenden Ritter zu spielen. Er erwies sich als so freundlich meine Portion Bärenkacke aufzuessen, was Luisa zu erzürnen schien. In erster Linie war ich allerdings erleichtert, andernfalls hätte ich mich womöglich noch bei Tisch übergeben.

Der Nachtisch bestand glücklicherweise aus einem köstlichen Schokoladensorbet mit Vanillesoße und beinhaltete dementsprechend weder Gräten noch erinnerte es an Fäkalien. Genüsslich verzehrte ich einen Löffel nach dem anderen. Im Gegensatz zu Luisa hatte ich kein Problem mit ein paar Kilo mehr auf der Waage. Meine Tischnachbarin hingegen hatte einen säuerlichen Gesichtsausdruck auf den Lippen, als wäre jeder Löffel eine Qual.

»Absolut grandios«, sagte ich mit einem zufriedenen Lächeln und Alexander nickte ebenfalls begeistert mit vollem Mund. »Meine Damen.« Niklas erhob sich von seinem Stuhl. Aufgrund der Nachtkulisse wirkte sein Haar nun deutlich dunkler und nicht länger von sanftem Honigblond. Der Karamellfarbton stand ihm jedoch mindestens genauso gut und ihm fielen zahlreiche verzückte Blicke zu. Um auch die Aufmerksamkeit aller anderen auf sich zu ziehen, schlug er mit seinem Dessertlöffel gegen sein Champagnerglas.

»Wir werden uns für eine kurze Beratung zurückziehen. Der Abend ist noch nicht zu Ende. Später werden wir uns an einem gemütlichen Lagerfeuer zusammensetzen – davor werden wir uns jedoch bereits von vier Damen trennen müssen.«

Ich war überrascht, denn bisher hatten ja nur jene Frauen die Gelegenheit gehabt, mit ihrem Favoriten zu sprechen, die zufällig beim Essen neben ihm gesessen hatten. Dass nun schon die erste Entscheidung bevorstand, verunsicherte mich.

Die Atmosphäre war angespannt und Herr Dieter war absolut entzückt. Hinter der Kamera grinste er breit, offenbar machten es die entsetzten Frauen für seinen Geschmack genau richtig.

»Wir sehen uns dann später zur Entscheidung«, schloss Niklas dramatisch und als Herr Dieter im Off die Hand hob, standen die Herren im Einklang auf und schritten ohne weiteren Gruß davon.

War es zuvor noch mucksmäuschenstill gewesen, so kam nun unruhiges Gemurmel auf. Hätte nicht auch mich die Aufregung über die bevorstehende Entscheidung gepackt, so hätte ich über die groteske Szene gelacht.

»Cut«, rief Herr Dieter zufrieden und ein kleiner Teil der Anspannung fiel von mir ab. »Ladys, ihr habt jetzt kurz Pause. In einer halben Stunde geht es weiter. Unser Kamerateam wird in der Zwischenzeit einzeln zu Interviews bitten.«

Nur zaghaft zerstreute sich die Gruppe. Niemand schien sich so recht von den Tischen wegbewegen zu wollen, vielleicht wegen der Angst, eine wichtige Ansage von Herrn Dieter zu verpassen. Doch als er und Mara sich zurückzogen, um einen Kaffee zu trinken, entspannten sich alle und verließen den Schauplatz. Einige begaben sich zu den Sitzgelegenheiten unter den Bäumen, wieder andere erkundeten das mit wunderschönen Blumen bestückte Grundstück. Ich jedoch entschloss mich dazu, nun endlich die Toilette aufzusuchen. Der Champagner hatte sein Übriges getan und ich konnte nicht länger warten, weshalb ich Michelle nur entschuldigend zulächelte, als ich ihrer Aufforderung, zu ihr zu kommen, nicht nachkam. Stattdessen wandte ich mich an den Techniker Kail, der uns zuvor die Mikrofone angesteckt hatte.

»Entschuldigung. Könntest du mir sagen, wo ich hier die Toiletten finde?« Auf dem unebenen Boden wackelte ich mit meinen High Heels gefährlich hin und her.

»Klar. Komm mit. Ich muss sowieso in die Richtung.«

Im geschäftigen Tempo eines Workaholics rannte er mir beinahe davon und ich riskierte mir das Bein zu brechen, indem ich ihm hinterherhetzte. Schließlich erreichten wir einen Weg, der direkt zu einem großen Gebäude führte. Eine Schande, dass man im Fernsehen nur die Aufnahmen von draußen sehen würde. Die Front, die in die Richtung des Gartens zeigte, war mit hohen französischen Fenstern versehen und im Inneren eröffnete sich uns eine große Eingangshalle, an deren Decke verschnörkelter Stuck meine Aufmerksamkeit auf sich zog. Wir gingen vom Erdgeschoss eine weitläufige Treppe ein Stockwerk nach oben und Kail zeigte mir den Weg zur Toilette.

»Hier musst du allein weiter. Einfach geradeaus und nach der ersten Abzweigung links.«

Bevor ich ihm auch nur ein Dankeschön zuwerfen konnte, war er bereits weitergeeilt.

»Danke, sehr freundlich«, murmelte ich dennoch leise vor mich hin und ging schulterzuckend weiter. Die Toilette war dank der Beschilderung wirklich nicht schwer zu finden und ich war froh, mich in dem Gebäude nicht zu verirren.

Als ich fertig war, stieß ich im Waschraum beinahe mit Samantha zusammen.

»Huch«, machte sie erschrocken, fing sich jedoch sogleich wieder und hielt ihre Hände unbeeindruckt unter das laufende Wasser.

»Hallo«, grüßte ich höflich, bekam aber keine Antwort.

Das Badezimmer war in beeindruckendem Marmor gehalten und die Wasserhähne blitzten goldfarben. Ich konnte nur staunen.

Ich wusch mir die Hände und selbst die Seife wirkte teuer und exklusiv. Nun rochen meine Hände nach Rosen. Wirklich ein wunderbarer Ort.

»Kommst du?«, fragte Samantha vom Eingang. Ich hatte gar nicht begriffen, dass sie auf mich wartete. Ihr Verhalten war sogar noch sonderbarer als dieses wahnsinnig coole Badezimmer.

»Ja, einen Moment«, erwiderte ich verwundert, beeilte mich aber ihr zu folgen.

Gemeinsam gingen wir durch den Flur. Irgendwo in der Nähe musste die Küche sein, denn ich hörte Geschirr klirren und der Duft von Essen lag allgegenwärtig in der Luft.

»Wie findest du die Männer bisher?«, fragte Samantha und formte die rot bemalten Lippen zu einem lasziven Lächeln.

Ich erinnerte mich daran, wie sie heute im Badezimmer für Alexander geschwärmt hatte und bereits am Flughafen eine Kampfansage geliefert hatte. Wir waren unweigerlich Konkurrentinnen – das konnte man nicht schönreden. Jedoch wäre es bestimmt von Vorteil, sie würde diesbezüglich noch ein Weilchen im Dunkeln tappen. Unsere Schuhe klackerten im Gleichklang über den Fliesenboden, während ich meinen Plan schmiedete.

Umgekehrte Psychologie war nun angesagt.

»Sind sie nicht einfach göttlich?«, säuselte Samantha. »Einer schöner als der andere.«

Wachsam sah ich mich um, ob auch ja keine Kamera in der Nähe war.

»Na, ich weiß nicht. Ist wohl Geschmackssache«, antwortete ich und versuchte meine Stimme möglichst ruhig und gleichmütig zu halten.

Erschrocken schnappte sie nach Luft – wie ein Fisch auf dem Trockenen. »Was? Wer gefällt dir nicht?«, fragte Samantha empört.

Nun hatte ich den Fisch wohl am Haken. Es war Zeit, die falsche Fährte noch eine Spur weiterzuführen. Nur schwer konnte ich mir ein Grinsen verkneifen.

»Alexander ist wohl nicht wirklich mein Typ«, meinte ich und hielt gespannt den Atem an.

Doch das überraschte Aufschnaufen, das ich erwartet hatte, kam aus einer anderen Richtung als angenommen. Verwirrt drehte ich mich um meine eigene Achse und sucht nach dem Verursacher des Geräusches. Sobald mein Blick auf strahlend blaue Augen traf, war es an mir, erschrocken nach Luft zu schnappen.

Kapitel 10 – Die erste Entscheidung

Umgekehrte Psychologie – na danke aber auch. Dieser Plan war ja so was von total nach hinten losgegangen.

»Hi, ich wollte nicht stören. Ich … eigentlich wollte ich nur zur Toilette«, stammelte Alexander mit geröteten Wangen. Seine sonstige Gelassenheit war wie weggeblasen.

Selbst Samantha schien die Situation peinlich, obwohl sie sich ein kleines, schadenfrohes Lächeln nicht verkneifen konnte.

Ich holte tief Luft. Am liebsten hätte ich nun endgültig die Flucht ergriffen, stattdessen atmete ich weiter tief ein und aus, ganz wie bei einem Geburtsvorbereitungskurs. *Man kann nicht an Peinlichkeit sterben,* redete ich mir gut zu und versuchte mein Schamgefühl zu beruhigen. Wenigstens waren keine Kameras anwesend, um diesen totalen Reinfall für alle Welt sichtbar mitzufilmen und zu dokumentieren.

»Ich kann das erklären«, begann ich wenig einfallsreich.

Doch in diesem Fall entsprach es sogar der Wahrheit. Tatsächlich konnte ich das ganze Fiasko erklären, obendrein mit rationalen Gründen. Zu bezweifeln war viel eher, ob jene auch nachvollziehbar waren.

»Brauchst du nicht. Kein Problem«, wich Alexander schnell aus und sah mich schockiert an. Ihm schien die Situation genauso unangenehm wie mir. Kein Wunder. Ich hatte ihn gerade als unattraktiv bezeichnet. Kein Mann wollte auch noch eine Erklärung dafür hören, warum man ihn nicht für den tollsten Hengst der Welt hielt. Meine Wangen standen in Flammen.

»Bis später dann«, setzte er noch nach und bevor ich ihn aufhalten konnte, eilte er auch schon davon – weg von mir.

»Alexander, warte!«, rief ich ihm hinterher, aber da war er schon in der

Herrentoilette verschwunden und da ich uns allen eine weitere Peinlichkeit ersparen wollte, folgte ich ihm dahin dann doch nicht.

»Ich vermute mal, deine Aussage entspricht nicht ganz der Wahrheit und du bist sehr wohl an ihm interessiert?«, kommentierte Samantha mit einem unterdrückten Schmunzeln.

Als ich nicht antwortete, brach sie in eine laute Lachsalve aus. »Ach Fanny, das wird schon wieder.«

Und dann legte sie tatsächlich ihren Arm um meine Schulter. Meine erste und natürlichste Reaktion bestand darin, einen Rundumblick zu starten und zu prüfen, ob gerade Kameras in der Nähe waren, doch nichts und niemand war zu sehen. Vollkommen verwirrt von ihrer Freundlichkeit ließ ich mich von ihr nach draußen führen, ohne Widerstand zu leisten.

»Leute wie du ziehen Zuschauer an. Herr Dieter würde dich niemals gehen lassen«, beruhigte sie mich.

Doch ihre Worte erzielten alles andere als ihre gewollte Wirkung. Immerhin wollte ich nicht um Herrn Dieters Willen bleiben. Alexander sollte mich hierbehalten wollen. Die Chance darauf hatte ich mir in den letzten zehn Minuten allerdings gehörig verspielt. Vielleicht sollte ich das Plänemachen schlichtweg jemand anderem überlassen. Ich war dafür einfach nicht geeignet.

Ich spürte Tränen in mir aufsteigen und wollte nur noch meine Schwester anrufen, um mit ihr zu reden. Doch eine lauernde Kamerafrau machte mir einen Strich durch die Rechnung. Bevor ich die Gelegenheit hatte, mich wieder zu fangen, hatte sie uns auch schon erreicht. Ich fühlte mich wie ein Schmetterling, gefangen in einem Spinnennetz. Und bekanntlich gehörten Spinnen nicht gerade zu meinen Lieblingstieren.

Zum Glück erledigte Samantha den Großteil unseres Interviews, weswegen ich mich schnell davonstahl, bevor sich die Frau, die uns mit einer Frage nach der anderen bombardierte, noch mir zuwandte.

»Ich muss schnell etwas trinken. Diese Hitze macht mir wirklich zu schaffen«, murmelte ich entschuldigend und huschte davon.

Ein Blick zurück zeigte mir, dass mein plötzlicher Aufbruch nicht unbemerkt vonstattengegangen war. Skeptisch durch ihre große Brille spähend sah mir die Kamerafrau nach, wie ich in meinen unbequemen Schuhen über den Rasen watschelte, dann drehte sie sich schulterzuckend erneut Samantha zu. Wenigstens eine, die es genoss, die prekärsten Fragen gestellt zu bekommen.

Unser Grüppchen hatte sich wieder an dem etwas abgeschiedenen Plätzchen im Garten versammelt. Zum Glück war noch einer der Korbsessel frei.

»Wo warst du so lange?«, fragte Toni, als ich mich mit einem erschöpften Seufzer neben sie fallen ließ.

»Willst du nicht wissen«, gab ich mit einem kläglichen Laut von mir und griff nach einem Glas, das ich mit Wasser füllte, da ich das Gefühl hatte, immer noch von der Interviewerin beobachtet zu werden, als wollte sie mich als Lügnerin entlarven.

»Okay«, lachte Toni, fragte aber nicht weiter nach. Vermutlich war auch ihr der weitere Kameramann, der uns umschwirrte, nicht entgangen.

»Wer glaubst du, wird heute gehen?« Michelle auf dem Liegestuhl daneben hatte die ganze Zeit stumm die anderen Kandidatinnen beobachtet. Nun sah sie mich an. Ob sie mich in Gedanken gerade genauso bewertete wie die anderen Frauen und meine Chancen einschätzte? Ihre eigenen Gewinnaussichten waren auf jeden Fall ganz ausgezeichnet. Die platinblonde Haarfarbe war zwar mit Sicherheit ebenso unecht wie die ungewöhnlich langen Wimpern. Aber trotz (oder gerade wegen) ihres künstlichen Aussehens war sie ein absoluter Hingucker. Ihre langen, gebräunten Beine streckte sie nun auf dem Liegestuhl aus und glich dabei einem Supermodel.

»Keine Ahnung«, antwortete ich schulterzuckend.

Das Fiasko mit Alexander bescherte mir ein ungutes Gefühl. Mit aller Wahrscheinlichkeit würde das Abenteuer bereits heute ein Ende finden. Denn im Gegensatz zu Samantha war ich nicht der Ansicht, einzig Herr Dieter hätte hier das Sagen und nach unserem letzten Gespräch konnte ich Alexander gar nicht mehr unter die Augen treten. Vielleicht war es auch besser so. Ich war noch keine zwei Tage weg von zu Hause und hatte schon furchtbares Heimweh. Außerdem hatte ich mich bis auf die Knochen blamiert. Ella würde mich zwar mit »Hab ich es dir doch gesagt« begrüßen, aber selbst das würde ich in Kauf nehmen.

»Scheint so, als würde es gleich losgehen«, meinte Toni und riss mich damit aus meinen Gedanken. Ihre Stimme klang unnatürlich hoch, auch sie schien ziemlich aufgeregt zu sein. Nervös drehte sie eine Strähne ihres glänzend braunen Haars um den Finger.

»Dann Beeilung«, gab Michelle genauso hibbelig zurück. Wie ein junges Rehkitz sprang sie auf und lief geradezu auf Herrn Dieter zu, um den sich bereits eine Traube von Frauen gebildet hatte. Keine wollte die Letzte sein und auch Toni und ich erhoben uns von unseren Plätzen und gingen über den Rasen. Auf Außenstehende musste es wirken, als wären wir Motten und Herr Dieter das Licht, das uns anzog. Obwohl sich mein Magen vor Frust und Nervosität zusammenzog, musste ich ein klein bisschen lächeln.

»Ladys.« Mara stand mit ihren hohen Pumps wacklig auf einer kleinen Anhöhe, damit sie uns wohl besser im Blick hatte. »Alle da?« Schnell zählte sie die Anwesenden, doch niemand schien zu fehlen, woraufhin Herr Dieter zufrieden übernahm.

»Die Entscheidung beginnt in wenigen Minuten. Gedreht wird vor dem Anwesen im Hof, wo die Limousine auf die Ausgeschiedenen wartet. Für die vier Kandidatinnen, die uns heute leider verlassen müssen, tut es mir sehr leid, aber die vier Herren haben sich die Entscheidung nicht leicht gemacht.« Überzeugt nickte Herr Dieter mit einem Blick aus großen, braunen Rehaugen und auch Mara legte eine dramatische Miene an den Tag. »Jene, die weiterkommen, werden von Thomasch, Niklas, Lars oder Alexander aufgerufen und bekommen anschließend etwas überreicht ... noch eine kleine Überraschung.« Zwinkernd grinste Herr Dieter in die Runde.

Vereinzelt hörte man quietschende Laute, die offenkundig Freude ausdrücken sollten, doch die meisten waren schlichtweg zu nervös, um auch nur irgendeine Regung zu zeigen.

»Die Ausgeschiedenen bitten wir, anschließend noch für ein kurzes Interview bereitzustehen. Zum Kofferpacken ist danach noch genügend Zeit.« Nachdenklich schweifte sein Blick durch die Runde, bis er bei Mara hängen blieb. »Das müsste es dann eigentlich gewesen sein«, verkündete er. Mara nickte bestätigend, woraufhin Herr Dieter seine kleine Ansprache beendete. »Gut, dann ab zum Set. Wir fangen gleich an.«

Meine Gemütslage war gespalten, als ich wie ein verschrecktes Lamm meiner Herde folgte und wir uns im vorderen Bereich des Anwesens im Halbkreis vor einem mit leuchtenden Fackeln umrandeten Platz aufstellten. Wir bekamen genaue Anweisungen, wo wir uns hinstellen sollten, und es dauerte eine Weile, bis alle in der richtigen Position waren. Das goldene Licht der Lichterketten am Dach hob sich besonders eindrucksvoll vom nachtdunklen Himmel ab und wäre es nicht so unerträglich heiß gewesen, hätte mich ein weihnachtliches Gefühl beschlichen.

Nervös trat ich von einem Bein auf das andere. Wie verschreckte Hühner auf der Stange stellten wir uns in einer Reihe auf. Toni stand neben mir und strahlte über beide Wangen. Aus den Augenwinkeln konnte ich erkennen, wie Samantha ihre ebenso blonde Busenfreundin Larissa Beistand suchend am Arm packte. Ihre Augen waren bereits ganz glasig – ohne Zweifel rein für die Show. Sie musste sich bestimmt keine Sorgen machen. Soweit ich das beurteilen konnte, war ihr Verhalten den ganzen Abend einwandfrei gewesen und ihr bezauberndes Aussehen war auch ganz sicher keinem der Herren entgangen.

Gerne hätte ich darüber den Kopf geschüttelt, da gab Herr Dieter auch schon das Zeichen und alle wurden still am Set. Eine elegante Treppe aus Sandstein führte vom Eingang der Villa im Toskana-Stil zum Vorplatz hinunter, wo wir auf das Ankommen der vier Kandidaten warteten. Die Kamerateams verteilten sich und ich wusste nicht so recht, in welche Richtung ich sehen sollte.

»Action«, brüllte Herr Dieter.

Nun ging es richtig los. In der unnatürlichen Stille hallten die Schritte der vier Ankommenden besonders laut wider. Einer nach dem anderen schlenderte in einem lässigen Tempo die Treppe hinunter, um sich anschließend uns gegenüber aufzustellen.

»Einen schönen guten Abend«, begrüßte uns Niklas stellvertretend für alle vier. Mit einem lässigen Grinsen fuhr er sich mit allen fünf Fingern durch die blonde Haarpracht. Er schien sich unter dem Gewicht der auf ihn gerichteten Kameras pudelwohl zu fühlen. »Wir möchten uns sehr für den angenehmen Abend bedanken. Leider findet heute bereits die erste Entscheidung statt, denn die Zeit, in der wir hier die richtige Partnerin für uns finden können, ist knapp bemessen.«

Und so sind nun mal die Spielregeln der Show, ergänzte ich still.

»Aber daran können wir nichts ändern. Schließlich müssen wir die Zeit gut nutzen, um uns auf jene Kandidatinnen zu konzentrieren, in denen wir Potenzial für die Zukunft sehen.«

Ich linste in Alexanders Richtung, doch er vermied es tunlichst, auch nur in die Nähe von mir zu sehen.

»Es tut uns wirklich leid, heute bereits vier Damen nach Hause schicken zu müssen, aber am besten bringen wir es ohne viel Gerede hinter uns.«

Okay, ohne Zweifel war Niklas der Schauspieler. Allein der theatralische Seufzer am Ende seines Satzes machte das klar und deutlich.

»Diejenigen, die aufgerufen werden, werden uns auch weiterhin auf dieser Reise begleiten«, erklärte Niklas.

Da wir diese Informationen bereits von Herrn Dieter bekommen hatten, sagte er es wohl eher für die Zuschauer vor dem Fernseher.

»Thomasch, du darfst beginnen«, gab Niklas weiter.

Auf Niklas' Zeichen hin trat dieser einen Schritt nach vorne zu einem kleinen Tischchen, das unauffällig im Schatten gewartet hatte und erst jetzt meine Aufmerksamkeit auf sich zog.

»Jede heute weitergekommene Dame soll sich an einem Begrüßungsgeschenk erfreuen«, sprach Thomasch ziemlich gestelzt und entlockte mir damit einen schrägen Blick – hoffentlich hatte das die Kamera nicht gesehen. Aber konnte man es ihm verdenken? Immerhin lag auf den männlichen Kandidaten noch viel mehr Druck, sich nicht zu versprechen oder einem Blackout zu erliegen. »Jede Dame, die in die nächste Runde kommt, wird von uns eine Blume überreicht bekommen.«

Gerade rechtzeitig wurde der Blick freigemacht auf vier mit unterschiedlichen Schnittblumen gefüllte Vasen, an deren linke Seite sich jeweils ein

Kandidat stellte. Es waren bunte Sträuße mit Tulpen, Rosen, Lilien und allen möglichen anderen Blumenarten, die wohl auf die Unterschiedlichkeit der Kandidatinnen anspielen sollten.

Sobald alle auf ihrer Position waren, griff Thomasch nach einer Gerbera mit orangefarbenen Blütenblättern. »Als Erstes würde ich gerne eine Dame nach vorne bitten, die mich heute mit ihren Italienischkünsten bereits sehr beeindruckt hat …« Er setzte eine kunstvolle Pause, in der eine langbeinige Gazelle mit glänzenden, pechschwarzen Haaren Zeit hatte, in ein hysterisches Kichern auszubrechen. »Isabella, nimmst du meine Einladung in die nächste Runde an?« Aus seinen braunen Augen strahlte er sie an.

Wie nicht anders zu erwarten stürmte die Kandidatin namens Isabella mit einem begeisterten Aufschrei zu ihm und küsste ihn mit einem Enthusiasmus links und rechts auf die Wange, als hätte sie bereits die Show gewonnen und würde sich nun mit ihm auf den Weg zu ihren Flitterwochen begeben.

So ging es der Reihe nach weiter. Abwechselnd bat einer der Herren eine seiner Auserwählten in die nächste Runde. Jedes Mal, wenn Alexander an der Reihe war, blieb mein Herz vor Aufregung beinahe stehen. Ich stand unter Spannung und hatte das Gefühl, jeden Moment umzukippen. Eigentlich rechnete ich nicht wirklich damit, dass er mich nach meinem furchtbaren Fauxpas tatsächlich noch näher kennenlernen wollte, dennoch gab es ganz tief in meinem Inneren noch ein Fünkchen Hoffnung. Würde er meine wahren Gefühle wie durch ein Wunder vielleicht doch erkennen?

Mit jedem Namen, den Alexander aufrief, wurde ich unruhiger und das Blut in meinen Adern pulsierte. Erst als er Samantha die neunte und damit letzte Blume aus seiner Vase überreichte, wurde mir klar, dass er keine der Damen mehr zu sich holen würde. Die Erkenntnis traf mich wie ein eisiger Schneeball. Ich schluckte hart.

Nun waren nur noch sechs Frauen übrig. Toni hatte bereits relativ am Anfang überglücklich von Lars eine gelbe Sonnenblume entgegengenommen, während Michelle von Thomasch in die nächste Runde eingeladen worden war. Die Platinblonde sah zwar immer wieder mit betrübtem Blick zu Lars, doch sie hatte wenigstens die Chance, noch länger um sein Herz zu kämpfen.

Für mich hingegen sah es wahrlich mehr als schlecht aus. Erneut trat Lars vor und nahm eine der letzten zwei übrig gebliebenen Blumen. Es war eine besonders schöne rote Rose. Sein Blick schweifte über unser kleines Grüppchen. Ich hoffte gar nicht mehr auf einen bestärkenden Blickkontakt, weshalb ich mich innerlich auf das Ende meiner Reise einstellte. *Nur nicht vor der Kamera weinen,* beschwor ich mich stattdessen.

»Fanny«, sagte Lars da mit einem Mal. Ungläubig starrte ich ihn an. »Nimmst du die Einladung an, auch nächste Woche hierzubleiben?« Mit einem freundlichen Lächeln erwiderte er meinen Blick, wobei sich seine vollen Lippen zu einem amüsierten Schmunzeln verzogen, als er nachsetzte: »Vielleicht ergibt sich ja die Gelegenheit, auch noch einen echten Eisbären zu sehen, bei dem, was wir noch alles mit euch vorhaben.«

Die anderen Frauen starrten mich geradezu misstrauisch an. Vor allem Michelle wirkte nun mehr als verstimmt. Doch ich konnte mein Glück kaum fassen.

»Ja, natürlich«, antwortete ich vollkommen überrumpelt und stolperte wenig graziös nach vorne. Kurz huschte mein Blick zu Alexander. Doch als sich unsere Blicke trafen, schoss mir Röte ins Gesicht und ich sah peinlich berührt weg.

Mein Herz klopfte wild, als Lars mir die Rose reichte und mich auf die Wange küsste. Zurück an meinem Platz schnupperte ich entzückt an den Blumenblättern. Ich war tatsächlich weiter. Fassungslos strich ich über die weichen Blätter der Knospe. Zwar hatte ich in meiner Mission, Alexanders Herz zu erobern, einige Rückschläge erlitten, aber wenigstens bestand noch die Chance auf ein Happy End.

Freudestrahlend lächelte ich in die Kameras und war die nächsten Minuten wie betäubt vor Glück.

Kapitel 11 – Strategie

Unter den Kandidatinnen, die gehen mussten, war niemand, den ich näher gekannt hatte, und dementsprechend war meine Erleichterung größer als mein Bedauern. Wenigstens die erste Entscheidung verlief ohne Tränen. Wie ich aus dem Fernsehen wusste, würde das allerdings nicht lange anhalten und insgeheim schloss ich bereits Wetten mit mir darüber ab, wer als Erstes in Tränen ausbrechen würde. Ehrlich gesagt lenkte ich mich damit jedoch nur davon ab, selbst nah am Wasser gebaut zu sein.

Die vier ausgeschiedenen Kandidatinnen sparten in den abschließenden Einzelinterviews nicht mit Beteuerungen, wie gerne sie die Herren besser kennengelernt hätten und wie unfair es sei, keine Chance bekommen zu haben, mit ihren inneren Werten zu punkten, aber ein klein bisschen beeindruckt war ich doch.

Hätte ich heute gehen müssen, hätte ich vermutlich geheult und dann hätte sich die ganze Welt erst recht gefragt, ob ich noch alle Tassen im Schrank hatte. Mit hoher Wahrscheinlichkeit hätten meine Eltern mich unverzüglich zu einem Psychiater geschickt. Als Lehrerin hätte mich danach voraussichtlich auch kein vernünftiger Direktor mehr eingestellt. Immerhin waren wir erst einen Tag hier und niemand mit einem rationalen Verstand könnte nachvollziehen, warum ich bereits vom ersten Augenblick an in Alexander verliebt gewesen war.

Schnell riss ich mich zusammen. Es war wichtig, genügend Distanz zu wahren und mich nicht von meinen Emotionen vollkommen überwältigen zu lassen. Ich schweifte mit meinen Gedanken immer weiter ab und wer wusste, wie mein Gesichtsausdruck währenddessen war. Verträumt und weggetreten wollte ich nun wirklich nicht im Fernsehen gezeigt werden.

»Wir sind weiter«, kreischte mir Toni aufgeregt ins Ohr. Die strenge Aufstellung hatte sich gelöst und nachdem die Ausgeschiedenen in der Limousine davongefahren waren, setzte sich die Herde in die Richtung des Gebäudeeingangs in Bewegung.

»Ja, das sind wir«, gab ich eine Spur ungläubig zurück. Mir fiel geradezu ein Stein vom Herzen, dennoch konnte ich meine Freude nicht so offen zeigen wie Toni. Ihr hingegen schien die offene Zurschaustellung ihrer Gefühle ganz und gar nicht schwerzufallen. Doch Alexander hatte mich kaum eines weiteren Blickes gewürdigt, weswegen meine Euphorie einen Dämpfer erlitt.

»Ich bin so froh, ausgerechnet von Lars die Blume überreicht bekommen zu haben.« Sie hatte die gelbe Sonnenblume bereits geschickt in ihr Haar gesteckt. »Das bedeutet, er hat zumindest schon Kenntnis von mir genommen.« Toni lachte glücklich auf und klatschte vor Freude in die Hände.

Ich war ehrlich erleichtert, sie weiterhin an meiner Seite zu haben. Denn ohne ihre Frohnatur hätte ich mich hier mit Sicherheit sehr einsam gefühlt.

Da allgemeines Gemurmel und Getuschel unter den Frauen ausgebrochen war, musste Mara beinahe schreien, um sich Gehör zu verschaffen. »Wir drehen noch zwei Stunden hier. Im Gebäudeinneren wird noch mal angestoßen und ihr habt die Gelegenheit, mit den Kandidaten einzeln zu sprechen, wenn sie euch dazu auffordern. Im Garten gibt es dann noch das Lagerfeuer und anschließend bringen euch Wagen zurück in die Villa«, informierte sie uns, während Alexander und die anderen Kandidaten ganz in der Nähe Statements zur Entscheidung abgaben. Ob er wohl unser Zusammentreffen vor der Toilette erwähnte?

»Gott, wie aufregend«, quiekte Toni hibbelig und strahlte übers ganze Gesicht.

Von ihrer guten Laune angesteckt schob ich meine Zweifel beiseite. Es war egal, dass Alexander mich nicht in die nächste Runde eingeladen hatte, solange ich nicht meine Chance vergeigte, mit ihm ein klärendes Gespräch zu führen. Ein ruhiges Ausklingen des Abends war die perfekte Gelegenheit, die Sache mit der umgekehrten Psychologie zu bereinigen. Ich konnte nur hoffen, er würde mich nicht sofort abwimmeln und jegliche weitere

Unterhaltungen mit mir verweigern. Leicht würde es bestimmt nicht werden, mich zu ihm durchzukämpfen, denn die anderen Frauen hatten ihn genauso im Blick und er hatte bestimmt mehr Interesse daran, eben diesen seine Aufmerksamkeit zu widmen. Aber ich fühlte mich bereit und würde alles daran setzen, ihn allein abzupassen. Um es mit Samanthas Worten zu sagen: *Ich bin Fanny und ich kämpfe um Alexander …*

»Da seid ihr ja, Leute.« Mit nach unten hängenden Mundwinkeln kam Michelle auf uns zugetrottet.

Ihre Schultern hingen herunter und ihr sonst so strahlendes blondes Haar erschien plötzlich ganz matt und glanzlos. Wie schnell sich die Erscheinung einer Person doch ändern konnte, nur weil sie kein Lächeln auf dem Gesicht trug. Nebeneinander folgten wir den anderen über die Eingangstreppe ins Gebäudeinnere.

»Alles in Ordnung?«, fragte ich mitfühlend. Ich wusste genau, wie gerne sie die Blume von Lars überreicht bekommen hätte – immerhin ging es mir genauso mit Alexander.

»Es geht schon«, antwortete sie, wirkte jedoch niedergeschlagen.

Toni war in ihrer Freude durch und durch gefangen und merkte nicht, wie Michelle sich neben uns unwohl verkrampfte. Erst einen Tag hier und es wurde bereits klar, dass es nicht leicht werden würde, Freundschaft zu schließen, wenn man hinter demselben Mann her war. Wenigstens war keine der beiden an Alexander interessiert.

»Es ist erst der erste Tag, da kann sich noch alles ändern«, sagte ich aufmunternd und lächelte sie an. Ich konnte nur hoffen, mit diesen Worten recht zu haben, andernfalls war ich wohl genauso aufgeschmissen. Mein Blick fiel auf Alexander und ich spürte Schmetterlinge in meinem Magen rumoren. Er war es so was von wert, um ihn zu kämpfen!

Im Gebäudeinneren standen die Kandidatinnen in kleinen Grüppchen zusammen und als die vier Männer von den Interviews zurückkamen, wechselte die Stimmung von ausgelassen zu dezent angespannt.

»Jetzt stoßen wir noch mal schön auf die nächsten Tage an und anschließend gibt es noch ein gemütliches Lagerfeuer im Garten«, erklärte Thomasch für die Zuschauer zu Hause und entkorkte sogleich eine Flasche Champagner.

Bei der großen Anzahl an Anwesenden war mehr als nur eine Flasche notwendig, weshalb es ihm die restlichen Herren gleichtaten.

»Auf einen schönen ersten Entscheidungsabend«, verkündete Alexander, sobald alle ein Glas in der Hand hielten.

»Cheers!«, sagten alle im Chor und ich nippte sogleich an meinem Getränk.

Wie sich das wohl in meinem Lebenslauf machte: Im Fernsehen beim Alkoholtrinken gefilmt werden ... Nicht gerade die beste Voraussetzung, um einer Schulklasse pubertierender Jugendlicher Moralpredigten zu halten.

Was war nur aus meinem Vorsatz, als gutes Vorbild voranzugehen, geworden? Mark hatte dazwischengefunkt – er und sein Verrat hatten mir meine Pläne zerstört. Selbst nach dem halben Jahr, das seit unserer Trennung vergangen war, spukte er mir noch durch den Kopf und die Wut war nicht vollkommen abgeklungen. Dementsprechend einfach war es, ihm die Schuld für mein Handeln zuzuschreiben. Ihm und der Schlampe Bianca! Wut brodelte in meinem Magen. Schnell nahm ich einen weiteren Schluck aus meinem Champagnerglas.

»Ist der Abend bisher nicht großartig? Ich glaube, Alexander wird heute noch mit mir sprechen«, vernahm ich Samanthas Stimme.

Ich sah auf und es wirkte, als würde sie direkt auf Michelle, Toni und mich zukommen. Erneut setzte ich das Glas an meine Lippen. Auf eine Konversation mit Oberzicke Nummer eins hatte ich es momentan wirklich nicht abgesehen. Bevor ich darüber nachdenken konnte, hatte ich mein Glas bereits geext.

»Na, Fanny? Froh, noch hierbleiben zu dürfen?«, fragte Samantha und leckte sich die mit Lipgloss bemalten Lippen. Schmeckte ihr Lipgloss so gut oder warum tat sie das andauernd?

Bestimmt würde sie nun lang und breit die Geschichte von vorhin erzählen. Ich sollte wohl besser sogleich verschwinden und ihr für den Rest der Nacht aus dem Weg gehen.

»Natürlich, wer würde sich nicht freuen«, gab Toni patzig an meiner Stelle zurück. Auch sie schien eine größere Aversion gegen die Blondine zu hegen.

Zwar war galt für Samantha vermutlich der Spruch: harte Schale, weicher Kern. Schließlich hatte sie mich beim Interview nach meinem Fauxpas nicht auffliegen lassen. Dennoch waren mir ihr großes Mundwerk und die überhebliche Attitude unsympathisch. Außerdem hatte ich sie noch immer im Verdacht, mein blaues Kleid in die Wasserlache geworfen zu haben. Nur gehörte das ab jetzt mit hoher Wahrscheinlichkeit zur Show dazu. Man konnte niemandem richtig vertrauen. Misstrauen baute sich wie eine Mauer in mir auf und abschätzig sah ich sie an.

Samantha hielt meinem Blick unbeeindruckt stand.

»Schade, dass Alexander dir die Rose nicht überreicht hat. Aber Lars ist bestimmt auch ganz toll.« Sie lächelte schadenfroh und es kostete mich große Mühe, mir keine Reaktion anmerken zu lassen.

»Toni, Michelle. Ich glaube, wir sollten gehen«, meinte ich an meine zwei Freundinnen gewandt.

Es war offensichtlich, dass ich Samantha damit aus unserem kleinen Grüppchen ausschloss. Zustimmend nickend flankierten sie mich links und rechts. Als wir mit erhobenen Köpfen davonstolzierten, kam es mir beinahe vor, als hätte ich mich gerade wie eine Zicke benommen und in eine Diva verwandelt.

Für einen ganz kurzen Moment bekam ich ein schlechtes Gewissen, dann verdrängte ich den Gedanken. Samantha war ebenfalls kein Unschuldsengel und in diesem speziellen Fall waren wir Konkurrentinnen.

»Draußen ist das Lagerfeuer bereits vorbereitet«, hörte ich Thomas' samtweiche Stimme durch das allgemeine Stimmengewirr.

Aufgeregt rieb ich mir die Hände. Ein Lagerfeuer war der Inbegriff von Romantik und wir würden die Möglichkeit haben, die Kandidaten besser kennenzulernen. Für mich persönlich würde das allerdings erst der zweite Schritt werden, nachdem ich das Missverständnis mit Alexander bereinigt hatte. Bis dahin würde er sich wohl kaum mit mir ans Feuer setzen und mir seine Lebensgeschichte erzählen.

Der einzige Trost für mich war, dass Alexander mich nach der Begegnung im Gang zumindest nicht so schnell vergessen würde. Wobei es natürlich besser gewesen wäre, ich hätte mich gegenüber Samantha nicht so weit aus dem Fenster gelehnt. Nach dem Abendessen hatte ich wirklich das Gefühl gehabt, er könnte mich mögen – jetzt sah das Ganze vollkommen anders aus.

»Woran denkst du?«, fragte mich Michelle. Aus ihren dunklen Augen musterte sie mich aufmerksam. Wir standen mit unseren Gläsern in den Händen am Rande des Geschehens und warteten. Während die Kandidaten bereits nach draußen gegangen waren, bekamen einige der Damen noch Make-up-Auffrischungen.

Nervös zupfte ich an meiner Frisur. »An nichts. Wieso?«

»Du siehst aus, als würdest du in einer Prüfung sitzen und hättest keine Ahnung, was die Lösung ist.«

»Oh«, machte ich verlegen. Ich hatte nicht erwartet, man könnte von meinem Gesicht so offensichtlich meine Gedanken ablesen.

»Das trifft es eigentlich ganz gut«, meinte ich dann schulterzuckend und seufzte.

»Mein Gefühl sagt mir, dass du mir etwas verschweigst.«

Nachdenklich drehte sie eine ihrer langen Haarsträhnen um den Zeigefinger. Die Locken, die sie vor wenigen Stunden so mühsam gedreht hatte, hatten sich mittlerweile fast vollständig ausgehängt. Man merkte, der Abend dauerte bereits viel zu lang. Hätte der erste Tag direkt nach dem Essen geendet, würde die Situation ganz anders aussehen. Anstatt mir darüber den Kopf zu zerbrechen, wie ich Alexander meinen dummen Fauxpas erklären sollte, würde ich jetzt mit Schmetterlingen im Bauch im Bett liegen und das Gespräch mit Alexander während des Essens mit Herzchen in den Augen Revue passieren lassen.

»Ich erzähl es dir später …«, flüsterte ich ihr zu. Wenn die Kameras weg waren. Meine Wangen färbten sich erneut rosa.

So blöd die Sache mit Alexander auch gelaufen war, es hätte noch schlimmer enden können, rief ich mir ins Gedächtnis. Da würde ich jetzt nicht so dumm sein, Michelle die Geschichte hier zu erzählen, wo ich Gefahr lief, doch aufgenommen zu werden. Ich hatte bereits genügend dieser Shows im Fernsehen verfolgt, um zu wissen, dass die Produzenten solche Situationen geradezu herbeisehnten und die Kameras selbst die privatesten Gespräche aufzeichneten, um sie anschließend im Fernsehen sogar mit Untertitel nachzuspielen, wenn die Personen zu leise gesprochen hatten. Das konnte man ihnen auch nicht mal übel nehmen, schließlich lebte eine Fernsehshow vom Drama und das war das, was die Zuschauer geradezu magnetisch anzog.

Mit einem Mal kam ich mir wahnsinnig gläsern und beobachtet vor. Überall waren Kameramänner zu sehen, ich fühlte mich beinahe umzingelt. Obwohl keine von ihnen explizit auf mich gerichtet war, überlief mich eine Gänsehaut. Unwohl verschränkte ich meine Arme und rieb mit meinen Handflächen über meine Oberarme. Plötzlich fror ich in meinem kurzen Kleid und fühlte mich entblößt. Nicht länger sexy in dem roten Hingucker.

»Weißt du, worüber Samantha vorhin ein Interview gegeben hat?«, fragte mich Toni.

»Nein, wie kommst du darauf?« Überrascht sah ich sie an.

»Weil du mit ihr zusammen aus dem Gebäude gekommen bist. Hat irgendwie so ausgesehen, als hättet ihr geredet«, antwortete sie achselzuckend.

Nach kurzem Überlegen wurde mir klar, dass sie mit vorhin den Moment meinte, als wir von der Toilette zurückgekommen waren und mir Samantha klargemacht hatte, dass genau solche Aktionen einen hierbehielten. Mit einem Mal wurde mir schlecht. Sie konnte im Interview, nachdem ich mich davongestohlen hatte, doch nicht von meinem Missgeschick gegenüber Alexander erzählt haben, oder? Hatte sie deswegen so überlegen gelächelt? Weil sie mich bereits auffliegen hatte lassen, während ich ahnungslos im Garten herumstand ...

Doch wenn sie der Meinung war, genau solch ein Trubel würde einen hierbehalten, wäre es für sie kontraproduktiv. Allerdings traute ich einem Charakter wie ihr auch zu, mir mit der Wahrheit lediglich etwas auswischen zu wollen. Kalter Schweiß trat mir auf die Stirn.

Nervös sah ich von links nach rechts, doch die Kameras kümmerten sich nicht um mich und es war auch niemand zu sehen, der mich gerne interviewt hätte. Ich musste mich wohl täuschen. Noch keine vierundzwanzig Stunden hier und ich entwickelte schon eine besorgniserregende Paranoia.

Ich seufzte. Später würde ich Alexander um ein privates Gespräch bitten und das Missverständnis bereinigen. Niemand musste davon erfahren und Samantha würde schon nichts erzählen, um ihre eigenen Chancen zu gefährden. Tief durchatmend versuche ich mich zu entspannen.

»Fanny? Alles in Ordnung?«, fragte Toni und auch Michelle musterte mich, als hätte sie einen Suizidgefährdeten oder eine Hochschwangere vor sich.

»Fanny? Du bist wirklich bleich und benimmst dich irgendwie seltsam ... Fanny?«

Ich wollte ihnen bedeuten ruhig zu sein, denn erhobene besorgte Stimmen zogen Kameras an wie Licht die Motten. Aber mir fehlten die Worte, um die mich überwältigenden Gefühle zu beschreiben. Irgendwie kam bei mir gerade die Erkenntnis an, worin ich mich da verrannt hatte und wie verrückt ich war zu glauben, ich könnte hier mit Alexander die große Liebe finden.

»Langsam machst du mir Angst.« Besorgt legte mir Toni ihre Hand auf die Stirn, um meine Temperatur zu fühlen.

Es kostete mich zwei tiefe Atemzüge, doch ich riss mich zusammen. Geschwind trat ich einen Schritt zurück und winkte ab. »Alles gut. Wirklich. Der Champagner war wohl zu viel für mich.« Ich lächelte schwach.

»Das war ein Glas«, gab Michelle verwirrt zu bedenken und bedachte mich mit einem ganz und gar nicht überzeugten Blick.

»Ich bin keinen Alkohol gewohnt«, gab ich schnell zurück, während meine Wangen erneut in Flammen standen. Jetzt hielt sie mich bestimmt für eine Spaßbremse, die bereits nach einem Glas vom Sessel kippte. Ich seufzte. »Lasst uns einfach zum Lagerfeuer gehen. Ein bisschen frische Luft tut mir bestimmt gut.«

Kapitel 12 – Action

Nach der Make-up-Auffrischung hatten sich schon vereinzelt Kandidatinnen in den Garten gewagt. Jenen folgten wir nun neugierig. Sobald wir den ersten Schritt nach draußen setzten, wirbelte ein kühler Wind meine Haare durcheinander, doch auf meine Gedanken hatte er genau die gegenteilige Wirkung. Zufrieden seufzte ich auf. Die kühle Luft beruhigte das Chaos in meinem Kopf und die Unruhe in meinem Inneren kam langsam zum Stillstand.

»Wow, das ist wirklich bezaubernd«, rief Toni enthusiastisch aus.

Tatsächlich konnte ich ihr nur staunend zustimmen. Der Garten hinter dem Anwesen hatte sich in der letzten Stunde, die wir am Hof auf der Frontseite verbracht hatten, einem wahren Wandel unterzogen. Ein Lagerfeuer in Größe und Form eines vertrauten Osterfeuers brannte im Zentrum der Gartenanlage. Flammen züngelten sich in unterschiedlichsten Rot- und Orangetönen in den Himmel empor und tauchten die grüne Umgebung in eine romantische Atmosphäre. Leuchtende Lichterketten reichten von einem Baum zum nächsten und hingen quer über die gesamte Grünfläche.

Trotz der unmenschlich heißen Temperaturen bei Tag zeigte sich die Nacht von einer erstaunlich kühlen Seite. Dennoch scheute ich mich nicht, mich meinen bereits schmerzenden High Heels zu entledigen und barfuß durch das Gras zu schlendern. Ich genoss das kühle, leicht kitzelnde Gefühl unter meinen Sohlen, weswegen ich auch Michelles und Tonis tadelnde Blicke auszublenden versuchte. Ganz funktionierte das aber nicht, da Michelles Blick immer wieder zu den Kameras huschte und sie sich sichtlich schwer damit tat, nichts zu sagen.

»Gibt es ein Problem?«, fragte ich patzig. Augenblicklich überkam mich ein schlechtes Gewissen.

Zum Glück schüttelte Michelle schnell den Kopf und Toni tat, als hätte sie mich nicht gehört. Die Gemüter waren trotz der herrlichen Atmosphäre schlichtweg überreizt. Und da das meinen zwei neuen Freundinnen ebenso bewusst war, machte ich mir keine Sorgen, sie könnten darauf allzu beleidigt reagieren.

Müde unterdrückte Toni ein Gähnen. »Um ehrlich zu sein, hätte ich nichts dagegen gehabt, sie hätten es bei einem Abendessen und einer Entscheidung belassen. Natürlich ist es toll, noch die Gelegenheit zu haben, mit einem der Kandidaten zu sprechen. Aber ich habe einen schlaflosen Flug hinter mir und bin absolut k. o.«

»Selbst an einem normalen Tag wäre dieser ganze Rummel zu viel«, pflichtete ich ihr bei.

Im Geiste ließ ich den heutigen Tag Revue passieren. Tatsächlich war in den vergangenen vierundzwanzig Stunden mehr passiert als in den ganzen letzten Wochen zu Hause. Diese konstante Achterbahn der Gefühle, die peinlichen Situationen, in die ich fortwährend geriet, und die bedrängenden Kameras trieben mein inneres Stresslevel immer höher.

»Meinst du, sie wollen uns aus der Reserve locken, um bereits erste Streitereien zu provozieren?«

Es fiel mir nicht schwer, mir diese Theorie zusammenzureimen. Ebenso lag auf der Hand, dass die Vermutung ganz gut zu Maras und Herrn Dieters vermeintlicher Philosophie passte.

»Na, ich weiß nicht«, warf Toni zwiegespalten ein. Ihre geäußerten Zweifel klangen wenig fundiert. Innerlich vertrat sie wohl die gleiche Meinung, das war von ihrem Gesicht abzulesen. Schnell sah ich mich um, ob nicht gerade eine Kamera in der Nähe war.

»Ich fühle mich irgendwie dauernd beobachtet. Obwohl mir das im Vorhinein natürlich klar war, ist es doch ziemlich unangenehm.« Ich schüttelte mich. Ob vor Schauer oder Kälte konnte ich nicht genau sagen.

Während unseres Gespräches waren wir am Rande des Geschehens stehen geblieben, um von keiner Kamera belauscht zu werden. Vermutlich war dieses stille Getuschel allerdings viel verdächtiger und wir sollten uns unter die Menge mischen.

Toni zuckte mit den Schultern. »Ist nun mal eine Fernsehshow. Daran müssen wir uns ab jetzt gewöhnen. Wollen wir nun endlich zu den anderen?« Ebenfalls zitternd rieb sie sich die mit einer Gänsehaut überzogenen Arme und zappelte mit den Beinen, als erhoffe sie sich durch die Bewegung Wärme.

Ich nickte zustimmend und nebeneinander gingen wir über die Wiese zum Lagerfeuer, das fröhlich vor sich hinflackerte und mit seiner Wärme die Kandidatinnen förmlich anlockte wie Honig Winnie Puuh. Mittlerweile war ich so müde, meine Augenlider wurden immer schwerer.

Ein wirklich kluger Schachzug der Produktion, den Tag so lange andauern zu lassen, bis früher oder später jemandem der Kragen platzte. In der Tat hörte man auch schon von Weitem die aufgeregten Stimmen vom Lagerfeuer über die Wiese hallen. Überraschenderweise war weder Samantha noch einer ihrer blonden Klone an der Szene beteiligt. Stattdessen hatten sich die zwei ungleichen Schwestern von vorhin (wenn ich mich richtig erinnerte, hießen die beiden Rachel und Marissa) gerade ziemlich in den Haaren. Neugierig traten wir näher.

Während Thomasch und Niklas etwas abseits bereits emsig Einzelgespräche führten, stand Lars unbeholfen neben den zwei Streithähnen und versuchte offenkundig die Wogen zu glätten.

»Ich schau mal, ob ich helfen kann«, sagte Toni, dann war sie auch schon weg. Mein Blick wanderte mit Besorgnis zwischen Michelle und Toni hin und her. Erstere starrte geradezu hypnotisiert zu Lars und beobachtete, wie dieser Tonis Hilfe mit einem erleichterten Lächeln willkommen hieß.

In dem Moment registrierte ich aus den Augenwinkeln, wie eine Gestalt in den Büschen verschwand. Ganz klar handelte es sich dabei um einen Mann und da hier gerade nur vier Möglichkeiten gegeben waren und sich drei davon noch in meinem Blickfeld aufhielten, war mir sofort klar, um wen es sich dabei handeln musste.

»Ich bin gleich wieder zurück«, murmelte ich Michelle zu, doch diese war ganz auf Lars fokussiert und bemerkte mein Verschwinden gar nicht weiter.

Mit wild klopfendem Herzen stahl ich mich davon und folgte Alexander auf leisen Sohlen. Abseits der frisch gemähten Grünfläche und zwischen den

Büschen war der Boden unwegsamer und sowohl trockene Erde als auch spitze Steinchen bohrten sich in meine nackten Füße. Ich hätte besser wieder meine Schuhe anziehen sollen, aber ich wollte nicht riskieren Alexander aus den Augen zu verlieren.

Sobald ich mich durch das Dickicht gekämpft hatte, fiel mein Blick auf einen kleinen Teich, an dem Alexander in unmittelbarer Entfernung von mir stand. Er stand mit dem Rücken zu mir am Wasser und sah stumm in die Ferne, während er dem Quaken der Frösche und dem Zirpen der Grillen lauschte. Ich war nicht so dumm zu glauben, meine Anwesenheit würde ihn nicht verstimmen. Er wollte ganz eindeutig allein sein. Dennoch konnte ich die Gelegenheit nicht ungenutzt verstreichen lassen. Angespannt sah ich mich in alle Richtungen um. Die Angst, von Kameras verfolgt worden zu sein, saß mir tief im Nacken und ließ meine Hände ganz feucht werden. Ich blickte mich um, doch in der Finsternis machte ich keine anderen Personen aus. Konnte ich tatsächlich so viel Glück haben, mit Alexander allein und ungestört zu sein? Misstrauisch wartete ich ab. Als auch nach drei weiteren Atemzügen kein blinkendes Licht einer Kamera zwischen den Bäumen auftauchte, atmete ich tief durch und trat aus meinem Versteck.

»Alexander?«, sagte ich und machte mich mit leiser Stimme bemerkbar.

Überrascht wirbelte der Angesprochene herum und sah sich in alle Richtungen um.

»Ja?« Mit Neugierde blickte er mir entgegen. In der Dunkelheit erkannte er mich offenbar nicht sofort, denn sein Gesichtsausdruck wirkte neutral. Sobald ich wenige Sekunden später angespannt näher trat, zog ein dunkler Schatten über sein Gesicht und er seufzte resigniert. »Was willst du?«

Die Ablehnung in seiner Stimme schlug mir wie eine heftige Welle entgegen, doch ich durfte mich dadurch nicht verunsichern lassen. Ich straffte meine Schultern und wagte noch einen Schritt nach vorne.

»Ich möchte dir gerne etwas erklären ...«

Er unterbrach mich ungehalten. »Hör mal – Fanny, richtig?« Abwehrend verschränkte er die Arme vor seiner Brust, woraufhin die Vorderseite seines Sakkos knitterte.

Ich nickte stumm.

»Du brauchst mir nichts zu erklären. Vergiss einfach, dass ich euch reden gehört habe …«

Das Blut schoss mir in die Wangen und mein Herz zog sich krampfhaft zusammen. Mit einer so direkten Abfuhr hätte ich wohl rechnen müssen. In seinen blauen Augen lag Verletztheit oder gekränkter Stolz. Das konnte aber eigentlich nur bedeuten, dass ich ihm auch nicht vollkommen egal war. In Anbetracht der Situation war selbst das schon ein Erfolg. Aus dieser Erkenntnis schöpfte ich Mut und blieb standhaft.

»Bitte hör mir zu. Nur eine Minute. Wenn du mich ausreden lässt, wirst du merken, dass es sich um ein ziemliches Missverständnis handelt.«

Anstatt nachzufragen, wie das ein Missverständnis sein konnte, zeigte sich auf seinem Gesicht keine Regung.

»Aha«, machte er lediglich desinteressiert.

Diese Art der Gleichgültigkeit konnte mich regelmäßig zur Weißglut bringen. Das hatten sowohl Ella als auch Patrick und Mathias bereits vor Jahren erkannt. Seither machten sie gerne Gebrauch davon, wenn sie mich ärgern wollten.

»Ja tatsächlich«, fauchte ich daher erzürnt und stemmte meine Hände in die Hüften. »Ich habe mich deinetwegen bei dieser Show angemeldet und du kannst mich jetzt nicht einfach ignorieren, wenn das doch alles gar nicht stimmt! Ich schwöre dir, es ist ein Missverständnis und bestimmt hältst du mich für verrückt, aber ich bin hier, um dich kennenzulernen, und wegen niemandem sonst.«

Peinlich, peinlich, am peinlichsten – damit verstieß ich bestimmt gegen ein Dutzend Ratgeber für Singleladys. Denn mit diesem Satz machte ich mich alles andere als rar und die notwendige Mischung aus Anziehung und Unnahbarkeit ging flöten. Auf den klassischen männlichen Jagdtrieb konnte ich mich nun nicht mehr verlassen. Aber mehr, als meine offenen Karten zu zeigen, konnte ich nicht tun.

Entschlossen blickte ich Alexander entgegen. Erstmals lag seine Aufmerksamkeit vollkommen auf mir und er hörte mir wirklich zu.

Anstatt nun das ganze Missverständnis aufzuklären, setzte mein Herz für einen Schlag aus und bei dem intensiven Blick seiner blauen Augen wurde mir ganz schummrig. Ich brachte keinen Ton über meine Lippen.

»Warum hast du es dann gesagt?«, fragte er ruhig, aber mit wachsamen Augen. Abwartend hob er eine dunkle Braue, wodurch sich meine Aufmerksamkeit kurz auf eine kleine Narbe oberhalb seiner rechten Augenbraue richtete, die ich zuvor noch nicht bemerkt hatte. Ich atmete einmal tief durch, um mich wieder auf das Wichtige zu konzentrieren.

»Umgedrehte Psychologie«, brachte ich atemlos hervor. Schnell und schmerzhaft, wie das Abziehen eines Pflasters.

Ungläubig erwiderte Alexander meinen Blick. »Umgedrehte Psychologie«, wiederholte er mit einem fast schon etwas spöttischen Unterton. Und dann folgte ein erneutes desinteressiertes »Aha«, das mich automatisch reizte.

Doch anstatt mich davon beirren zu lassen, schob ich den Ärger von mir weg. Immerhin hörte er mir nun wenigstens zu. So unangenehm das Gespräch auch war, andernfalls würde Alexander nie den wirklichen Grund erfahren, warum ich getan hatte, was mir in der unmittelbaren Situation wie ein ausgefeilter Schlachtplan erschienen war.

»Ja«, bestätigte ich puterrot im Gesicht.

Abwartend tippte seine Fußspitze auf den unebenen Boden, was mich nur noch nervöser machte. Wie hatte ich mich nur in solch eine dumme Situation bringen können? Mein Herz klopfte immer noch unangenehm schnell und meine Finger, die meine ausgezogenen High Heels umfassten, begannen vor Nervosität zu schwitzen. Eigentlich war es egal, ob er mir glauben würde oder nicht. Er hielt mich ohnehin schon für durchgeknallt ...

Kapitel 13 – Cut

»Auf die Gefahr hin wirklich bescheuert zu klingen …«, begann ich zögernd und sah ihn an.

Alexanders Blick sagte in diesem Moment so viel wie *Das tust du schon*, was mir einen frustrierten Seufzer entlockte. *Augen zu und durch*, drängte ich mich innerlich zum Weitersprechen.

»Umgekehrte Psychologie – es liegt nun mal in der Natur der Menschen, immer das zu begehren, was andere haben beziehungsweise wollen«, begann ich zögernd. »Samantha hat bereits heute Nachmittag ihr Interesse an dir erwähnt. Als sie mich dann gefragt hat, wer mir gefällt, habe ich Angst gehabt, meine Antwort würde sie nur noch mehr dazu animieren, um dich zu kämpfen. Stattdessen wollte ich sie mit meiner Antwort dazu bringen, sich für jemand anderen zu interessieren …«, stammelte ich und brachte die Worte nur schwer über meine Lippen.

Ob Alexander meine Logik verstand, bezweifelte ich in dem Moment stark. Er betrachtete mich mit einem erstaunten Blick, den man mehrdeutig auslegen konnte. Leider gab es zwischen den Reaktionen *Clevere Idee* und *Du bist total bescheuert* einen klitzekleinen Unterschied. Seine blauen Augen taxierten mich nachdenklich, ich konnte die Zahnrädchen in seinem Kopf förmlich rattern hören. Mit nervös angehaltenem Atem blickte ich ihm entgegen und überlegte fieberhaft, was ich noch sagen konnte.

Das Schweigen dauerte an und ich sah meinen Traumprinzen bereits vor meinem inneren Auge auf und davon reiten. Weg von der gestörten Blondine …

Doch dann überraschte mich Alexander. Denn er brach in schallendes Gelächter aus. Bestimmt würde mir jeder zustimmen, wenn ich sagen würde, dass Leute während eines Lachanfalls fürchterlich aussahen. Dabei bildete auch Sahneschnittchen Alexander keine Ausnahme. Durch die Anstrengung, das Lachen im ersten Moment zu unterdrücken, lief sein Kopf rot an, wie es meine Wangen unter dem Make-up bereits seit Minuten waren. Nun, wo jedoch der erste Lacher seinen Lippen entschlüpft war, konnte er es nicht mehr aufhalten. Die Mundwinkel weit nach oben gezogen zeigte er seine Zähne. Seine Brust hob und senkte sich, während er sich glucksend vorbeugte und sich die vor Lachen tränenden Augen rieb.

Ich brauchte ungefähr zwei Herzschläge, bis ich die Situation tatsächlich realisiert hatte, doch dann erfasste mich eine Welle des wärmsten Hochgefühls. In jenem Moment fühlte ich mich so befreit wie schon lange nicht mehr. Mein Herz schwoll förmlich zur doppelten Größe an und mich verließ ein erleichtertes Kichern. Ich stieg in sein Lachen mit ein und es war das schönste Gefühl überhaupt.

Alexander wischte sich eine Lachträne aus dem Augenwinkel und grinste mich an. »Fanny, das ist wirklich originell«, brachte er zwischen zwei Hicksern zustande, wobei das warme Lachen immer noch nicht abklang.

Originell konnte vieles bedeuten, doch selbst wenn es negativ gemeint gewesen sein sollte, es vertrieb die Wärme in meinem Herzen nicht.

Noch eine kleine Ewigkeit standen wir so da und lachten miteinander. Ich sah keine Notwendigkeit aufzuhören, es fühlte sich einfach nur richtig an. Irgendwie befreit – vielleicht sprach aber auch einfach nur eine schlechte Mischung aus Müdigkeit und Alkohol aus mir.

Alexanders Lachen klang langsam ab und er richtete sich wieder auf. »Es tut mir leid, dass ich so pikiert reagiert habe. Ich hätte gar nicht erst wegrennen, sondern dir gleich zuhören sollen. Und es entspricht absolut der Wahrheit, wenn ich sage, dass ich mich sehr darauf freue, dich näher kennenzulernen, Fanny.« Mit einem warmen Schmunzeln erwiderte er meinen leuchtenden Blick.

Ich jubelte innerlich. Dem Happy End meiner Geschichte stand nichts mehr im Weg und es war nicht von meiner dummen Logik ruiniert worden – zumindest noch nicht.

Lächelnd setzte ich zu einer Antwort an, da ließ mich ein zu lautes

Rascheln hinter mir verstummen. Das Knacken der Zweige zerstörte die prickelnde Atmosphäre zwischen uns. Auch Alexander bemerkte die Veränderung und blinzelte mit angestrengt zusammengekniffenen Augen in die Dunkelheit. Da registrierte ich am Rande meines Blickfeldes ein blinkendes Licht. Überrascht atmete ich ein. Mein Herz hatte noch nicht erkannt, was mein Verstand bereits wusste. Es schlug flatterhaft schnell, als hätte ich Angst, ein Kettensägenmörder könnte aus den Büschen hervortreten. Stattdessen handelte es sich um eine ganz andere Person und ich war mir nicht sicher, welche der zwei Möglichkeiten ich bevorzugt hätte.

»Cut! Wow! Was für eine wunderbare Szene.« Mit einem triumphierenden Grinsen trat Mara aus der Dunkelheit. Betont langsam klatschte sie in die Hände.

Kapitel 14 – Verschärfte Regeln

Entgeistert blinzelte ich dem Kamerateam entgegen, wobei ich vermutlich einen besonders belämmerten Eindruck machte.

»Alexander, bitte geh zum Lagerfeuer zurück, ich muss Fanny für ein kurzes Gespräch entführen.« Maras Stimme klang drohend. Den grimmigen Gesichtsausdruck hätte sie genauso gut bei der Entführungsszene einer Krimiserie verwenden können.

Einzig die Tatsache, dass Herr Dieter nicht ebenfalls anwesend war, erleichterte mich. Mit flammend roten Wangen knetete ich die Sohlen der Schuhe, die ich in der Hand hielt. Verunsichert fragte ich mich, ob Alexander sich der Anwesenheit der Kameras bewusst gewesen war. Doch zum Glück schien er ebenso überrumpelt wie ich.

»Hmh«, machte er unbestimmt, um Zeit zu gewinnen. Er musste sich offenbar ebenfalls erst von Maras Überraschungsbesuch erholen. »Wir haben uns eigentlich gerade unterhalten«, warf er schlussendlich ein.

Entweder hieß er Maras strengen Tonfall nicht gerade gut oder er konnte sie einfach generell nicht leiden. Allerdings schien sie nicht in der Laune für Widerworte und quittierte Alexanders Antwort mit einem ungeduldigen Schnalzen der Zunge.

Alexander baute sich beschützend vor mir auf, was mich nur allzu gut an den Ritter in glänzender Rüstung erinnerte, als den ich ihn bisher idealisiert hatte. Die Möglichkeit, nun endlich herauszufinden, ob dieses Bild auch mit der Wahrheit korrelierte, stimmte mich aufgeregt und ein Fünkchen Erleichterung machte sich in mir breit.

»Dafür ist später auch noch Zeit«, erwiderte Mara unnachgiebig und rückte das Gestell ihrer Brille zurecht. »Fanny, auf ein Wort.« Streng sah sie mich an, was mich auf merkwürdige Art und Weise in meine Schulzeit zurückwarf.

»Okay«, murmelte ich.

Keine fünf Minuten zuvor war die Atmosphäre hier am Wasser im Schein des Mondes geradezu romantisch gewesen. Nun mit den Kameras im Nacken hatte ich das Gefühl, im grellen Scheinwerferlicht zu stehen, obwohl sie gar nicht auf Aufnahme geschaltet waren. Von Privatsphäre konnte ich mich an diesem Ort nun ein für alle Mal verabschieden.

»Bis gleich«, sagte Alexander und mein Herz schlug augenblicklich viel höher, als er nach meiner Hand griff und sie drückte. Die Haut seiner Handinnenfläche war überraschend weich und angenehm warm. Am liebsten hätte ich ihn nicht wieder losgelassen.

»Schade, dass wir das nicht auch aufgezeichnet haben«, bemerkte Mara spitz an mich gewandt, nachdem Alexander durch die Bäume davongeschlendert war. »Lass uns bitte allein.« Erleichtert wenigstens nicht vor den Augen des Kameramannes zusammengestaucht zu werden, entspannte ich mich ein Stückchen. Jedoch machte dieses Stückchen nicht viel aus, wenn man bedachte, wie angespannt ich war.

»Wie lange wart ihr versteckt?«, fragte ich direkt und mit einem unwohlen Gefühl in der Magengegend.

»Von Anfang an«, antwortete sie wie aus der Pistole geschossen und sichtlich zufrieden. Dann wurde ihr Gesichtsausdruck ernster. »Ich weiß nicht, warum das bisher noch nicht klar gewesen ist, aber wir sind hier in einer Fernsehshow. Ich sage das hier ein letztes Mal und nicht noch mal.« Drohend senkte sie ihre Stimme. »Private Gespräche fernab des Kamerateams sind während deiner Zeit in der Show nicht vorgesehen, dabei verstehe ich keinen Spaß und Alleingänge werden nicht toleriert. Zu deinem Glück haben wir dich noch rechtzeitig bemerkt. Daher werde ich darauf verzichten, Herrn Dieter über deinen Regelverstoß in Kenntnis zu setzen. Du hast die Vorschriften missachtet und er würde das alles andere als gutheißen …«

»Aber …« Ich setzte zu einer Rechtfertigung an, konnte jedoch keinen klaren Gedanken fassen. Alles in mir war in Aufruhr.

»Sieh das Positive, Fanny. Die Zuschauer werden es lieben und das ist hier nun mal ein wichtiger Faktor. Akzeptiere es besser früher als später. Herr Dieter weiß genau, was beim Publikum gut ankommt und da steht Drama nach Liebe ganz oben auf der Liste. Und mein Gefühl sagt mir, davon gibt es bei dir genug. Wie gesagt, wir sind eine Fernsehshow …« Ihre Miene spiegelte beinahe Verständnis wider, mein Magen befand sich jedoch im senkrechten Tiefflug.

Ich war nicht dafür geeignet, vor der Kamera zu stehen. Das alles hier war ein schrecklicher Fehler. Vor der Kamera konnte ich nicht ich selbst sein, aber anders würde ich Alexander nicht noch mal begegnen, dafür würde Mara sorgen. Mein Gesicht konnte meine Frustration wohl nicht verbergen, denn Mara seufzte resigniert.

»Keine Gespräche im Alleingang. Verstanden?«

***

Der restliche Abend verging wie im Flug und bevor ich mich's versah, befanden wir uns auch schon wieder in der Ladys-Villa. Nach dem Gespräch mit Mara hatte ich mich nicht viel an den Unterhaltungen am Lagerfeuer beteiligt, dafür war ich wohl schlichtweg zu müde und mit meinen eigenen Gedanken beschäftigt gewesen. Bereits dieser erste Tag hatte unglaublich viele Eindrücke gebracht, die ich erst verarbeiten musste.

Maras Standpauke war nur das Tüpfelchen auf dem i gewesen und hatte einmal mehr bestätigt, dass Samantha das Konzept der Show besser verstanden hatte als ich. Aber was hatte ich auch erwartet? Es war mir von Anfang an klar gewesen – hier würde jeder Schritt aufgezeichnet und für die Ewigkeit festgehalten werden. Das Format nun als verwerflich abzustempeln war scheinheilig, schließlich waren die Methoden der Fernsehshows kein Geheimnis und ich hatte genau gewusst, worauf ich mich einließ. Dennoch waren es zwei Paar Schuhe – einerseits sich mental darauf einzustellen, tagtäglich gefilmt zu werden, und andererseits wirklich vor Ort zu sein und bei den intimsten Momenten Millionen Zuschauer im Nacken zu spüren.

Meine Gedanken wanderten wieder zu Alexander. Sobald ich zum Lagerfeuer zurückgekehrt war, hatte ich hin und wieder wahrgenommen, wie er mich beobachtet hatte. Die restlichen Damen hatten ihn allerdings den ganzen Abend auf Trab gehalten, sodass sich keine Gelegenheit für ein weiteres Gespräch ergeben hatte. Trotzdem hatte ich eine kribbelnde Wärme in meiner Magengegend gespürt, wenn sich unsere Blicke gekreuzt hatten. Diese Erinnerung hielt mich nun wach, obwohl ich eigentlich müde genug war, um auf der Stelle einzuschlafen.

»Du bist am Lagerfeuer ganz schön still gewesen«, bemerkte Toni mit leiser Stimme und blinzelte mir von der anderen Seite des Doppelbettes entgegen.

Am Fußende der Matratze schlummerte Michelle bereits zwischen uns. Vor dem Schlafengehen hatte sie uns noch Gesellschaft geleistet und nachdem sie am Lagerfeuer noch mal die Gelegenheit genutzt hatte, um mit Lars zu sprechen, war sie wieder fröhlich und guter Dinge gewesen. Vom Alkohol leicht beschwipst war sie kaum noch zu stoppen gewesen und hatte uns ihre halbe Lebensgeschichte anvertraut, bis sie mitten in der Unterhaltung eingeschlafen war.

»Bist du traurig, dass du nicht von Alexander in die nächste Runde gelassen wurdest?« Tonis Worte waren nicht viel mehr als ein Flüstern, dennoch rüttelten sie in mir eine ganze Lawine an Gefühlen los. Mich überforderte die Show und ich kämpfte andauernd gegen Selbstzweifel. Der Start mit Alexander war holprig gewesen und ich wusste nicht, wie ich mich gegen die anderen umwerfenden Kandidatinnen behaupten sollte.

Eines war jedoch gewiss: Das hier war ein Abenteuer und ich sollte es genießen. »Ich bin nur müde und es sind wirklich viele Eindrücke, die ich erst verarbeiten muss«, murmelte ich und drehte mich vom Rücken auf die Seite, sodass ich ihr ins Gesicht sehen konnte. »Noch mal danke für das Kleid. Das war wirklich lieb von dir.«

Mit dem Anflug eines Lächelns auf den Lippen kuschelte sie sich tiefer in das weiße Kissen hinein und unterdrückte vergebens ein herzhaftes Gähnen.

»Lenk nicht ab. Ich sehe doch, dass dich etwas bedrückt«, antwortete sie ernst.

Für den Bruchteil einer Sekunde zog ich in Erwägung, ihr einfach von der Unterhaltung mit Alexander und anschließend Mara zu erzählen. Doch eigentlich wollte ich es nicht weiter ausschöpfen, sondern abschließen. Mara hatte mir die Regeln klar und deutlich dargelegt. Nun musste ich sie akzeptieren. Daran war nichts zu rütteln. Außerdem würde meine Meinung dazu morgen vielleicht schon wieder ganz anders aussehen.

»Nein. Wirklich alles gut, ich brauche nur Schlaf. Der Tag war so voll und turbulent.« Demonstrativ gähnte ich in mein Kissen.

»Wie du meinst.« Sie seufzte resigniert und wirkte noch nicht ganz überzeugt. »Aber nur damit du es weißt, du kannst mir alles erzählen.«

»Danke, Toni. Du bist wirklich ein Schatz«, murmelte ich noch leise. Dann fielen mir die Augenlider zu und ich glitt langsam ins Land der Träume.

***

Irgendwann in der Nacht musste mir Michelle die Decke weggezogen haben, denn als ich aufwachte, fröstelte ich in meinem dünnen Schlaf-T-Shirt. Toni lag auf dem Rücken und schnarchte leise, während Michelle wie eine Katze zusammengekugelt in meine Decke gekuschelt ebenfalls noch schlief. Vor dem Zubettgehen hatte ich die Balkontür geöffnet, jetzt wehte eine leichte Brise vom Strand herein und brachte den Vorhang zum Flattern. Der Raum sah aus, als würde man ihn durch einen ausgefallenen Instagram-Filter filmen. Doch das hier war die Realität!

Aufgekratzt nahm ich meinen flauschigen Bademantel aus dem Koffer, streifte ihn über und tapste mit nackten Füßen aus dem Raum. Die Villa lag noch vollkommen verlassen da. Aus keinem der Zimmer hörte man auch nur einen Ton, tatsächlich schienen noch alle zu schlafen. In der Küche schenkte ich mir eine Tasse mit brauner Wachmach-Brühe ein. Wenn es bereits heißen Kaffee gab, musste wohl doch jemand vor mir aufgestanden sein.

Mit der Tasse in den Händen durchstreifte ich das Wohnzimmer und trat anschließend durch die geöffnete Terrassentür hinaus ins Freie. Wow – die Atmosphäre war der absolute Hammer. Direkt an die mit Steinplatten ausgelegte Terrasse schloss sich ein Pool mit türkisblauem Wasser an. Obwohl es jetzt am Morgen noch recht frisch war und die Steinplatten unter meinen Sohlen eine angenehme Kühle verströmten, kündigte die grelle, kräftige Sonne am Horizont einen unerträglich heißen Tag an.

Vom Pool aus hatte man einen traumhaften Ausblick auf den weitläufigen Ozean, der im Morgenlicht mysteriös funkelte. Trotz des nur leichten Windes waren die Wellen, die sich am Sandstrand brachen, ungestüm und ich konnte mich an diesem Anblick gar nicht sattsehen. Passend dazu leuchtete der Horizont in einer berauschenden Mischung aus Blau-, Orange- und Rosatönen am fast wolkenlosen Himmel.

»Morgen«, erklang eine Stimme von der Seite und vor Schreck hätte ich beinahe meine Kaffeetasse fallen gelassen. Vom Anblick des Ozeans abgelenkt hatte ich die Person im hinteren Teil des Gartens gar nicht bemerkt.

»Guten Morgen«, antwortete ich halb lachend und blinzelte in das Gesicht einer Brünetten. Bis eben hatte sie wohl Sit-ups gemacht. Nun erhob sie sich von der Sportmatte, betrat die Terrasse und kam auf mich zu.

Zwar wusste ich ihren Namen nicht, erkannte sie allerdings sofort von der Entscheidung wieder. Nun steckte ihr kurviger Körper jedoch in keinem engen Abendkleid, sondern einer kurzen Sporthose und einem bauchfreien Shirt mit Spaghettiträgern.

»Bisschen was für die Figur.« Motiviert sprang sie ein paarmal auf der Stelle und begann sich dann zu dehnen. »Lars hat mir schon angeboten mit mir ins Fitnessstudio zu gehen«, redete sie weiter und bewegte sich graziös, wobei ihr langer Pferdeschwanz hin und her schwang. Noch eine Lars-Interessierte.

Ich schmunzelte amüsiert. »Sollte ich wohl auch machen«, antwortete ich nur, um die Konversation aufrechtzuerhalten und die unweigerlich folgende peinliche Stille hinauszuzögern. Denn in Wirklichkeit war ich wohl das Gegenteil von sportlich.

»Ich bin Bianca«, stellte sie sich vor und meine Eingeweide verknoteten sich bei diesem Namen automatisch. Obwohl sie nichts dafür konnte, war sie mir augenblicklich unsympathisch – wie viel ein einfacher Name ausmachen konnte …

»Ich bin Fanny«, versuchte ich mit möglichst normaler Stimme zu antworten. Schnell nahm ich einen Schluck meines Kaffees, um zu verstecken, wie die Gedanken an Bianca und Mark in meinem Inneren emporkrochen und sich die Emotionen unweigerlich auf meinem Gesicht widerspiegelten.

»Die anderen werden vermutlich noch länger schlafen. Ich geh schnell duschen, dann könnten wir aber schon mal frühstücken, wenn du magst«, schlug sie mit einem offenen Lächeln vor.

Essen klang genau nach der richtigen Medizin für meine angeschlagenen Nerven. Denn es fühlte sich an, als wäre seit dem gestrigen Abendessen bereits ein halbes Jahrhundert vergangen und passenderweise meldete sich mein Magen mit einem Knurren zu Wort.

»Ja, gerne.« Ich verdrängte meine negativen Gefühle und hob die Mundwinkel.

»Super, dann bis gleich«, verkündete sie freudig und joggte bereits los. Da kam mir ein Gedanke.

»Warte, Bianca!«

Neugierig warf sie einen Blick über die Schulter. »Ja?«

»Weißt du, wann die Kameras hier aufkreuzen?« Paranoid wie ich war, kam es mir ganz so vor, als würden wir bereits beobachtet werden. Wenigstens in der frühen Morgenstunde wollte ich noch mal ohne Beobachtung für den restlichen Tag Kraft tanken.

»Um acht kommt das Kamerateam, kann aber gut sein, dass eines der anderen Mädels schon davor mit der Private-Cam Aufnahmen macht und diese später an das Team weitergibt. Also solltest du dich noch filmreif herrichten wollen …« Sie zwinkerte und grinste mich verschmitzt an.

»Deswegen habe ich nicht gefragt«, murmelte ich, doch da war sie bereits losgesprintet.

Meinen Gedanken nachhängend verweilte ich im Garten und blickte in die Ferne. Gerne hätte ich das Universum dafür verflucht, mir nur Leute mit Namen in die Show zu schicken, die mich an Mark erinnerten. Die Trennung lag nun schon so lange zurück und trotzdem schien mein Kopf noch nicht ganz mit ihm abgeschlossen zu haben. Nicht nur die Wut über seinen Verrat ließ mich regelmäßig brodeln, auch in meinen Träumen erschien er einige Male zu oft. Aber eigentlich war es auch nicht weiter verwunderlich, immerhin war er drei Jahre lang ein fester Bestandteil meines Lebens gewesen. Ihn nun so plötzlich zu verlieren, stellte mich vor ein Loch, das ich erst füllen musste. Und dafür war dieses Abenteuer perfekt.

»Fanny, ich bin fertig. Kommst du?«, vernahm ich Biancas Stimme von der Terrassentür und ich wirbelte überrascht herum. Entweder duschte sie wirklich schnell oder ich hatte vollkommen mein Zeitgefühl verloren.

»Ich komme«, rief ich zurück und trank den letzten Schluck meines Kaffees, dann drehte ich mich um und folgte ihr. Sobald ich den Eingang erreichte, hörte ich Stimmengewirr aus dem Haus. Ich wappnete mich für den Tag und trat über die Schwelle nach drinnen.

»Bianca macht gerade Spiegelei zum Frühstück und Sherry zeigt mir ihren gesunden Gemüse-Smoothie, mit dem man richtig wach werden soll«, erläuterte Larissa, Samanthas blonde Busenfreundin, gerade der Kamera in ihrer Hand aka den Zuschauern, die das Video wohl oder übel irgendwann zu Gesicht bekommen würden.

Die Private-Cam hatte die Produktion dafür eingerichtet, um auch möglichst jeden noch so langweiligen Tag hier aufzunehmen, sodass unter keinen Umständen etwas Spannendes verpasst wurde, sollte das Kamerateam gerade nicht anwesend sein. So lautete zumindest meine Definition, obwohl es offiziell hieß, dass das Publikum so einen privateren Einblick in das Luxusleben vor Ort bekommen könne.

»Fanny, komm her und nimm dir einen Teller, solange noch etwas da ist.« Bianca strahlte mich aus der Küche her an.

Ihr Name verursachte immer noch einen bitteren Geschmack auf meiner Zunge. Natürlich war es dumm, jemanden aufgrund des Namens nicht zu mögen. Das war mir schon klar. Vor allem da sie ein wirklich netter Mensch zu sein schien. Über mich selbst den Kopf schüttelnd trat ich näher.

»Hast du eigentlich einen Spitznamen?«, fragte ich möglichst unverfänglich und lehnte mich gegen den Tresen. Die noble Küche mit den glänzend schwarzen Arbeitsplatten war für einen großen Haushalt angelegt und in der Mitte gab es eine Kücheninsel, an deren äußerer Seite zwei Barhocker standen. Jene waren allerdings bereits von zwei anderen Kandidatinnen, die Kaffee schlürften, besetzt.

Im Hintergrund redete Larissa noch immer munter mit der Kamera, was mich minimal ablenkte.

Bianca überlegte einen Moment. »Meine Familie nennt mich Bibi«, vertraute sie mir leise an. »Aber hier würde mich das nicht so freuen. Also bitte nur B.« Sie sprach es englisch aus, sodass es wie Bee klang.

Der Spitzname ihrer Familie brachte mich allerdings zum Kichern. Von albernen Spitznamen konnte ich jedoch leider auch ein Liedchen singen. Patrick hatte sich immer ins Fäustchen gelacht, wenn im Fernsehen Werbung zu »Tante Fannys Frischteig« gelaufen war. Und sobald ich wirklich Tante geworden war, hatte er mich eine Zeit lang so genannt, bis ich angefangen hatte, ihn vor seinen Freunden Pattybär zu nennen. Das war aber noch das kleinere Übel zu den Namen, die mir einer der gemeinen Jungs im Kindergarten verpasst hatte. Seine Kreationen reichten von Pfannie über Brat-Pfanne bis hin zu Fanny-Pfannengemüse. Kinder konnten wirklich gemein sein … Erwachsene gewiss genauso.

Ich wandte meine Aufmerksamkeit wieder B zu. »Okay, werde ich machen.«

Ich schnappte mir einen Paprikastreifen. Den Hunger konnte ich damit zwar nicht stillen, aber da die anderen Kandidatinnen schon fertig für den Tag hergerichtet waren, fühlte ich mich in meinen Schlafsachen unwohl.

»Ich sollte mir besser auch schnell noch etwas anderes anziehen«, bemerkte ich mit einem Blick auf die digitale Uhranzeige oberhalb des Backofens. Das Kamerateam würde jeden Moment auftauchen und ich fühlte mich nicht in der Stimmung, mich nur im Bademantel zu präsentieren.

»Bin gleich wieder da«, sagte ich zu B und sprintete zurück zum Schlafzimmer.

Bevor ich das Zimmer betrat, mäßigte ich jedoch mein Tempo und öffnete nur zaghaft die Tür. Sollten Michelle und Toni noch schlafen, beabsichtigte ich nicht sie zu wecken. Der Tag heute würde bestimmt genauso lang wie gestern werden, ganz zu schweigen vom Jetlag, der uns allen noch in den Knochen saß. Da war jede Sekunde Schlaf kostbar. Aber meine Vorsicht war unbegründet. Beide waren bereits mehr oder weniger wach.

»Morgen Schlafmützen, ausgeschlafen?«, fragte ich gut gelaunt, während mir beide benommen entgegenblinzelten und gähnten.

»Wie eine Prinzessin«, grummelte Michelle in mein Kissen und seufzte verträumt.

»Dann ab aus den Federn, eure Hoheiten! Die Kameras kommen bald und wenn ihr dann noch nicht auf seid, gehen sie womöglich in die Zimmer«, warnte ich sie und trat an meinen Koffer, um mir etwas zum Anziehen herauszusuchen.

Michelle warf meine Bettdecke zurück und streckte sich wie eine Katze. Toni hingegen nahm meine Warnung nicht wirklich ernst und zog sich stattdessen das Kissen über den Kopf.

»Ich will nicht aufstehen. Am besten verlasse ich dieses Bett nie wieder.«

Ich kicherte. »Dann wird das aber eine ganz schön schwere Aufgabe, Lars in dich verliebt zu machen.«

Damit hatte ich sie geködert. »Hmh, da hast du wohl recht«, überlegte sie laut und strampelte die Decke weg.

Dabei entging ihr der angespannte Ausdruck, der über Michelles Gesicht huschte. Es würde für die beiden nicht einfach werden, befreundet zu bleiben, wenn erst mal ernsthafte Gefühle für Lars im Spiel waren. Da sollte ich sie nicht auch noch unnötig nachdenklich stimmen. Mehr Taktgefühl war gefragt.

Ich zog mir ein leichtes Sommerkleid über, mit dem die Hitze hoffentlich eher erträglich werden würde. Anschließend legte ich noch dezent Make-up auf. Wie mir Sandra im Vorfeld genauestens eingebläut hatte, musste man besonders im Fernsehen auf die richtige Dosis achten. Zu viel Schminke und man sah aus, als hätte man nur den Kopf ins Solarium gesteckt und mit dem restlichen Körper den Sommer am Süd-Pol verbracht. Zu wenig Make-up und man hatte Ähnlichkeit mit einer Wasserleiche. Daher hoffte ich den goldenen

Mittelweg zu finden. Meine blonden Haare ließ ich mir locker über die Schultern fallen und war schließlich mit dem Endresultat ganz zufrieden.

»Ich geh schon mal nach unten in die Küche«, informierte ich die beiden und machte mich barfuß auf den Weg.

Kapitel 15 – Frühstück

»Da bist du ja«, rief B erfreut, als ich die Küche betrat. »Bitte sei so lieb und deck schon mal den Tisch. Teller sind in der oberen Schublade.« Sie stand noch immer am Herd und hatte ihr Sortiment an Spiegelei bereits auf Eierspeis ausgeweitet. Fröhlich pfeifend schwang sie den Kochlöffel.

Erstaunt, wie sie bereits einen so guten Überblick gewonnen haben konnte (bei mir dauerte es immer ewig, bis ich mir in einem fremden Haushalt merkte, wo welches Besteck untergebracht war), folgte ich ihren Anweisungen ohne Widerworte.

»Die Eierspeis duftet köstlich«, lobte ich ihre Kochkünste und mein Magen knurrte zustimmend.

»Eierspeis? Was ist denn das?«, entgegnete B prustend. »Meinst du das Rührei?«

Ich wurde rot. »Ja, das nennt man bei uns so«, verteidigte ich mich kichernd.

»Ein seltsames Land«, zog sie mich auf. »Und wie heißen die Spiegeleier? Gibt es dazu auch ein eigenes Wort?«

Als ich den Kopf schüttelte, schaltete sich eine der Kaffeeschlürfenden auf den Barhockern ein.

»Also bei uns im Schwabenland sagen wir zum Spiegelei Ochsenauge.«

»Dagegen ist Eierspeis ja ein harmloses Wort«, warf ich ein und wir amüsierten uns gut, bis wir unterbrochen wurden.

»Guten Morgen, Ladys«, vernahm ich Maras Stimme vom Eingang und mein Magen zog sich unwohl zusammen. »Wir bauen nur schnell auf, dann kommen auch schon die Herren.«

Die Kandidaten würden mit uns frühstücken? Gleichwohl aufgeregt wie erfreut trug ich die Teller zum Tisch im Wohnbereich zwischen Küche und Wohnzimmercouch und verteilte sie, obwohl ich eigentlich Maras Ansprache folgen sollte. Doch zum Stillstehen war ich viel zu nervös.

»Das Frühstück gibt euch nicht nur die Möglichkeit, die Herren besser kennenzulernen, sondern ist auch die Gelegenheit, um untereinander Freundschaften zu schließen. Außerdem müssen euch die Zuschauer lieb gewinnen, damit sie mit euch mitfiebern. Also zeigt euch von eurer Schokoladenseite, Ladys.«

Energisch klackerten Maras Pumps auf dem Fliesenboden. Wenn ich nicht mit einem Loch in meinem nackten Fuß enden wollte, sollte ich Mara heute wohl besser nicht verärgern.

»Kail, bitte beginn schon mal die Mikros zu verteilen. Steve, come with me in the meantime.« Geschäftig winkte sie einen der Kameramänner zu sich. »Dann wecken wir mal die restlichen Mädchen«, frohlockte sie und richtete zufrieden ihre schwarze Brille zurecht.

»Fanny, hast du kurz Zeit?«, fragte mich Kail, als Mara bereits mit Steve Richtung Schlafzimmer verschwand.

Mir fehlten zwar noch ein paar Teller, dennoch nickte ich. Wortlos reichte er mir das kleine Mikro und half mir die Kabel zu verstecken, damit sie im Fernsehen nicht gleich als Erstes ins Auge springen würden. Erst jetzt bemerkte ich, wie ungünstig das Kleid für die Befestigung des Mikros war. Doch Kail nahm die Gegebenheit ohne mit der Wimper zu zucken hin und montierte das Ansteckmikrofon geschickt.

»Danke«, murmelte ich freundlich, sobald er fertig war, was er nur nickend zur Kenntnis nahm.

Schulterzuckend verteilte ich die restlichen Teller. Anschließend schlenderte ich zurück zu B, die gerade Brotscheiben schnitt. Gemeinsam mit Sherry, Larissa und zwei anderen Damen trugen wir das Essen zum Tisch.

»Guten Morgen«, erklang eine tiefe Stimme von der Terrasse.

Augenblicklich wusste ich, dass es sich dabei keineswegs um Herrn Dieter handelte. Und tatsächlich lugte Thomasch mit einem gelassenen Morgenlächeln durch die im Wind wehenden Vorhänge in den Wohnraum.

»Kameras an«, hörte ich Kail leise im Hintergrund murmeln. Offenbar übernahm er die Leitung, wenn Mara uns gerade nicht mit ihrer Anwesenheit beehrte.

»Sie sind da«, jubelte Samantha irgendwo in der Nähe des Gangs und rief damit die anderen Mädchen auf den Plan.

Ein breites Strahlen trat auf mein Gesicht. Mich steckte die aufgedrehte Stimmung an und ich sehnte ein erneutes Gespräch mit Alexander mit einem wohligen Glücksgefühl im Magen herbei.

Thomasch trat gefolgt von den drei restlichen Herren ein.

»Guten Morgen«, begrüßte ich die Neuankömmlinge. Obwohl ich äußerlich ruhig wirkte, drehte sich in meinem Inneren eine Achterbahn.

Heute trugen die Kandidaten statt Anzug und Sakko legere Freizeitkleidung. Während Thomasch in seinem weißen Tanktop und der schwarzen Jogginghose ein wenig zu proletenhaft aussah, gefiel mir der Alltagsstil der anderen Herren ausgesprochen gut. Niklas war der Einzige, der eine lange Khakihose und ein Hemd angezogen hatte. Alexander und Lars trugen relativ unauffällige, sportliche Sommerbekleidung. Außerdem stand Alexander der knallige Farbton des blauen T-Shirts ganz wunderbar.

»Komm schon, Fanny«, flüsterte mir B ins Ohr und gab mir einen kleinen Stupser Richtung Terrasse. Als ich nicht sofort auf ihren Richtungsweiser reagierte, marschierte sie munter und selbstbewusst voran.

»Genau richtig zum Frühstück«, verkündete sie mit einer Nuance an gespielter Überraschung in der Stimme, als wäre das gemeinsame Frühstück nicht genau so geplant gewesen. Sie machte das wirklich gut und das vergnügte Funkeln in ihren Augen wirkte hundertprozentig authentisch.

Von ihrem Selbstbewusstsein musste ich mir wirklich eine Scheibe abschneiden. Denn im Gegensatz zu ihr schaffte ich es nur mit Mühe, einen Schritt vor den anderen zu setzen, ohne die Flucht zu ergreifen. Innerlich gab ich mir einen Ruck. Ich konnte hier nicht ewig am Spielfeldrand verweilen und meine Chance verpassen.

»Kann ich schon etwas zu trinken anbieten? Der Kaffee ist noch in der Küche«, machte ich mich im allgemeinen Chaos bemerkbar.

Von den Schlafzimmern hörte ich aufgeweckte Stimmen mit überraschten Schreckenslauten – vermutlich hatte Mara gerade eine weitere Damengruppe aus dem Schlaf gerissen.

»Ja, bitte. Ohne Kaffee könnte ich bei Gott nicht in den Morgen starten.« Das waren Alexanders Worte.

Vor Freude schlug mein Magen einen Salto. Seinem wachen Blick und den strahlenden Augen nach zu schließen, hatte er seinen ersten Kaffee zwar vermutlich schon intus. Aber das war unsere Gelegenheit, neu anzufangen.

»Ich helfe dir«, schob er nach, bevor ich mein verrücktspielendes Gehirn zu einer Antwort bewegen konnte.

»Danke.« Mit einem erfreuten Strahlen dirigierte ich ihn in die Küche.

»Gut geschlafen?«, erkundigte er sich auf dem Weg dorthin höflich und ich antwortete, obwohl ich die Kameras in meinem Rücken spürte, entspannt.

»Ja, nach dem anstrengenden Tag gestern hätte ich wohl auch auf einer Sitzbank am Bahnhof geschlafen wie ein Stein.«

Während ich den Satz aussprach, erkannte ich bereits, dass ich es wesentlich schöner beschreiben hätte können und lief prompt rot an.

»Also, ich meine der Jetlag war ziemlich heftig … und die Betten hier sind wahnsinnig bequem«, murmelte ich unverständlich und mein Blick wanderte nervös zur Kamera, die uns in die Küche gefolgt war.

Ich griff nach der Kaffeekanne, während sich Alexander gegen den Tresen lehnte. Nun lachte er gut gelaunt und veränderte seine Standposition, sodass man nicht gleich bemerkte, wie verlegen ich die Kamera anguckte. So sah es wenigstens nur noch so aus, als würde ich Alexander seltsam anstarren – auch nicht gerade viel besser.

»Das freut mich. Aber keine Sorge, der heutige Tag wird wesentlich entspannter.«

Unsicher, was ich darauf erwidern sollte, nahm ich zwei Tassen aus dem Schrank und schenkte jeweils Kaffee bis zum Rand ein.

»Soll ich dir verraten, was wir heute geplant haben oder möchtest du dich überraschen lassen?«, fragte er. Dem amüsierten Funkeln in seinen Augen nach zu schließen, hätte ich mich wohl von selbst danach erkundigen sollen. Schließlich erfuhren die Zuschauer vor dem Fernseher alle wichtigen Informationen nur durch die Gespräche im Haus.

Vielleicht hätte ich wirklich im Vorfeld besser recherchieren müssen, was die Etikette in der Villa alles vorschrieb. Die anderen Kandidatinnen schienen ganz von Natur aus ein viel besseres Gespür dafür zu haben. Alternativ hätte ich auch einen Grundkurs frei nach dem Motto *Wie verhalte ich mich in einer Datingshow im TV?* besuchen sollen.

»Ja, bitte verrate es mir. Ich hasse Überraschungen.« Und das war nicht mal gelogen.

»Wirklich?« Schief grinste mich Alexander an, während er seine Kaffeetasse entgegennahm. »Ich dachte, Frauen finden Überraschungen romantisch?«

»Vielleicht verrate ich dir irgendwann mal den Grund, warum ich Überraschungen gegenüber abgeneigt bin«, entgegnete ich möglichst kokett.

Meine Gedanken wanderten zur Überraschungsgeburtstagsfeier, die Mark für mich geplant hatte. Ahnungslos hatte ich mich an jenem Abend meiner Kleidung entledigt, um mir nach einem langen Tag ein Bad einzulassen, und hatte fast einen Herzinfarkt bekommen, als auf einmal dreißig Leute aus ihren Verstecken gesprungen waren und »Überraschung« geschrien hatten. Nur von dem Gastgeber Mark war keine Spur zu sehen gewesen, da er auf der Arbeit länger aufgehalten worden war und eine kleine Vorwarnung für unnötig erachtet hatte.

»Glaub mir, dann würdest du das verstehen.« Mit einem Mal fiel mir die Unterhaltung viel leichter. Irgendwie blätterte die Anspannung von mir ab und ich verbannte die Kameras vollkommen aus meinem Bewusstsein.

Für einen kurzen Moment fühlte es sich an wie ein ganz normaler Flirt mit einem ganz normalen Mann in einer ganz normalen Küche.

Dann sah ich Kail aus den Augenwinkeln energisch mit den Händen fuchteln. Es dauerte einen Moment, bis ich begriff. Er wies mich an, das Mikro anzuschalten. Mit der Situation absolut überfordert tastete ich mit meiner rechten Hand fahrig nach dem kleinen schwarzen Technikding, das Kail zuvor am Rückenteil meines Kleides so gekonnt fixiert hatte. Aus dem

Blickwinkel der Kamera wirkte es für die Zuschauer mit Sicherheit, als kratzte ich wie verrückt und mit einem Affen als Vorbild meinen Rücken, woraufhin mir natürlich prompt Hitze in die Wangen stieg.

»Warte, ich helfe dir«, flüsterte Alexander leise und stellte sich vor mich, sodass er mich vor der Kamera verbarg. Flink drehte er mich mit dem Rücken zu sich. Ich spürte seine Finger für ein paar Sekunden auf der Haut meines Rückens, dann war er auch schon fertig und drehte mich wieder um. Überrascht erwiderte ich seinen Blick.

»Dann können wir uns ja auch schon einen Platz suchen«, verkündete er mit einem schiefen Grinsen.

»Ja, gerne«, stimmte ich schnell zu, bevor ich mit meinem Starren als grenzdebil abgestempelt werden würde, und klammerte mich an meinen Kaffeebecher, als wäre er ein Rettungsring.

Mit aufgeregt klopfendem Herzen folgte ich Alexander zum Esstisch. Gerne hätte ich gefragt, was nun der heutige Plan war, von dem er gerade hatte erzählen wollen. Aber ich war zu sehr damit beschäftigt, meinen Kaffee am Überschwappen zu hindern.

Mittlerweile umlagerten bereits mehr Leute als zuvor den Essbereich, dennoch fehlte ein Großteil. Darunter auch Mara. Demnach musste sie bereits gute Szenen in den Zimmern gefunden haben. Morgendlich gereizte Gemüter gefielen ihr bestimmt.

»Alexander, setz dich zu mir«, forderte Sherry mit verführerischer Stimme und ihre langen, schwarzen Wimpern klimperten affektiert.

»Gerne«, erwiderte Alexander höflich und ich rechnete bereits damit, nun von ihm stehen gelassen zu werden. Wie bestellt und nicht abgeholt. Alles in mir zog sich zusammen.

»Fanny, hier ist noch frei, wenn du möchtest.« Freundlich schob Alexander den Sessel neben sich zurück und bedeutete mir galant mich zu setzen. Vor Freude hüpfte mein Herz einen Schlag höher.

»Danke«, antwortete ich erfreut.

Sherry bemühte sich akribisch gute Miene zum bösen Spiel zu machen. Ihre sinnlichen, dunklen Augen blitzten gefährlich, während auf ihren Lippen ein künstliches Breitmaulfrosch-Lächeln lag, durch das sie sowohl mit Mara als auch Herrn Dieter konkurrierte.

»Ich würde sagen, wir fangen einfach schon mal an. Der Rest wird dann bestimmt nach und nach eintrudeln«, sagte Niklas gut gelaunt und schob sich ebenfalls einen Sessel zurück, um sich an den Tisch zu setzen.

Schnell füllten sich die Plätze und als die ersten Gabeln zu klirren begannen, kehrte auch Mara mit den restlichen Kandidatinnen zurück und übernahm wieder das Kommando. Ganz Herrin der Lage plusterte sie sich neben dem Kameramann auf und betrachtete uns mit Argusaugen.

»Kannst du mir bitte die Butter reichen«, bat Alexander und riss mich damit aus meinen Gedanken.

»Natürlich.« Noch etwas verstreut angelte ich nach der Butter und gab sie an Alexander weiter.

Es herrschte ein angeregtes Gemurmel am Tisch, während sich alle das Frühstück zusammenstellten. Sobald alle versorgt waren und zu kauen begannen, wurde es ruhiger am Tisch. Mit vollem Mund zu sprechen wagte offenbar niemand. Daher riss auch ich mich zusammen und konzentrierte mich auf das Kauen meines Brötchens. Meine Laune war sogar besser, als der Aufstrich schmeckte. Denn bisher lief das Frühstück gut und wenn es nach meinem Geschmack ging, sollte es auch so bleiben.

Kapitel 16 – Der Brief

»Und habt ihr euren Jetlag mittlerweile überwunden?«, fragte Lars offen in die Runde, während er noch eine Brotscheibe mit Marmelade bestrich.

»Ja, ich bin definitiv motiviert für den Tag«, antwortete eine der Damen und traute sich damit als Erste zu antworten. »Ich fliege wegen meiner Arbeit so oft, da habe ich mich wohl daran gewöhnt.«

Und schon entwickelte sich ein angeregtes Gespräch zwischen ihr und Lars. Mit einem Hauch von Neid fragte ich mich, warum es nicht auch mir so leichtfiel, mit Alexander ein Gespräch aufzubauen, ohne halb in Ohnmacht zu fallen.

»Dürft ihr denn schon verraten, was wir heute machen werden?« Kokett lehnte sich Sherry zu Alexander und zog mit ihren vollen Lippen eine Schnute.

Da merkte man – Sherry spielte ihre Rolle als Kandidatin schon mal um einiges besser als ich. Verstimmt spießte ich eine Cocktailtomate auf meine Gabel auf.

»Tatsächlich können wir das, glaube ich, schon verraten – nicht wahr Jungs?«, verkündete Alexander und legte seinen Löffel zur Seite.

»Nur zu«, nickte Thomasch und Mara hielt im Hintergrund die Daumen hoch.

»Gut, Ladys, bitte hergehört.« Langsam verklangen die Gespräche am Tisch. »Heute werden wir für das erste Gruppendate an den Strand fahren und uns dort einen schönen Tag machen. Also packt Bikinis und Sonnenöl ein.« Mit einem perfekten Kameralächeln blickte Alexander in die Runde.

Ein aufgeregtes Raunen zog sich über den Tisch und die enthusiastische Stimmung steckte mich an.

»Die Namen der Mädchen, die mitkommen dürfen, werden wir nach dem Frühstück verkünden«, fügte Niklas hinzu.

Ein aufgeregtes Kribbeln brauste durch mich hindurch und unweigerlich hoffte ich ebenfalls unter den Auserwählten zu sein.

»Und stehen die Namen schon fest oder entscheidet ihr das noch?«, fragte Samantha zwei Plätze weiter mit einem kämpferischen Funkeln in den Augen und beugte sich über den Tisch, wodurch sie nicht nur der Kamera einen guten Einblick in ihr Dekolleté gewährte.

»Das werden wir nach dem Frühstück beschließen«, antwortete Thomasch.

Es sah komisch aus, wie er dabei die Kamera fixierte. Meine Mundwinkel zuckten und ein Lachen bahnte sich an. Schnell steckte ich mir einen Löffel voll Müsli in den Mund, um meine Lachmuskeln mit Kauen zu beschäftigen.

»Und jetzt lasst es uns schmecken.« Wie in einer klassischen Marmeladenwerbung frisch aus der Region biss er herzhaft in sein Brot, obwohl alle anderen schon längst mit dem Essen begonnen hatten. Anschließend schleckte er sich mit der Zunge über die vollen Lippen. Während ihn einige Damen mit einem dahinschmelzenden Blick dabei beobachteten, wirkte die Situation auf mich immer abstruser. Wäre Ella jetzt hier gewesen, hätte sie vermutlich mit einem resignierten Seufzer verkündet: »Schaut ganz so aus, als hätte da jemand Heißhunger – Heißhunger auf Thomasch.« Länger konnte ich ein Kichern nicht unterdrücken. Doch als ich Tonis entsetzten Blick vom anderen Ende des Tisches auffing, stoppte ich abrupt, wobei ich an meinem eigenen Lachen kurzzeitig fast erstickte.

»Verschluckt«, brachte ich mühsam hervor und täuschte ein Hüsteln vor, wobei ich mein Müsli böse musterte. Alexander beäugte mich besorgt und deutete mir an, wie bei einem Hustenanfall üblich, mit der Handfläche auf den Rücken zu klopfen.

Schnell wehrte ich ab.

»Geht schon, danke«, murmelte ich verlegen und hochrot, während mir immer noch der Hals brannte.

»Nicht so hastig essen, wir haben ausreichend Zeit«, gab Alexander mit einem Zwinkern zurück und mein Magen begann sogleich zu flattern.

»Alexander, das wollte ich dich schon die ganze Zeit fragen«, mischte sich nun Sherry ein. Ich hatte schon vollkommen vergessen gehabt, nicht die einzige Kandidatin zu sein. Auch wenn mir ihre Anwesenheit missfiel, musste ich erleichtert aufatmen, als ich so einen entspannten Schluck Wasser nehmen konnte, um meine gekränkte Kehle zu beruhigen.

»Himmelberg ist ja ein recht außergewöhnlicher Name. Aus welcher Region kommst du?«

Graziös wie eine Antilope faltete sie die Hände ineinander und blickte interessiert zu Alexander hinüber. Das Essen auf ihrem Teller rührte sie nicht an. Auf diese Wiese wirkte sie sogleich der Gefahr entgegen, sich zu verschlucken, und gleichzeitig blieb ihr Lächeln ohne Krümel um die Mundwinkel oder Nutella in den Zahnzwischenräumen. Sah so aus, als könnte ich von ihr noch eine Menge lernen. Zumindest was das Fernsehauftreten betraf. Aber diesbezüglich waren mir alle Kandidatinnen haushoch überlegen.

»Ich komme aus Hamburg, also ist das, glaube ich, nichts Regionales«, antwortete Alexander schulterzuckend.

Würde das nun immer so ablaufen – jeden Tag die gleichen Fragen? Aber so war das nun mal, wenn sich jeder neu kennenlernen musste.

»Und in welcher Gegend wohnst du?«

Sherry antwortete bereitwillig. »Mein Vater kommt ursprünglich aus Nigeria, ist jedoch bereits vor mehr als dreißig Jahren nach England ausgewandert«, erklärte sie und stockte nur kurz, als die Kamera näher kam.

Ich konnte ihre Verunsicherung vollkommen nachvollziehen und irgendwie erleichterte es mich, dass selbst Sherry, so selbstsicher sie sich auch gab, sich unter der ständigen Beobachtung unsicher fühlte. Selbst wenn sie es gut verbarg. »Vor sechsundzwanzig Jahren hat er dann meine Mutter kennengelernt, die zu jener Zeit gerade mit ihren Freundinnen eine Interrail-Reise unternommen hat. Sie verliebten sich und ein Jahr später zog mein Vater zu ihr nach Deutschland.«

»Eine schöne Kennenlerngeschichte«, antwortete Alexander mit einem warmen Lächeln. »Aus welchem Bundesland stammt deine Mama?«

»Bayern, auch wenn man es mir nicht anhört«, kicherte Sherry.

»Das ist mir auch aufgefallen, du sprichst wirklich ein schönes Hochdeutsch«, stimmte er zu. »Fanny hier merkt man ihre österreichische Herkunft da schon mehr an.«

Überrascht plötzlich wieder miteinbezogen zu werden, verschluckte ich mich beinahe ein zweites Mal. Diesmal allerdings nicht an einem Lachen, sondern wirklich am Müsli. Ich musste jedoch nicht viel sagen, mein wohl leicht gekränkter Blick sprach Bände.

»Deinen Dialekt finde ich aber süß«, setzte Alexander leise und vertraulich nach. Damit hätte er mich gleich bei freiem Fall aus dem Flugzeug werfen können. Mein Magen war ein einziger Schmetterlingshaufen.

»Danke«, murmelte ich ganz befangen.

»Ich persönlich mag Dialekte ja nicht so«, warf Sherry ein, die seine geflüsterten Worte offenbar gehört hatte, und zog damit die Aufmerksamkeit der Kameras auf uns.

»Ist Sherry denn eigentlich ein englischer oder französischer Name?«, wechselte Alexander das Thema. »Also, schreibt man Sherry wie bei ma cherrie?«

Sherry schüttelte den Kopf, sodass ihre dunklen Locken wie Federn hüpften. »Nein, das nicht. Aber wenn du willst, bin ich gerne dein Herzchen«, säuselte sie und lachte kess.

Von diesem ganzen Süßholzraspeln wurde mir ganz übel. Ich versuchte meine Miene möglichst neutral zu halten, ohne eifersüchtig das Gesicht zu verziehen. Marissa, die neben ihr saß, versteckte hingegen ein Grinsen hinter ihrer Hand. Sie hatte die Unterhaltung stillschweigend verfolgt. Bisher hatte ich noch gar nicht herausgefunden, an wem sie interessiert war. Ihre Schwester Rachel liebäugelte schon das ganze Frühstück über mit Thomasch.

Zu meiner Genugtuung fiel Alexander auf Sherrys wenig subtilen Flirt wenigstens keine Antwort ein und schweigend aßen wir weiter.

»Es wird dann Zeit für unsere Besprechung. Dazu werden wir uns kurz zurückziehen«, verkündete Niklas mitten im Frühstück und augenblicklich schlug die Stimmung um.

Gespannte Aufregung lag in der Luft und auch ich saß plötzlich wie auf heißen Kohlen. Alexander wischte sich mit einer Serviette den Mund ab, tat es dann den anderen gleich und stand auf.

»Bis später.« Sein Blick streifte mich kurz und ein Prickeln in meinem Magen ließ mich ganz und gar auf Wolken schweben.

Sobald sie gegangen waren, brach ein Sturm von Stimmen los. Die Kamerateams kamen gar nicht mehr zurecht, wo sie nun filmen sollten, und Mara verfolgte das Geschehen mit glänzenden Augen.

Michelle, der der Appetit wohl vergangen war, ließ sich auf den Platz neben mich fallen, auf dem zuvor noch Alexander gesessen hatte.

»Gott, ich möchte unbedingt bei dem Gruppendate dabei sein. Ich habe echt Angst, andernfalls keine Chance mehr zu bekommen, mit Lars zu reden«, raunte sie mir zu und ich hatte das Gefühl, sie versuchte extra so leise zu sprechen, damit Toni sie nicht hören konnte. Das würde sich noch zu einem großen Problem entwickeln, aber für den Moment ließ sich das nicht ändern.

»Ladys, bitte herhören«, machte Mara auf sich aufmerksam und nur langsam wurde mir bewusst, dass die Kameras nicht mehr liefen. Erleichtert atmete ich aus.

»Marissa, wo bist du?« Suchend sah Mara sich in der Runde um.

Die blonde Schwester von gestern hob überrascht die Hand. »Ja?«

»Sobald die Kameras an sind, gehst du bitte vor die Tür. Dort wird ein Kuvert samt Zettel mit den Namen der Ausgewählten liegen. Jene, die darauf notiert sind, werden dazu angehalten, sofort ihre Sachen zu holen. Es geht gleich weiter zum Strand.«

War ja klar! Die Karte des Zeitdrucks musste wohl immer ausgespielt werden. Wie zu erwarten ging ein hibbeliges Murmeln durch die Runde. Die Frage war nur, würde mein Name auf der Liste stehen?

»Noch fünf, vier …«, begann Mara ruhig zu zählen und gab uns das Signal, uns entspannt zu verhalten. »… drei, zwei, eins – Go!«

Es sah zum Totlachen aus, wie Marissa mit einem Mal ohne einen ersichtlichen Grund vom Tisch aufstand und wie ein Roboter auf die Tür zuging.

Die Anspannung war ihr ins Gesicht geschrieben und ich konnte sehen, wie Mara im Hintergrund entnervt die Hände vor dem Gesicht zusammenschlug.

»Mädels. Ein Brief«, rief Marissa mit gespieltem Enthusiasmus und kam zurück an den Tisch. Wenigstens der Rest spielte die Überraschung gut.

»Was für ein Brief?«, kreischte Samantha mit einer Lautstärke, die zur Sorge veranlasste, die Gläser könnten springen. »Wo? Lass sehen!« Sowohl die Show als auch den Brief an sich reißend stellte sie sich auf den Sessel, auf dem sie soeben noch gesessen hatte, um die Namen zu verkünden.

Kapitel 17 – Trübsalblasen im Paradies

»Liebe Ladys«, las Samantha laut vor. »Wir wollen gerne folgende Damen zu einem gemütlichen Tag am Strand einladen. Macht euch bitte sofort bereit. Wir holen euch in fünfzehn Minuten ab.«

Alle kreischten unisono auf – wobei ich eher alibihalber den Mund aufmachte, um wenigstens so zu tun als ob. Doch in Wirklichkeit verknotete sich mein Magen gerade vor Aufregung.

»Sara, Larissa, Marissa ...« Die ersten Frauen sprangen bereits voller Freude auf und tänzelten im Kreis herum, während bei mir die Anspannung immer weiter wuchs. Nur mit Mühe hielt ich mein neutrales Lächeln aufrecht.

»... Samantha ...« Zufrieden grinste sie in sich hinein, bevor sie weiterlas.

»... Michelle, Tanja und als Letztes ...«, Samantha setzte eine beeindruckende Kunstpause, die alle bisher noch nicht Genannten den Atem anhalten ließ.

Mein Herz hämmerte wild in meiner Brust. Ich musste einfach dabei sein. Bitte, bitte, bitte!

»Lisa«, rief Samantha laut aus.

Verdammt! Mein Herz donnerte sieben Wolken nach unten und das Lächeln fiel mir aus dem Gesicht. Ich war nicht dabei.

Michelle vollführte mit einem Rosinenbrötchen in der Hand einen kleinen Freudentanz und als sich unsere Blicke kreuzten, rang ich mir ein begeistertes Lächeln ab und zeigte ihr zwei Daumen hoch.

Mit dem letzten Namen war das Startsignal gegeben worden und die Gruppe hetzte zu den Zimmern zurück. Der Rest blieb auf seinem Platz und aß weiter.

Wir machten uns gerade in der Küche an den Abwasch, als die anderen zum Gruppendate aufbrachen. Toni und ich gesellten uns zu Michelle, um uns von ihr zu verabschieden.

»Viel Spaß, euch allen«, rief Toni winkend, während in der Eingangshalle großes Treiben herrschte. Michelle grinste bis über beide Ohren und ich bemühte mich sehr, mich für sie zu freuen.

»Schickes Outfit«, kommentierte Toni und pfiff anerkennend durch die Zähne. »Aber wenn du nur Kleidung von Chanel trägst, wird das noch zu unserem Spitznamen für dich«, zog Toni sie auf und bewunderte die funkelnde Handtasche.

»Verrate es niemandem, aber so hat mich ein Typ nach unserem ersten Date wirklich mal seinen Freunden vorgestellt, weil er in der Aufregung meinen echten Namen vergessen hatte«, raunte sie uns im Vertrauen zu und wir kicherten. Jegliches weitere Gespräch ging jedoch im Trubel unter.

Mit sechsunddreißig Frauen in einem Haus war es ganz schön voll, selbst wenn es sich um eine gigantische Luxusvilla handelte. Sobald die Gruppe für das heutige Stranddate aufgebrochen war, wurde es nur minimal ruhiger. Denn im Ausgleich blieb das Kamerateam, um Einzelinterviews durchzuführen. Jeder Idiot konnte sich zusammenreimen, dass wir alle ebenfalls gerne beim Date dabei gewesen wären – dafür war wirklich kein auf den Zahn fühlendes Interview vonnöten. Aber Mara und Herr Dieter waren da offenbar anderer Meinung.

»Antonia, du wirkst überraschend gefasst. Wie geht es dir mit dieser Entscheidung?«, fragte eine der Interviewerinnen. Die Kamera wurde auf sie gerichtet und automatisch rückte ich ein Stück von ihr ab, um nicht in die Verlegenheit zu kommen, ebenfalls im Bild zu erscheinen. Lange würde ich mich wohl nicht mehr drücken können. Früher oder später würde mich eine der Kameras schnappen. Und so wie der gestrige Abend gezeigt hatte – leider in den ungünstigsten Momenten.

»Natürlich finde ich es schade. Aber meine Chance wird noch kommen. Davon bin ich überzeugt«, erwiderte Toni souverän und da ich nicht befürchtete, sie könnte meine Hilfe brauchen, begab ich mich zu den anderen in den Wohnraum.

»Gut, was machen wir jetzt?«, fragte Rachel in die Runde, nun da wir allein waren.

Im ersten Moment war es ganz still, dann kicherten wir gleichzeitig los. Die Situation war so skurril. Immerhin wussten wir alle ganz genau, dass unsere Traummänner gerade mit fünfzehn bildhübschen Frauen auf ein Gruppendate an den Strand gingen, und uns blieb nichts anderes übrig, als abzuwarten und Däumchen zu drehen.

Bevor jemand einen Entschluss fassen konnte, kam Mara vom Eingangsbereich zu uns zurück. »Mädels. Ich werde mit dem Team zum Strand fahren. In der Zwischenzeit könnt ihr euch bereits mit der Private-Cam vertraut machen. Ich glaube, ich muss nicht erwähnen, welche Vorteile das für euch bringt. Mit der Kamera ...« Sie hielt das kleine Teil hoch, als wäre es der heilige Gral höchstpersönlich. »... könnt ihr euch ganz nach eurem Belieben präsentieren. Gebt den Zuschauern einen Einblick in euren Alltag – das macht euch sympathisch.«

Das bedeutete wohl, ab nun mussten wir befürchten, in jedem erdenklichen Moment mit einer der Private-Cams aufgenommen zu werden. Nicht gerade die besten Neuigkeiten. Doch da ich Mara sowieso schon genügend gereizt hatte, bemühte ich mich um einen enthusiastischen Gesichtsausdruck.

»Ciao, Mädels.« Winkend folgte Mara den fünfzehn Auserwählten nach draußen, wo das restliche Kamerateam bereits wartete.

»Was machen wir jetzt?«, fragte ich Toni, die sich zu mir gesellt hatte.

Die Kandidatinnen tratschten alle munter durcheinander und es war klar, was das Gesprächsthema war.

»Ich wäre so gerne dabei gewesen«, tat Toni ihren Ärger kund, ohne auf meine Frage einzugehen. »Wer weiß, wann die nächste Entscheidung stattfindet. Womöglich sogar heute Abend? Und während des Frühstücks habe ich kaum die Gelegenheit gehabt, mit Lars zu sprechen.« Bekümmert zog sie eine Schnute.

»Die nächste Entscheidung ist bestimmt noch nicht heute. Das würde doch viel zu schnell gehen«, versuchte ich sie zu beruhigen, doch da war sie bereits rastlos in die Küche gestürmt.

Resigniert seufzend folgte ich ihr. »Auch ein Wasser?«

»Ja, bitte.«

»Ich kann es nicht glauben. Da ist doch tatsächlich Marissa vor mir zu einem Gruppendate eingeladen geworden«, empörte sich Rachel über ihre Schwester und band ihre rabenschwarzen Haare zu einem Zopf zusammen.

»Ich stelle es mir ziemlich schwer vor, mit der eigenen Schwester bei so einer Show mitzumachen«, antwortete ich möglichst unverfänglich. Für mich wäre es zumindest ein Ding der Unmöglichkeit, mit Ella gemeinsam ins Fernsehen zu gehen.

»Das geht schon klar«, meinte Rachel schulterzuckend. »Wir streiten zu Hause und auch hier. Wo wir das machen, ist ja eigentlich egal.«

Kein Wunder, dass beide durch den Bewerbungsprozess gekommen waren. Bestimmt hatte Herr Dieter die Idee, zwei Schwestern um einen Mann streiten zu sehen, phänomenal gefunden.

»Was war eigentlich gestern am Lagerfeuer los? Weshalb habt ihr euch gestritten?«, erkundigte sich Toni nebenbei.

»Vor der Show haben wir vereinbart, dass Marissa sich um Thomasch und ich mich um Lars bemühe«, erzählte sie bereitwillig. »Aber nun, da wir hier sind, gefällt mir Thomasch doch besser. Marissa ist deswegen sauer, aber was soll's …« Wieder zuckte sie mit den Schultern, als würde sie nichts weiter daran finden.

»Das wird noch was werden.« Toni seufzte und auch ich musste mich bemühen nicht zu entsetzt auszusehen. Zum Glück hatten Ella und ich uns noch nie für ein und denselben Mann interessiert. Das konnte doch nur in einer Katastrophe enden.

***

Der Morgen war nun endgültig dem Tag gewichen und durch die offene Terrassentür drang schonungslos die Hitze herein. Das Stimmengewirr war noch immer laut, doch nach und nach zerstreute sich das Grüppchen. Da die Herren nun vermutlich den restlichen Tag am Strand waren, hatten wir nicht wirklich etwas zu tun. Unter normalen Umständen hätte ich so viel Freizeit im absoluten Urlaubsparadies bestimmt genossen, nun zog sich mein Magen jedoch vor Anspannung zusammen und ich konnte nicht anders, als darüber nachzudenken, was am Strand wohl gerade passierte. Irgendwie musste ich mich ablenken.

»Ich werde mit meiner Schwester telefonieren.« Von der Idee begeistert klatschte ich in die Hände. »Weißt du, wo das Telefon ist?«

»Es gibt einen Raum dafür. Rechts den Flur entlang. Aber bestimmt wird das aufgezeichnet, also ...« Toni verzog resigniert das Gesicht. Damit hatte ich allerdings gerechnet und meine Familie im Vorfeld auch schon vorgewarnt.

»Okay, danke.«

Da ich nur ungern ungewollt im Bild der Private-Cam landen wollte, war es mir nur recht, den separaten Raum zum Telefonieren aufzusuchen. Dazu musste ich allerdings erst mal zurück in unser Zimmer, denn ich hatte extra alle wichtigen Handynummern in einem Notizbuch aufgeschrieben. In unserem Zimmer angekommen nahm ich jenes aus meinem Koffer und machte mich auf den Weg.

Der Aufenthaltsraum zum Telefonieren war gemütlich und die Einrichtung in beruhigenden Pastelltönen gehalten. Es gab noch ein altes Schnurtelefon. Vermutlich um zu verhindern, dass es jemand in einen anderen Raum mitnahm. Ich wählte Ellas Nummer und wartete gespannt.

»Hallo?« Meine Schwester ging beim dritten Klingeln ran. Allein ihre Stimme zu hören, beruhigte mich und die Anspannung ließ langsam nach.

»Ella! Hallo, ich bin's – Fanny. Bist du gerade beschäftigt? Gott, ich weiß gar nicht, wie spät es bei euch ist. Schläfst du schon?«

»Nein, bei uns ist es früher Abend. Ich habe die Kinder gerade zu Bett gebracht. Es freut mich so, von dir zu hören!«

»Zum Glück. Ich brauche dringend jemanden zum Reden.«

Die Worte flossen geradezu aus mir heraus und ehe ich mich's versah, erzählte ich ihr vom Flug bis zum heutigen Morgen alles, was mir durch den Kopf ging.

»Du kannst jederzeit wieder nach Hause kommen«, sagte Ella, als ich geendet hatte. »Wenn es dir dort nicht gefällt. Wenn die Kandidatinnen gemein sind – brich ab, es würde jeder verstehen.«

Im ersten Moment wusste ich nichts zu erwidern. Es war erst der zweite Tag und dennoch war bereits so viel geschehen. Aber deswegen aufgeben? Nein, auf gar keinen Fall! Ich hatte noch gar nicht richtig die Chance gehabt, Alexander zu zeigen, wer ich wirklich war. So konnte ich unmöglich bereits nach Hause zurückkehren. Ohne Zweifel – es wäre der einfachere Weg. All dem Luxus zum Trotz sehnte ich mich bereits nach meiner heimeligen, kleinen Wohnung. Dem schmuddeligen, weichen Sofa, der Steinzeit-Kaffeemaschine (die den besten Kaffee machte und mit ihrem Lärm vermutlich selbst ohne Koffein mich und all meine Nachbarn aufweckte). Ich vermisste meinen Kater Tommy und wie er laut schnurrte (zu oft leider auch schnarchte), wenn er neben mir vor dem Fernseher lag. Und vor allem vermisste ich meine Familie.

»Ihr fehlt mir alle ganz schrecklich«, begann ich ehrlich. »Aber ich kann noch nicht gehen. Alexander ist genau so, wie ich es mir erhofft habe. Er ist lustig und charmant und ...«

»... und gut aussehend«, ergänzte Ella für mich mit einem Zähneknirschen.

»Das ist es nicht und das weißt du genau«, erwiderte ich heftig. »Ich bin ver...«

»Ja, ja. Verliebt – ich weiß schon.« Zu gut konnte ich mir vorstellen, wie sie in jenem Moment die Augen verdrehte. Und irgendwie brachte mich das zum Lachen.

»Was hast du?«, fragte meine Schwester, die mein Hicksen offenbar als drohenden Nervenzusammenbruch deutete.

»Nichts, ich bin einfach nur unglaublich froh, dich als Schwester zu haben.«

»Ich bin immer für dich da.« Nun klang sie schon um einiges versöhnlicher und hielt ihre zweifellos sarkastischen Kommentare zurück. »Hast du noch kurz Zeit?«

»Klar.« Neugierig horchte ich auf. »Ich bin beim Gruppendate nicht dabei – folglich Freizeit en masse.«

»Deine Agentin hat mit mir gesprochen. Sie konnte dich telefonisch nicht erreichen und war besorgt. Warum hast du ihr nicht erzählt, dass du bei der Show bist?«

Oh. Überrascht erstarrte ich. Damit hatte ich nicht gerechnet. »Mona hat angerufen«, wiederholte ich ausweichend und überlegte mir fieberhaft, was ich antworten konnte. Doch Ella war meine Schwester und ich konnte ihr alles sagen.

»Es ist mir peinlich«, gab ich zu und sprach damit die Worte aus, die ich mir seit meiner Ankunft dachte.

»Oh.« Sie klang betroffen. »Aber Fanny, Mona kennt dich, das sollte dir nicht peinlich sein.«

»Aber du hast doch von Anfang an gesagt, wie blöd die Idee ist …«, klagte ich und seufzte frustriert.

»Ach Fanny. Das habe ich doch alles nur in der Hoffnung gesagt, es würde dich umstimmen. Es ist vielleicht nichts, was jeder machen würde, aber es ist deine Entscheidung. Bleib deinen Idealen treu und lass dich von den Fernsehfuzzis nicht kleinkriegen. Du hast dich von niemandem aufhalten lassen. Nicht mal von mir. Darauf kannst du stolz sein.«

Mir war bewusst, sie sagte das alles nur, um mich zu beruhigen. Dennoch verfehlten ihre Worte ihre Wirkung nicht und ich fühlte mich augenblicklich besser.

»Danke, Ella.«

»Nichts zu danken. Melde dich bald wieder!«

Es fiel mir schwer, aufzulegen und das Gespräch mit meiner Schwester zu beenden. Obwohl es nun wirklich nicht lange her war, dass sie mich am Flughafen abgesetzt hatte, kam es mir vor wie eine halbe Ewigkeit. Es hatte so gutgetan, ihre Stimme zu hören, und auch wenn ich es nicht vor ihr hatte zugeben wollen, stimmten mich ihre Worte nachdenklich – war es eine gute Entscheidung gewesen hierherzukommen?

Mit gedämpfter Stimmung griff ich mir einen der bereitstehenden Laptops, um meine E-Mails auf unserem Zimmer zu checken. Mit den Geräten hatten wir die Möglichkeit, berufliche Angelegenheiten, die unaufschiebbar waren, zu klären. Abgesehen von den E-Mail-Programmen waren Websites und Soziale Netzwerke allerdings gesperrt, sodass wir nicht in Erfahrung bringen konnten, was in der wirklichen Welt vor sich ging.

Als ich in den Wohnraum zurückkehrte sah ich durch die Glasfront Isabella, B, Rachel und ein paar andere Mädchen am Pool liegen. Toni war nicht unter ihnen, vermutlich war sie in unser Zimmer gegangen. Gemächlich suchte ich den Weg nach oben. Immerhin hatte ich den ganzen Tag über Zeit und nicht wirklich einen straffen Zeitplan.

»Toni, alles in Ordnung?«, fragte ich, als ich eintrat und sie liegend im Bett vorfand. Sie hatte die Lider halb geschlossen und stierte mit einem starren Blick an die Decke.

»Ja, alles bestens«, gab sie kraftlos zurück. Eindeutig war nichts bestens.

»Es ist nur ein Gruppendate. Wir werden auch unsere Chance bekommen«, sagte ich möglichst aufmunternd, obwohl ich am liebsten selbst den Kopf in den Sand gesteckt hätte, und setzte mich auf meine Bettseite. »Du hast beim Frühstück mit Lars geredet, vielleicht dachte er daher, er müsste der Fairness halber jetzt anderen Mädchen die Möglichkeit geben.«

Ich legte den Laptop auf dem Bett ab und klappte ihn auf. Währenddessen blickte Toni noch immer verdrießlich in die Luft.

»Vielleicht ist heute Abend die nächste Entscheidung. Und bis dahin haben die anderen bestimmt schon einen besseren Eindruck hinterlassen«, wiederholte sie ihre Befürchtung von vorhin.

»Blödsinn. Wenn sie jeden Tag jemanden nach Hause schicken würden, wäre die Show doch schon nach gut zwei Wochen zu Ende. Also keine Sorge.«

Aufmunternd lächelte ich ihr zu. Toni, die sonst immer so vor positiver Energie strahlte, nun ebenfalls so zerknirscht zu erleben, gab mir insgeheim Auftrieb – ich war nicht die Einzige, die die Sache so nah an sich herankommen ließ. Nicht die einzige Bescheuerte – wie es Ella formulieren würde.

»Ich hätte nicht gedacht, dass die Show so hart wird«, murmelte Toni leise.

Darauf wusste ich nichts zu erwidern. Ja, es war wirklich schwerer als gedacht. Wir waren kaum angekommen, schon fühlte es sich an wie eine Ewigkeit. Die Zeit hier war so viel intensiver, ausgelöst durch das Auf und Ab der Gefühle – anders konnte ich meine emotionale Betroffenheit kaum erklären.

»Was machst du da?« Seufzend riss sie sich zusammen und richtete sich in eine sitzende Position auf.

»Meine Agentin hat geschrieben, Pflichten von zu Hause«, erklärte ich schulterzuckend.

»Es ist echt beeindruckend, dass du bereits ein Buch veröffentlicht hast. Das kann wirklich nicht jeder von sich behaupten.«

Ich hatte ihr und Michelle gegenüber gestern meinen Nebenberuf erwähnt, als wir von unseren Jobs gesprochen hatten. Im Gegensatz zu mir arbeiteten beide schon Vollzeit und ich hatte das Gefühl gehabt, ebenfalls irgendetwas vorweisen zu müssen. Denn Michelle war Friseurmeisterin und Toni half im Familienbetrieb, den sie irgendwann übernehmen würde. Sie standen beide mitten im Leben, während ich wie ein kleines Küken noch immer im Studium gefangen war.

»Danke.« Ich öffnete das Postfach, um meine Verlegenheit zu überspielen. »Lieb von dir. Aber erzähl es bitte nicht weiter. Die Redaktion weiß es zwar von meiner Bewerbung, aber wenn auch die anderen Mädchen davon erfahren, werden sie glauben, ich wäre nur hier, um ins Fernsehen zu kommen und mein Buch zu promoten. Ich möchte nicht, dass mich jemand damit vor Alexander schlecht dastehen lässt.«

»Natürlich verrate ich nichts, wenn du das nicht willst. Ich verspreche es hoch und heilig«, sagte sie wieder gewohnt aufgedreht und hob in bester Pfadfindermanier Zeige- und Mittelfinger.

Ich schmunzelte.

»Kümmere du dich um dein Autorenleben, ich verpasse mir in der Zwischenzeit eine frische Pediküre.« Sie lehnte sich über das Bett hinweg und angelte nach einem grünen Nagellackfläschchen.

»Gut und später gehen wir dann an den Pool.«

»Abgemacht.« Grinsend schraubte sie das Glasfläschchen auf und ich war froh, dass das Fenster offen stand, denn der beißende Geruch nach Chemikalien kitzelte mir in der Nase.

Schnell klickte ich mich durch die Werbeanzeigen, dann öffnete ich Monas Mail. Letzten Monat hatte ich ihr den Anfang eines neuen Manuskripts geschickt, nun war ich neugierig, was sie davon hielt. Mit dem gewohnten Nervenkribbeln, das mich auch befiel, wenn ich das Ergebnis einer wichtigen Prüfung bekam, öffnete ich das Dokument. Neugierig scrollte ich durch und wurde sofort von einer Flut an Kommentaren erschlagen. Resigniert lehnte ich mich zurück und ließ die Worte auf mich wirken. Mona hatte ganz schön viel angemerkt und jede Notiz ließ das ungute Gefühl in meinem Magen ein Stückchen wachsen.

»Alles in Ordnung?«, fragte Toni nach.

»Nein. Absolut nicht.« Ich schnaufte resigniert. »Die Klinge schnitt mit einer Leichtigkeit durch das Fleisch wie durch weiche Butter – das soll eine abgenutzte Phrase sein? Dann darf ich über Schmetterlinge im Bauch jetzt auch nicht mehr schreiben?« Vollkommen aufgewühlt begannen meine Finger zu zittern, sodass ich beinahe nicht mehr das Feingefühl aufbrachte, die Maus auf dem Touchpad hin und her zu bewegen, um weiterzulesen.

»Also mir gefällt der Vergleich. Deine Agentin hatte da wohl einen schlechten Tag«, tröstete mich Toni.

»Es geht noch weiter«, grummelte ich niedergeschlagen. »Hundert Wörter sollen zu lang sein für eine Kampfszene? Das Buch wird final neunzigtausend Wörter haben und davon sind hundert zu viel für einen Kampf auf Leben und Tod?«

Vor Empörung klappte mir der Mund auf (vermutlich auch eine abgenutzte Phrase) und frustriert lehnte ich mich in die Kissen zurück. Ich blickte vom Laptop zu Toni und massierte meine schmerzenden Schläfen. Nun bahnten sich auch noch Kopfschmerzen an.

»Vielleicht ist sie ja ein sehr friedliebender Mensch. Da können selbst zehn Worte für einen Kampf zu viel sein.« Nun lachte Toni ungeniert, bis ihr Tränen in die Augen traten.

»Pass auf, deine Zehen kommen am Polster an«, warnte ich sie und konnte mich nicht dazu überwinden, in ihr Lachen einzusteigen. Dazu war das Gefühl von Beklemmung in meiner Brust zu groß.

»Ach Fanny, zieh nicht so ein Gesicht. Sie meint es bestimmt nur gut.« Freundschaftlich stupste sie mich an der Schulter an. »Entspann dich. Ist das denn so wichtig?« Toni schüttelte amüsiert den Kopf.

»Doch, ist es«, klagte ich. »Sie ist meine Agentin und wenn sie die Geschichte grottig findet ...«

»Hör auf, das gleich so an dich heranzulassen! Nimm dir einen Moment Zeit und überlege, welche Vorschläge du umsetzen kannst«, ermahnte sie mich und hob drohend den Nagellackpinsel.

»Okay, okay.« Ich versuchte mich an einem halbherzigen Lächeln.

Seufzend wandte ich mich wieder meinem Laptop zu und las, was sie in der eigentlichen E-Mail geschrieben hatte. Obligatorische Begrüßungsfloskeln. Meine Augen glitten über die Zeilen – dann …

»Drachen sind out. Denk dir etwas über Vampire aus«, las ich laut vor und ließ die Worte sacken.

»Vampire sind wirklich heiß und Drachen mehr wie Haustiere«, kommentierte Toni und versuchte mich damit wohl zum Lachen zu bringen.

Doch das hielt meine Gedanken nicht mehr auf und mich erfüllte Entsetzen. »Kein Verlag wird die Geschichte wollen.« Mit einem frustrierten Seufzer ließ ich mich zurück in die Kissen fallen und starrte an die Decke. »Die ganze Arbeit …«

»Würde dir denn etwas zu Vampiren einfallen?«, fragte Toni zaghaft.

»Ich schreibe nicht über Vampire«, schnappte ich sofort, musste mich jedoch selbst bremsen. »Tut mir leid, das ist grad einfach alles etwas viel.« Ich lachte trocken auf. »Ich hätte die Ferien nutzen sollen, an einem neuen Plot zu arbeiten, anstatt mich bei einer Castingshow anzumelden. Ich bin wirklich bescheuert.«

»Wieso das?«, hielt Toni sofort dagegen. »Außerdem kannst du hier genauso schreiben. Wir haben Freizeit und vielleicht inspiriert es dich ja …«

»Das hier? Eine Geschichte über die Show?« Spöttisch hob ich die Augenbrauen, doch dann dachte ich über ihre Worte nach. »Eine Geschichte über die Show«, wiederholte ich aufgeregt und plötzlich nahm eine Figur vor meinen Augen Gestalt an. »Toni! Das ist es! Du bist genial.« Vollkommen aus dem Häuschen sprang ich auf. »Ich werde ein Buch über die Show schreiben!«

Kapitel 18 – Lasst die Show beginnen

Glücklich und motiviert erarbeitete ich in meinem Notizbuch den Vormittag über ein Grundgerüst für die Geschichte. Nun, da ich eine Beschäftigung hatte, fühlte ich mich schon wesentlich besser.

Irgendwann begaben Toni und ich uns schließlich nach draußen und verbrachten den restlichen Tag im Garten. Als es langsam dämmerte, hüllte ich mich in eine Strickdecke und entspannte mit einem Glas Rotwein in der Hand in einem Liegestuhl. Jennifer und Nicole, mit denen ich bisher noch nicht viel gesprochen hatte, schwammen im Pool, B zog allen Ernstes noch ihr zweites Workout durch und sowohl Toni als auch Rachel saßen relaxend neben mir.

Als das Gekreische begann, hoben wir alle neugierig die Köpfe. Doch wir mussten uns nicht lange gedulden. Keine Sekunde später schob sich die Glastür auf und Michelle, Marissa und Luisa stürmten zu uns auf die Terrasse.

»Iiii …«

»Uiiii …«

Und eine Mischung aus beidem »IIIiiiiiiiuuuuui …«, drang schrill an meine Ohren, sodass ich kaum zuordnen konnte, woher das Gekreische kam.

Michelle sprang grinsend wie ein Honigkuchenpferd auf uns zu.

»Hi! Wie war euer Tag?«, begrüßte ich sie prustend, als sie sich mir um den Hals warf und mich dabei schier erdrückte.

»Es war großartig«, rief sie überschwänglich und ließ sich neben mir auf dem Liegestuhl nieder. Aus den Augenwinkeln bemerkte ich, wie ihnen ein Kameramann gefolgt war.

»Erzählt schon. Wie war es?« Toni klang angespannt.

Das aufgesetzte Lächeln konnte ich ihr nicht abnehmen. Natürlich war sie eifersüchtig und ich wusste ganz genau, wie sich das anfühlte. Immerhin geriet auch mein Lächeln ganz schön ins Wanken, als Samantha gefolgt von Larissa, wie eine langbeinige Gazelle zu uns geschlendert kam.

»Wow – dieser Tag!«, begann Samantha zu schwärmen und setzte sich ohne Aufforderung zu uns. »Ich weiß gar nicht, wo ich beginnen soll.« Theatralisch verdrehte sie die Augen gen Himmel und ließ sich im Liegestuhl zurückgleiten.

Ich schluckte schwer. Das Frühstück lag bereits in weiter Ferne. Vermutlich erinnerte Alexander sich gar nicht mehr an unser Gespräch.

Auch der Rest der Gruppe versammelte sich am Pool. Sobald wir vollzählig waren, begann Samantha zu erzählen.

»Das Meer hier ist einfach wundervoll. Wir haben am Strand Volleyball gespielt, sind im Wasser gewesen, haben Cocktails getrunken und getanzt. Ich glaube, nach dem ganzen Tag in der Sonne sehe ich aus wie ein Krebs«, amüsierte sie sich und löste damit ein Zähneknirschen meinerseits aus.

Natürlich sah sie nicht aus wie ein Krebs. Zwar waren ihre Wangen tatsächlich etwas gerötet, das ließ sie jedoch nur noch lebendiger wirken und ich konnte mir zu gut vorstellen, wie sie im Bikini vor den Männern mit dem Volleyball über den Sand getanzt war. Alles in mir zog sich vor Eifersucht zusammen.

»Und wie war es mit den Kandidaten? Gab es Einzelgespräche?« Toni sah gespannt zwischen Samantha und Michelle hin und her.

Michelle, die bisher kaum zu Wort gekommen war, strahlte geradezu von innen heraus. »Es war großartig. Beim Schwimmen bin ich Lars richtig nah gekommen.« Verträumt seufzte sie auf. »Wir hatten anschließend auch Zeit, kurz mit ihnen allein zu reden. Aber die Einzelgespräche waren viel zu kurz.« Für einen klitzekleinen Moment blickte sie betrübt drein, dann begannen ihre Augen wieder zu leuchten. »Ich bin so glücklich. Es ist kaum zu glauben. Der Tag war wie aus einem Traum.« Ausnahmsweise hatte auch Samantha dem nichts hinzuzufügen und ich wickelte mich verdrießlich enger in die Decke.

Ich konnte nur hoffen, möglichst bald eine Gelegenheit zu bekommen, Alexander auch meine Stärken zu zeigen.

***

Nachdem die vom Gruppendate zurückgekommenen Frauen die Ereignisse des Tages in allen Einzelheiten geschildert hatten, gingen wir überraschend zeitig zu Bett. Diesmal schlief Michelle in ihrem eigenen Zimmer und ich hatte meine Bettdecke für mich allein. Dennoch fand ich keinen Schlaf. Ich wälzte mich von einer Seite auf die andere, während Toni laut schnarchte. Mit geöffneten Augen starrte ich an die Decke und strampelte die Bettdecke weg. Es war viel zu warm und irgendwann sah ich ein, dass ich viel zu wach war. Daher stand ich auf und schlich mich aus unserem Zimmer. Im Flur war es dunkel und nur unter wenigen Türen glomm Licht hervor. Alle anderen waren wohl schon eingeschlafen.

In der Küche angekommen wollte ich eigentlich nur ein Glas Wasser trinken, aber nachdem ich das Glas in wenigen Zügen geleert hatte, verspürte ich nicht die geringste Lust, schon zurück aufs Zimmer zu gehen. Stattdessen öffnete ich die Terrassentür und trat nach draußen in den Garten. Im Freien war es wenigstens etwas kühler, trotzdem spielten meine Gedanken verrückt.

Obwohl es keinen Grund dafür gab und ich eigentlich froh sein sollte, heute beim Frühstück mit Alexander einen so guten Neustart hingelegt zu haben, verunsicherte mich das Gruppendate, das er mit den anderen gehabt hatte. Ich wollte auf gar keinen Fall riskieren, wieder aus Alexanders Blickfeld zu verschwinden. Viel eher wollte ich Zeit mit ihm verbringen. Aber damit war ich nun mal nicht die Einzige.

Ich ließ die letzten zwei Tage Revue passieren und konnte dabei auch nicht verhindern, mich mit den anderen Kandidatinnen zu vergleichen, wodurch sich automatisch Selbstzweifel auftaten. Wir alle kämpften unweigerlich gegeneinander und was machte mich schon so besonders, dass Alexander mich den anderen Damen vorziehen würde? Ganz abgesehen von meiner Veranlagung, von einem Fettnäpfchen ins nächste zu treten? Wie Samantha bereits angemerkt hatte, würde Herr Dieter meine Ausrutscher lieben. Mit hoher Wahrscheinlichkeit hatte Lars mich nur auf Herrn Dieters Tipp in die nächste Woche gelassen, da es sich in der Show gut machte.

Obwohl ich ganz allein war, hatte ich das Gefühl, alle Kameras wären auf mich gerichtet und würden nur auf meinen nächsten Fehltritt warten. Ella hatte ausnahmslos recht behalten. Ich war kein Showgirl und der ständige Druck tat mir nicht gut. Ella hatte mich in unserem Telefonat aufgefordert abzubrechen und nach Hause zu kommen. Es war verlockend, da mir bereits jetzt alles viel zu viel wurde. Aber Alexanders Bild vor meinem inneren Auge brachte mich wieder auf die richtige Bahn. Daher versetzte ich den Selbstzweifeln einen kräftigen Tritt und der Kampfgeist zog wieder ein.

Mit neuer Entschlossenheit fühlte ich mich gleich wesentlich besser. Es wehte ein angenehmes Lüftchen und in der Ferne hörte ich die Wellen an der Brandung. Allerdings war es viel zu dunkel, um sie in der Entfernung zu erkennen. Von einer plötzlichen Eingebung getrieben überquerte ich den Rasen und ging zur Treppe, über die man vom Garten zum Strand kam, ohne über die kniehohe Hecke springen zu müssen. Ich trug keine Schuhe und der Sand fühlte sich angenehm unter meinen Füßen an. Ich seufzte zufrieden.

Meine Füße trugen mich zum Wasser und ich vertraute ganz meinem Gehör, bis sich meine Augen an die neuen Lichtverhältnisse gewöhnten. Der Vollmond wagte sich hinter einer Wolkendecke hervor und das silberne Licht spiegelte sich auf den tiefschwarzen Wellen. Auch wenn ich es später bereuen würde, wenn überall Sandkörner an meiner Kleidung kleben würden, ließ ich mich auf dem Boden nieder. Ich vergrub meine Zehen im kühlen Sand und zog meine Knie an. Das Rauschen war beruhigend und trug zur Entspannung meiner Nerven bei.

»Darf ich mich zu dir setzen?« Eine Stimme erklang nicht unweit von mir und erschrocken drehte ich mich in die Richtung, aus der sie gekommen war. Augenblicklich wurde mir bewusst, in welch ungünstige Situation ich mich gebracht hatte. Schließlich verstieß ich gerade gegen die Regeln. Schon wieder …

»Wer ist da?«, fragte ich misstrauisch. Was sollte ich tun? Weglaufen und so tun, als wäre ich nie hier gewesen? Vielleicht hatte mich die Person in der Dunkelheit nicht erkannt. Die Situation überforderte mich und ich war nervös – auf die schlechte Art und Weise.

»Hier ist Lars. Du bist Fanny, richtig?«

Erst jetzt registrierte ich den gelassenen Tonfall. Lars würde mich nicht bei Mara und Herrn Dieter anschwärzen. Schließlich schien auch er gerade gegen die Vorschriften zu verstoßen. Minimal entspannter atmete ich aus.

Offenbar hatte auch er nur Schlafprobleme.

»Ja, ich bin Fanny. Setz dich ruhig.«

Lars trat näher und als er neben mir im Sand Platz nahm, erkannte ich auch seine Gesichtszüge. Soweit ich das mit einem Seitenblick feststellen konnte, trug er lediglich Boxershorts. Er war definitiv gut gebaut und ich war froh über die Dunkelheit, die meine Musterung hoffentlich gut verbarg.

»Du konntest auch nicht schlafen?«, erkundigte er sich und kreiste mit den Schultern.

»Nein, meine Gedanken haben mich wachgehalten.« Ich erwähnte nicht, dass Toni die Schnarchnase war, die mir den Schlaf raubte.

»Geht mir auch so. Ich dachte, ein Spaziergang würde mir helfen das Chaos in meinem Kopf unter Kontrolle zu bekommen. Aber ehrlich gesagt ist alles etwas viel.«

Ich seufzte zustimmend. »Das kann ich gut nachvollziehen. Dabei steckst du als Hauptperson noch mal in einer viel komplizierteren Position.«

Schließlich standen die Kandidaten noch mal ein ganzes Stück mehr im Rampenlicht und wenn ich mich schon damit schwertat, meine Gefühle für eine Person einzuordnen, wie erging es dann wohl den Herren, die sich gleich mit einer Vielzahl von Frauen trafen?

»Es ist schwer. Natürlich habe ich vor der Show genau gewusst, was mich am Ort erwartet. Dennoch fühlt sich die Erfahrung in Wirklichkeit tausendmal intensiver und überwältigender an. Niemand ist diese Art der Überwachung gewohnt. Es ist verrückt, vor allem, da ich eigentlich eine sehr private Person bin«, vertraute er mir an und zuckte dann mit den Schultern. »Es wird wohl dauern, bis ich mich damit arrangieren werde.« Er lachte trocken auf. »Ich hätte nicht gedacht, dass es mal so überlebensnotwendig werden würde, einen ruhigen Moment für mich am Strand zu finden. Aber jetzt weiß ich den Luxus von echter Privatsphäre zu schätzen.«

Allerdings war er nicht allein. Ich war bei ihm. Sollte ich ihm anbieten ihn allein zu lassen? Dabei war er es gewesen, der sich zu mir gesetzt hatte. Verlegen zupfte ich an einer Haarsträhne und blickte aufs Wasser.

»So war das nicht gemeint.« Lars schien aufzugehen, dass er mich mit seinen Worten in eine unangenehme Lage gebracht hatte. »Ich meine, es ist bereits angenehm, mit nur einer Person ganz ohne Kamera zu sprechen, anstatt mit fünf Frauen, wobei man sich kaum alle Namen und Lebensgeschichten merken kann.«

»Das ist verständlich. Ich würde nicht an deiner Stelle stehen wollen. Vor allem, da ich mich bei den Ansprachen nonstop versprechen würde. Gibt euch Herr Dieter den Text eigentlich vor?«, fragte ich, um die Stimmung zu lockern.

»Nein, den überlegen wir uns selbst. Meist bekommen wir vor den Szenen die Anweisung, wer wann moderiert, damit die Aufteilung ausgeglichen ist und nicht zum Beispiel immer nur einer in die Kamera spricht.«

»Mhm, interessant.«

Für eine Weile saßen wir schweigend nebeneinander. Lars' Anwesenheit störte die ruhige Atmosphäre, die ich mir am Wasser gesucht hatte, keineswegs. Viel eher fühlte ich mich in seiner Gesellschaft sogar noch entspannter.

»Ich weiß nicht, ob ich das fragen darf. Aber warum hast du mich in der Entscheidung weitergelassen? Also abgesehen von der Möglichkeit, dass wir hier in den Zoo gehen könnten, um uns Eisbären anzusehen.«

Ich blickte Lars von der Seite her neugierig an. Auch wenn ich eigentlich lieber im Dunklen geblieben wäre, musste ich wissen, ob Herr Dieter und Mara tatsächlich, wie ich befürchtete, ihr Händchen mit im Spiel gehabt hatten.

Lars erwiderte meinen Blick. »Diese Entscheidungen sind ohnehin furchtbar schwer, schließlich kann man nie sicher sein, richtig entschieden zu haben, und bei der Liebe geht es nun mal um tiefgreifende Veränderungen für das ganze Leben. Für solche Entscheidungen kennen wir aber noch keine der Kandidatinnen gut genug. Daher muss man auf sein Bauchgefühl vertrauen. Du bist mir bei der Begrüßung aufgefallen und ich mag dein Lächeln.«

Seine netten Worte brachten mich in Verlegenheit. Meine Wangen wurden rot und glühten vermutlich wie überreife Tomaten mit dem Vollmond um die Wette, weshalb ich mit einer humorvollen Antwort auswich.

»Herrje, bei der Begrüßung habe ich mit meiner Tollpatschigkeit wohl wirklich Eindruck geschunden. Das muss ich mir für Bewerbungsgespräche merken. Meinst du, denen gefällt es, wenn ich alle paar Meter über meine eigenen Füße stolpere?«

Lars lachte ein tiefes glucksendes Lachen, das ansteckend war. »So schlimm war es doch gar nicht. Ich fand es eigentlich ziemlich charmant.«

»Warte ab, bis ich dich mit meiner Tollpatschigkeit genauso zu Fall bringe.«

Es tat gut, abzuschalten und herumzualbern, ohne Angst zu haben, dabei gefilmt zu werden.

»Darf ich dich auch etwas fragen?« Lars' Tonfall klang zögernd, weshalb ich ihn neugierig musterte.

»Klar, was möchtest du wissen?«

»Warum hast du dich bei der Show angemeldet? Verzeih mir, wenn ich das sage, aber du wirkst bisher eher ein bisschen fehl am Platz und nicht so, als wärst du gerne hier.«

Offenbar war es nicht schwer, mich zu durchschauen. Ich verzog das Gesicht zu einer Grimasse. »Du hast recht, es fällt mir schwer, hier zu sein, aber ich wollte es unbedingt. Ich bin vor einiger Zeit betrogen worden und meine Schwester glaubt, ich hätte mich in dieses Abenteuer gestürzt, weil ich noch nicht über meinen Ex hinweg bin und deswegen Blödsinn mache. Aber so ist es nicht. Sein Betrug hat mein Vertrauen in Männer angeknackst, da würde ich mich dann doch nicht auf eine solche Show einlassen, wenn es mir nicht ernst wäre, oder?«

»Ich weiß nicht.« Lars schmunzelte. »Es fällt mir generell schwer nachzuvollziehen, warum sich jemand auf diese Fernsehshow einlässt.«

»Das sagst ausgerechnet du als Hauptperson und Kavalier der Show?«, zog ich ihn auf.

»Tatsächlich habe ich bisher in meinem Leben sehr viel Pech gehabt, was die Auswahl meiner Partnerinnen betrifft. Das hat sich auch meine Schwester gedacht. Sie ist diejenige gewesen, die mich bei der Show angemeldet hat.

Anfangs bin ich wirklich sauer gewesen, da ich meine Entscheidungen lieber allein treffe. Aber schlussendlich konnte sie mich davon überzeugen, dass mir ein Tapetenwechsel guttun würde. Bisher bin ich mir aber noch nicht ganz sicher, ob sie mir mit der Bewerbung wirklich einen Gefallen getan hat. Einerseits ist es bestimmt eine einmalige Erfahrung, andererseits wächst mir schon jetzt alles über den Kopf. Glaubst du denn wirklich, man kann hier die große Liebe finden?« Ernst betrachtete mich Lars von der Seite. Ihn schien meine Antwort wirklich zu interessieren, weshalb ich meine Worte gut überdachte.

»Ich bin ein Mensch, der romantisch veranlagt ist. Bisher hatte ich damit nur leider noch nicht so viel Glück.« Ich seufzte leise. »Ich fühle mich dazu verdammt, immer nur über die große Liebe zu schreiben, sie aber nie selbst zu finden.«

»Du bist noch jung, also sprich nicht so, als wäre es hoffnungslos«, meinte Lars mit einem schiefen Lächeln.

»Das tust du doch genauso und du hast nach meiner ehrlichen Meinung gefragt«, protestierte ich. »Aber du hast mich nicht ausreden lassen – auch wenn bisher noch nicht die große Liebe dabei gewesen ist, bin ich optimistisch. Ich glaube, man kann sich sehr wohl in einer Fernsehshow verlieben, andernfalls wäre ich nicht hier. Ob es schlussendlich die ganz große Liebe ist, kann die Show nicht beeinflussen, das hängt ganz von der Person selbst ab.« Ich erwähnte nicht, wie weit sich meine eigenen Gefühle für Alexander bereits entwickelt hatten. Dafür war er mir noch zu fremd.

Lars' Lächeln vertiefte sich. »Du hast mich überzeugt.«

»Da hast du es mir jetzt aber leicht gemacht«, scherzte ich und wir grinsten uns an.

»Du bist also die Autorin?«, schlussfolgerte Lars aus meinen vorherigen Worten und hob die Augenbrauen.

»Wer hat dir davon erzählt?«

»Eine Blonde hat es heute am Strand erzählt. Ich glaube ihr Name war Chanel«, überlegte Lars.

»Michelle«, verbesserte ich ihn leise. Offenbar hatte die Arme in ihrer Aufregung das Erstbeste erzählt, was ihr eingefallen war.

»Spannender Job. Damit kannst du dir deinen Lebensunterhalt finanzieren?«, forschte er nach und traf einen wunden Punkt.

»Willst du mir etwa unterstellen, ich würde mir in der Show nur einen reichen Mann angeln wollen, der mich aushält, damit ich mein Hobby zum Beruf machen kann?«, entgegnete ich eine Spur zu forsch. »Ich studiere noch und werde Lehrerin. Also keine Sorge, ich bin nicht auf euer Geld aus.«

»Nein, so meinte ich das gar nicht«, ruderte Lars zurück. »Ich bin nur neugierig. Dich hätte ich tatsächlich nicht so eingeschätzt, als würdest du dir viel aus dem Luxus machen.«

»Warum nicht?«

Sein Lächeln kehrte zurück. »Nur so ein Gefühl.«

Ich konnte nicht genau benennen, wieso, aber Lars war mir sympathisch. Er und Toni würden ein großartiges Paar abgeben.

Stille kehrte ein und ich fuhr mit meinen Fingerspitzen Linien durch den Sand. Langsam holte mich die Müdigkeit ein und ich gähnte.

»Es ist schon ganz schön spät und ich sollte eigentlich gar nicht hier draußen sein. Mara wäre bitterböse, wüsste sie, dass ich schon wieder gegen die Regeln verstoßen habe.« Ich stand auf und klopfte mir den Sand aus dem Stoff meines Schlafshirts.

»Keine Sorge, von mir erfährt sie nichts.« Lars lächelte zu mir hoch.

»Danke.«

Mir war bewusst, wie kurz mein Schlafgewand war und ich zog am Saum, damit er wenigstens keinen Blick auf meine Unterwäsche bekam. Nächstes Mal sollte ich wohl besser eine Hose anziehen, wenn ich die Villa verließ.

»Es war schön, mit dir zu reden, Fanny. Gute Nacht.«

»Gute Nacht, Lars.«

Mit einem warmen Gefühl im Magen wandte ich mich ab und ging davon. Lars war ein netter Kerl und wenn sich zwischen uns eine Freundschaft entwickelte, musste ich wenigstens nicht fürchten mit ihm in einen Konkurrenzkampf um einen Mann zu verfallen, wie es mit den anderen Kandidatinnen der Fall war.

Kapitel 19 – Fotoshooting

Es war geradezu unvorstellbar, wie viel Freizeit wir hatten. Natürlich war die ständige Beobachtung der Kameras unangenehm und stressig, weswegen schneller Streitereien aufkamen. Inzwischen waren einige Tage vergangen, ohne dass ich Alexander zu Gesicht bekommen hatte, und die Eifersucht auf die Frauen, die zu Gruppendates eingeladen wurden, nagte immer mehr an mir. Wenigstens konnte ich mich mit der Arbeit an meinem Buch ablenken. Andernfalls wäre ich hier ganz schön versauert und die Warterei hätte mich noch verzweifeln lassen.

Dennoch war ich erleichtert, als wir am frühen Nachmittag des dritten Tages nach der ersten Entscheidung Besuch von Mara und Herrn Dieter bekamen, womit sie eine Rebellion der Kandidatinnen gerade noch verhinderten, denn die Stimmung war in den letzten Tagen immer mehr gekippt und die Gemüter gereizt. Wie immer trugen sie ein breites Grinsen zur Schau und ich konnte den treffenden Vergleich mit der Grinsekatze aus *Alice im Wunderland* einfach nicht abschütteln. Wir versammelten uns um die Couch im Wohnzimmer und warteten gespannt auf die folgende Ansprache.

»Hallo Ladys. Geht es euch gut?« Herr Dieter trug eine überaus seltsame Sonnenbrille. Die Gläser waren halbmondförmig, leicht gelb und mit Glitzersteinchen verziert. Ich fragte mich, ob das nur ein modisches Statement sein sollte oder es ihm im mit Jalousien abgedunkelten Haus tatsächlich zu hell war. »Heute werden wir euch zu etwas ganz Besonderem mitnehmen. Erst mal nur einen Teil der Gruppe. Der Rest kann sich darauf freuen, morgen an der Reihe zu sein.« Gespanntes Getuschel kam auf. »Und zwar geht es ins Studio. Ihr werdet fotografiert.«

Verwirrt legte ich den Kopf schief. Nanu – war ich jetzt in der falschen Show gelandet?

»Unter diesen Bildern werdet ihr ganz Deutschland gezeigt werden, sobald die ersten Folgen im Fernsehen ausgestrahlt werden. Also strengt euch an«, schloss er mit den mehr oder weniger motivierenden Worten.

»So, die ersten Mädchen sind: Samantha, Bruna, Sonja, Bianca, Marissa, Fanny …«

Bei der Erwähnung meines Namens erfasste mich Nervosität.

»Holt eure Taschen. Es geht sofort los.« Ganz seinem typischen Verhalten entsprechend klatschte Herr Dieter in die Hände und entließ uns damit.

Zwischen jenen achtzehn, deren Namen er aufgerufen hatte, brach ein Kampf aus, wer zuerst durch die Tür Richtung Badezimmer kam. Der Moment glich einer Raubtierfütterung und alle fuhren die Ellbogen aus.

»Bis später. Ich erzähle euch dann alles«, verabschiedete ich mich von Toni und Michelle und machte mich ebenfalls auf den Weg in unser Zimmer, um meine Tasche zu holen.

»Die anderen werden in der Zwischenzeit bestimmt von den Jungs besucht«, klagte ein brünettes Mädchen, das vor mir ging und ihrem Aussehen nach zu schließen wie auch ich zu den jüngsten Teilnehmerinnen zählte. »Ich will auch hierbleiben.«

Das war mir noch gar nicht in den Sinn gekommen. Doch sie könnte recht haben, die verbliebenen Kandidatinnen bekamen nun mit Sicherheit ein Gruppendate. In meinem Inneren zogen dunkle Wolken auf.

Doch Mara und Herr Dieter hatten sich entschieden und mir blieb nichts anderes übrig, als mich für den heutigen Tag startbereit zu machen und den anderen nach draußen zu folgen. Kleinbusse brachten uns zum Studio. Die ganze Fahrt über klebte ich mit dem Gesicht an der Scheibe und sog die atemberaubende Landschaft in mich auf.

»Es ist so wunderschön«, schwärmte ich, wobei Samantha das Gesicht verzog.

»Es ist so heiß. Hoffentlich kommen wir bald an.«

Tatsächlich wurden ihre Worte schnell erhört und wir erreichten eine Art Lagerhalle. Die klimatisierten Räumlichkeiten hielten einen großen Wartebereich für uns bereit. Schüchtern warteten wir auf den weißen Ledersofas. Um uns herum standen Tische mit Stühlen und Spiegeln. Es erinnerte mich an ein Make-up-Studio, wie man es nur aus dem Fernsehen kannte. Wie passend, wo ich mich nun doch selbst in eben jenem befand.

»Mädels! Da seid ihr ja endlich.« Mara kam mit gefährlich laut klackernden Pumps um die Ecke geschneit. Mit einem Klemmbrett in der Hand fächerte sie sich Luft zu. »Bianca, du bist als Erste dran. Geh bitte gleich in die Maske. Viola da drüben kümmert sich um dich.«

B, die sonst alles andere als schüchtern war, erhob sich wortlos und ging nur zögernd zur Maskenbildnerin, die wohl für unser Make-up zuständig war.

»Ihr anderen werdet ebenfalls gleich aufgeteilt. Ich habe hier die Liste, wer zuerst wohin muss. Die Kleider hängen dort drüben. Überall befindet sich euer Namensschildchen. Aber bitte zuerst Haare und Make-up abwarten und das Kleid ganz zum Schluss anziehen. So, das wäre es dann auch fürs Erste.« Nachdenklich presste sie kurz die Lippen aufeinander, dann entließ sie uns in die Maske, ohne noch etwas hinzuzufügen.

B saß bereits auf einem Drehstuhl vor einem der Spiegel und eine Frau mit stylisher Kurzhaarfrisur schwang den Rougepinsel. Nun, wo B beschäftigt war, wusste ich nicht so recht, mit wem ich mich unterhalten sollte. Unentschlossen sah ich mich um und als ich erkannte, dass eine der Kameras in unsere Nähe kam, stand ich auf, um mich zu entfernen. Bereits während der Autofahrt waren wieder einige der Mädchen verkabelt worden und auch ich würde mich wohl nicht mehr lange drücken können. Es kam mir aber einfach zu bescheuert vor, mit dem schwarzen Technikkasten an meiner Hose und der fluffigen Kugel, die sie an unserem Oberteil befestigten und von der ich noch nicht ganz begriff, für was sie gut war, herumzulaufen.

»Ah, gut. Hanni oder? Du brauchst bestimmt dein Mikro«, sagte Kail, der Techniker, als ich ahnungslos an ihm vorbeispazierte.

»Fanny«, verbesserte ich ihn automatisch. »Aber eigentlich komm ich auch gut ohne aus …«, murmelte ich leise und versuchte mich davonzustehlen.

»Nein, nein. Bleib da, ich habe deines gleich hier irgendwo ... Dann kannst du auch schon weiter zum Interview.« Konzentriert sah er Ansteckmikrofone und den Kabelsalat durch. Er schien geschäftig und gestresst, weswegen ihm meine Resignation wohl entging. Denn ich war alles andere als erpicht auf ein Interview. »Ah, hier.« Triumphierend zog er ein dunkles Kabel hervor. »Halt kurz still.« Mit geübten Handgriffen befestigte er das Kabel an meinem Rücken, bis alles festsaß. »Und du kannst schon weiter. Viel Spaß.« Breit grinste er mich an. Offenbar erwartete er einen überschwänglichen Begeisterungssturm. »Alles in Ordnung bei dir? Ist dir schwindelig?« Besorgt musterte er mich, als die Begeisterung ausblieb.

»Was? Nein! Mir geht es gut.« Ich tat seine besorgte Nachfrage mit einem Lächeln ab. »Danke für das Mikro«, versuchte ich meine Laune zu überspielen, wobei ich recht sarkastisch klang.

»Wenn ich mich recht erinnere, habe ich dich bisher noch bei keinem der Interviews drauf«, stellte er fest und legte den Kopf schief.

Mist, nun hatte er mich ertappt. »Ich bin einfach nicht gut in so was«, gestand ich. Nein, Interviews waren definitiv nicht meins.

»Früher oder später wirst du dich nicht mehr drücken können. Mara will heute jeden einmal im Bild haben.« Kail wirkte leicht amüsiert. Es passte in seiner Vorstellung wohl nicht so gut zusammen, wie sich jemand bei so einer Fernsehshow bewerben konnte, aber keine damit obligatorisch verbundenen Interviews mögen konnte. »Ich kann sie für dich aber noch ein wenig hinhalten. Setz dich da rüber zu den Getränken, sie werden zuerst die Kandidatinnen auf den Sofas in Angriff nehmen«, vertraute er mir mit einem überraschend warmen Lächeln an.

»Danke«, sagte ich und in dem kurzen Moment fühlte es sich an, als wären wir zwei Komplizen in einem Agentenfilm. Kail, der Geheimagent, der mir vertrauliche Informationen verriet, und Franziska Blum, die unbeholfene Studentin, die nur durch Zufall Zielobjekt der Mafia geworden war ... Doch keine Sekunde später hatte ihn die Pflicht der Arbeit wieder im Griff.

»Kail. Wir brauchen dich kurz hier drüben«, rief Mara und er verschwand mit einem Kopfnicken in meine Richtung.

Wieder allein schlenderte ich in die Ecke, wo das Team Verpflegung für den Tag aufgebaut hatte, und nahm mir eine Wasserflasche. Was Alexander wohl gerade machte? Ob er bei den anderen in der Ladys-Villa war oder vielleicht sogar auf einem Einzeldate … Nun wurde mir doch schwindelig und ich überlegte schon, ob ich nicht zu Kail gehen sollte und mich krankschreiben lassen sollte.

Doch was hätte das für einen Sinn gemacht?

Immerhin war ich nicht hier, um einen Job zu erledigen, sondern einen Mann zu erobern. Im Moment konnte ich diesbezüglich nicht mehr machen, als weiterhin in der Show zu bleiben und dafür musste ich auch Herrn Dieters und Maras Vorstellungen entsprechen.

Bevor ich mich allerdings zu einem Interview überwinden konnte, wurde ich auch schon zu einem der Schminktische gebeten. Eine nette Maskenbildnerin nahm sich meiner an und verwandelte mich regelrecht in eine Prinzessin. Nachdem sie mit meinen Haaren fertig war, fielen mir die dunkelblonden Strähnen in sanften Wellen über die Schultern und fühlten sich so glatt an wie Seide.

»Bitte nicht zu viel«, bat ich, als sie sich daran machte, mein Gesicht zu pudern und meine Augen zu schminken.

»Ich werde es ganz natürlich halten«, versprach sie lächelnd. Und tatsächlich war ich mit dem Ergebnis zufrieden. Der graue Lidschatten unterstrich meine stechend blauen Augen und irgendwie ließ ich mich doch von der mädchenhaften Begeisterung anstecken. Manchmal vollbrachte ein schmeichelhaftes Outfit schon Wunder und man fühlte sich augenblicklich besser. Die äußerliche Maskerade nahm mir die Selbstzweifel und der Kampfgeist kam zurück.

»Fanny? Du bist gleich dran.« Kail eilte geschäftig zu uns. »Ist sie fertig?«

Als die Maskenbildnerin bejahte und ein letztes Mal mit dem Puder über meine Wangen wirbelte, nickte er zufrieden. »Zieh dir schnell das Kleid an, dann kommst du nach vorne.«

»Danke«, murmelte ich nun deutlich nervöser.

»Hast du dir schon ein paar Posen überlegt?«

Irritiert sah ich ihn an. Dann ging mir auf, dass er das wirklich ernst meinte, und ich konnte mein Lachen nicht zurückhalten. »Bin ich hier bei *Germany's Next Topmodel* gelandet?«

Meine Frage klang zwar zynisch, doch versuchte ich insgeheim zu überspielen, wie wahnsinnig nervös ich war. Leider visualisierte ich mir gerade Alexander als Modelmama Klum und mir entschlüpfte ein weiteres Glucksen.

»Das schaffst du schon«, versicherte mir Kail, was mich aber auch nicht wirklich aufmunterte. »Hier – das ist dein Kleid.«

Im ersten Moment konnte ich ihn nur verblüfft anstarren. Das Kleid, das sie für mich vorbereitet hatten, war grellpink und kurz – sehr kurz.

»Bist du sicher, dass das ein Kleid ist? Ich glaub, das ist ein T-Shirt und ich brauche noch eine Hose«, kommentierte ich und sah Kail ungläubig an.

Leicht genervt tippte er auf das Namensschildchen. »Nein, das ist definitiv dein Kleid.«

Da ich mit Kail nicht diskutieren wollte, zog ich mich schnell in die Umkleidekabine zurück. Zwar war das Kleid kurz, dennoch konnte man zum Glück angezogen den Unterschied zum T-Shirt erkennen. Sobald ich fertig war, brachte mich Kail zum Set, das im hinteren Teil der Halle aufgebaut war, und Mara stellte mir den jungen Fotografen vor.

»Wirf dich gleich mal in Pose«, wies er mich an und unsicher stöckelte ich auf die weiße Leinwand zu. »Einfach in die Kamera lächeln.«

Das war gar nicht so leicht, wenn man nicht nur von einer Kamera belagert wurde. Ich versuchte zu lächeln, merkte jedoch, wie meine Mundwinkel vor Nervosität zuckten, weil ich so angespannt war. Verkrampft stand ich vor dem Fotografen und wusste nicht, wie ich mich hinstellen sollte.

»Ganz natürlich«, rief der Fotograf und warf in bester Headbanger-Manier seinen Kopf zurück, sodass die blonden Haare flogen. Sollte ich ihm das jetzt etwa nachmachen? Verunsichert sah ich mich um. Kail konnte sich vor unterdrücktem Lachen kaum noch halten und ich war froh, als er sich davonmachte, um weiterzuarbeiten. Ich hatte auch so schon genügend Publikum.

»Mach was mit deinen Armen.« Mara fuchtelte mit ihren Händen in der Luft herum, während Herr Dieter ein unglückliches Gesicht zog und sich abwandte. Vermutlich schüttelte er sich insgeheim vor Lachen über meine tiefgreifende Blamage.

»Steh doch nicht so rum wie ein Hampelmann.« Die Stimme des Fotografen wurde leicht ungeduldig und mir schoss Hitze in die Wangen.

Hoffentlich überdeckte das Make-up die Röte, andernfalls würde er bestimmt gleich rufen: »Sei doch nicht so eine Tomate.« Bemüht Maras Anweisung umzusetzen, stützte ich meine Hände in die Hüften.

»Das Kinn weiter hoch. Ja, weiter so …«

Die Kamera klickte und klickte. Die Anspannung war mir wohl immer noch ins Gesicht geschrieben, doch ich hielt akribisch mein eingefrorenes Lächeln aufrecht. Die Chance, Alexanders Herz zu erobern, durfte auf gar keinen Fall durch so etwas Dämliches wie ein Fotoshooting zerstört werden.

»Ja, ja! So ist es besser.«

Ich fragte mich, ob der Fotograf nicht eher Schauspieler war – sein Enthusiasmus klang auf jeden Fall überraschend überzeugend. Daher wich die Anspannung langsam von meinen Schultern und ich bewegte mich wieder wie ein normaler Mensch, obwohl mir die Anwesenheit der Kameras deutlich bewusst war. Trotzdem fühlte es sich wie ein kleiner Erfolg an.

»Gebt ihr ein Herz.« Geschäftig winkte er mit der Hand einer Assistentin zu. Ein Herz? Verwundert sah ich mich um. Dann kam die Gehilfin mit einem roten Plüschherz zurück. Verunsichert hob ich die Augenbrauen. Sollte ich das nun etwa hochhalten?

»Umarme das Herz, wirf es hoch, küss es – mach was du willst. Aber setz dich in Szene.«

Ich konnte nicht sagen, wie viele Minuten bereits vergangen waren, wie lange ich nun schon so vor der Kamera posierte. Die Situation hatte mich so beansprucht, dass ich meine Gedanken nichts anderem zuwenden konnte, weshalb ich nun auch tatsächlich das teddybärgroße Herz entgegennahm und mit ihm in die Kamera strahlte.

Was hatte diese Show nur mit mir gemacht?

Im Nachhinein kam es mir so unglaublich bescheuert vor, aber in jenem Moment dachte ich an mein Gespräch mit Ella.

Manchmal muss man viele Frösche küssen, bis man seinen Prinzen findet.

Alexander war der Frosch, der zu meinem Prinzen werden würde – da war ich mir hundertprozentig sicher. Genau deswegen war ich hier. Ich warf mich in Pose und küsste das Herz, als wäre es ein auf meinen Handflächen sitzender Frosch.

»Ja! Jetzt haben wir es«, rief der Fotograf begeistert und ich lächelte zufrieden in mich hinein.

Kapitel 20 – Mit allen Sinnen

Vor meinem Interview hatte ich mich, wie es der Zufall wollte, wieder drücken können. Doch mittlerweile bekam ich die Befürchtung, mir damit selbst keinen Gefallen zu tun. Bei der nächsten Gelegenheit würde ich die Chance ergreifen. Das nahm ich mir zumindest vor.

Der Tag am Shootingset war überraschend anstrengend gewesen und ich war froh, als wir wieder zurück zur Villa fuhren. Mittlerweile fühlte sich das große Haus wie ein Zuhause an. Vor allem aber wollte ich auch unbedingt erfahren, was die Zuhausegebliebenen in der Zwischenzeit gemacht hatten. Innerlich hoffte ich, sie hätten vielleicht nur langweilig am Pool herumgesessen, anstatt auf einem Date gewesen zu sein. Nun war ich wohl wirklich zu einer berechnenden Kampfmaschine geworden. Ich kam mir so dämlich vor. Doch es brachte mich zunehmend zur Verzweiflung, von den ganzen anderen Dates zu hören, während ich auf der Ersatzbank saß.

Ich musste möglichst bald Ella anrufen, das würde mir guttun. Eine Standpauke von ihr würde mir wieder das Gefühl geben, ein normaler Mensch zu sein. Aber das musste bis morgen warten. Heute war ich dazu viel zu erschöpft.

»Wir sind wieder da!«, rief Samantha, als wir die Villa betraten und sofort versammelten sich alle in der Eingangshalle. Es wurde bunt durcheinandergeredet und es war unmöglich, alle gleichzeitig zu verstehen. Durch die Fensterfront im Wohnbereich sah ich Toni allein draußen am Pool sitzen und ich verließ die Gruppe, um mit ihr zu reden. Den ganzen Trubel ertrug ich in diesem Moment ohnehin nicht.

»Hey. Alles in Ordnung?«

Von meiner Frage in ihrem Gedankenkarussell unterbrochen, sah sie auf.

»Ja, klar. Alles bestens. Wie war euer Fotoshooting?« Sie klang betrübt, woraus ich sofort schloss, dass es ihr gar nicht gut ging.

»Es war ganz okay. Waren die Kandidaten heute bei euch?«, forschte ich nach und beobachtete aus den Augenwinkeln durch die Glasfront, wie die Mädels drinnen aufgeregt die Köpfe zusammensteckten. Sie wirkten so aufgedreht, da lag es nur nahe, dass etwas geschehen war.

»Ja, sie haben uns zum Mittagessen einen Besuch abgestattet und wir haben die Gelegenheit gehabt, mit ihnen zu reden.« Im Gegensatz zu den anderen schien Toni gar nicht begeistert.

»Hast du mit Lars gesprochen?«

»Ja.« Ihre einsilbige Antwort machte mich erst recht stutzig.

»Aber?«, bohrte ich weiter nach.

»Aber er hat Michelle mit zum Einzeldate genommen.«

»Oh«, machte ich überrascht.

Daher wehte also der Wind und es erklärte auch, warum Michelle nicht da war, um Toni zu trösten.

So ein Mist aber auch.

Natürlich freute ich mich für Michelle. Das bedeutete auch, dass Lars sich nun offenbar ihren Namen gemerkt hatte und sie nicht mehr für Chanel hielt. Dennoch konnte ich Tonis gedrückte Stimmung nur zu gut nachvollziehen. Wenn Lars jemanden zum Einzeldate eingeladen hatte, bedeutete das, auch Alexander war gerade mit einer Kandidatin unterwegs. Alles in mir zog sich vor Eifersucht zusammen. Ich wollte nicht taktlos klingen, doch ich hielt es nicht länger aus, ohne zu erfahren, mit wem Alexander zusammen gewesen war.

»Wer ist noch alles auf einem Einzeldate?«, fragte ich möglichst unbefangen, wobei meine Stimme trocken klang und ich mich schnell räusperte.

»Alexander hat Luisa mitgenommen«, antwortete Toni, die sofort wusste, worauf ich hinauswollte.

»Oh«, sagte ich erneut und ließ ebenfalls meine Mundwinkel hängen.

Aber wie hatte ich mir das auch vorgestellt? Als würde Alexander wie durch ein Wunder mich aus der Gruppe an Frauen auswählen, noch dazu, wo ich mich bisher nicht von meiner besten, sondern meiner peinlichsten Seite gezeigt hatte.

Es war zum Verzweifeln. Aber Toni brauchte gerade eine tröstende Stütze.

»Es wird alles so kommen, wie es kommen soll. Also steck den Kopf nicht in den Sand. Immerhin soll Lars dich sehen können.« Der Spruch hätte von meiner Schwester stammen können und obwohl ich eigentlich nur Toni aufmuntern wollte, fühlte auch ich mich bestärkt. Das war erst die erste Woche und auch wenn es sich anfühlte, als wäre schon viel mehr Zeit vergangen, war es das nicht. Noch standen alle Wege offen und es konnte sich noch alles ändern ...

***

Trotz der gedämpften Stimmung machten wir Abendessen und warteten darauf, dass die anderen zurückkommen würden.

Dann warteten wir und warteten ...

Es war fürchterlich.

Ich plante weiter mein Buch und versuchte mich durch die Arbeit auf andere Gedanken zu bringen. Zwar wollte ich nicht meine eigene Geschichte wiedergeben, doch sollte es die Höhen und Tiefen hinter den Kulissen realistisch widerspiegeln. Aber die angespannte Atmosphäre lenkte mich ab und schließlich ertappte ich mich dabei, gedankenverloren in die Luft zu starren.

Prokrastination in ihrer feinsten Art.

Samantha überspielte ihre Eifersucht auf diejenigen mit dem Einzeldate, indem sie den ganzen Abend über mit der Private-Cam herumlief und mit den unzähligen Aufnahmen alle anderen zur Weißglut brachte.

Als die vier auserwählten Kandidatinnen gegen zehn mit einem breiten Grinsen durch die Tür spazierten, fiel die Anspannung nicht von mir ab. Während sie vor Glück sprühten, zog sich alles in mir zusammen. So sahen nur verliebte Frauen aus. Die Herzen sprangen ihnen regelrecht aus den Augen und mein genauer Blick galt vor allem Luisa. Sie hatte ein zufriedenes Lächeln im Gesicht und das sprach Bände.

»Gab es den ersten Kuss?«, war natürlich die erste Frage, die ihnen entgegenflog. Nun sah selbst Samantha angespannt aus. Doch das war nichts verglichen mit dem, was ich fühlte. Bangend wartete ich auf die Erzählungen.

Nachdem die vier ihre Geschichten in allen Einzelheiten geschildert hatten, fühlte ich mich niedergeschlagen. Einzig die Tatsache, dass noch kein erster Kuss gefallen war, gab mir ein wenig Hoffnung.

***

Die schlechte Stimmung im Haus wirkte sich auch auf meine Träume aus und als ich früh am nächsten Morgen aufwachte, fühlte ich mich ausgelaugt und flüchtete mich wieder hinter mein Notizbuch. Die Rastlosigkeit griff auch auf die anderen über. Obwohl Toni eigentlich eine Langschläferin war, war sie ebenfalls schon hellwach und versuchte sich an einer Flechtfrisur. Eigentlich wäre Michelle diejenige gewesen, die ihr am besten dabei hätte helfen können, doch da das gestrige Date gut gelaufen war, hatte sie als eine der Wenigen keine Schlafprobleme. Selbst B hatte ihren Morgensport heute noch früher gemacht und schwamm den ganzen Vormittag im Pool, als würde sie für die Olympischen Spiele trainieren. Nach dem Mittagessen leistete sie mir in meinem Zimmer Gesellschaft, denn Michelle und Toni waren bereits am Set für das Fotoshooting.

»Glaubst du, heute sind wir für ein Gruppendate dran?«, fragte B und drehte sich in ihrem blauen Sommerkleid vor dem Spiegel.

»Bestimmt«, murmelte ich, ohne von meinen Notizen aufzusehen. Ich war im Schreibfluss und hörte ihr nur mit halbem Ohr zu.

»Fanny. Hör endlich auf zu schreiben und zieh dir etwas Ordentliches an.« Sie nahm mir nachdrücklich den Notizblock weg und bedachte mich mit einem strengen Blick.

»Hey«, protestierte ich, doch da hatte sie meine Schreibunterlagen schon gegen ein weißes Kleid mit einem verspielten Blumenmuster ausgetauscht. »Anziehen! Und trag etwas Make-up auf. Die Kameras sind undankbar was Augenringe angeht.«

Widerstand war wohl zwecklos. Außerdem hatte sie recht. Ich durfte das eigentliche Ziel nicht aus dem Blick verlieren, nur weil ich vom bisherigen

Verlauf enttäuscht war. Wenn sich etwas daran ändern sollte, musste ich bei meiner eigenen Einstellung anfangen.

Ich fasste meine Haare zu einem lockeren Zopf zusammen, sodass mein Nacken frei war, und legte eine dünne Silberhalskette an. Sobald ich fertig war, folgte ich B in den Wohnbereich. Wir wollten uns zu den anderen an den Pool setzen.

Samantha und Larissa lagen bereits im Bikini auf einem Liegestuhl und ließen sich von der Sonne Kaliforniens bräunen. Neben ihnen saß Sara, die meines Wissens das gestrige Einzeldate mit Niklas gehabt hatte. Sie musste das Buch, das auf ihrem Schoß lag, nun bestimmt schon zum dritten Mal durchhaben, so oft wie ich sie nun schon darin lesen gesehen hatte.

»Und, wer von den Kandidaten glaubt ihr, ist der mit dem meisten Geld?«, fragte Samantha mit halbgeschlossenen Augen und richtete sich ein Stückchen auf.

Bisher hatte sich noch niemand den finanziellen Aspekt anzusprechen getraut. Obwohl das doch das Konzept von *Rich Love* darstellte. Vermutlich fürchtete sich jede davor, für diejenige gehalten zu werden, die nur wegen des Geldes da war. Mir war es zumindest ziemlich egal, wer von den Männern am reichsten war, und war überzeugt, es wäre sogar einfacher, mit jemanden zusammen zu sein, der gewöhnlicher war und keine Unsummen mit in die Beziehung brachte. Insgeheim hätte ich es wohl schöner gefunden, Alexander wäre kein Millionär, sondern lediglich ein normaler Anwalt. Schlussendlich würde das alles bestimmt nur noch mehr verkomplizieren und das hatte ich wirklich nicht nötig.

»Vermutlich Lars. Als Manager verdient man bestimmt gut«, mutmaßte Larissa und sah sich verstohlen nach der Kamera um. Doch die Luft war rein.

»Na ja, aber so viel, dass man gleich Millionär wird?« B schüttelte zweifelnd den Kopf. »Aber Thomasch bestimmt. Musiker und reicher Erbe adeligen Geblüts.«

»Hat jemand von euch Niklas schon mal in einem Film gesehen?«, fragte Larissa.

»Nein, aber das hat ja noch nichts zu bedeuten«, verneinte ich.

»Ich hab das vorher gegoogelt«, gestand B und kicherte. »Er hat in einer Reihe von deutschen Serien mitgespielt.«

»So à la *Gute Zeiten, schlechte Zeiten*?« Ich legte den Kopf schief.

»Ja, so in der Art.«

Die Stimmung war überraschend ausgelassen und als sich Sherry und Bruna dazugesellten, stellten sie ebenfalls ihre Vermutungen an. So verging der Nachmittag auch ohne Männerbesuch wie im Flug. Ich war zwar enttäuscht, nicht wie die gestrigen Kandidatinnen auf ein Gruppendate gehen zu dürfen. Aber ich hielt meine schlechte Laune zurück, da so überschwängliche Momente ganz ohne Streit in der Villa selten waren.

»Leute! Da ist jemand an der Tür«, kreischte Tanja, die sich bisher sehr hervorgetan hatte und schon bei mehreren Gruppendates dabei gewesen war. Von der vielen Zeit an der Sonne waren ihre mahagonibraunen Haare heller geworden, aber mit ihrer makellos gebräunten Haut und den dunklen Augen erinnerte sie an Penélope Cruz. Nun stützte sie sich atemlos an der Terrassentür ab. Mit der freien Hand hielt sie die Private-Cam fest umklammert und uns allen war klar, was das mysteriöse Türklingeln bedeutete.

»Aufmachen!« Nun war Samantha aufgesprungen. Mit einem nervösen Ziehen im Magen konnte auch ich nicht mehr länger still sitzen. Die ganze Gruppe versammelte sich in der Eingangshalle und Tanja öffnete die Tür mit einem Strahlen im Gesicht. Schlussendlich drehte sie sich jedoch enttäuscht wieder um. Niemand stand vor der Tür. Nicht mal ein Kameramann.

»Warte! Da liegt etwas.« B schob sich an Tanja vorbei und bückte sich, um einen Brief aufzuheben. »Ha! Wer sagt's denn?« Frohlockend fächerte sie sich mit dem Kuvert Luft zu und ein aufgeregtes Raunen ging durch die Runde.

»Mach schon auf«, drängte Samantha, die, ihrem Gesichtsausdruck nach zu schließen, B den Brief am liebsten sofort aus der Hand gerissen hätte.

»Liebe Ladys! Wir würden uns freuen, euch auf ein Abendessen auszuführen. Bitte seid in einer halben Stunde fertig«, las B laut vor.

Warum musste hier immer alles auf den letzten Drücker passieren? War ja nicht so, als hätten wir den ganzen Tag bereits darauf gewartet … Nun sollten wir uns in einer halben Stunde elegant herrichten, wo wir den halben Nachmittag damit hätten verbringen können.

Doch das war nun nebensächlich – wer war eingeladen?

»Wir würden uns über die Gesellschaft von folgenden Damen freuen: Sherry, Sonja, Marissa und Fanny …«

Fanny?

Ich?

Pure Glückseligkeit durchströmte mich. Das war meine Chance – sie war endlich gekommen.

***

»Perfekt, das steht dir sehr gut.« B war genauso hibbelig und aufgeregt wie ich.

Überraschenderweise hatte sich auch Rachel, eine der zwei ungleichen Schwestern, zu uns aufs Zimmer gesellt. Sie und B hatten sich angefreundet, da beide tagsüber oft gemeinsam trainierten. Anfangs hatte mich ihre selbstbewusste Art verunsichert, aber hinter ihren vorlauten Kommentaren verbarg sich eine gute Seele.

»Grün? Ist das nicht zu grell?« Unschlüssig verharrte ich vor dem Spiegel.

»Fanny! Du hast nicht mehr ewig Zeit. Nimm das hier – es sieht wirklich unglaublich aus. Und jetzt beeile dich!«

Ich hatte meine Haare zu einem lockeren Knoten hochgedreht, trug silberne, lange Ohrringe und zu guter Letzt das grüne Kleid. Es war kurz und eng. Eigentlich der absolute Knaller – trotzdem war ich unentschlossen.

»Jetzt aber los! Du wirst Alexander verzaubern!« Ermutigend strahlte mich B an.

»Rachel, was meinst du?«, fragte ich ausweichend.

»Sieht toll aus.« Sie zuckte mit den Schultern, was mich erst recht verunsicherte. Andererseits wusste ich nur zu gut, dass etwas ganz anderes für ihre griesgrämige Laune verantwortlich war. Denn wieder hatte ihre Schwester und nicht sie das Date bekommen.

Nachdem gestern alle Zuhausegebliebenen die Chance bekommen hatten, auf ein Gruppendate zu gehen, hatte keine damit gerechnet, dass heute nur vier von uns ausgewählt werden würden. Die Entscheidung der Redaktion war eindeutig unfair, dennoch war ich innerlich froh, zu den glücklichen Ausgewählten zu gehören.

»Los jetzt.« Mit einem nachdrücklichen Lächeln schob mich B zur Tür. »Viel Spaß – bis später. Ich freue mich schon drauf, alle Einzelheiten erzählt zu bekommen.«

Nun ging es wohl wirklich los. Nervös trat ich den Weg in den Eingangsbereich an. Natürlich waren die anderen noch nicht so weit, aber da Mara inzwischen mit dem Fernsehteam angekommen war und ungeduldig wartete, dauerte es nicht lange, bis wir alle in die Limousine stiegen.

Sherry, Sonja und Marissa sahen in ihren schicken Cocktailkleidern ebenfalls großartig aus und ganz automatisch begann ich wieder damit, uns zu vergleichen. Ich wusste nicht, wer von ihnen an wem Interesse hatte. Aber beim Frühstück nach der ersten Entscheidung hatte ich ganz den Eindruck bekommen, als wäre Sherry an Alexander interessiert, was mich nun noch unruhiger machte. Noch dazu, da sie bei der letzten Entscheidung von Alexander eine Blume bekommen hatte.

»Ihr werdet die Herren erst im Lokal treffen«, erklärte Mara, die uns in der Limousine gegenübersaß, und grinste verschwörerisch. »Die Kandidaten wissen nicht, wer ihnen heute Gesellschaft leistet. Es wird also eine kleine Überraschung. Zuerst werdet ihr gemeinsam zu Abend essen und dann geht es eventuell noch weiter in einen Club. Zumindest wenn ihr die Herren überzeugt.«

Bisher klang der Plan für das Date toll und ich fragte mich, wo der Haken war. Die Fahrt war rasch zu Ende und als wir aus dem Wagen stiegen, war mir geradezu schlecht vor Aufregung. Ich sah Kail in der Nähe einer der Kameras. Wie immer eilte er schwer beschäftigt umher. Ich lächelte ihm zu, da hob er grüßend die Hand. Erst blickte er sich in alle Richtungen um, dann kam er zu mir gejoggt. »Gut, dass ich dich noch rechtzeitig erwische.«

Verwundert erwiderte ich seinen Blick. »Ich habe mein Mikrofon schon angelegt bekommen, aber danke.«

»Nein, nein. Das ist es nicht. Ich habe etwas für dich.« Hinter seinem Rücken zog er eine kleine Handtasche hervor und hielt sie mir entgegen.

Meine Augenbrauen wanderten noch ein Stückchen nach oben.

»Das ist eine Clutch, eine kleine Handtasche«, erklärte er mir.

»Ich weiß, was eine Clutch ist«, verteidigte ich mich. Zumindest wusste ich es, seit Ella mir eine letzte Weihnachten geschenkt hatte. Früher hatte ich wirklich keinen Schimmer gehabt, was eine Clutch war, und hätte die Bezeichnung eventuell für den Begriff eines Quidditch-Spielballes aus *Harry Potter* gehalten. Doch die Clutch war nicht mit dem Klatscher gleichzusetzen, sondern eine schmale Handtasche ohne Henkel, die man in der Hand trug. »Aber warum gibst du mir eine?«, fragte ich irritiert.

»Mir ist in den letzten Tagen aufgefallen, dass du bei den Dreharbeiten nicht wirklich weißt, wohin mit deinen Händen. Jetzt hast du etwas, das du festhalten kannst. Problem gelöst.« Er zwinkerte mir zu.

Erstaunt nahm ich die Tasche entgegen. »Danke, das ist unglaublich nett.« Er hatte absolut recht. Ich hatte wirklich Schwierigkeiten mit der richtigen Position meiner Hände gehabt.

»Schon gut. Habe ich gern gemacht. Und jetzt viel Spaß!« Mit einem Winken machte er sich wieder an die Arbeit und ließ mich allein zurück.

Sherry und Marissa beobachteten mich verwundert und ich beeilte mich, mich wieder zu ihnen zu gesellen. Bevor sie allerdings auch nur eine Frage über die Lippen bekamen, verlangte Mara auch schon wieder vollste Konzentration. Im Gänsemarsch folgten wir ihr in den Eingangsbereich des Restaurants. Im ersten Moment wirkte alles ganz gewöhnlich. Luxuriöse Lobby, viel Gold, funkelnde Kronleuchter und polierter Steinboden. Erst auf den zweiten Blick fiel mir eine Sonderbarkeit auf. Die Eingänge zum weiterführenden Raum, in dem mit Sicherheit die Tische standen, waren von bodenlangen, roten Vorhängen abgetrennt.

»Das heutige Date steht unter dem Motto: mit allen Sinnen. Es wird ein Blind Date mit ganz neuer Bedeutung. Denn ihr kennt die Kandidaten zwar bereits, allerdings werdet ihr sie heute nicht zu Gesicht bekommen.«

Entgeistert starrten wir Mara an. Verstand ich das gerade richtig und wir würden in einem stockdunklen Lokal essen?

»Verlasst euch auf eure anderen Sinne und genießt die Erfahrung. Da im

Lokal vollkommene Dunkelheit notwendig ist, kann unser Kamerateam leider nicht mitkommen. Aber wir werden hinterher das Material der Überwachungskameras auswerten, auf die wir Zugriff bekommen«, informierte sie uns.

Obwohl wir trotzdem aufgenommen werden würden, war es eine kleine Erleichterung, den Kameramann in der Dunkelheit nicht so knapp neben einem spüren zu müssen. Dennoch war ich fassungslos. Mit verbundenen Augen hatte ich es ohne Hilfe nicht einmal geschafft, eine Piñata zu treffen. Wie sollte ich nun also in einem dunklen Lokal zu Abend essen? Sollte ich Mara daran erinnern, dass ich mit dem Fisch selbst bei helllichtem Scheinwerferlicht Probleme gehabt hatte? Doch nun ging mir ein Licht auf. Bestimmt hatten sie mich genau aus diesem Grund für das heutige Date ausgewählt. Ich konnte mich also schon auf einige Peinlichkeiten einstellen.

»Der Kellner wird euch hinführen, also geht ihm einfach nach. Viel Spaß, Mädels.«

So entließ uns Mara. Mein Magen rumorte nervös und mein Herz klopfte mir bis zum Hals. Es war keine weltbewegende Integralrechnung – ich musste einzig und allein geradeaus auf den Kellner zugehen. Dennoch war alles in mir wie elektrisiert.

»Ich heiße euch in unserem Lokal herzlich willkommen«, begrüßte uns der Kellner auf Englisch. Er trug ein Nachtsichtgerät, was zur eleganten Uniform mehr als sonderbar aussah. »Ich gebe euch den Tipp mit: Verlasst euch ganz auf eure Sinne. Ansonsten viel Spaß!« Damit wollte er uns bereits allein lassen und sich aus dem Blickfeld der Kameras stehlen, doch da hatte er seine Rechnung ohne Sherry gemacht.

»Das ist alles? Bekommen wir keine Sicherheitseinweisung?«, fragte sie schrill. »Was wenn ich Panik bekomme? Ich mag es gar nicht, wenn es so dunkel ist!«

»Im Notfall begleiten wir Sie natürlich immer nach draußen«, erwiderte er höflich. »Aber keine Sorge. Sie müssen sich einfach nur auf die ungewohnte Situation einlassen und sich daran gewöhnen.«

Mara im Hintergrund grinste. Mit Sicherheit witterte sie bereits eine ausgeprägte Panikattacke.

Bei mir hielt sich die Angst überraschenderweise noch in Grenzen. Klang doch eigentlich ganz spannend. Wäre da nicht das Gefahrenpotenzial, mir selbst mit der Gabel ein Auge auszustechen, gewesen.

B und Rachel würden lachen, sollten sie erfahren, dass es vollkommen egal war, welches Kleid ich nun trug. Alexander würde es ohnehin nicht sehen.

Zu Maras Leidwesen beruhigte sich Sherry schnell wieder. Immer noch nervös folgte ich dem Kellner und den anderen.

Wenigstens war es kein Fallschirmsprung ...

So – tief durchatmen.

Auf der anderen Seite des Vorhangs wartete Alexander auf mich. Diese Motivation reichte aus.

»Bitte halten Sie sich an unseren Armen fest. Wir bringen Sie zu Ihren Sitzplätzen.«

Da es in der Dunkelheit andernfalls schwer werden würde, den richtigen Tisch zu finden, würden uns vier Kellner an unsere Plätze führen. Nervös hakte ich mich beim Arm eines Kellners unter. Nun ging es auf ins Ungewisse und in ein neues Abenteuer. Meine Vorfreude, Alexander wiederzusehen, war groß genug, sodass es mir nicht schwerfiel, dem Kellner in die Dunkelheit zu folgen, wohingegen Sherry und die anderen zwei zögerten. Im Hintergrund spielte leise Musik und dem beständigen Murmeln nach waren wir nicht die einzigen Gäste.

»Hier ist Ihr Platz, Madam«, sagte der Kellner. Er war so freundlich mir einen Stuhl zurückzuschieben. Das erkannte ich am knarrenden Geräusch.

Mein Gehör funktionierte zumindest schon mal tadellos.

»Danke«, murmelte ich und befühlte das Holz.

»Hallo die Damen«, hörte ich eine Stimme aus der Dunkelheit sagen und ich erkannte Thomasch.

»Hallo«, antwortete ich vergnügt.

Es fing an, mir Spaß zu machen und ich konzentrierte mich auf meine Sinne.

Ich roch Sherrys Parfüm, als sie an mir vorbeiging.

»Ich würde euch ja gern zur Begrüßung küssen, aber dabei würde ich vermutlich alle Gläser vom Tisch fegen«, amüsierte sich Lars. Auch seine tiefe Bassstimme war unverkennbar.

»Neben wem sitze ich?«, fragte Sonja. Ihre Stimme war etwas weiter weg als die von Lars und Sherry. Demnach musste sie am anderen Ende des Tisches sitzen.

»Neben mir und ich glaube, mir gegenüber sitzt Marissa, habe ich die Stimme richtig zugeordnet?«, sagte Niklas. Er klang genauso weit weg.

Das bedeutete wohl, Alexander musste ganz in meiner Nähe sitzen. Warum hatte er noch nichts gesagt? Adrenalin rauschte vor Aufregung durch meinen Körper und meine Finger tasteten über meinen Sitzplatz. Einzig die Ungewissheit, nicht zu sehen, was da noch so in der Dunkelheit war, schüchterte mich minimal ein. Immerhin könnte ebenso gut eine Ratte an meinem Platz vorbeihuschen und ich würde es niemals bemerken.

Kapitel 21 – Der Discoabend

»Fanny? Sitzt du neben mir?« Das war Alexander. Mein Herz schlug gleich viel schneller. Da griff er nach meiner linken Hand und ich zuckte aus Reflex zusammen, wobei ich über mich selbst lachen musste. Es war nur eine kurze Berührung, um mir zu zeigen, dass er neben mir saß, dennoch hinterließ sie ein aufregendes Prickeln.

»Ja.« Meine Stimme klang dezent aufgeregt. »Ja, ich bin hier«, sagte ich noch mal, diesmal deutlich ruhiger.

»Wir dachten, das ist wirklich etwas, was man nicht alle Tage erlebt.« Hach – Alexander hatte einfach eine wunderbar angenehme Stimme. »So komplett in der Finsternis zu essen wird bestimmt eine Herausforderung. Wenn ich mich nicht täusche, steht vor uns sogar schon ein Glas mit Salzstangen.«

Wenigstens würde es in der Dunkelheit nicht auffallen, wenn ich bröselte. Nur schwer verkniff ich mir den Kommentar, doch ich konnte mir geradezu bildlich vorstellen, wie Sherry pikiert die Augenbrauen heben würde.

»Wenn wir wieder ans Tageslicht zurückkommen, haben wir uns wahrscheinlich überall bekleckert und sind voll mit Essensflecken.« Lars sprach damit meine Gedanken laut aus und ich kicherte.

Ein komisches Gefühl, so in der Dunkelheit. Mein Lachen kam mir ungewohnt laut vor. Generell erschienen plötzlich alle anderen Sinne als der Sehsinn viel intensiver. Ich hörte und spürte, wie Alexander neben mir atmete. Jede Bewegung registrierte ich mit überwältigender Intensität.

»Verzeihen Sie die Störung. Aber hier kommt der erste Gang. Einfache Appetithappen – ganz leicht zu essen.« Der Kellner war unbemerkt näher getreten und ich zuckte zusammen. Dann beruhigte ich mich mit wenigen Atemzügen und konzentrierte mich auf den Inhalt seiner Worte.

Ganz leicht zu essen – der Schlüsselsatz.

Erleichtert atmete ich aus. Die Gefahr, mich mit Tomatensoße zu bekleckern, war so schon mal gesunken. Appetithäppchen – hieß das also, ich konnte die Brötchen mit der Hand essen, ohne Messer und Gabel? Gab es am Tisch überhaupt Besteck? Unsicher fuhr ich mit der Hand über die Tischplatte. Ein weiches Tischtuch, dann spürte ich noch ein weiteres Tuch – eine Stoffserviette. Das Ende eines Weinglases.

Prompt zuckte ich zurück, als etwas Warmes meine Finger berührte.

»Achtung«, warnte der Kellner, der mit dem Nachtsichtgerät ausgestattet im Vorteil war, schnell.

»Nichts passiert.« Ich lachte nervös.

»Haben jetzt alle etwas zu essen?«, fragte Niklas und vorsichtig tastete ich wieder über den Tisch, um den Teller zu befühlen. Eventuell überbackene Brötchen? Das würde die warmen Teller erklären. Ich hörte das Knacken von knusprigem Brot. Demnach hatten die anderen bereits zu essen begonnen.

»Esst ihr mit den Fingern?«, fragte Lars. Mir gefiel seine Offenheit. Er traute sich all das auszusprechen, was ich mir in der Angst aufzufallen verkniff.

»Wenn ich das mit dem Messer schneiden muss, ist die Gefahr groß, dass wir einen Krankenwagen brauchen«, entgegnete Alexander und die angespannte Atmosphäre lockerte sich.

So nahm das Abendessen eine überraschend angenehme Wende und die Zeit verging wie im Flug. Ich genoss es, Alexander so nah zu sein. Da Thomasch, Niklas, Sonja und Marissa ein Stückchen entfernt saßen, unterhielten zumeist Alexander, Sherry, Lars und ich uns, weshalb ich durchgehend darauf achtete, was Sherry zu Alexander sagte. Sie machte ihm ganz klar schöne Augen, wobei das in der Dunkelheit schwerer war als gedacht.

»Dieses Eis ist köstlich. Ich liebe die Mischung von Schokolade und Schlag«, schwärmte ich und seufzte verzückt. Die Nachspeise war eine richtige Explosion für meine Geschmacksknospen.

»Schlag? Das heißt Schlagsahne«, entgegnete Sherry belehrend.

»Egal, es schmeckt«, antwortete ich munter, ohne mich auf eine Diskussion einzulassen.

»Absolut«, stimmte mir Alexander zu. »Könntest du mir bitte den Wasserkrug reichen?«

Da verlangte Alexander wirklich viel von mir. Angestrengt überlegte ich. Der Krug musste rechts von mir stehen. Fahrig tastete ich neben meinem Teller umher. Oder vielleicht doch links? Schwungvoll holte ich aus. Erst als meine Finger Glas berührten, registrierte ich, dass ich ein Glas getroffen hatte.

»Nein«, rief ich in Entsetzen aus, doch natürlich konnte ich nicht mehr halten, was ich nicht sah.

»Oh«, machte Alexander überrascht. »Jetzt hast du mich aber erwischt.« Er lachte, während mir die Hitze in die Wangen schoss. Na toll – wenigstens sah man das in der Dunkelheit nicht.

»Unsre liebe Fanny ist ganz schön tollpatschig, nicht?« Auch Lars amüsierte sich, wohingegen Sherry, oder eine der anderen Damen, resigniert aufseufzte.

»Es tut mir so leid.« Unglücklich verzog ich das Gesicht.

»Hoffentlich war es nur Wasser.«

Gerne hätte ich ihm irgendwie geholfen seine Kleidung mit der Serviette zu trocknen. Aber in der Dunkelheit hätte das womöglich nur einen falschen Eindruck erweckt.

Alexander legte in einer beruhigenden Geste seine Hand auf meinen Arm. »Nichts passiert.« Ich konnte mir gut vorstellen, wie er nun lächelte und ein warmes Kribbeln breitete sich in meinem Magen aus.

»Dornröschen würde als Spitzname doch ganz gut zu dir passen – eine Träumerin, die erst aus ihrem Jahrhundertschlaf geweckt werden muss«, sagte er neckend.

»Es ist aber auch schwer, einen Krug zu finden, wenn man nichts sieht«, konterte ich, schaffte es aber nicht ernst zu bleiben.

Zwar war es nicht der ultimative Traum, als blondes Dummchen bezeichnet zu werden. Erst recht nicht als Dornröschen, die ja nicht gerade die Hellste gewesen war. Schließlich sollte an ihr nicht sang und klanglos vorübergezogen sein, dass der Vater alle Spindeln im ganzen Land ihretwegen verbrennen ließ. Doch der Spitzname kam von Alexander, weshalb er mir gefiel. Geschmeichelt lächelte ich in mich hinein.

»Aber das ist das perfekte Stichwort. Wenn ihr wollt, würden wir gerne weiter in den Club schauen. Er ist hier im Gebäude und bestimmt eine interessante Erfahrung, so im Dunkeln«, verkündete Lars und vermutlich nickten alle zustimmend.

Alexander nahm mich am Arm und ich fühlte sofort eine warme Sicherheit. Normalerweise hätte ich nun verzückt aufgeseufzt, aber das hätte er in der ungewohnten Dunkelheit sofort gehört. Das neue Terrain hatte unsere Sinne geschärft und nun war mir allein am Geräusch der Schritte klar, dass uns einer der Kellner in die andere Richtung führte. Wir verließen somit den Essensbereich.

»Achtung! Hier sind Stufen. Bitte haltet euch am Geländer fest.«

»Festhalten, Dornröschen«, flüsterte mir Alexander ins Ohr und mein Magen machte einen Salto.

Nun musste er meinen Arm loslassen und ging voraus. Aufregung durchfuhr mich wie ein Blitz. Bisher verlief der Abend großartig, wenn auch meine Eskapade mit dem Wasserkrug nicht gerade optimal gewesen war. Je näher wir der Disco kamen, desto nervöser wurde ich. Man spürte den Fußboden unter den Bässen vibrieren. Gleich würden wir im Dunkeln tanzen und ich konnte nur hoffen, dabei nicht über meine eigenen Füße zu stolpern.

»Nicht erschrecken. Ein kühler Drink.« Überrumpelt nahm ich ein Cocktailglas von einem der Kellner entgegen und nippte vorsichtig daran. »Gleich kommt ihr in die Disco. Es ist nicht ganz so voll und so laut, wie man das sonst gewohnt ist. Aber durch die Dunkelheit könnte sonst leicht Panik entstehen, wenn es zu eng ist. Trotzdem bitte Vorsicht, macht euch keine Gedanken, wenn ihr jemanden versehentlich anrempelt, das passiert hier nun mal.«

Die Erläuterung des Kellners beruhigte mich nicht gerade. Nun stand außer Frage: Ich würde ganz sicher jemanden über den Haufen laufen.

Die Pforten zur Disco taten sich auf. Das erkannte ich an der schlagartig lauter werdenden Musik um uns herum. Nicht ganz so wie in gewöhnlichen Clubs, dennoch war es schwer, die Stimmen der anderen herauszufiltern. Ein

Gespräch war nun unmöglich, aber dafür waren wir ja auch gar nicht da. Ich fühlte den Rhythmus der Musik und entspannte mich. Mit der Sicherheit, von Dunkelheit umhüllt zu sein, wiegte ich mich im Takt der Musik. Wir bewegten uns ins Getümmel. Immer wieder streifte ich jemanden an der Schulter, bis wir einen leeren Platz gefunden hatten. Es war schwer, die Orientierung zu behalten. Aber einzig wichtig war, Alexander neben mir zu haben. Er berührte meine Schulter, dann flüsterte er mir etwas ins Ohr. Die Musik war zu laut, um ihn zu verstehen, weshalb ich nur ein unbestimmtes »Mhm« von mir gab.

Ich tanzte mit Alexander und war von Kopf bis Fuß glücklich. Ich spürte die Musik pulsieren und ließ mich vollkommen fallen. Es war mir egal, dass uns eine Überwachungskamera beobachtete. Es war mir egal, dass es Millionen Menschen im Fernsehen sehen würden.

Ich tanzte mit Alexander. Meinem Traummann. Das war alles, das zählte!

Immer wieder streiften sich unsere Hände. Wir kamen uns beständig näher. Irgendwann legte er seine Hand an meine Hüfte. Wir tanzten gemeinsam zum Rhythmus der Musik. Adrenalin und Glücksgefühle elektrisierten mich. Ich hatte nicht damit gerechnet, doch als sich seine andere Hand vorsichtig an meine Wange legte, wusste ich genau, was folgen würde. Trotz der absoluten Dunkelheit schloss ich meine Augen. Seine Lippen legten sich auf meine. In meinem Magen explodierte ein Feuerwerk.

Das war der Kuss, bei dem sich der Frosch in einen Prinzen verwandelte. In einem Moment schwirrten mir noch tausende Gedanken durch den Kopf. Angefangen dabei, was die Zuschauer wohl von mir denken würden ... Doch dann war das alles weg.

Mein Kopf war wie leergefegt und ich ließ mich ganz von meinen Gefühlen treiben. Alexander war ein unglaublich guter Küsser. Ich öffnete leicht meine Lippen und schmeckte das Aroma von Schokoladeneis gemischt mit einem Pfefferminzatem. Der Kuss wurde immer intensiver. Ich drückte mich an ihn und schlang meine Arme um seinen Hals. Meine Hände fuhren durch seine Haare.

Dann stockte ich.

Alexanders Haare waren doch länger. Warum spürte ich nun so kurz geschorenes Haar?

Kapitel 22 – Verwechslungsgefahr

Überrascht zuckte ich zurück. Das war nicht Alexander. In meinem Kopf drehte sich alles, doch diesmal nicht vor Schmetterlingen, sondern vor Panik. Die Unfähigkeit, etwas zu sehen, umhüllte mich mit bleierner Beklemmung.

Wessen Atem war da an meiner Wange?

Wer hielt gerade meine Hand?

Die Dunkelheit schien nach mir zu greifen und drohte mich zu erdrücken. Mein Herz raste und die Ader an meiner Schläfe pochte. Eine Panikattacke schnürte mir die Brust zu und ich hatte das Gefühl, nicht mehr atmen zu können.

»Fanny! Alles in Ordnung?«, rief jemand gegen die laute Musik an.

Ich erkannte Lars' Stimme. Er stand direkt neben mir und augenblicklich begriff ich, wen ich da soeben geküsst hatte. Als sich eine Hand an meine Wange legte, schreckte ich zurück und schüttelte auch die andere Hand, die meine festhielt, ab. Die vertraute Nähe und die Dunkelheit waren mir plötzlich viel zu viel.

»Ich muss raus. Es ist so dunkel. Bitte, ich muss hier raus.« Schwer atmend drehte ich mich im Kreis. Ich war vollkommen orientierungslos und wusste nicht, wohin ich mich wenden musste. Wie sollte ich unter diesen Umständen jemals hier herausfinden?

»Was ist los?«, hörte ich in diesem Moment eine Stimme hinter mir fragen.

War es Alexander? Ich konnte es nicht ganz zuordnen.

»Nachdem ich von einem Weinglas attackiert wurde, war ich gerade draußen, um mein Hemd zu wechseln«, scherzte Alexander ahnungslos. »Es ist wirklich eine extreme Umstellung von Hell auf Dunkel, schlichtweg unglaublich, wie das die Sinne schärft.« Er klang locker und amüsiert – das gab mir den Rest.

Alexander war die ganze Zeit über gar nicht hier gewesen. Stattdessen war es Lars gewesen, mit dem ich getanzt hatte. Genauso wie er derjenige gewesen war, den ich geküsst hatte …

Das konnte doch nicht wahr sein. Warum musste das ausgerechnet mir passieren?

»Ich brauch Licht. Bitte!« Mir war übel und ich brauchte dringend frische Luft, andernfalls würde mich der Schwindel bald übermannen.

»Sie hat eine Panikattacke«, sagte Lars besorgt. »Wir müssen sie rausbringen.«

»Wir dürfen das Set nicht verlassen.« War das Niklas, der sich da zu Wort meldete?

Das Schwindelgefühl verstärkte sich und ich wusste nicht mehr, wo oben und unten war. Hätte Alexander nicht gerade rechtzeitig noch nach meinem Arm gegriffen, wäre ich womöglich gefallen.

»Fanny, bleib ruhig. Warte. Einer der Kellner zeigt dir den Weg hinaus.« Alexander versuchte mich zu beruhigen und tätschelte meine Schulter.

Die Dunkelheit, die zuvor noch so aufregend und reizend gewirkt hatte, erdrückte mich nun förmlich.

»Es tut mir leid. Aber ich muss hier raus«, murmelte ich noch.

Ich wusste nicht, ob mich irgendjemand von ihnen verstanden hatte, doch als ein Kellner an meiner Seite erschien, wartete ich auf keine Antwort. Wie eine Ertrinkende klammerte ich mich an seinen Arm und ließ mich aus der Disco ins Freie führen. Sobald wir außerhalb des dunklen Clubs waren, atmete ich erleichtert aus. Der plötzliche Wechsel von der Dunkelheit zum grell beleuchteten Flur überforderte meine Augen. Ich blinzelte einige Male und zumindest verschwand der Schwindel. Schlecht war mir dennoch. Zu tief lag mir das Entsetzen im Magen.

Wir verließen das Gebäude durch die Hintertür und ich ließ mich auf dem schmalen Grünstreifen zwischen Gehweg und Hausmauer auf die Knie fallen. Ich rechnete schon damit, mich übergeben zu müssen. Doch die kühle

Nachtluft umhüllte mich mit einer schützenden Hand und wenn schon nicht meine Würde, so blieb mir zumindest mein Mageninhalt erhalten. Den heutigen Abend hatte ich so extrem vermasselt, das hätte sich bestimmt nicht einmal Herr Dieter träumen lassen. Wenn er die Aufzeichnungen der Überwachungskameras sah, würde er vor Freude vollkommen aus dem Häuschen sein. Ich hingegen unterdrückte die Tränen.

»Danke«, brachte ich mühsam über die Lippen und sah zu dem Kellner auf.

Das Licht der Straßenlaterne stach unangenehm und ich kniff meine Augen zusammen. Dennoch war die Lampe wie ein Rettungsring für mich. Die Dunkelheit hatte sich einen fiesen Scherz mit mir erlaubt und ich konnte selbst nicht glauben mich in diese Situation gebracht zu haben.

»Brauchen Sie etwas zu trinken? Vielleicht ein Glas Wasser?«, fragte der Kellner auf Englisch und bedachte mich mit einem mitleidigen Blick.

»Nein«, schwer atmend kämpfte ich mich wieder auf meine Beine und lehnte mich gegen die Hauswand. »Nein, ich brauche nur Licht.«

***

Auf dem Rückweg zur Villa herrschte Stille in der Limousine. Jeder hing seinen eigenen Gedanken nach. Keine der anderen Kandidatinnen hatte mitbekommen, was zwischen Lars und mir vorgefallen war. Alexander war hoffentlich noch genauso ahnungslos. Meine Nerven hatten sich noch immer nicht beruhigt, obwohl ich gut eine Stunde auf die anderen im Wagen gewartet hatte. Durch meine Flucht ins Freie war ich aus dem Spiel gewesen, denn Mara hatte mir verboten wieder nach drinnen zu gehen. Da Alexander allerdings auch ungestraft sein Hemd hatte wechseln dürfen, vermutete ich dahinter einen Schachzug, um Sherry einen Vorteil bei Alexander zu verschaffen.

Aber insgeheim war ich auch erleichtert gewesen nicht wieder zurück zu müssen. Ich hätte weder Lars noch Alexander unter die Augen treten können.

Kail hatte kurz nach mir gesehen, aber seine fürsorglichen Worte hatten mich nur noch mehr verschämt, da ich genau wusste, dass er die Aufzeichnungen der Überwachungskameras des Lokals nach dem Dreh sehen würde, und das ließ mich vor Scham im Boden versinken. Sie würden ja doch alle glauben, meine unbedachten Ausrutscher wären Strategie, um in der Show zu bleiben. Selbst wenn Herr Dieter das Chaos um mich herum lieben würde – Alexander würde mich endgültig abschreiben, sollte er von dem Kuss erfahren.

Nachdem ich ihn so akribisch davon überzeugt hatte, dass meine unbedachten Worte gegenüber Samantha nur ein Missverständnis gewesen waren und ich doch nur wegen ihm hier war, würde er mir eine weitere so absurde Erklärung nicht mehr abkaufen. Dieser erneute Fauxpas würde kein gutes Licht auf mich werfen.

Lars hatte unsere Unterhaltung am Strand eindeutig fehlinterpretiert. Ich hätte ihm gegenüber erwähnen sollen, wegen welchem Kandidaten ich wirklich hier war. Lars war auch bestimmt ein netter Kerl und ohne Frage ein großartiger Küsser, aber ich wollte Alexander für mich gewinnen und ich konnte mich nur fragen, wie ich so dumm gewesen sein konnte, sie zu verwechseln. Wie sollte ich B, Michelle und Toni beichten, was vorgefallen war? Toni war ohnehin bereits verstimmt gewesen, nachdem Michelle auf dem Einzeldate mit Lars gewesen war. Wenn ich nun verriet, dass ich den Mann ihrer Träume geküsst hatte, würde sie mir nicht verzeihen. Da spielte es keine Rolle, dass ich gar nicht an Lars interessiert war.

In meiner Verzweiflung spielte ich bereits mit dem Gedanken, Kail bei einem Versuch, das Videomaterial zu klauen, um Hilfe zu bitten. Doch das waren Aktionen, die es nur in Filmen gab und bekanntlich ging das auch nie gut aus. Also ließ ich es bleiben, bevor ich mich nur noch weiter ins Chaos stürzen würde.

Frustriert seufzte ich auf und Marissa sah kurz zu mir. Ihre Lippen hoben sich zu einem aufmunternden Lächeln. Dem Strahlen ihrer Augen sah man die Endorphine des Verliebtseins an. Wenigstens eine, für die der Abend offenbar ein Erfolg gewesen war.

Zurück in der Ladys-Villa wurden wir sofort stürmisch begrüßt. Eine Frage nach der anderen schoss uns wie Gewehrkugeln entgegen. Mit wild klopfendem Herzen wartete ich nur noch darauf, dass sie wie gestern nach einem ersten Kuss fragen würden. Hitze kroch über meine Wangen und ich befürchtete bereits, die anderen Kandidatinnen könnten sofort von meinem Gesicht ablesen, was in meinem Inneren brodelte. Toni war nicht unter ihnen und ich war insgeheim froh, ihr nicht unter die Augen treten zu müssen.

»Wie war es, Fanny?«, fragte B aufgeregt und zog mich am Arm beiseite. Die restlichen Mädchen stürzten sich auf Sherry, Sonja und Marissa, weswegen unser Verschwinden durch die Terrassentür nach draußen nicht weiter auffiel.

»Du siehst fertig aus – ist es mit Alexander nicht so gut gelaufen?« Mitfühlend tätschelte sie meine Schulter und ich raffte mich zu einem Lächeln auf.

Ich spürte noch den Alkohol in meinem Blut und war wacklig auf den Beinen. »Keine Ahnung. Eigentlich habe ich heute viel Spaß gehabt, aber wir sind sozusagen auf einem Blind Date gewesen und die Dunkelheit ist mir zu viel geworden. Deswegen musste ich am Ende aussetzen.«

Mit einem Seufzer trat ich an den Pool heran und schlüpfte aus meinen High Heels, um meine Zehen ins Wasser zu halten. Das Poolwasser war durch die angebrochene Nacht abgekühlt und kleine Wellen kräuselten sich an der Oberfläche, wo der Wind darüberstrich.

»Wie, ihr wart vollkommen im Dunklen?« Amüsiert hob B die Augenbrauen.

»Jup«, bestätigte ich und erzählte ihr von Ausschnitten des heutigen Abends, wobei ich konsequent den Zwischenfall in der Disco ausließ.

Kapitel 23 – Ladysparty

»Toni? Was machst du da?«, fragte ich und rieb mir müde die Augen.

Mit einem Tafelzirkel und einem großen Geodreieck in den Händen, die sonst nur Lehrer an der Tafel verwendeten, stand sie vor mir.

»Was machst du da?«, versuchte ich es erneut und taumelte auf sie zu. Erst jetzt bemerkte ich, dass ich High Heels trug und ein elegantes Kostüm mit keckem Hütchen, sodass ich aussah wie eine Mischung aus der Queen und einer Vogelscheuche.

»Wieso hast du mich angelogen?« Toni sah mich mit unbewegter Miene an.

»Ich habe dich nicht angelogen«, stammelte ich perplex, doch Lars' Kuss drängte sich in mein Bewusstsein und ich verlor die Nerven. »Es tut mir leid – aber ich wollte es nicht …«

»Hättest du nur besser Mathematik studiert«, hörte ich auf einmal eine drohende Stimme sagen und erschrocken wirbelte ich herum. Plötzlich stand ich von Angesicht zu Angesicht meiner ehemaligen Mathematik- und Physikprofessorin gegenüber. Hatte Herr Dieter sie eingeladen, um mich erneut bloßzustellen?

»Huch«, machte ich überrumpelt und wich einen Schritt zurück, um prompt auf einer herumliegenden Bananenschale auszurutschen.

Mit Wucht krachte ich auf den Hintern, doch ich spürte keine Schmerzen. Ich empfand gar nichts außer Beschämung. Scham wegen meiner Tollpatschigkeit und Reue wegen meiner Lüge.

»Es tut mir leid – ich wollte nicht lügen. Es tut mir so leid.« Tränen traten mir in die Augen, doch da reichte mir jemand die Hand.

»Alexander«, rief ich erleichtert aus und griff nach seinem ausgestreckten Arm. Da wich er ruckartig zurück und ich fiel erneut. Erschrocken sah ich zu ihm auf. Plötzlich fühlte ich mich ganz klein. Klein wie eine Maus, während er immer größer wurde.

»Weißt du was, Fanny? Ich hätte dir von Anfang an nicht glauben dürfen. Du bist die Schlimmste von allen!«, spie er mir voller Verachtung entgegen.

Entsetzen erfasste mich. »Neeeeiiin! Bleib da.« Alexander wandte sich von mir ab und ging davon. Ich wollte aufspringen und ihm nachrennen, stattdessen überschwappte mich Dunkelheit und mit einem markerschütternden Schrei stürzte ich in ein tiefes, schwarzes Loch.

»Fanny?« Mit einem Schlag öffnete ich die Augen und sah direkt in Tonis Gesicht. Diesmal in ihr echtes und nicht das der Traum-Toni. »Was ist los?« Sie klang besorgt.

Schwer atmend und mit wild klopfendem Herzen blinzelte ich ihr zu. Toni lag auf ihrer Hälfte des Bettes auf dem Bauch und hatte ein Buch aufgeschlagen.

Nur ein dämlicher Albtraum, beruhigte ich mich.

»Schlecht geträumt«, stammelte ich und drehte mich auf den Rücken. Der Schweiß stand mir auf der Stirn und ich fühlte mich, als wäre ich einen Marathon gelaufen.

»Von der Show?«, bohrte Toni nach.

»Von der Professorin, bei der ich meine Mathematik-Matura geschrieben habe …«, sagte ich ausweichend und seufzte schwer. Den Teil, in dem auch sie vorgekommen war, ließ ich besser weg.

Toni kicherte. »Ist das nicht so wie bei uns das Abi?«

Schwerfällig wie eine alte Frau richtete ich mich auf. »Ja, genau«, murmelte ich abwesend. In unserem Zimmer war es bereits hell und ich konnte nicht einschätzen, wie spät es war.

»Komm, lass uns nach unten gehen – du hast den ganzen Vormittag verschlafen und das schöne Wetter sollte man wirklich nicht verpassen.«

Gestern Abend hatte Toni bei unserer Rückkehr vom Gruppendate schon geschlafen. Dafür sprühte sie heute vor Energie. Mit gewohntem Enthusiasmus sprang sie vom Bett auf und strebte die Tür an. Die braunen Haare hatte sie zu zwei lustigen Schnecken hochgedreht. Sie schien ihre schlechte Laune von gestern überwunden zu haben, doch das machte mich erst recht betroffen. Ich sollte ihr von dem Kuss erzählen – ich musste. Das Kamerateam würde die Aufnahmen von gestern bestimmt bald auswerten, zumindest wenn sie es noch nicht getan hatten. Die Zeit lief mir davon. Immerhin würde es früher oder später herauskommen – bei meinem Glück vermutlich früher.

Doch bevor ich mir eine gute Erklärung zusammengebaut hatte, war Toni bereits auf den Flur gegangen und ich folgte ihr im Pyjama.

»Hey, auch schon auf«, zog Michelle uns auf, als wir den Wohnraum betraten.

»Habt ihr schon zu Mittag gegessen?«, fragte ich und setzte mich schwerfällig auf einen der Barhocker.

»Der Großteil ja. Larissa, Sonja, Anna und Soraya sind gerade eben los zu einem Einzeldate – sie gehen wohl mit den Herren essen.«

Ein Stich der Eifersucht fuhr durch mich hindurch. Dann schluckte ich sie hinunter. Ich konnte froh sein, heute aus dem Spiel gelassen zu werden – andernfalls wäre ich bestimmt mit dem Kuss konfrontiert worden. Ob Lars den anderen davon erzählt hatte? Ich hoffte sehr das Gegenteil. Und war ihm eigentlich klar gewesen, dass ich ihn für Alexander gehalten hatte? Fragen über Fragen ... Mir wurde schlecht. Wie sollte ich Alexander weismachen, dass ich wegen ihm hier war, wenn ich den falschen Frosch küsste?

»Sonja muss wirklich einen guten Eindruck hinterlassen haben, wenn sie heute schon wieder ausgewählt worden ist. Apropos – wie war dein Date gestern? Wir hatten ja noch gar keine Gelegenheit, darüber zu reden.« Toni sah mich erwartungsvoll lächelnd an, während ich nervös auf dem Barhocker hin und her rutschte.

»Toll«, antwortete ich, obwohl es nicht ganz der Wahrheit entsprach und ich am liebsten geflüchtet wäre.

»Toll? Das ist alles?« Toni sah mich belustigt an und wollte eindeutig weiter nachbohren. Doch da kam mir Michelle zur Hilfe. »Legt euch auch raus in die Sonne. Die anderen kommen vermutlich erst spät am Abend von ihren Dates zurück. Das bedeutet Freizeit!«, flötete sie gut gelaunt.

»Mir gehen langsam die Zeitschriften aus bei der ganzen Warterei«, murmelte Toni und goss sich ein Glas Wasser ein.

»Wir können ja ein bisschen im Pool schwimmen, Sport machen oder ein Spiel spielen«, schlug ich vor, als wir durch die Terrassentür nach draußen traten. Unter den Sonnenschirmen im Schatten lagen bereits B, Marissa, Selina und Alexandra. Gemächlich schlenderten wir über den warmen Terrassenboden auf die Liegen zu.

»Darf ich?« Ohne auf die Antwort zu warten, ließ ich mich auf das Ende von Bs Liegestuhl fallen und hielt das Gesicht für einen kurzen Moment mit geschlossenen Augen in die Sonne, dann wandte ich mich B zu.

»Guten Morgen, Schlafmütze«, sagte sie und zog ihre Knie an, sodass auch Toni sich setzen konnte.

»Team Jacob?«, fragte Marissa plötzlich, während die anderen sich giggelnd auf den Liegestühlen wälzten. Was hatte ich denn jetzt verpasst?

»Bitte?«, entgegnete ich verwirrt.

Marissa nahm einen glänzend roten Apfel aus der Obstschale, die auf einem Tisch zwischen den Liegestühlen stand, und aktivierte damit das Hungergefühl in meinem leeren Magen.

»Ach bitte, sieh sie dir doch an. Fanny steht bestimmt eher auf sexy Vampire«, fuhr B ebenfalls kichernd dazwischen.

»Ah«, machte ich, als mir das Licht aufging, und meine Mundwinkel hoben sich amüsiert, während ich nach einer frischen Weintraube griff. »Soso. Team Jacob oder Edward also?« Spielerisch hob ich die Augenbrauen. »Also, ich würde sagen, ich bin Team Alexander.« Gekonnt warf ich die Traube in die Luft und fing sie mit dem Mund auf. Wo waren nur die Kameras, wenn man sie brauchte?

»Das beantwortet nicht die Frage. Bisher ist die Mehrheit Team Jacob, wobei ich mich da echt nicht anschließen kann«, sagte Marissa gut gelaunt und prostete uns mit einem Glas kühlem Sekt zu. »Aber du bist bestimmt auf meiner Seite. Oder Fanny?« Schelmisch grinsend zwinkerte sie mir zu, wobei ich nur lachend den Kopf schüttelte.

»Tief in unserem Innersten wollen wir doch alle süße Vampirbabys von mega heißen Blutsaugern, nicht wahr?«, sprang Soraya mit triefendem Sarkasmus in der Stimme ein, als sie soeben durch die Balkontür zu uns nach draußen schlenderte.

»Na ich weiß nicht«, gab ich kichernd zurück. »Mein Mann muss nicht unbedingt glitzern wie ein Siebzehnkaräter oder eine Discokugel.«

Kichernd hielten sie sich die Bäuche, wobei Marissa beinahe ihren Sekt verschüttete.

***

Als ich am nächsten Morgen aufwachte, war mir elend zumute – zu viel Sekt war keine gute Idee gewesen.

Erneut war ein Tag vergangen, an dem ich Alexander nicht gesehen und auch keine Gelegenheit bekommen hatte, um gegenüber Lars das Missverständnis aufzuklären. Wenigstens schien das Videomaterial der Überwachungskameras im Restaurant und der Disco noch nicht ausgewertet worden zu sein.

»Wie spät ist es?«, grummelte ich und gähnte ausgiebig. Durch die Vorhänge flutete helles Tageslicht und die Annahme, dass es bereits früher Mittag war, lag auf der Hand.

»Lass mich schlafen«, stöhnte Toni und schob das Kissen über ihren Kopf.

Ebenfalls nicht erpicht auf eine Unterhaltung schälte ich mich aus den Decken und tapste mit nackten Fußsohlen aus dem Zimmer. Ich würde mir einen Kaffee machen und dann wieder ins Bett kriechen, beschloss ich, als meine Schläfen unangenehm zu pochen begannen.

B kam kurz nach mir in die Küche. Heute hatte wohl selbst sie ihre morgendliche Sportroutine ausfallen lassen. »Eine Aspirin?« Kläglich verzog sie das Gesicht, als sie mir eine Tasse Kaffee reichte.

»Ja, bitte.« Ich rieb mir die Augen.

»Der gestrige Abend ist wirklich außer Kontrolle geraten.« B kicherte, was meine Kopfschmerzen nur noch verschlimmerte.

»Ich will gar nicht wissen, was davon die Private-Cam aufgenommen hat. Wir hätten den Liegestuhl nicht im Pool versenken sollen.«

Offenbar brauchte es nur ein paar Sektgläser und ich bildete mir ein, eine Meerjungfrau zu sein, die fortan im Pool leben musste. Verdrießlich rührte ich mit einem Löffel in meiner Tasse. Selbst die volle Dosis Koffein vertrieb die bleierne Müdigkeit nicht und ich setzte mich auf einen der Barhocker.

»Was ist das?«, fragte B plötzlich und durchquerte das Esszimmer.

»Was denn?« Mit müden Lidern sah ich ihr nach, brachte es jedoch nicht zustande, mich von meinem Platz aufzuraffen.

»Ein Brief«, rief sie, als sie die Terrassentür aufschob und wie aufs Stichwort blickte uns durch die Glasfront eine Kamera entgegen. Mist – in diesem Aufzug durfte mich kein Mensch sehen. Erst recht keine Tausenden Zuschauer. Doch nun war es natürlich schon zu spät. Ich konnte wohl kaum meine Tasse nehmen und davonrennen.

»Ein Brief«, wiederholte ich erschöpft und unterdrückte nur mühsam einen Seufzer.

Ich sah Mara und Herrn Dieter nicht, dafür Kail, der mir durch die Fensterscheibe bedeutete zu B zu gehen. Nun doch seufzend stand ich auf und folgte ihr. Ich fühlte mich wie gerädert und hätte gern die Kapuze meines nicht vorhandenen Pullovers hochgezogen, um mich dahinter zu verbergen.

Auf dem Fußboden vor der Terrassentür lag ein rotes Briefkuvert. B bückte sich, um es aufzuheben. Nebeneinander gingen wir zum Sofa zurück, um dem Kamerateam Platz zu machen.

»Was steht drin?« Bemüht mehr Enthusiasmus an den Tag zu legen, hob ich die Mundwinkel.

B rief nach den anderen, die noch in ihren Betten lagen. Doch das Wort Brief bewirkte wahre Wunder und nach und nach füllte sich das Wohnzimmer.

»Mädels«, kreischte B und auch die letzten verschlafenen Gestalten kamen aus den Zimmern.

»Dieser Brief bedeutet ein Date«, murmelte mir B aufgeregt und mit leuchtenden Augen zu.

»Mhm«, stimmte ich abgelenkt zu. Die ganze Zeit über machte ich mir schon Gedanken, wie ich Kail unbemerkt unter vier Augen erwischen konnte. Vielleicht würde er mir sagen können, ob Herr Dieter meinen Fauxpas bereits entlarvt hatte. Aber dazu bekam ich keine Gelegenheit. Wir alle nahmen auf der Couch Platz, während B in unserer Mitte neben dem Wohnzimmertisch stand.

»Bianca, sobald das rote Lämpchen leuchtet, liest du den Brief vor. Verstanden?« B nickte ernst, als würde es hierbei darum gehen, die Paddles eines Defibrillators zu laden, sobald das Herz aufhörte zu schlagen.

»Action.« Das rote Licht ging an und B öffnete den Brief. Sie holte tief Luft. »Liebe Ladys. Heute wollen wir euch zu einem entspannten Gruppendate ins Modern Art Museum einladen. Mit dabei sind – Sherry, Michelle, Alexandra, Antonia …« Toni neben mir gab einen quietschenden Laut von sich. »Tanja, Sonja, Bianca, Marissa, Tatjana, Luisa, Anna, Fanny, …« Mein Herz setzte aus und ich konnte mich auf die restlichen Namen nicht mehr konzentrieren. Ich war dabei! Meine Chance, mit Lars zu sprechen, die Fronten zu klären und mir Alexander zu schnappen. »In einer halben Stunde holen wir euch ab.«

Huch – erstmals empfand auch ich die Zeitspanne knapp bemessen.

Zähneputzen, duschen, schminken, umziehen. Als ich fertig war, wäre ich am liebsten wieder ins Bett gefallen, aber Toni scheuchte mich aus unserem Zimmer zu den wartenden Wagen. Ganz so wie man nach einem Hangover eben aussah, stiegen wir in die Limousinen und wechselten uns mit dem Gähnen in Dauerschleife ab. Dieses unübliche Verhalten entging auch Lars, mit dem wir in einem Wagen saßen, nicht.

»Heute zu früh aufgestanden oder warum seid ihr alle so müde?«, fragte er nach einer Weile und lächelte schief in die Runde.

Unser Grüppchen an Auserwählten für das Date war für die Fahrt aufgeteilt worden, sodass jeweils fünf Kandidatinnen mit einem der Herren in der Limousine mitfuhren. Demnach hatte Lars unseren Kuss so gedeutet, wie er offenkundig erschienen war und nun würde es noch unangenehmer werden, darüber zu reden. Gott, wie peinlich, zugeben zu müssen, den Falschen geküsst zu haben. Ich konnte nur hoffen Lars in einem Moment unbeobachtet von den Kameras erwischen zu können.

Kapitel 24 – Interpretationssache

Ganz der Gentleman half Lars einer Kandidatin nach der anderen aus der Limousine. Wenigstens war Toni in Lars' Gruppe, während Michelle bei Thomasch und B in Niklas' Wagen mitgefahren war. Mich fuchste es allerdings, dass ich ganz offensichtlich nicht zu Alexanders Gruppe gehörte. Ich hatte mich die ganze Fahrt über gefragt, ob Lars jemanden von unserem Kuss erzählt hatte oder Alexander schlichtweg kein Interesse an mir hatte. Beide Vorstellungen behagten mir nicht wirklich.

»Fanny?« So in Gedanken versunken hätte ich beinahe vergessen auszusteigen. Am liebsten wäre ich sitzen geblieben und zurück zur Villa gefahren, nur um das unausweichliche Gespräch zu umgehen. Doch ich riss mich zusammen und ergriff Lars' helfende Hand.

»Danke«, murmelte ich und versuchte seinem warmen Blick auszuweichen, während ich ausstieg und mich wieder aufrichtete. Es war wirklich außergewöhnlich, was für helle Augen er trotz seiner dunklen Haarfarbe hatte. Umso intensiver war der Augenkontakt mit ihm. Sobald meine Gedanken zu seinen Lippen auf den meinen wanderten, wurden meine Wangen heiß und ich wandte mich schnell ab.

Die Limousinen hatten uns direkt vor einem ausgefallenen, gewölbten Gebäude abgesetzt, auf das wir nun zuschlenderten. Unsere Gruppe war noch nicht vollständig und wir warteten auf halbem Weg vor dem Eingang.

Während sich die anderen Frauen mit Lars unterhielten, hatte ich nur Augen für Alexander, der aus der zweiten Limousine stieg und mit Sherry, Larissa, Sonja und Luisa zu uns kam. Er begrüßte uns ebenfalls und als er mich links und rechts auf die Wange küsste, kribbelte es in meinem Bauch aufgeregt.

»Wollen wir schon mal hineingehen?« Die Frage war an alle gerichtet und da niemand etwas einzuwenden hatte, bewegten wir uns zum Eingang.

»Du siehst müde aus. Hast du wieder die ganze Nacht nicht schlafen können?«, fragte Lars, der neben mir schlenderte.

Dem schelmischen Funkeln nach zu schließen spielte er auf unsere zufällige Begegnung am Strand an.

»Doch, nur zu wenig«, antwortete ich und gähnte prompt wie aufs Stichwort. Dann blickte ich mich schnell um. »Können wir nachher vielleicht kurz reden?«, raunte ich ihm leise und in der Gewissheit, dass gerade keine Kamera in der Nähe war, zu. »Also ungestört.« Früher oder später musste ich das Gespräch hinter mich bringen. Genauso wie ich Toni und Michelle davon erzählen musste, bevor sie es von einem der Produzenten oder bei einem Interview erfuhren.

»Klar.« Lars lächelte mir verschwörerisch zu, was mich davon überzeugte, dass er nicht damit rechnete, unser gestriger Moment könnte ein Missgeschick gewesen war. Warum mussten sie uns denn auch auf ein Date ins Dunkle schicken? War doch klar, dass so etwas ausgerechnet mir passieren musste.

»Gut, dann bis später.« Nur schwer verkniff ich mir ein Seufzen.

Im gleichen Moment tauchte auch schon Toni auf und hakte sich bei Lars' Arm ein und überrumpelt wandte er sich ihr zu. Ich nutzte die Gelegenheit und stahl mich davon. Irgendwie musste ich in die Nähe von Alexander kommen. Doch er war von beiden Seiten belagert. Sowohl Sherry als auch Larissa klammerten sich an seine Arme.

Im Inneren des Museums war es glücklicherweise angenehm kühl. Bisher ließen sich meine Erfahrungen mit Galerien und Museen auf die obligatorische Klassenfahrt in die Zwillingsmuseen nach Wien eingrenzen. Doch die natur- und kunsthistorischen Museen, die jeder mal gesehen haben musste, waren mir noch in guter Erinnerung. Nicht zuletzt, weil mir dort Milo Steiner aus der Parallelklasse an einem Springbrunnen meinen ersten Kuss gegeben hatte.

Aber gerade die moderne Kunst brachte mich immer wieder zum Verzweifeln. Klassische Kunstwerke und Malereien gehörten ohne Wenn und Aber zur wahren Königsklasse. Was nun aber so toll daran sein sollte, sich ein rotes Quadrat auf einer weißen Leinwand anzusehen und noch dazu Millionen dafür zu zahlen, verstand ich absolut nicht.

»Warum bist du in Lars' Wagen mitgefahren?«, fragte Michelle, die plötzlich mit B hinter mir auftauchte.

»Keine Ahnung«, gab ich etwas zu prompt zurück. »Warum bist du mit Niklas hergefahren? Glaub nicht, dass das wirklich ein System hat.« Ich zuckte mit den Schultern.

»Ich glaub schon«, hielt B dagegen. »Bestimmt haben das die Männer entschieden. Ich versteh nicht, warum Lars mein Interesse nicht erwidert.«

So kläglich hatte ich B noch nie erlebt. Das war eher etwas, was ich über Alexander sagen würde. Nun zu sehen, wie sie ebenfalls gar nicht damit zurechtkam, gab mir einerseits ein Gefühl, nicht allein zu sein, andererseits schürte es mein schlechtes Gewissen. Wie konnte ich Lars nur geküsst haben? Ich musste unbedingt mit Alexander reden. So schnell wie möglich!

»Lasst uns später weiterreden.«

Wie Toni zuvor nahm ich direkt Kurs auf meinen Auserwählten. Dass Sherry und Larissa ihn in ihren Fängen hatten, ignorierte ich gekonnt. Hierbei ging es um die Liebe meines Lebens, da konnte ich mich nicht von schönen Augen und spitzen Fingernägeln einschüchtern lassen.

»Hi, Alexander«, sagte ich laut genug, um mir sowohl seine Aufmerksamkeit als auch die von den Kameras zu verschaffen. Nun waren wir direkt im Bild und Samantha würde unter keinen Umständen eine blöde Show abziehen können. Ich hatte sie noch immer ganz scharf im Verdacht, mein Kleid am ersten Abend in die Wasserpfütze geworfen zu haben.

»Hi, Fanny – wie geht's dir?« Und zack waren wir auch schon im Gespräch. Es überraschte mich, wie einfach sich Pläne umsetzen ließen, wenn man auf jegliche Rücksichtnahme verzichtete, und mich erfüllte Zuversicht.

»Danke, gut. Ich bin schon ganz gespannt auf die Ausstellung. Bist du in der Kunstszene unterwegs?«

»Entschuldigt mich bitte, meine Damen«, sagte er an Larissa und Sherry gewandt und machte sich von ihren Armen los, bevor er sich wieder mir zuwandte.

Als ich begriff, was er damit bezweckte, machte mein Magen einen großen Looping. Nebeneinander gingen wir ein Stück voraus.

»Tatsächlich ja. Ich fotografiere irrsinnig gerne. Das ist so der Ausgleich zu meinem Job.«

»Du bist Rechtsanwalt, richtig?«, erkundigte ich mich und dachte an den regnerischen Tag im Café zurück, als mir Ella die Fakten der Show präsentiert hatte. Kaum zu glauben, dass ich nun wirklich hier war.

»Genau. Das Jurastudium wurde mir praktisch in die Wiege gelegt. Mein Vater ist Anwalt, genauso wie mein Großvater und sein Vater davor.«

Interessiert hörte ich ihm zu. So wie er es ausdrückte, klang es ganz so, als wäre die Berufswahl von der Familie bestimmt worden, anstatt von ihm selbst.

»Aber genug von mir. Du hast vorgestern erwähnt, dass du Lehrerin bist. Ich hatte noch gar keine Gelegenheit zu fragen, wie es dir im Beruf gefällt?«

»Ich bin ja noch keine richtige Lehrerin. Bisher hatte ich nur Unterrichtspraktika, aber es ist toll.«

»Es ist bestimmt nicht so leicht, sich gegen eine Schulklasse zu behaupten. Wenn ich so an meine Schulzeit zurückdenke ...« Alexander lachte laut auf.

Bisher hatte ich die Kameras vollkommen ausgeblendet, doch nun kreuzten sie direkt unseren Weg. Es war merkwürdig, durch den Gang zu schlendern und dabei auf ein ganzes Kamerateam zuzumarschieren, das rückwärts von uns wegging. Obwohl es mir schwerfiel, konzentrierte ich mich ganz auf Alexander, tauchte vollkommen in unser Gespräch ein und unterhielt mich prächtig. Er brachte mich mit seinen Geschichten zum Lachen und seine gelassene Ausstrahlung machte es einfach, mit ihm über Gott und die Welt zu reden. Ich hatte das Gefühl, genau auf der gleichen Wellenlänger mit ihm zu sein, und ich genoss seine Gesellschaft in vollen Zügen. Vor allem, da so ein Gespräch nur zu zweit, ohne die anderen Kandidatinnen, noch mal viel intimer war.

»Du hast einen Hund«, sagte ich begeistert. »Wo hast du ihn untergebracht, während du hier bist?«

Mein süßer Kater musste in der Zwischenzeit von Ella beherbergt werden. Bisher hatte sie sich schon sehr darüber beschwert, wie er ihrer kleinen Katze Mimi das Leben ganz schön schwer machte.

»Monkey, ein Dackel. Ich habe ihn vor einigen Jahren von meiner Schwester bekommen, da sie allergisch ist und es noch nicht gewusst hat, als sie ihn zu sich geholt hat. Während der Show wohnt er bei meinem besten Freund, Tom.«

Ich kicherte. »Monkey?« Da hatte wohl jemand zu viel *Gossip Girl* gesehen.

»Obwohl seine Beine so kurz sind, hat er manchmal wirklich Ähnlichkeit mit einem Affen. Du wirst dich wundern.«

Ja, das tat ich wirklich. Das Lachen fiel mir so leicht. Neben Alexander fühlte ich mich schlichtweg wohl.

»Er liebt Bananen. Sobald ich eine esse und er es sieht, dreht er fast durch, wenn er nicht ein Stück abbekommt.«

Ganz zum Thema Hunde passend passierten wir in jenem Moment ein Kunstwerk, das aussah wie ein überdimensional großer Hundehaufen. Bisher hatte ich mich ganz auf Alexander konzentriert und die Ausstellung war unbemerkt an mir vorübergezogen, aber nun konnte ich mich nicht mehr halten.

»Gott, was ist denn das?« Entsetzt beäugte ich das braune Gebilde.

»Großartig, oder? Ein spanischer Künstler hat dazu Tausende recycelte Jutesäcke verarbeitet. Hast du schon von ihm gehört?«

Meinte er das wirklich ernst? Doch Alexanders Augen leuchteten vor Begeisterung.

»Ja, großartig«, wiederholte ich möglichst überzeugend und verkniff mir ein Lachen.

Genau deswegen konnte man mit mir keine modernen Kunstausstellungen besuchen. Meine Mundwinkel zuckten. Da waren vermutlich selbst Ellas kleine Sprösslinge, Lisa und Ben, talentierter. Oder vielleicht hatte ich auch einfach keinen Sinn für die wahre Kunst.

»Alexander«, gurrte Sherry und kam auf uns zu.

Das bedeutete wohl, sie würde Alexander nun für sich beanspruchen. Irgendwie hoffte ich, er würde sie abwimmeln, doch natürlich musste er jeder Kandidatin die Chance geben, mit ihm zu reden. Zähneknirschend versuchte ich ein warmes Lächeln aufzusetzen, das jedoch erheblich verrutschte, als sich Alexander bei mir entschuldigte und von Sherry in die andere Richtung gezogen wurde.

»Bis später, Fanny. Sieh dir unbedingt die große Tomate an. Ebenfalls von Philipp Escapado«, rief er mir noch zu und grinste breit.

Ich tat möglichst begeistert, aber sobald sie außer Sichtweite waren, erlosch mein Lächeln. Suchend sah ich mich um. Vermutlich umschwärmten Toni, B und Michelle gerade Lars, den ich im Übrigen ebenfalls aufspüren sollte.

Daher schlenderte ich allein durch die Ausstellung und amüsierte mich im Stillen darüber, was hier alles angepriesen wurde. Mara kam angeregt mit einem Kameramann sprechend auf mich zu und nach Deckung suchend tauchte ich in den nächsten Gang ab. Damit geriet ich in einen abgedunkelten Raum, an dessen Wänden abstrakte Bilder hingen, die von Neonlichtern beleuchtet wurden und in grellen Farben leuchteten. Auf mich wirkte es wie eine Mischung aus Disco und Wartezimmer eines Zahnarztes. Hier würde ich die rote Tomate wohl nicht finden, doch wenigstens würde man mich nicht so schnell finden. Ich gönnte mir eine kurze Verschnaufpause, in der ich meine Gedanken ordnete.

»Fanny? Da bist du ja! Ich dachte, du wolltest mit mir reden?« Überrascht sah ich auf, als ich Lars aus der entgegengesetzten Richtung auf mich zukommen sah. Die Dunkelheit schien unser Ding zu werden – hier war es wenigstens hell genug, dass ich seine Gesichtszüge erkannte.

»Ja.« Sicherheitshalber blickte ich mich um. »Sind Kameras in der Nähe?«

»Normal nicht. Ich habe gesagt, ich müsste auf die Toilette und die dunklen Räume meiden sie, weil die Qualität der Aufnahmen bei den Lichtverhältnissen nicht gut wird.«

Verschlagen grinsend legte er den Kopf schief und ich bekam ganz den Eindruck, als wollte er mich küssen, weswegen ich schnell einen Schritt zurücktrat. Lars entging mein Rückzug nicht und füllte den Freiraum, indem er ebenfalls ein Stück vorrückte, sodass ich nochmals zurückwich, bis ich mit dem Rücken gegen die Wand stieß. Lars stützte sich mit einer Hand neben meinem Kopf ab und seine hellgrauen Augen hypnotisierten mich. Meine Knie wurden weich und schnell sah ich weg.

»Worüber wolltest du mit mir sprechen?«, fragte er.

Nun war der Moment gekommen und ich war ausnahmsweise froh über die schützende Dunkelheit, so blieben wenigstens meine vor Scham glühenden Wangen unbemerkt.

»Über das Blinde Date.« Nur schwer kamen die Worte über meine Lippen.

»Ich habe mir Sorgen gemacht, als du plötzlich verschwunden bist.« Er legte den Kopf schief. »Was war los?«

Ich schluckte schwer. »Lars, du bist wirklich ein netter Kerl. Aber der Kuss war ein Versehen.«

»Ein Versehen?« Endgültig verwirrt sah er mich an.

»Jaaa«, bestätigte ich zögernd und kam mir mit jedem Wort bescheuerter vor. »Es ist so, als wir uns geküsst haben, dachte ich …«

»Ja?« Abwartend erwiderte er meinen Blick.

Ich brachte es nicht über mich. Wie konnte man einem Mann sagen, dass man ihn beim Küssen verwechselt hatte? Dann würde er mich doch für vollkommen bescheuert halten. Doch das musste mir nun egal sein.

»Ich dachte, du wärst Alexander«, murmelte ich schnell. »Bitte versteh mich nicht falsch, aber ich bin wegen ihm hier und ich …« Ja – und ich? Mehr wusste ich zu meiner Verteidigung auch nicht zu sagen.

»Oh«, machte er überrascht und eine Reihe unterschiedlichster Emotionen spiegelte sich in seinem Gesicht wider. »Oh, oh«, wiederholte er dann noch mal, als ihn meine Worte ganz erreichten, und perplex lachte er auf. »Damit habe ich ganz ehrlich jetzt nicht gerechnet.«

»Tut mir leid«, sagte ich zerknirscht. »Ich hätte dich vorwarnen sollen. Ich bin von einer Wolke aus Chaos umgeben.«

Wortlos sahen wir uns an. Ganz offensichtlich war er sprachlos und das konnte ich ihm nicht verübeln. Er nahm seine Hand von der Wand und trat einen Schritt zurück.

»Du bist also nur an Alexander interessiert und du hast mich nur geküsst, weil du mich für ihn gehalten hast«, fasste er zusammen und fuhr sich peinlich berührt durch die Haare.

Wenn ich mir das Gespräch schon unangenehm vorgestellt hatte, so war es nun noch schlimmer als erwartet.

»Ja, das beschreibt es ganz gut. Es tut mir wirklich leid.«

Ich konnte ihm nicht in die Augen sehen. Sollte ich noch einen Kommentar anbringen, dass er aber gut küssen konnte? Nur auflockern würde das die Situation wohl auch nicht mehr.

»Schade.« Er lachte bedauernd auf. »Ich finde dich wirklich toll, Fanny. Trotz der Wolke aus Chaos.«

»Danke. Du bist auch wirklich toll.« Zaghaft lächelte ich ihn an.

»Also Freunde«, stellte er fest und seufzte.

»Freunde«, bestätigte ich und nickte bekräftigend.

Für eine Weile standen wir schweigend nebeneinander und blickten auf die bunten Bilder. Lars musste wohl unser Gespräch erst mal sacken lassen und ich hatte nicht das Bedürfnis, die Stille zu brechen.

»Ich glaub, da ist jemand«, sagte Lars irgendwann und sah sich um. Tatsächlich kam ein Kameramann um die Ecke und ich spürte augenblicklich, wie ich mich verspannte.

»Weißt du, zu meinem achten Geburtstag hat mich meine Mutter in eine ähnlich moderne Ausstellung mitgenommen«, erzählte Lars locker, als hätten wir nicht gerade das unangenehmste Gespräch seit jeher geführt. Die Kamera fokussierte uns und ich versuchte sie möglichst auszublenden. »Die Führung hat ewig gedauert und ich bin richtig hungrig geworden. Als ich dann schließlich einen Apfel gesehen habe, konnte ich nicht widerstehen. Er ist auf einen Pfeil aufgespießt gewesen und ich habe gedacht, man könnte ihn damit essen wie einen Lolli. Allerdings sollte der Apfel nicht nur die verbotene Frucht darstellen, sondern war obendrein auch wirklich verboten. Der Künstler hat einen Schreikrampf bekommen und ich ein lebenslanges Hausverbot.«

»Das hast du nicht wirklich getan?« Ich konnte gar nicht mehr aufhören zu lachen. »Deine Mutter muss so wütend gewesen sein.«

»O ja, absolut. Diese Geschichte kann ich mir selbst heute noch bei jeder Familienfeier anhören. Meine Großmutter ist davon überzeugt, ich wäre verflucht, weil ich Amors Pfeil im Apfel zerstört habe und deswegen keine lang andauernde Beziehung finde.«

»Und glaubst du das auch?« Neugierig legte ich den Kopf schief.

»Was? Dass ich verflucht bin?« Lars sah mich ungläubig an. »Nein, natürlich nicht. Bist du etwa abergläubisch?«

Ich zuckte grinsend mit den Schultern. »Je nachdem. Aber hätte doch sein können, dass du dich deswegen bei der Show beworben hast. Als letzte Chance, um gegen den Fluch des Apfel-Künstlers anzukommen«, scherzte ich.

»Nein, daran trägt wirklich ganz allein meine Schwester die Schuld. Warum hast du dich denn beworben? Du wurdest doch hoffentlich von keinem Birnen-Künstler verflucht.« Lars grinste breit und ich kicherte leichthin.

Allerdings durchschaute ich auch, warum er mir die Frage vor dem Kameramann gestellt hatte, obwohl wir bereits am Strand darüber gesprochen hatten. Er wollte mir damit eine gute Gelegenheit bieten, um meine eigene Geschichte vor der Kamera zu präsentieren. Damit würde ich endgültig klar machen, für welchen Kandidaten ich kämpfte.

»Nein, aber ich bin Autorin und ich …« Die Worte kamen mir mit Mühe über die Lippen. »Ich fühle mich dazu verdammt, immer nur über die große Liebe zu schreiben, sie aber nie selbst zu finden.«

»Und von Alexander erhoffst du dir nun genau das?«

Ich nickte unsicher.

»Also glaubst du an Liebe auf den ersten Blick oder so etwas wie Seelengefährten?«, forschte Lars weiter nach.

Seine Frage brachte mich zum Grübeln. Ich hatte mich tatsächlich innerhalb einer Sekunde in Alexander verliebt. Doch verliebt zu sein war noch nicht das Gleiche wie Liebe. »Ich glaube an die Magie zwischen zwei Menschen«, antwortete ich mit einem kleinen Lächeln.

Lars' Blick fing meinen auf und erst jetzt wurde mir bewusst, wie nah wir uns während des Gesprächs gekommen waren. Mein Herz machte einen nervösen Satz und mein Puls ging in die Höhe.

Plötzlich zerriss ein lautes Niesen die Stille und wir fuhren auseinander.

»Gesundheit«, murmelte ich dem Kameramann zu, der sich gerade in ein Taschentuch schnäuzte.

Der Moment war zerplatzt wie eine Seifenblase. Zum Glück – wer wusste, wozu ich mich andernfalls wieder hinreißen hätte lassen? Die bunten Neonlichter machten meinen Verstand wohl ganz nebelig.

»Wollen wir zurück zu dem Hundehaufen?«, fragte Lars und für einen Moment konnte ich ihn nur mit gehobenen Augenbrauen ansehen, dann brach ich in schallendes Gelächter aus. Wenigstens hatte er vor der Kamera nicht Scheißhaufen gesagt. Auch wenn das Jutesack-Gebilde diesen Namen definitiv verdient hätte.

»Ja, lass uns zurückgehen«, brachte ich prustend hervor.

Kapitel 25 – Auf die Jagd

Es war schwer, mich gegen die anderen Kandidatinnen zu behaupten, dennoch kam ich mit Alexander noch mal ins Gespräch. Ich hatte ganz den Eindruck, als würde er meine Gesellschaft genießen und davon wurde ich regelrecht beflügelt. Als wir abends wieder in die Limousinen stiegen, schwebte ich auf Wolke sieben.

»Du wirkst ganz schön aufgedreht«, stellte B fest und hob die Augenbrauen. Langsam schritten wir auf die Haustür zu. Ich war erschöpft und nicht erpicht darauf, die Fragen zu beantworten, die die Zuhausegebliebenen auf Knopfdruck parat haben würden. Daher lösten B und ich uns aus der Gruppe und gingen gleich zu unserem Schlafzimmer, während die anderen im Wohnzimmer lang und breit vom Tag berichteten.

»Alexander ist einfach so lustig«, schwärmte ich, ohne ein Blatt vor den Mund zu nehmen, und merkte selbst, wie meine Augen bei seinem Namen leuchten mussten.

»Wow – dich hat's ja echt erwischt«, kommentierte B mit hochgezogenen Brauen, schmunzelte aber.

»Ja.« Ich seufzte und lächelte wahrscheinlich ziemlich dämlich. Aber ich konnte mich nicht halten, ich war unwiderruflich verliebt und meine rosa roten Gedanken ließen sich einfach nicht abdrehen. Allein die Erwähnung seines Namens ließ mein Herz höherschlagen und versetzte mein Inneres in Aufruhr. Seine Gegenwart machte mich glücklich und es machte mich ganz wahnsinnig zu wissen, dass er sich morgen vermutlich schon wieder mit einer anderen Kandidatin treffen würde. Dennoch tat die Tatsache, dass ich mich in einer Show befand, dem Rausch der Gefühle keinen Abbruch. Wenn ich an sein Lachen dachte oder die Art, wie er den Kopf schief legte, wenn er zuhörte, verursachte das ein warmes Kribbeln in meiner Magengegend.

»Wenigstens eine, bei der es gut gelaufen ist.«

Toni und Michelle waren unbemerkt zu uns gestoßen. Beide wirkten nicht sonderlich fröhlich, Toni schoss jedoch den Vogel ab – tiefe Zornesfalten verdunkelten ihr ganzes Gesicht und die Lippen waren zu einer dünnen Linie zusammengepresst.

Ich musste gar nichts sagen, sondern nur fragend die Augenbrauen heben, da strömte der Wortschwall bereits aus ihr hervor. »Lars hat den ganzen Tag nur Augen für Tanja gehabt. Dabei ist sie die nervigste Person im ganzen Haus. Wie hält er es bei dem Lachen auch nur eine Minute mit ihr aus?«

Darauf wusste ich nichts zu erwidern. Tanjas Lachen war zwar wirklich schlimm, dennoch konnte ich nichts Schlechtes über sie sagen. Immerhin waren wir doch alle aus dem Grund hier, unseren Traummann zu bekommen. Tonis Gefühlsausbruch konnte ich allerdings genauso nachempfinden.

»Warum teilen sie die Kandidatinnen nicht von vornherein in Gruppen ein – sodass die vier auch wissen, wer an ihnen interessiert ist? Immerhin musste ich heute mit Thomasch im Wagen mitfahren, wo ich doch viel lieber bei Lars gewesen wäre«, grummelte auch Michelle und ich nickte nachdenklich. Tatsächlich hätte mir solch eine Einteilung in Interessensgruppen wohl so einiges erspart, wenn ich an das peinliche Gespräch mit Lars zurückdachte.

»Aber so kann es noch variieren«, entgegnete B diplomatisch. »Ich zum Beispiel habe heute gemerkt, dass Niklas auch ziemlich cool ist. Er mag Sport genauso gern wie ich.«

»Hmh.« Toni wirkte alles andere als besänftigt.

»Lasst uns einfach schlafen gehen. Toni, du bekommst deine Chance schon noch. Keine Sorge.« Aufmunternd lächelte ich sie an. Da Alexander noch immer in meinen Gedanken war, fiel mein Lächeln ein Tick zu strahlend aus.

»Mhmpf«, machte Toni mürrisch und ließ sich rücklings ins Bett fallen.

***

Der nächste Tag brachte keine neuen Dates, dafür etwas viel Wichtigeres – die nächste Entscheidung. Es wäre gelogen gewesen, hätte ich gesagt, ich wäre nicht aufgeregt gewesen. Aufregung gehörte zu meinem neuen Standardgefühl. Ich war durchgehend hibbelig, aufgekratzt und konnte meine überdrehten Gefühle kaum im Zaum halten.

»Halt endlich mal still.« Toni warf mir einen genervten Blick zu.

Immer wenn ich aufgeregt war, hatte ich die Angewohnheit, mit dem Fuß zu wippen – nun hielt ich in der Bewegung inne.

»Ladys. Auf drei gehen die Kameras an. Anna, du liest dann bitte den Brief vor. Verstanden?« Geschäftig rückte Mara ihre Brille mit der dunklen Fassung zurecht.

Wir hatten das Mittagessen hinter uns und saßen nun draußen in der Sonne am Pool und waren umzingelt von Kameras, die die nächste Szene von allen Seiten beleuchten würden. Bei sechsunddreißig Mädchen waren auch ganz schöne viele Kameras nötig, um alle potenziell spannenden Reaktionen aufzuzeichnen.

»Liebe Ladys«, begann Anna brav wie eine Schülerin vor der Klasse zu lesen. »Heute Abend laden wir euch zur nächsten Entscheidung zu uns in die Herren-Villa ein. Keine Entscheidung ist einfach, daher wollen wir euch darum bitten, euch bis heute Abend ganz genau zu überlegen, warum ihr hier seid.« Das hörte sich ganz so an, als sollten wir uns ein Abschlussplädoyer überlegen. Nervös strich ich mir eine Haarsträhne aus der Stirn. »Wir hoffen, ihr könnt uns überzeugen. Bis heute Abend.« Mit leuchtenden Augen sah Anna vom Zettel auf.

Die Aufregung umschlang sofort alle und die nächsten Stunden verbrachten wir verteilt in der ganzen Villa. Jede in sich gekehrt und in Gedanken. Einzig ein paar Mädels sperrten sich bereits ab dem frühen Nachmittag im Bad ein – offenbar brauchten sie gut sieben Stunden, um sich ausgehfertig zu machen.

Ich machte es mir stattdessen am Pool gemütlich und lag auf einem Liegestuhl. Obwohl ich normalerweise kein Problem damit hatte, mir kreative und poetische Liebesschwüre zu überlegen (Mark hatte sich zu oft darüber lustig gemacht, wenn bei mir wieder mal die schriftstellerische Ader die Überhand gewonnen hatte. Rückblickend hätte mir das schon ein Zeichen sein sollen, dass er meine Liebe nicht genügend würdigte). Doch heute bekam ich keinen vernünftigen Satz zu Papier. Seit einer gefühlten Ewigkeit starrte ich das leere Blatt vor mir an und schweifte immer wieder in Gedanken ab. Ich sah nachdenklich über den Pool in die Ferne. Kail stand dort mit Mara zusammen. Die zwei unterhielten sich leise. Wahrscheinlich arbeiteten sie einen Plan für heute Abend aus. Ich spielte schon den ganzen Tag mit dem Gedanken, Kail näher zu den Hintergründen der Show zu befragen und vorsichtig nachzufragen, ob das Team bereits über den Kuss Bescheid wusste. Aber ich fand einfach nicht den richtigen Moment.

Gerne hätte ich am Buch weitergeschrieben, aber mit Mara und Herrn Dieter in der Nähe kam es mir zu riskant vor. Würden sie es herausfinden, war die Wahrscheinlichkeit hoch, dass sie mir die Chancen bei Alexander verbauen würden, und das wollte ich auf gar keinen Fall.

»Ich gehe kurz nach drinnen, um mit meiner Schwester zu telefonieren«, sagte ich nach einer Weile, in der ich noch immer kein Wort notiert hatte.

B sah nur kurz von ihrem bereits halb vollgeschriebenen Zettel hoch. »Ist gut.«

»Wem schreibst du eigentlich deinen Brief?«, fragte ich, da ich mich daran erinnerte, was sie uns gestern anvertraut hatte. Ein Lächeln huschte über ihr Gesicht, als sie den Bleistift für einen Moment absetzte.

»Niklas.« Sie grinste.

Da Toni und Michelle immer noch einen stummen Kampf gegeneinander führten, konnte ich mich nur für B freuen. Denn insgeheim war uns wohl allen klar, dass mindestens eine von ihnen mit gebrochenem Herzen heimkehren würde und das würde unserer Freundschaft nicht guttun. Genauso wenig, wie wenn sie erfahren würden, dass Lars mich geküsst hatte, schoss es mir durch den Kopf. Seit dem klärenden Gespräch mit ihm wollte ich es ihnen gegenüber ansprechen. Immerhin war es nur besser, wenn sie es von mir erfuhren, anstatt von jemand anderem. Doch ich brachte es nicht übers Herz, die Stimmung zu ruinieren, wo sie nun schon so aufgeregt der nächsten

Entscheidung entgegenfieberten. Ich konnte nur hoffen, dass sie die witzige Seite dieses Versehens erkennen würden …

»Fanny, du musst es ihnen sagen«, war auch Ellas erster Ausruf, als ich ihr am Telefon mein Problem schilderte.

»Ich weiß. Aber wenn ich es ihnen heute erzähle, gibt das einen Streit vor der Kamera. Soll ich nicht besser auf morgen warten?«

»Es wird immer eine Kamera in der Nähe sein. Das ist der Sinn dieser Show«, entgegnete Ella und ich konnte mir zu gut vorstellen, wie sie nun die Augen verdrehte.

»Gibt es bei euch etwas Neues?«, wechselte ich abrupt das Thema. Angesichts der Tatsache, dass es auch hier im Telefonzimmer Kameras gab, hatte ich Ella schon viel zu viel erzählt.

»Nicht viel. Du bist doch noch nicht mal so lange weg.«

»Es kommt mir vor wie eine Ewigkeit.« Ich seufzte. Obwohl die Zeit wie im Schnelldurchlauf verging, war jeder Moment von Bedeutung. Ich empfand Alexander nicht mehr als fremd, stattdessen hatte ich das Gefühl, sowohl die anderen Kandidatinnen als auch die Herren schon lange zu kennen. Die Tatsache, dass wir hier ununterbrochen zusammen waren und ein besonderes Ereignis das nächste jagte, machte diese kurze Zeitspanne zu der intensivsten, die ich je erlebt hatte. Von der Drei-Tage-Regel hatte hier wohl noch niemand gehört. So viele Dates in so kurzer Zeit gab es im realen Leben wohl selbst dann nicht, wenn man sich sofort Hals über Kopf ineinander verliebte.

»Bist du glücklich mit deiner Entscheidung?«

Das war eine gute Frage. Ich war definitiv verliebt und Alexander war genauso toll, wie ich es mir erträumt hatte. Aber da war immer noch diese Unsicherheit. Für wen würde er sich schlussendlich entscheiden? Wir waren erst am Anfang der Reise und der Traum konnte schon heute Abend enden.

»Ja, ich bin glücklich hier«, sagte ich nach langem Überlegen. »Alexander ist es wert.«

»Heute Abend ist Entscheidung – wünsch mir Glück.«

»Fanny, du brauchst kein Glück. Wenn Alexander nicht erkennt, was er an dir hat, hat er dich gar nicht erst verdient.«

Kapitel 26 – Die Herren-Villa

Die Absätze meiner High Heels klackerten über den Boden, als ich probeweise mit dem Hintern wackelnd durch den Flur stolzierte.

»Stütz einen Arm ein«, wies Toni mich an. Sie beobachtete mich prüfend vom Rand des Ganges aus. Das Gehen auf High Heels hatte nie zu meinen Talenten gehört und da ich mich heute mit drei Zentimetern mehr auf ein noch gefährlicheres Terrain wagte, würde mir ein kleines Laufstegtraining bestimmt nicht schaden. Toni hatte mir netterweise angeboten zu helfen und übte sich nun als Jurorin einer Modenschau.

»Ja, sehr schön.« Ich kam mir vor wie in der falschen Show gelandet. Aber Tonis Lob beruhigte mich.

»Ich glaub, wir müssen los«, warf B ein und sah um die Ecke in die Eingangshalle, wo das Kamerateam gerade Interviews führte.

Mein Bauchgefühl sagte mir, dass auch ich mich nicht länger vor einem Interview drücken sollte.

»Dann Abmarsch.« Ich seufzte resigniert. Nach den angenehmen Gesprächen mit Alexander in der Galerie hatte ich kaum Angst vor der Entscheidung. Jedoch wusste ich auch, dass mir genau so eine Einstellung zum Verhängnis werden konnte. Immerhin hatte ich Alexander seither nicht mehr gesehen und wer wusste schon, was der heutige Abend noch bringen würde. Vielleicht hatte auch Lars unseren Kuss ausgeplaudert. Das würde das Aus für mich bedeuten. Doch ich vertraute Lars und sollte mich viel eher vor Herrn Dieter und Mara fürchten. Insgeheim wunderte ich mich, dass sie mir noch keinen der Interviewer auf den Hals gehetzt hatten. Je länger ich darüber nachdachte, desto nervöser wurde ich. Hätte ich doch besser nicht daran gedacht. Auch mein Plädoyer für die Entscheidung ließ zu wünschen übrig.

Nach dem Gespräch mit Ella hatte ich mich für den Abend hergerichtet, woraufhin mir kaum noch Zeit geblieben war, mir wirklich Gedanken über unsere Aufgabe zu machen. Vielleicht hielt mein Verstand die Fragestellung auch einfach für zu blöd. Immerhin war das doch kein Job, für den man sich bewerben musste und möglichst gute Gründe für eine Einstellung hervorzubringen hatte. Ich war in Alexander verliebt – konnte das nicht reichen?

Die Fahrt mit den Limousinen war so kurz, dass wir selbst zu Fuß vermutlich nicht länger gebraucht hätten. Doch die weißen Wagen machten für die Kameras einiges her und so wurde unsere Ankunft perfekt in Szene gesetzt. Die Kürze der Fahrt machte ganz den Anschein, als wären wir Nachbarn, was mich eigentlich nicht weiter verwunderte, da ich Lars am Strand getroffen hatte und die Häuser somit recht nah beieinander sein mussten.

Die riesige Villa thronte auf einem leichten Hügel mit reichlich Grünfläche und einer gigantischen Terrasse, die Richtung Ozean sah. Trotz des Luxus, den wir hier bereits gewohnt waren, war der Anblick überwältigend. Eigentlich sollte ich die letzten entspannten Minuten dazu nutzen, mir Gedanken zu unserer Aufgabe zu machen, doch mein Blick klebte förmlich an der Fensterscheibe. Gehörte das Anwesen einem der Herren oder diente es nur als Schauplatz für die Show? Gerne hätte ich Alexander danach gefragt. Aber ich hatte Angst, es würde meine Beweggründe in das falsche Licht rücken.

»Wir sind angekommen. Bitte aussteigen.« Ein Mann in Frack öffnete uns die Tür und die Kameras waren nun auf uns gerichtet.

Sechsunddreißig Frauen von A nach B zu lotsen brauchte seine Zeit und so vergingen einige Minuten, bis wir uns tatsächlich fein säuberlich auf der Terrasse aufgereiht hatten. Die Sonne stand bereits tief und überall lagen Herzen auf den Tischen und leuchtende Lampions hingen von den Bäumen und Palmen.

»Auf einen schönen Abend«, sagte Thomasch und hielt sein Sektglas hoch.

Wurde in dieser Show eigentlich nur Alkohol getrunken? Vorsichtig nippte ich an meinem Glas und beruhigte damit meine Nerven. Alexander stand mir schräg gegenüber und ich konnte meinen Blick nicht von ihm wenden. In seinem dunkelblauen Anzug sah er mehr als schick aus und ich mochte diesen verwegenen Ausdruck in seinen Augen. Immer wieder streifte mich sein Blick – oder zumindest redete ich mir das ein.

Sobald die Ansprache zu Ende war, zerstreute sich die Gesellschaft und es war klar, zu wem alle wollten. Wie Moskitos eine Lampe umschwärmten die Damen die vier Kandidaten und ohne mich vom Platz bewegt zu haben, wusste ich, dass es keinen Sinn hatte, jetzt ein Gespräch mit Alexander zu wagen. Da Toni und B wie die anderen nach vorne geschossen waren, um sich mit Ellenbogeneinsatz Gehör zu verschaffen, schlenderte ich mit Michelle über den Rasen.

Vom Aufbau her war die Villa sehr ähnlich zu unserem Anwesen. Allerdings fehlte der Pool, wohingegen die Grünfläche dafür bestimmt dreimal so groß war. Wie auch bei uns im Garten gab es an jeder Ecke unterschiedliche Sitzgelegenheiten. Die Villa war modern und die zum Ozean gewandte Front bestand vollkommen aus Glas. Ich fragte mich, welches der Zimmer im oberen Stockwerk wohl Alexander gehörte. Auf jeden Fall war es spannend zu sehen, wo die Kandidaten die letzte Zeit gelebt hatten.

Ich hielt nach Alexander Ausschau und sobald er in einiger Entfernung in meinem Blickfeld auftauchte, kehrte das Gefühlschaos zurück. Aus zusammengekniffenen Augen beobachtete ich, wie Samantha sich an seine Seite drängte. Schlussendlich gingen sie gemeinsam zu einer Hollywoodschaukel, um sich in Ruhe zu unterhalten. Samantha war damit wohl die erste Gewinnerin des Abends. Zwar spürte ich, wie die Eifersucht sich in mir zusammenbraute. Insgeheim glaubte ich aber nicht, Samantha könnte bei Alexander ernsthaftes Interesse auslösen. Immerhin musste sie nur den Mund aufmachen und man wusste bereits, dass sie schauspielerte. Nur ob Alexander das auch so sah? Nun doch etwas besorgt knetete ich nervös meine Finger.

»Willst du sie etwa mit den Fäusten k. o. schlagen?«, hörte ich eine spöttische Stimme hinter mir fragen und sah in Kails schokoladenbraune Augen.

»Nein, wie kommst du denn darauf?« Schnell lockerte ich meine Finger. Natürlich war ich prompt rot angelaufen.

»Ich bin nicht blind«, war sein einziger Kommentar dazu, allerdings rührte er sich nicht von der Stelle.

»Was ist?« Gereizt hielt ich seinem Blick stand.

Kail verdrehte die Augen und sein amüsiertes Grinsen wich einem geschäftigen Blick.

»Mara will ein Interview mit dir. Kommst du?«

»Ein Interview?« Schlagartig wurde mir ganz heiß. »Ich kann grad nicht«, sagte ich mit unnatürlich hoher Stimme. Nun war es also so weit. Mara würde mich auffliegen lassen. Mittlerweile war der Kuss mit Lars Tage her. Natürlich lag es nahe, dass sie das Überwachungskameramaterial ausgewertet hatten.

»Aha«, machte Kail. Er war ganz offenkundig genervt. »Und wieso nicht?«

»Was will sie denn wissen?«, stellte ich eine Gegenfrage.

»Fanny, dabei geht es nicht darum, was sie wissen will. Sondern, dass du dein Statement abgibst.«

Mein Statement? Mir lief es kalt den Rücken hinunter. Mara hatte bestimmt nur darauf gewartet, mich damit konfrontieren zu können. Und der heutige Abend mit der Entscheidung bildete dafür die perfekte Grundlage. Mist!

»Bitte nicht.« Gequält verzog ich das Gesicht.

Toni und Michelle würden mich hassen. Mein Blick schweifte über das Grundstück. Während B Niklas tatsächlich für sich gewonnen hatte und nun mit ihm in der Nähe der Terrasse stand, wurde Lars von Alexandra eingespannt. Toni wartete mit verdrießlicher Miene ganz in seiner Nähe und Michelle hatte sich während meiner Unterhaltung mit Kail davongestohlen, um sich ebenfalls an Lars heranzupirschen und eine Gelegenheit für ein Gespräch abzupassen.

»Jetzt zier dich nicht so.« Mit leicht hochgezogenen Brauen sah er mich durchdringend an.

Wusste er wirklich nicht, warum ich mich vor dem Interview drückte? Oder tat er nur so? Hielt Mara die Bombe womöglich versteckt, bis sie mich damit zu vernichten drohte? Möglich war alles.

»Gut. Wohin soll ich gehen?«, gab ich schlussendlich nach und folgte Kail ins Innere des Hauses. Ich war ohnehin eine Marionette der Show.

Vor einer pfirsichfarbenen Wand des hochmodernen Wohnraumes stand ein purpurner Sofasessel, vor dem ein Stativ mit Kamera aufgebaut war.

»Wenn du willst, kann auch ich das Interview mit dir führen«, bot Kail an und ich nickte dankbar.

»Ja, bitte! Das wäre toll.« Erleichtert atmete ich aus. Angst hatte ich vor der ungewissen Situation dennoch.

»Setz dich dorthin.« Er bedeutete mir Platz zu nehmen.

»Es geht einfach nur darum, deine Gedanken mit dem Publikum zu teilen. Also entspann dich.« Seine Mundwinkel zuckten.

Offenbar fand er meine Angst amüsant.

»Mpff«, machte ich gekränkt.

»Meine Fragen werden später im Fernsehen nicht mehr gezeigt werden. Antworte möglichst mit ein, zwei Sätzen. Also keine Ja-/Nein-Antworten, sondern so, dass die Zuschauer auch ohne meine Frage den Zusammenhang verstehen. Ich schalte gleich die Aufnahme ein. Bist du bereit?«

Ich nickte stumm. Obwohl es blöd war, hatte ich das Gefühl, draußen etwas zu verpassen, und wollte das Gespräch möglichst schnell hinter mich bringen. Nachdem wir alle unser Plädoyer hatten vorbereiten müssen, ging ich davon aus, dass jede die Möglichkeit bekommen würde, mit ihrem Auserwählten zu sprechen. Wenn auch nur kurz. Allerdings würde es an mir liegen, mir Alexander für das Gespräch zu schnappen.

»Wie schätzt du deine Chancen hier bei der Show ein?«, fragte Kail und riss mich damit abrupt aus meinen Gedanken.

Er las von einem Zettel ab, der an einem Klemmbrett haftete, und stand hinter der Kamera. Vermutlich gab es genaue Richtlinien, wie sie vorgingen, um uns Informationen aus der Nase zu ziehen. Links oben bei der Kamera neben seinem Kopf leuchtete ein kleines Licht. Nervös atmete ich aus. Dann schluckte ich schwer.

»Nach so kurzer Zeit kann man das schwer sagen«, begann ich zögernd.

Nachsichtig lächelte Kail mir zu. »Noch mal von vorne. Du musst die Information aus meiner Frage einbauen, andernfalls versteht man deinen Satz ohne Kontext nicht.«

Hitze stieg mir in die Wangen, aber ich riss mich zusammen. Die Anweisungen waren einfach und schließlich war ich kein Goldfisch mit Gedächtnisverlust.

»Es ist schwer, seine Chancen nach so kurzer Zeit einzuschätzen. Ich mag Alexander sehr – ich hoffe, das beruht auf Gegenseitigkeit.«

»Aber du hattest nun schon einige Dates und Gelegenheiten, um ins Gespräch zu kommen. Wie ist dein Bauchgefühl für die heutige Entscheidung?«, antwortete Kail ruhig.

»Ja, aber ich war nicht die Einzige, mit der er sich getroffen hat. Daher kann ich meine Chancen wirklich nicht einschätzen.« Auch wenn ich insgeheim ein gutes Gefühl hatte, wollte ich das nicht so offen preisgeben. Es wäre zu beschämend, sollte ich doch vollkommen falsch liegen.

Kail schien mit meiner Antwort nicht unbedingt zufrieden, dennoch wanderte er weiter zur nächsten Frage auf der Liste.

»Wie fühlte es sich an, wenn dein Favorit mit einer anderen Frau auf einem Date ist?«

»Es ist nicht leicht, die Zeit der Kandidaten mit so vielen anderen Frauen zu teilen. Am liebsten würde ich den ganzen Tag nur mit Alexander verbringen. Aber so ist die Show nun mal.«

»Würdest du sagen, das System der Show ist unfair?«

Verwirrt zog ich die Augenbrauen zusammen. War das für die Zuschauer wirklich wichtig? Vermutlich wollte er nur die Zusicherung haben, dass sie ihren Job gut machten.

»Die Show bereitet uns nicht nur eine wunderbare Zeit hier in Amerika, sondern auch eine große Chance. Die Chance auf Liebe.« Gott – hatte ich das gerade wirklich gesagt? Noch kitschiger ging es wohl nicht mehr. Wie peinlich. »Man bekommt nicht oft die Gelegenheit, sich unter solchen Umständen zu verlieben. Und es ist ein einziges Abenteuer«, ergänzte ich und versuchte mich an einem breiten Zahnpasta-Lächeln, wie ich es mir von Samantha abgeschaut hatte.

Kail hob spöttisch die Augenbrauen. Es war klar, was er dachte. Statt des Zahnpasta-Lächelns sollte ich mich wohl besser an einem Breitmaulfrosch-Grinsen versuchen. Mit einem Seufzer ließ ich mich im Sessel zurückfallen.

»Nächste Frage.«

***

Sobald das Interview mit Kail beendet war, atmete ich erleichtert aus und ließ die Schultern sinken. »Und, wie habe ich mich gemacht?«, fragte ich und erhob mich beschwingt aus dem Sessel.

»Kann sich sehen lassen«, gab Kail zufrieden zurück und machte sich an der Kamera zu schaffen. »Mara wird auf jeden Fall glücklich sein. Ich glaube, sie und Herr Dieter haben ein Auge auf dich geworfen.«

Na toll. Ich stöhnte auf. »Kein Wunder, bei den Peinlichkeiten, die ich mir bisher geleistet habe.«

Kail gluckste. »Du bist auf jeden Fall gut fürs Geschäft.«

»Also das war nicht gerade mein Ziel.« Resigniert seufzte ich auf und zupfte den Stoff meines Kleides zurecht.

Mit den High Heels war ich ungewohnt groß und musste erst wieder meine Balance finden, bevor ich gemächlich zur Terrassentür schlenderte. Langsam wurde es Zeit, dass ich Alexander suchte. Immerhin musste ich noch immer mein Plädoyer vortragen.

»Ich begleite dich noch nach draußen. Ich habe sowieso noch etwas mit Mark und Mara zu besprechen.«

Es war so seltsam, Marks Namen zu hören, selbst wenn damit nicht mein Exfreund gemeint war. Jedes Mal traf es mich wie ein Blitz, auch wenn die Stromschläge beständig schwächer wurden. Ich gewöhnte mich daran. Seit ich hier in Amerika war, dachte ich kaum noch an ihn und so sollte es auch bleiben. Kail schob die Terrassentür auf und ließ mich vorbei. Ich sah Toni und B auf der Gartenbank sitzen und wollte bereits zu ihnen gehen, da hielt mich Kail zurück.

»Fanny, eins noch.« Neugierig blickte ich ihn an. »Ich habe zwar nur einen Teil miterlebt, aber was ich auf den Aufnahmen gesehen habe, macht dich nur noch sympathischer. Nichts, was du hier getan hast, braucht dir peinlich zu sein. Die Zuschauer werden dich lieben.« Warm lächelte er mich an.

Es tat gut, das gesagt zu bekommen. Meine Mundwinkel hoben sich ganz automatisch. »Danke, Kail.«

Kapitel 27 – Regenüberraschung

Toni und B winkten mich zu sich und ich gesellte mich zu ihnen.

»Habe ich in der Zwischenzeit etwas verpasst?«, erkundigte ich mich und lehnte mich an das Geländer der Terrasse. Von dort aus ging es gut einen Meter nach unten, bevor sich der weitläufige Rasen über die weite Fläche ergoss.

»Nicht wirklich.« B hob resigniert die Schultern. »Niklas ist schon wieder beschäftigt und ich habe noch keine Gelegenheit gehabt, mit ihm zu sprechen. Dafür war Toni bei Lars«, brachte sie mich auf den neusten Stand.

Doch auch Toni wirkte nicht gerade glücklich. »Unser Gespräch hat vielleicht eine Minute gedauert und er hat die ganze Zeit herumgeschaut, als würde er jemand anderen suchen.« Eine Falte bildete sich zwischen ihren Augenbrauen und der Ärger war ihr deutlich anzusehen.

»Jetzt übertreibst du aber«, warf B mit einem Seufzen ein, doch Toni beachtete ihren Einwand nicht.

In der Ferne donnerte es.

»Hört ihr das auch?«

»Was? Tanjas Lachen?«, entgegnete Toni mürrisch.

»Nein, das Donnern. Hört sich ganz so an, als würde sich ein Unwetter zusammenbrauen.«

Für eine Weile herrschte Schweigen, während wir alle unseren Gedanken nachhingen. Im Hintergrund spielte Musik und einige der Kandidatinnen tanzten im hinteren Teil der Terrasse. Allerdings wirkten die Bewegungen eher gezwungen als ausgelassen, wobei ich das bei dem Kameraaufgebot durchaus verstand.

»Ich versuche besser mal Alexander zu finden. Bisher konnte ich ihm noch nicht meine Beweggründe vortragen und dafür müssen sie sich doch alle Zeit nehmen, oder?« Mein Selbstbewusstsein zusammenraffend richtete ich mich auf und straffte meine Schultern.

»Gut, ich komme mit. Niklas muss doch hier irgendwo sein.« Auch B gab ihre Beobachterposition auf. »Können wir dich kurz allein lassen?« Besorgt musterte sie Toni.

Diese nickte nur.

»Da drüben ist Alexander«, raunte B und stupste mich an. Mein Blick folgte ihrem ausgestreckten Zeigefinger. In unmittelbarer Entfernung saß Alexander. Sabrina hatte Samantha auf der Hollywoodschaukel abgelöst und in scheinbarer Zweisamkeit führten sie ihr Gespräch – in Wahrheit stand direkt neben ihnen ein Kameramann. Der bereits etwas ältere Mann wirkte mehr als gelangweilt und kratzte sich immer wieder verschlafen die Nase.

»Wünsch mir Glück«, sagte ich zum Abschied zu B und visierte Alexander an.

Ich machte mich auf den Weg. Drei Stufen führten von der Terrasse hinunter auf den Rasen. Allerdings war ich von Alexanders und Sabrinas Anblick abgelenkt und bevor ich mich's versah, geriet ich ins Straucheln. Mit dem Absatz meines Schuhs trat ich ungünstig auf und sah auch schon meinen Albtraum wahr werden. Jeden Moment würde ich vor aller Augen die Treppe von der Terrasse hinunterfallen und mir beide Beine brechen. Doch dann packten mich zwei starke Arme an den Schultern und bewahrten mich davor zu stürzen.

»Ich habe dich«, murmelte Lars und lächelte mich schief an.

»Danke.« Mein Herzschlag beschleunigte sich. Hoffentlich hatte niemand meinen Ausrutscher gesehen.

»Aber gut, ich habe dich eh gesucht.« Die Worte kamen sehr schnell aus seinem Mund und als ich nun meinen Kopf schief legte und ihn verwundert musterte, färbten sich seine Wangen verdächtig rot, woraus ich schloss, dass seine Worte so nicht geplant gewesen waren.

»Wirklich? Warum?« Mit Neugierde sah ich ihn an, wobei mir auch Tonis bohrender Blick bewusst war. Bestimmt fragte sie sich, warum ich mich mit Lars unterhielt.

»Oh ... ähm«, er zögerte.

Abwartend sah ich zwischen ihm und Alexander, der immer noch in einigen Metern Entfernung auf der Hollywoodschaukel saß, hin und her. Als Lars meiner Blickrichtung folgte, begriff er, wohin ich gerade auf dem Weg gewesen war und Resignation erschien auf seinem Gesicht.

»Oh ... vergiss es.« Mit einem verlegenen Lachen ließ er meine Schultern los und fuhr sich mit einer Hand über die kurz geschorenen Haare.

»Okay?« Ich hob meine Augenbrauen und wartete für einen kurzen Moment ab, ob er noch etwas ergänzen würde. Doch als das nicht passierte, lächelte ich ihm noch einmal kurz zu. »Bis später bei der Entscheidung.«

Damit setzte ich meinen Weg zu Alexander fort. Sabrina saß immer noch neben ihm, doch ich hatte nicht die Absicht, deswegen einen Rückzieher zu machen. Sie sahen mich bereits näher kommen. Während Alexander mich freundlich anlächelte, verdrehte Sabrina genervt die Augen. Ihr war schon klar, was ich beabsichtigte.

»Alexander, kann ich kurz mit dir sprechen?«, fragte ich mit einem unschuldigen Lächeln.

»Klar.« Er erhob sich von der Hollywoodschaukel und Sabrina versuchte mich unauffällig mit Blicken zu töten. »Hat mich gefreut, mit dir zu reden. Wir sehen uns dann später«, verabschiedete er sich von ihr und mein Magen fühlte sich ganz flau an, als wir die Plätze tauschten und sich Sabrina zurück zu den anderen auf die Terrasse begab.

Das Werk war vollbracht und nun stand ich vor der großen Aufgabe, ein überzeugendes Plädoyer zu halten – großartig!

»Na Dornröschen, wollen wir ein wenig spazieren gehen?«, fragte Alexander, da wir noch immer neben der Hollywoodschaukel standen.

Erwartungsvoll sah er mich an, während ich fieberhaft überlegte, was ich ihm für Gründe für meine Bewerbung nennen konnte, die mich nicht total bescheuert erscheinen lassen würden.

»Ja, gerne. Ich liebe Spaziergänge.«

Die Luft war aufgeladen und ein leichter Wind raschelte durch die Blätter, wie kurz vor einem Sommergewitter. Gemächlich schlenderten wir über den

Rasen. Alexander reichte mir seinen Arm und ich hängte mich ein. Es war ein schönes Gefühl, ihm so nah zu sein.

»Die Ausstellung gestern hat dir nicht so gefallen, oder?«, erkundigte er sich, während mir immer noch klar und deutlich bewusst war, dass uns die Kamera folgte.

»Wie kommst du darauf?«, entgegnete ich ausweichend.

Alexander hatte mich durchschaut. »Ich habe es deinen Augen angesehen.« Er schmunzelte. »Aber das ist nicht schlimm, es hätte mich auch überrascht, wäre es anders gewesen.«

»Es ist nicht so, als könnte ich Kunst nicht wertschätzen. Trotzdem bin ich wohl eher noch bei der traditionellen Kunst angesiedelt. Ich finde es großartig, was manche Menschen zeichnen und malen. So detailliert und real, einfach unglaublich. Warum aber ein rotes Quadrat auf weißem Papier Millionen kostet, erschließt sich mir dennoch nicht ganz. Das kann sich doch kein Mensch leisten und sollte auch niemand. Da könnte man das Geld viel besser einsetzen. Während ganze Länder hungern, werden Millionen für so einen Mist ausgegeben.« Mir kam der genähte Hundehaufen aus der Ausstellung wieder in den Sinn. Wie passend das Wort Mist dazu nur war. Erst zu spät bemerkte ich, wie seltsam es war, mit einem Millionär über Geld zu sprechen, und schnell hielt ich inne. »Tut mir leid, also so meinte ich das nicht …«, stotterte ich und wurde verlegen.

Ja, Fanny – wie meintest du es denn dann?

Doch Alexander lächelte. »Entschuldige dich nicht für deine Meinung. Ich mag es, wie unverblümt du immer bist.« Er drückte meinen Arm und seine Berührung ließ tausend Schmetterlinge in meinem Magen frei. »Bei dir kann man immer sicher sein, dass du echt bist. Du verstellst dich nicht und bist einfach du. Das finde ich großartig.« Unsicher was ich darauf sagen sollte, lächelte ich stumm. Bisher hatte ich mich immer darüber geärgert, da ich nur durch meine Fehltritte und peinliche Momente auffiel, doch nun gab er mir erstmals das Gefühl, nicht nur Mara und Herrn Dieter zu gefallen.

»Wenn du dabei bist, ist es nie langweilig. Ich mag es, mit dir zu lachen, mit dir zu reden und zu diskutieren, auch wenn wir nicht derselben Meinung sind.«

Ich kicherte. Ein Bewunderer abstrakter Kunst würde ich in diesem Leben wohl wirklich nicht mehr werden. Mittlerweile gingen wir nicht mehr über den Rasen, sondern standen uns unter einem der Bäume versteckt vor den anderen gegenüber.

»Und trotzdem bist du gleichzeitig gefühlvoll und besonnen. Manchmal vielleicht ein bisschen zu verträumt. Ich habe das Gefühl, dich ständig retten zu müssen. Du bist eben eine Prinzessin, mein Dornröschen.«

Alexander hielt mit einem warmen Lächeln meine Hände. Das Blau seiner Augen war so unendlich tief und ich konnte meinen Blick nicht abwenden. Ich konnte kaum glauben, was er mir sagte, und hatte das Gefühl dahinzuschmelzen. Nun war der perfekte Moment gekommen, meine Aufgabe zu erfüllen und ihm zu sagen, warum ich hier war. Doch ich brachte keine zusammenhängenden Wörter zustande. Meine Gedanken waren wie leergefegt und wir sahen uns einfach nur stumm in die Augen. Er machte mich so unendlich glücklich, das konnte man nicht in Worte fassen. Ich war ihm hoffnungslos verfallen. Seine Hände fühlten sich warm und gut an. Ich genoss die Nähe. Wir waren uns so nah, ich musste mich nur ein Stückchen vorlehnen ... Wie auf ein unsichtbares Zeichen hin überbrückten wir gleichzeitig den Abstand. Ich schloss die Augen und – plötzlich grollte lauter Donner und ich zuckte zusammen. Kalte Wassertropfen prasselten auf uns nieder. Mir entfuhr ein überraschter Aufschrei und wir sahen hoch in den Himmel. Ein gewaltiger Platzregen hatte eingesetzt und innerhalb von Sekunden waren wir vollkommen durchnässt. Ein weiterer Blitz folgte und erhellte unsere Umgebung. Der Zauber war gebrochen, doch als ich den Kameramann mit seinem Equipment panisch über den Rasen Richtung Haus in Sicherheit laufen sah, begann ich aus vollem Herzen zu lachen und Alexander ließ mich los.

»Wir sind in Kalifornien. Hier regnet es nie!«, kreischte Mara von der Terrasse aus und eilte gehetzt weiter.

»Die Ausnahme bestätigt die Regel?«, amüsierte sich Alexander und ich kicherte noch mehr. Die schwarzen Haare klebten ihm in der Stirn und er schirmte seine Augen vor den Wassertropfen ab.

»Ich liebe Regen«, rief ich gegen den Sturm an.

Das war mal wieder so typisch. Wir waren so kurz vor unserem ersten Kuss gewesen und natürlich war etwas dazwischengekommen. Selbst die Naturgewalten hatten sich gegen mich verschworen. Dennoch hatte ich das Gefühl, vor Glück zu zerspringen. Alexander war an mir interessiert und ich hätte nicht glücklicher sein können.

»Du bist wirklich etwas Besonderes.« Er bedachte mich mit einem glühenden Blick, dann legte er den Kopf in den Nacken, schloss die Augen, sodass ihm die dicken Regentropfen über das Gesicht liefen – und lachte. Es war ein glückliches Lachen.

Der Zauber für den Kuss mochte vorübergezogen sein, dennoch hatte der Moment nichts von seiner Magie eingebüßt. Dornröschen hatte ihren Prinzen gefunden. Im strömenden Regen unter dem tiefschwarzen Nachthimmel, lediglich von vereinzelten Blitzen erleuchtet.

»Lass uns ins Haus zurückgehen«, brachte ich mühsam hervor, während mein Lächeln noch immer mein ganzes Gesicht erhellte.

»Nichts da.« Unvermittelt packte mich Alexander und wirbelte mich im Kreis herum. Ich verlor den Boden unter den Füßen, aber das war egal. Alexander hielt mich und ich fühlte mich sicher. Prustend schlang ich meine Arme um seinen Nacken, während er uns drehte. Mir wurde ganz schwindelig, regelrecht trunken vor Glück – nicht nur vom Drehen. Als er mich wieder absetzte, musste ich mich fest an seinem Hemd festkrallen, um nicht das Gleichgewicht zu verlieren. Seine Arme lagen an meinen Hüften. Wir waren uns so nah und es war mir vollkommen egal, dass mein Kleid an meiner Haut klebte oder meine Frisur vollkommen aufgelöst war und in nassen Strähnen hinabhing. Mir war alles egal. Einzig Alexander zählte.

»Alexander? Bist du hier irgendwo?«, hörte ich eine vertraute Stimme rufen und rückte ein Stück von Alexander ab.

»Ja, wir sind hier.« Stumm beobachtete ich, wie Kail mit zwei Regenschirmen zu uns joggte.

Die magische Seifenblase, in der wir uns gerade noch befunden hatten, zerplatzte. Auf seltsame Art und Weise kam ich mir geradezu ertappt vor.

Ich konnte nicht benennen, woran es lag, doch verschämt senkte ich meinen Blick.

»Zum Glück habe ich euch gefunden. Alles in Ordnung?« Er wirkte im ersten Moment wirklich besorgt. Erst als er Alexanders zufriedenes Lächeln sah, veränderte sich sein Gesichtsausdruck und er wurde merklich distanzierter.

»Ja, natürlich. Wir kommen sofort ins Haus.«

Kail sah mich kurz prüfend an. Er schien sich mehr zusammenzureimen, als wirklich geschehen war. Wäre es womöglich auch, hätten er und das Gewitter uns nicht gestört. Wenn Kail das Video vom Blinde Date gesehen hatte, wusste er, dass ich bereits den ersten Kuss mit Lars gehabt hatte und nun musste er denken, ich hätte auch Alexander geküsst.

Kail reichte Alexander zwei Regenschirme.

»Danke. Aber ein Schirm genügt.«

Mittlerweile war auch Kail vom Regen durchnässt, dennoch machte er keine Anstalten, seinen Schirm aufzuspannen oder zu gehen. Er sah mich an und ich hatte das Gefühl, als müsste ich etwas sagen. Alexander hob irritiert die Augenbrauen, dann hatte sich Kail wieder im Griff und wandte sich ab. Als wir ihm langsam unter dem Regenschirm folgten, hatte ich mich wieder bei Alexander eingehängt und langsam kehrte das gute Gefühl zurück. Auch wenn ich nicht dazu gekommen war, meine Beweggründe vorzutragen, hatte ich nun keine Angst vor der Entscheidung.

Kapitel 28 – Die zweite Entscheidung

»Wo warst du die ganze Zeit?«, fragte Toni mit zusammengezogenen Augenbrauen und strenger Miene.

Wir hatten uns ins Trockene zurückgezogen und befanden uns nun im weitläufigen Wohnraum der Herren-Villa, wo Kail zuvor das Interview mit mir geführt hatte.

»Danke«, sagte ich, als mir Kail eine Decke reichte, in die ich mich nun einwickelte. »Wir sind spazieren gewesen, da hat es plötzlich zu regnen begonnen.« Mir war kalt und meine Zähne klapperten aufeinander.

»Plötzlich ist gut. Habt ihr die Anzeichen nicht bemerkt?«, mischte sich nun auch B in das Gespräch ein. Im Gegensatz zu Toni wirkte sie jedoch amüsiert.

»Ich habe nicht damit gerechnet, dass das Gewitter so schnell heranziehen würde.« Ich zuckte mit den Schultern und konnte mir ein Grinsen nicht verkneifen. Wir waren wohl abgelenkt gewesen.

»Sie ziehen sich jetzt zur Beratung zurück, dann ist die Entscheidung. Fanny, wechsle besser dein nasses Kleid«, riet mir Kail. »Ein neues Mikro brauchst du auch.« Kopfschüttelnd beäugte er die Kabel, denen der Regen nicht so gutgetan hatte.

»Okidoki«, flötete ich gut gelaunt und tänzelte Kail hinterher.

Eine der Assistentinnen organisierte auf die Schnelle ein Ersatzkleid, das vermutlich noch vom Fotoshooting stammte, denn es war ziemlich freizügig, aber wenigstens trocken.

Umgezogen und glücklich kehrte ich genau rechtzeitig ans Set zurück, um Mara die letzten Anweisungen erteilen zu hören. Dann begann auch schon der Dreh und damit die zweite Entscheidung. Im Gegensatz zur letzten fühlte ich mich sicher und als Alexander als Erstes meinen Namen nannte, spürte ich erneut dieses unbeschreibliche Glücksgefühl in meiner Brust. Unbeschwert konnte ich die restliche Entscheidung mitverfolgen.

Während B freudestrahlend von Niklas in die nächste Runde gelassen wurde, war es Thomasch, der Tonis Namen sagte. Obwohl sie sich sehr darum bemühte, es sich nicht anmerken zu lassen, sah ich, wie sehr es sie enttäuschte, dass es nicht Lars gewesen war. Doch wenigstens hatte sie die Möglichkeit, ihn in der nächsten Woche zu überzeugen. Für Michelle sah es hingegen nicht so gut aus. Es waren noch fünf Frauen übrig und demnach würde nur noch eine von ihnen in die nächste Runde kommen. Thomasch war an der Reihe und da ich wusste, dass Michelle ebenfalls versuchte Lars' Herz zu gewinnen, hatte ich bereits ein schlechtes Gefühl.

»Deine Geschichte hat mich von Anfang an fasziniert und ich freue mich darauf, noch mehr über dich zu erfahren«, verkündete er und ich sah Michelle an, wie sie innerlich zusammensackte.

»Kira, ich möchte dich noch näher kennenlernen.«

Während die Angesprochene vor Erleichterung und Freude Thomasch beinahe überrannte, schluckte Michelle schwer.

»Für die anderen tut es uns wirklich leid. Wir wünschen euch für die Zukunft nur das Beste«, sagte Lars und die vier Herren traten vor, um sich von den übrig gebliebenen Mädchen zu verabschieden.

Anschließend kehrten wir in die Ladys-Villa zurück. Michelle und den anderen Ausgeschiedenen blieb gerade noch genügend Zeit, um ihre Koffer zu packen, dann kam auch schon das Taxi, das sie zum Flughafen bringen würde. Ich konnte den Moment gar nicht richtig realisieren und mir nicht vorstellen, wie es ohne sie hier sein würde. Es fiel mir schwerer als gedacht, von Michelle Abschied zu nehmen. Sie war mir bereits so ans Herz gewachsen und ich würde ihre ruhige Art in unserer Gruppe vermissen. Als ich sie zur Verabschiedung drückte, konnte ich die Tränen nicht aufhalten. Nun war ich wohl doch die Heulsuse der Staffel.

***

Seit Michelle die Villa verlassen hatte, fehlte der Ruhepol, der Tonis aufgedrehte Persönlichkeit ausgeglichen hatte, und sie war noch schlechter gelaunt als vor der Entscheidung, was vermutlich auch daran lag, dass sie Lars seither nicht mehr gesehen hatte. Auch ich war nicht begeistert darüber, wieder am Spielfeldrand zu sitzen und abwartend in der Villa Däumchen zu drehen. Doch der magische Moment mit Alexander im Regen hatte mich bestärkt und es fiel mir leichter, mit der Eifersucht umzugehen.

Erst am dritten Tag nach der Entscheidung wurde ich langsam unruhig. Der Vormittag verging ereignislos und wir stellten bereits Spekulationen an, ob heute womöglich gar kein Date stattfinden würde, als uns ein Brief erreichte. Nachdem ich die letzten Tage leer ausgegangen war, hoffte ich sehr, heute eine der Auserwählten zu sein. Gespannt hielt ich die Luft an, als Samantha die Namen aus der Einladung vorlas. Tonis und Bs Name war schon aufgerufen geworden. Es folgten: »Larissa, Tanja, …« Ich wurde immer nervöser. »Fanny …«

Ein Strom der Erleichterung durchfuhr mich und augenblicklich stellte sich Freude ein.

»Dresscode: gemütlich. Liebe Ladys! Wir laden euch heute zu einem entspannten Spieleabend in unsere Villa ein. Für Musik und Popcorn ist gesorgt. Vergesst nicht eure gute Laune!«

Von den verbliebenen zweiunddreißig Kandidatinnen waren sechzehn zum Gruppendate eingeladen. Mit den Herren machte das zwanzig Personen, also nicht gerade ein kleiner Spieleabend, sondern eher Partyverhältnisse, dennoch freute ich mich wie ein Honigkuchenpferd. Endlich würde ich Alexander wiedersehen.

Die Zeit bis zum Abend verging rasch und ich wurde immer hibbeliger, je näher die Abfahrt rückte.

»Beeilt euch ein bisschen.« Ungeduldig lehnte ich im Türrahmen des Badezimmers und beobachtete Toni und B, wie sie sich noch in Windeseile schminkten. Der Dresscode war von den meisten Damen nicht besonders ernst genommen worden und Samantha zwängte sich soeben in ein eng anliegendes Cocktailkleid, aus dessen weit ausgeschnittenen Dekolleté ihre Brüste beinahe hinaussprangen. Da ich dadurch verunsichert auch nicht im Pyjama hatte auftauchen wollen, hatte ich mich für ein Top mit Spaghettiträgern und eine blaue Jeans entschieden. Zu den schwarzen Pumps sah die Kombination sogar ziemlich schick aus.

»Geh doch schon vor«, murmelte Toni abgelenkt und scheuchte mich nach draußen.

Die Türen der anderen Zimmer standen ebenfalls offen, damit die Kameraleute leichter Aufnahmen machten konnten, und auch dort standen noch einige der Damen mit Schminkpinseln, Lockenstäben und Föhnen.

In der Eingangshalle machte ich es mir in einem gepolsterten Sessel gemütlich und beobachtete das hektische Treiben. Bewusst setzte ich mich weit genug von Mara weg, um einem Interview zu entgehen und ein paar Minuten Ruhe zu genießen.

»Fanny, kann ich kurz mit dir sprechen?«

Neugierig sah ich auf. Es war Kail, der sich unruhig umsah.

»Ja klar. Was gibt's?«

Etwas in seinem Gesichtsausdruck beunruhigte mich, seine Stirn war in Falten gelegt und wie er mich so auf Unauffälligkeit bemüht zur Seite lotste, ließ mich befürchten, ich hätte etwas verbrochen.

»Ich habe das Video gesehen«, sagte er ohne Umschweife und hielt meinem Blick stand.

Jeder andere hätte nun verwirrt gefragt, von was für einem Video er sprach. Mir hingegen war es sofort sonnenklar. Jemand anderes brachte sich auch gar nicht erst in solch eine Situation.

»Oh«, machte ich tonlos und lachte verlegen. Meine Wangen glühten. Eigentlich überraschte es mich, dass er es erst jetzt zu sehen bekommen hatte. Dennoch verstand ich nicht, warum ausgerechnet er mich jetzt damit konfrontierte. Augenblicklich hatte ich das Gefühl, mich verteidigen zu müssen.

»Ich kann das erklären«, brachte ich dann schwach hervor und wusste selbst nicht ganz, warum ich mich vor Kail rechtfertigte. Immerhin war diese Eskapade für die Show nur profitabel.

Mit einem Kopfschütteln brachte er mich zum Verstummen. »Mara will den Kuss heute in Szene setzen«, raunte er mir zu und sah sich wieder nervös um.

Verwirrt zog ich die Augenbrauen zusammen. »Was meinst du damit?«

»Geh nicht zu dem Date. Mara hat sich für heute etwas ausgedacht, wie die Sprache auf den Kuss kommt und das wird dir nicht gefallen.«

»Was? Wie meinst du das? Ich kann jetzt nicht plötzlich hierbleiben«, widersprach ich irritiert.

»Sag, dir ist schlecht oder du hast Kopfschmerzen«, murmelte er mir zu.

Gleichermaßen entsetzt wie irritiert riss ich die Augen auf. Ich hatte Tage auf ein Date mit Alexander gewartet. Diese Chance konnte ich jetzt nicht ungenutzt verstreichen lassen.

»Hör auf, dich so auffällig zu verhalten«, zischte er mir zu und sah sich verstohlen um. »Ich dürfte dir das doch gar nicht erzählen.«

»Schon gut, schon gut«, beschwichtigte ich ihn und bemühte mich um einen neutralen Gesichtsausdruck, während mein Herz wie verrückt gegen meine Brust hämmerte.

»Ich wollte dich einfach vorwarnen«, murmelte er betreten. Dann verschwand er, bevor ich auch nur ein weiteres Wort hervorbrachte und ließ mich damit allein.

Kail hatte seinen Job riskiert, um mich vorzuwarnen, und dennoch konnte ich mich nicht dazu überwinden, Mara eine Krankheit vorzuschwindeln. Zu sehr sehnte ich mich nach Alexander. Ich redete mir ein, Maras Plan auch anders entgehen zu können. Außerdem machte es keinen Unterschied, ob ich mir einen Tag Gnadenfrist einbrachte. Denn früher oder später würde sie jenen Abend gegen mich verwenden, wenn ich ihr nicht zuvorkam.

Mit gemischten Gefühlen ging ich zu den anderen zurück. Toni strahlte schon von Weitem und machte es mir damit unmöglich, mein gerade Erfahrenes loszuwerden. Würde sie von dem Kuss hören, würde sie mir niemals verzeihen und mir wurde immer mehr bewusst, wie wichtig mir ihre Freundschaft war.

»Alles in Ordnung? Du bist so blass.« B musterte mich mit einem scharfen Blick und ich zwang mich zu einem Lächeln.

»Natürlich. Ich bin nur schon ein bisschen aufgeregt.« Das war die größte Untertreibung überhaupt. Mara plante, mich in wenigen Stunden auffliegen zu lassen, und ich hatte noch keine Ahnung, wie ich diesen Plan vereiteln konnte.

Kapitel 29 – Never have I ever

Nervös schlug ich die Beine übereinander und atmete pustend Luft aus. B beäugte mich mit bohrenden Blicken, fragte aber nicht weiter nach. Im Gegensatz zu den anderen Abenden hatte der heutige ein Pyjama-Party-Flair und wäre ich innerlich nicht so angespannt gewesen, hätte die Atmosphäre geradezu heimelig sein können.

Wir befanden uns in gemütlicher Runde im Wohnraum mit Küche, der sich auf die ganze Hauslänge erstreckte, während im Hintergrund Musik spielte. Die Beleuchtung war schummrig und für einen entspannten Abend absolut passend. Auf dem niedrigen Wohnzimmertisch standen Gläser und vor Nervosität hatte ich meines bereits geleert, bevor die anderen sich überhaupt gesetzt hatten. Es fühlte sich an, als hätte ich eine tickende Zeitbombe eingesteckt und wäre unfähig, etwas dagegen zu unternehmen, denn Mara hielt die Zügel in den Händen.

»Du verhältst dich irgendwie seltsam«, zischte mir B nun doch zu und meine Hände begannen zu zittern.

Eine Antwort blieb mir im Hals stecken und ich war erstmals froh, als ein Kameramann B für ein kurzes Interview beiseitenahm.

Ich war nicht lange allein, da tauchte plötzlich Lars neben mir auf. »Alles in Ordnung?« Entspannt lehnte er sich mit dem Hintern gegen die Lehne des Sofas. Er trug eine graue Jeans und ein schwarzes, eng anliegendes T-Shirt, unter dem sich seine Bauchmuskeln abzeichneten.

Ich schluckte schwer. Ob er wohl schon wusste, was Mara plante? Es fühlte sich falsch an, ihn nicht auch wenigstens vorzuwarnen, doch ich fand nicht die richtigen Worte und die Kameras klebten bereits an uns.

»Jup, alles paletti.« Selbst ich hörte, wie aufgesetzt meine Fröhlichkeit klang und Lars sah wenig überzeugt aus. Aber ich brauchte nicht noch jemanden, der mir sagte, wie seltsam ich mich verhielt.

»Fanny, du brauchst definitiv noch einen Drink«, sagte er mit einem schiefen Grinsen, bevor ich zu meiner schnippischen Antwort ansetzen konnte.

Er erhob sich von der Sofalehne und bedeutete mir ihm in die Küche zu folgen. Mein Blick schweifte durch den Wohnraum. Alexander redete mit Herrn Dieter. Beide gingen langsam auf die Sofas zu, weshalb ich zögerte. Immerhin wollte ich nicht meinen Sitzplatz verlieren. Sollte sich Alexander nun setzen, würde sich Samantha unweigerlich gleich neben ihn pflanzen. Andererseits würde sich so womöglich doch noch eine Gelegenheit ergeben, Lars vorzuwarnen. Die Kameras mussten nur das Interesse an uns verlieren. Daher ging ich mit ihm in die Küche. Der Wohnraum war so weitläufig, dass selbst in der Küche kein Gedränge entstand. Außerdem waren die meisten nun schon mit Getränken versorgt, sodass sie Richtung Couch weiterzogen.

Lars stellte sich an den Küchentresen und mixte uns einen Cocktail.

»Hier. Mit der Kirsche schmeckt es besonders gut.« Liebevoll lächelnd platzierte er die Kirsche im Drink und reichte mir das Glas weiter. »Lass es dir schmecken.«

»Danke.« Ich erwiderte sein Lächeln halbherzig. Mit der Kamera im Rücken konnte ich das Gespräch unmöglich auf Maras Plan lenken.

»Erdnüsse?«, fragte ich stattdessen und beäugte eine Snackschüssel.

»Für mich nicht.« Der Gesichtsausdruck, den Lars dabei zog, brachte mich zum Lachen. Er sah aus, als hätte ich ihm Eingeweide angeboten, nicht lediglich Erdnüsse.

»Was hast du leicht gegen Erdnüsse?« Amüsiert hoben sich meine Mundwinkel, während er mich schräg musterte.

»Was meinst du mit leicht?«

Einen Moment starrten wir uns gleichermaßen verwirrt an, dann ging mir ein Licht auf und ich kicherte.

»Leicht ergänzen wir in Österreich gerne bei Fragen. Du kannst es durch denn ersetzen. Frage mich nicht warum, aber es ist so.« Ich zuckte mit den Schultern.

Lars sah mich an, als hielte er meine Erklärung für bescheuert.

»Ihr sagt Was machst du? und wir würden sagen Was machst du leicht? Klingt dann irgendwie nicht so direkt. Keine Ahnung – hinterfrag die Logik nicht.« Kichernd nahm ich einen Schluck meines Drinks.

»Ihr Österreicher seid schon seltsam«, zog er mich auf und grinste mich an.

»Das sagst du, während wir in Amerika sind? Hier sind die Leute seltsam«, hielt ich dagegen.

Lars hatte einfach etwas an sich. Seine Freude steckte unweigerlich an und seine Gegenwart machte mich glücklich. Zu meiner eigenen Verwunderung überlegte ich für einen kurzen Moment, wie es wohl wäre, für Lars zu kämpfen, aber dann fiel mein Blick auf Alexander, und ich war mir wieder sicher, in ihm meinen Traummann zu sehen.

»Nenn mir ein Beispiel.« Herausfordernd legte Lars den Kopf schief. Seine grauen Augen funkelten spielerisch.

»Das Überraschungseier-Verbot«, entgegnete ich wie aus der Pistole geschossen. Wie passend, wenn man bedachte, dass Waffen sehr wohl erlaubt waren.

»Was ist denn das?« Prustend hielt Lars sich den Bauch. »Sag, dass du das gerade erfindest.«

»Nein, ohne Witz. Überraschungseier sind in den USA verboten. Die Kinder könnten ja die Kleinteile verschlucken.« Nun konnte ich vor ihm wenigstens mit meinem Wissen an unnötigen Fun-Facts punkten.

»Fanny, Lars?« Thomasch winkte uns zu sich.

Während des Gespräches mit Lars hatte ich gar nicht mitbekommen, dass sich bereits alle bei der Couch versammelt hatten. Ich fing Tonis neugierigen Blick auf.

»Wir wollen ein Spiel spielen.«

»Wir kommen schon«, rief Lars ihm zu. »Dann schauen wir mal, wer sich heute als Erster vor laufender Kamera die Kante gibt«, raunte er mir leise zu und ich musste kichern.

Nun, da es allerdings ernst wurde, kam auch die Nervosität, die ich während des Gesprächs mit Lars vollkommen abgeschüttelt hatte, zurück.

Zu meinem Verdruss hatte mich die Kamera auch davon abgehalten, ihn vorzuwarnen.

»Nicht so trödeln.«

Ich spürte Lars' Atem im Nacken und wäre vor Schreck, ihm so nah zu sein, beinahe in der Bewegung erstarrt. Als ich einen kurzen Blick zurückwarf, funkelten seine Augen schelmisch. Ich setzte gerade zu einer pfiffigen Antwort an, da klopfte Niklas mit einem Löffel gegen ein Glas und zog damit die allgemeine Aufmerksamkeit auf sich.

Dennoch drehte ich mich schnell zu Lars um. »Jetzt aber wirklich schnell«, murmelte ich ihm ins Ohr und kicherte, wofür mir Niklas einen mahnenden Blick zuwarf. Es überraschte mich selbst, wie ungezwungen und losgelöst ich mich in Lars' Gegenwart gab.

»Auf einen schönen Abend«, sagte Niklas und alle prosteten sich zu. Ich setzte mich mit einer Hälfte meines Pos auf die Armlehne des Sofas neben B. Mein perfekter Platz war nun natürlich weg.

»Schon alle Plätze besetzt?«, fragte Alexander, während Lars aus der Küche einen Barhocker holte.

Ich nahm aus den Augenwinkeln wahr, dass er auch nach einem zweiten für mich griff, doch da hob sich Alexander halb aus seinem Sessel und zog mich kurzerhand zu sich.

»Huch«, rief ich überrascht aus, als ich auf seinem Schoß landete. Wie durch ein Wunder verschüttete ich nichts aus meinem Cocktailglas.

»Platz genug für uns zwei, oder?« Spitzbübisch grinste er mich an.

Im ersten Moment war ich noch zu überrumpelt, dann breitete sich ein warmes Kribbeln in meinem Inneren aus.

»Ich sitze bequem«, gab ich zurück und legte kokett den Kopf schief. Wären wir jetzt doch nur allein gewesen. Stattdessen spürte ich die Blicke eifersüchtiger Mitstreiterinnen und einiger penetranter Kameras auf mir.

»Was wollen wir spielen?«, fragte Samantha forsch in die Runde.

Nur mühsam hielt sie ihr Lächeln aufrecht, wohingegen ich mir meines nicht verkneifen konnte. Der Couchsessel war breit genug, sodass Alexander und ich zu zweit normal nebeneinander hätten sitzen können. Dennoch lagen meine Beine auf Alexanders Oberschenkel und wie selbstverständlich hatte er seine Hand auf meinem Knie abgelegt. Die Position wäre eine perfekte Einladung gewesen, ihm meinen Arm um die Schulter zu legen. Doch ich traute mich nicht. Stattdessen hielt ich mein Cocktailglas mit beiden Händen fest und versuchte normal zu atmen, während mein Puls auf Hochtouren lief.

»*Wahl, Wahrheit oder Pflicht* – ist doch klar.« Thomasch lehnte sich mit einem breiten Grinsen nach vorne.

»Später, wenn wir schon ein bisschen betrunkener sind«, warf Larissa ein und spielte kokett mit einer Haarsträhne. »Wie wäre es für den Anfang mit *Ich hab noch nie*.«

»Au ja.« Samantha klatschte begeistert in die Hände.

Obwohl in mir die Alarmglocken schrillten, verschwand das Lächeln nicht von meinem Gesicht. Alexanders Nähe fühlte sich auch einfach zu gut an. Er roch gut – irgendwie nach Zitrone und etwas anderem, das ich nicht benennen konnte. Es erinnerte mich an das Parfüm, das ich Mark zu Weihnachten geschenkt hatte.

»Das ist doch kindisch«, murmelte Marissa und konnte nur schwer verbergen, dass ihr die Entwicklung des Abends missfiel.

»Wie sind die Spielregeln?«, fragte Anna dazwischen.

»Derjenige, der dran ist, sagt etwas, das er noch nie getan hat. Zum Beispiel: Ich hab noch nie meine Haare gefärbt. Dann muss jeder einen Schluck trinken, der das schon mal gemacht hat«, erklärte Marissa.

»Ich möchte anfangen.«

War klar, dass dieser Satz von Samantha kam. Unter normalen Umständen hätte ich nun einen genervten Blick mit Toni oder B gewechselt. Doch ich war viel zu gut gelaunt für auch nur ein negatives Gefühl. Ich war mit so großen Befürchtungen hergekommen, aber nun in Alexanders Gegenwart war einfach alles im Lot. Es hätte gar nicht besser laufen können. Wir waren uns so nah, wie es nur unter Pärchen üblich war und immer wieder murmelte er mir etwas ins Ohr, was mich zum Lachen brachte. Die neidischen Blicke der anderen prallten einfach an mir ab.

»Ich hab noch nie ein Auto gefahren«, verkündete Samantha und alle außer ihr selbst mussten trinken.

»Du bist noch nie selbst mit dem Auto gefahren?«, fragte Thomasch ungläubig und Samantha zuckte mit den Achseln.

»In der Stadt kann man alles mit der Bahn oder dem Bus erreichen. Daher war es nicht notwendig, den Führerschein zu machen. Außerdem lasse ich mich ohnehin viel lieber herumfahren«, setzte sie scherzend hinterher. »Irgendwelche Bewerber als Chauffeur?«

Die Stimmung war ausgelassen. Aber aus nachvollziehbaren Gründen wollte niemand allzu prekäre Details aus dem Privatleben vor der Kamera verraten, weshalb die Aussagen recht human ausfielen und bisher keine großen Skandale aufgedeckt worden waren. Zum Glück ...

»Ich muss das wohl wieder auffüllen«, sagte Alexander und deutete auf sein nun leeres Glas. Weshalb ich von seinem Schoß rutschte und ihn gehen ließ. Für einen kurzen Moment hatte ich den Eindruck, er würde mir einen Kuss aufs Haar drücken, dann hielt er sich doch zurück und schenkte mir nur ein schiefes Grinsen. Es hatte zwischen uns gefunkt. Das spürte ich klar und deutlich.

Larissa war als Nächste an der Reihe. Während ich ihr zuhörte, folgte mein Blick ganz unbewusst Alexander, der soeben mit einem gefüllten Glas aus der Küche kam.

»Ich habe noch niemanden in diesem Raum geküsst«, sagte Larissa plötzlich und mir war, als würde mir das Herz in die Hose rutschen.

»Die Aussage ist blöd«, entgegnete Samantha und warf sich eine Salzbrezel in den Mund. »Jetzt muss doch niemand trinken.« Sie stockte allerdings, als Lars in dem Moment sein Glas hob.

Scheiße – was sollte ich jetzt tun? Mein Blick traf den von Alexander und als er das Entsetzen in meinen Augen sah, verschwand sein Lächeln. Lars sah mich abwartend an. Das Blut rauschte in meinen Ohren und ich wusste keinen Ausweg. Kail hatte mich ja gewarnt – das war also Maras Plan gewesen. Ob sie Larissa zuvor angewiesen hatte genau die Aussage im Spiel einzubauen? Nun erinnerte ich mich daran, dass auch sie es gewesen war, die das Spiel in erster Linie vorgeschlagen hatte.

Ich saß in der Zwickmühle. Würde ich jetzt nicht trinken, stünde ich zu allem Übel auch noch als Lügnerin da. Nur ein schneller, ganz kleiner Schluck. Bestimmt würde es niemand bemerken. Das war natürlich Unsinn. Als ich mein Glas an den Mund setzte, lagen alle Blicke auf mir. Doch Alexanders Enttäuschung schmerzte am meisten. Da nur ich und Lars aus unseren Gläsern getrunken hatten, war offensichtlich, wen ich geküsst hatte und damit verletzte ich nicht nur Alexander …

Ich vernahm ein wütendes Aufschnaufen. Das war Toni.

»Ich kann das erklären«, begann ich, da war sie schon aufgesprungen. »Verdammt.« Selbst dass die Kameras meine Reaktion aufzeichneten, war mir egal. Tränen der Wut traten mir in die Augen. Das war alles Maras Schuld. Mein Blick wanderte durch den Raum. Es war nicht zu übersehen, wie zufrieden sie mit ihrem Werk war. Kail lächelte mir mitleidig zu.

»Wow – Fanny, damit hätte ich ja jetzt nicht gerechnet.« Samantha lachte ungläubig auf. Ansonsten verhielten sich alle mucksmäuschenstill. Selbst die Musik im Hintergrund sorgte für die eigentlich nicht fehlende Dramatik. Mir wurde ganz heiß. Plötzlich war der Raum viel zu stickig.

»Ich muss hier raus«, stammelte ich und verschüttete beinahe meinen Drink, als ich hochschnellte. Ich konnte Alexander nicht in die Augen sehen.

»Fanny, warte«, rief Lars, aber ich drehte mich nicht um.

Merkte er denn nicht, dass er damit alles nur noch viel schlimmer machte? Auf der Suche nach Toni zog es mich in den Garten. Sie war wütend auf mich, das würde sich kaum ignorieren lassen. Doch wie sollte ich es ihr erklären, ohne vollkommen bescheuert zu klingen?

»Toni?«, rief ich, als ich eine Gestalt auf der Hollywoodschaukel ausmachen konnte.

»Lass mich einfach in Ruhe.« Sie schniefte.

»Bitte, lass mich das alles erklären. Es ist ganz anders, als es aussieht.« Ich klang verzweifelt.

»Ist es das bei dir nicht immer?«, entgegnete sie verächtlich.

Erschrocken zuckte ich zurück. Ihre braunen Augen funkelten voller Wut, während Tränenspuren auf ihren Wangen glänzten.

»Erinnerst du dich noch, als ich bei dem Blind Date gewesen bin – ich habe nicht gewusst, dass es Lars gewesen ist. Ich dachte …«

»So lange geht das schon?«, kreischte sie förmlich auf. »Und du hast mir nichts gesagt? Wie kannst du nur? Du hast mich absichtlich angelogen. War das von Anfang an deine Strategie?«

Ich nahm nur am Rande den sich nähernden Kameramann wahr. Aber das war nun nicht wichtig. Mir war egal, was der Rest der Welt von mir hielt, solange Toni nicht dachte, ich hätte ihr Lars ausspannen wollen.

»Es war alles nur ein dummes Missverständnis …«

»Du kannst mich mal mit deinen dummen Missverständnissen. Weißt du, was ich glaube?« Sie ließ mir keine Zeit, meine ohnehin nicht existierende Vermutung zu äußern. »Ich glaube, das gehört alles nur zu deiner Show. Das ist doch nicht mehr normal. Du hast es doch nur darauf abgesehen, immer die Aufmerksamkeit zu bekommen. Aber darauf habe ich keine Lust mehr.«

»Toni, bitte hör mir zu«, flehte ich mit Tränen in den Augen.

Doch Toni schüttelte den Kopf. »Ich bin fertig mit dir.«

Jedes ihrer Worte traf mich wie ein Pistolenschuss. Fünf an der Zahl. Damit war ich dann wohl tot.

***

Der Morgen danach war genauso schrecklich, wie der restliche Verlauf des Abends es gewesen war. Toni hasste mich ganz offenkundig und Alexander hatte ich nicht mehr gesehen, weshalb ich keine Möglichkeit gehabt hatte, ihn über das Missverständnis aufzuklären. Wenn möglich, war das sogar noch schlimmer. Denn nachdem wir das Wohnzimmer verlassen hatten, hatte sich das Gruppendate in ein spontanes Einzeldate verwandelt. Wie ich von B erfahren hatte, hatte Alexander sich für Luisa entschieden. Wir anderen waren daraufhin nach Hause zurückgebracht worden, wo Toni ihre Sachen gepackt hatte, um im Zimmer von Rachel und Marissa zu schlafen.

Damit ich nicht ganz allein war, hatte B bei mir übernachtet. »Toni wird sich wieder beruhigen«, beschwor mich B am nächsten Morgen. Wenigstens sie hielt noch zu mir. Dennoch hatte ich keine Ambitionen, mein Zimmer zu verlassen und mich der wütenden Meute zu stellen. Alle waren sauer wegen des verheimlichten Kusses und es war ihnen egal, aus welchen verdrehten Gründen er zustande gekommen war.

»Das glaube ich nicht. Sie ist wirklich verletzt.« Trübsinnig starrte ich gen Decke.

»Ich gehe frühstücken«, murmelte ich schließlich und richtete mich auf. Vermutlich schliefen die anderen Mädchen noch. Damit konnte ich mich zumindest in den Wohnraum hinaustrauen.

»Es ist doch noch viel zu früh. Schlaf weiter.«

Doch ich hörte nicht auf B. Für Schlaf war ich viel zu aufgedreht. Vor der Glasfront im Wohnzimmer ging gerade die Sonne auf und eine Weile stand ich einfach auf der Terrasse und blickte auf das Meer hinaus. Das Haus lag noch in völliger Stille da und ich genoss die Ruhe. Wäre da nicht das Gefühl gewesen, dass es sich dabei nur um die Ruhe vor dem Sturm handelte.

»Fanny?«

Überrascht blickte ich mich um. In dem Moment betrat Kail die Terrasse.

»Kail. Was machst du denn hier? Sind Mara und das Team auch schon da?« Gehetzt sah ich mich um. Hätte ich das gewusst, hätte ich mein Bett doch noch nicht verlassen.

»Nein, keine Sorge. Ich bin allein hier. Also nicht ganz allein.« Er verzog das Gesicht zu einer Grimasse.

Ich konnte weder deuten, was er mir damit sagen wollte, noch was ihm daran missfiel. Irritiert legte ich den Kopf schräg.

»Wovon redest du?«

»Ich habe jemanden mitgebracht, der mit dir sprechen möchte.«

Mein Herz schlug mit einem Mal viel schneller. Alexander? Ich traute mich nicht, zu hoffen.

»Er wartet unten am Strand auf dich.«

»Keine Kameras?« Skeptisch erwiderte ich Kails Blick.

»Keine Kameras«, bestätigte er und schenkte mir ein halbherziges Lächeln.

»Danke.« Aus einem Impuls heraus fiel ich ihm um den Hals. »Danke für alles.«

Dann stürmte ich auch schon den kurzen Weg von der Terrasse an den Strand. Der Sand gab unter meinen nackten Fußsohlen nach und eine angenehme Morgenbrise zerzauste meine offenen Haare. Ich sah Alexander bereits aus der Ferne. Mit dem Rücken zu mir sah er auf den türkisblauen Ozean hinaus und beobachtete den Sonnenaufgang. Mein Herz schlug wie wild in meiner Brust und Nervosität ließ mich den Atem anhalten.

»Hallo«, sagte ich leise, um auf mich aufmerksam zu machen.

Langsam drehte er sich um und sein Blick aus den ozeanblauen Augen erzeugte in mir eine prickelnde Wärme. Sein Gesicht verriet seine Gefühle nicht und nervös wartete ich ab, was nun geschehen würde.

»Es war ein Missverständnis«, begann ich, als er immer noch nichts sagte. »Es tut mir so leid. Aber es war wirklich nur ein Missverständnis.«

Plötzlich verzog sich sein Mund zu einem breiten Grinsen. »Ich weiß und ein ganz schön Lustiges.«

Unsicher, ob ich mitlachen sollte, versuchte ich es mit einem kleinen schüchternen Lächeln.

»Lars hat mir alles erklärt«, gestand er und ich taumelte vor Erleichterung. »Warum gerätst ausgerechnet du immer in solche Situationen?«

Das fragte ich mich schon mein Leben lang. Doch eine Antwort blieb mir im Hals stecken. Alexander war mir nicht böse? Das war wohl fast zu schön, um wahr zu sein. Und zu einfach. Denn war in meinem Leben nicht immer alles kompliziert?

»Du bist nicht sauer?« Zaghaft begann mein Herz vor Freude schneller zu schlagen.

»Natürlich nicht.« Warm lächelte er mich an. Dann zog er mich ohne Vorwarnung in seine Arme und küsste mich. Der Kuss war sanft und gleichzeitig berauschend, ich hatte das Gefühl, vor Glück zu bersten. Selbst als wir uns schwer atmend voneinander lösten, konnte ich nicht glauben, dass das wirklich gerade passierte. »Das war schon lange überfällig«, raunte er mit einem schelmischen Grinsen auf den Lippen.

»Das war es«, stimmte ich beschwingt zu. Dann überbrückte ich den Abstand zwischen uns und küsste ihn erneut.

Kapitel 30 – Bling, Bling und Pomp

Mit Alexander war nicht alles verloren und mit dieser Gewissheit fiel es mir viel leichter, die bösen Blicke der anderen Kandidatinnen zu ertragen. Einzig Toni vermisste ich sehr. Aber sie ignorierte mich noch immer geflissentlich, obwohl auch B versucht hatte, ihr die Umstände zu erklären.

Vor der dritten Entscheidung fürchtete ich mich nicht und strahlte bis über beide Ohren, als Alexander mich in die nächste Runde bat. Toni und B kamen auch beide weiter und Toni wurde diesmal sogar von Lars aufgefordert. Daher hoffte ich, ihre Wut mir gegenüber würde sich mildern. Doch dem war nicht so. Wenigstens wurde unter anderem Larissa nach Hause geschickt, der ich ohnehin nicht wirklich über den Weg getraut hatte.

Die Herren befanden sich im Date-Stress und durch die kleiner werdende Gruppe an Kandidatinnen bekamen wir immer mehr Gelegenheiten, uns mit unseren Auserwählten zu treffen. Auch die vierte Entscheidung ging ohne größere Zwischenfälle über die Bühne und mittlerweile waren wir bereits fast einen Monat in der Show. Egal ob im Einzel- oder Gruppendate, ich freute mich Alexander zu sehen und mit jedem Treffen wurden wir vertrauter. Es war verrückt und fühlte sich gleichzeitig wie ein neues Leben an.

B benahm sich ganz wie ein Scheidungskind und verbrachte abwechselnd Zeit mit Toni und mir. Um die Tage daher nicht vollkommen in Isolation zu verbringen, freundete ich mich weiter mit Marissa und ihrer Schwester Rachel an.

Wie an den meisten Tagen saßen wir auch heute gemeinsam mit ein paar anderen am Pool. Der Rest war währenddessen auf einem Gruppendate. Inzwischen waren schon ein paar erste Küsse gefallen und die Emotionen kochten immer häufiger hoch. Nun, da echte Gefühle im Spiel waren, bewegten wir uns ständig auf dünnem Eis und sobald jemand glücklich von einem Date zurückkam, lag Eifersucht in der Luft wie dicker Nebel. Die anfängliche Freundlichkeit gegenüber allen Kandidatinnen war schnell zu Neid und Lästerei umgeschwungen.

»Nein, diese Kurven sind echt. Keine OPs, obwohl ich meine Nase schon ganz gerne verändern würde«, meinte Rachel gerade und sah sich in einem kleinen Handspiegel an.

»Aber deine Nase ist toll«, widersprach B. »Wer von hier glaubt ihr, hat schon mal unter dem Messer gelegen?«

Rachels Blick schweifte zu den anderen, die in einer Reihe auf Handtüchern auf der Wiese lagen und sich alle zehn Minuten in der Sonne wendeten. »Anjas Lippen sehen aufgespritzt aus und Samanthas Brüste sind nicht echt, da wette ich mit dir.«

»Meinst du wirklich?«, fragte Marissa erstaunt.

»Absolut. Für das Endergebnis würde ich das ja auch machen. Aber allein die Vorstellung, dass die Silikonbälle dann neben meinen Knochen übrig bleiben, finde ich dann doch zu grotesk.«

Im Gegensatz zu ihrer Schwester machte sich Rachel allerdings keine Mühe, leise zu sprechen und bei ihren Worten richtete sich Samantha auf. Sie schob ihre Sonnenbrille zurecht, weshalb ihr Gesichtsausdruck schwer zu lesen war. Doch als sie aufstand und zurück ins Haus ging, war ich mir sicher, dass sie Rachel gehört hatte.

»Oje«, murmelte ich leise. »Wir sollten uns entschuldigen.«

Rachel zuckte lediglich mit den Schultern und lehnte sich im Liegestuhl zurück.

»Wenn du tot bist, kann es dir auch herzlich egal sein, was in deinem Sarg übrig bleibt«, entgegnete B.

»Ich bin gleich wieder zurück«, murmelte ich und klinkte mich aus dem Gespräch aus.

Es dauerte eine Weile, bis ich Samantha im Badezimmer fand. Sie stand im Bikini vor dem Spiegel und kämmte ihre blonden Haare.

»Was willst du?«, blaffte sie mich an.

»Es tut mir leid, wir hätten nicht so über dich sprechen dürfen.«

»Als ob, dir tut es doch nur leid, dass ich euch gehört habe. So bröckelt dein Engels-Image«, gab sie blasiert zurück.

»Ich habe kein Engels-Image. Aber gut, wenn du meine Entschuldigung nicht hören willst, auch egal.« Ich wandte mich zum Gehen.

»Aber Rachel hat recht. Es sind Implantate. Genau genommen habe ich sie im Zuge meiner Brustrekonstruktion bekommen. Ich dachte mir, wenn ich schon zu dem winzigen Bruchteil gehöre, der in jungen Jahren Krebs bekommt, dann möchte ich dafür wenigstens optische Vorzüge.« Ohne mit der Wimper zu zucken, erwiderte sie meinen Blick ausdruckslos.

»Oh.« Gleichwohl überrascht wie erschrocken blinzelte ich sie an. Damit hatte ich wirklich nicht gerechnet. Nun kam ich mir erst recht wie ein schrecklicher Mensch vor. Es hatte uns nicht zugestanden, über das Äußere anderer zu urteilen. »O mein Gott. Das tut mir unglaublich leid. Ich wusste nicht, dass …«

»Mitleid bringt mir auch nichts«, entgegnete sie und unterbrach mich damit resolut. Dann wurde ihr Gesichtsausdruck überraschend weicher. »Aber danke.«

Ich lächelte ihr noch mal entschuldigend zu, dann drehte ich mich um. Kurz bevor ich das Badezimmer verlassen konnte, ließ mich ihre Stimme noch mal herumfahren.

»Ich frage mich wirklich, was sie alle an dir finden.«

»Wie bitte?« Ich glaubte mich verhört zu haben.

»Na, du weißt schon. Alexander … und Lars kann seine Augen ja auch nicht von dir lassen.« Ein geradezu teuflisches Grinsen erschien auf ihrem Gesicht. »Ich glaub, sie stehen auf deine hilflose Art. Ich muss sagen, ich habe dich wirklich unterschätzt.«

»Ich bin nicht hilflos«, entgegnete ich, unsicher, was ich davon halten sollte. »Zumindest nicht immer.«

Doch Samantha redete einfach weiter. »Ich hingegen bin viel zu selbstbewusst, das schüchtert die Männer ein.« Geziert drehte sie sich vor dem Spiegel, dann scheuchte sie mich voran, sodass wir wieder zurück ins Wohnzimmer gingen.

»Äh ja, bestimmt.« Samantha war zwar nicht die angenehmste Gesellschaft, aber wenigstens redete sie mit mir. Im Gegensatz zu Toni. Außerdem schien Samantha anders, als ich sie bisher eingeschätzt hatte.

»Fanny, Samantha – kommt ihr bitte mal her«, rief Kail vom anderen Ende des Wohnraumes.

»Uhhlala – wenn der Schönling ruft. Beeilung, Fanny.« Samantha schwang ihre Hüften und tänzelte Richtung Terrasse.

Gemeinsam gingen wir nach draußen zu den anderen. An der Veränderung der Atmosphäre wusste ich sofort, dass ein Brief oder eine andere Botschaft gekommen sein musste. Alle Kandidatinnen standen schnatternd in einem Kreis um Chloe herum und automatisch begann auch mein Herz nervös zu flattern. Ich bemühte mich, nicht zu Toni hinüberzusehen, sie hätte mir ohnehin nur einen bösen Blick zugeworfen.

»Ladys, vier Einladungen.« Mit vier beigefarbenen Kuverts wedelnd strahlte sie in die Runde.

»Eine für dich.« Sie reichte einen Briefumschlag an B.

»Tanja.« Diese quiekte vor Freude auf.

»Fanny.« Ich? Mein Herz schlug einen Purzelbaum.

Den letzten Umschlag behielt Chloe selbst. Es war klar, was die Einladungen bedeuteten und meine Hände zitterten so sehr, dass ich das goldene Siegel beinahe nicht brechen konnte.

»Einzeldates«, fiepte Marissa und hüpfte wie ein Flummi auf und ab. Rachel legte ihr eine Hand auf die Schulter, um sie zur Ruhe zu zwingen.

»Wir dürfen mit auf eine Gala«, kreischte Chloe voller überschwänglicher Begeisterung und brachte damit beinahe mein Trommelfell zum Platzen.

Mit fahrigen Fingern machte nun auch ich das Kuvert auf und zog die Karte hervor. Ich sah lediglich auf die Unterschrift und begann zu strahlen, als ich Alexanders Namen erkannte.

***

Ich war noch nie auf einer Gala gewesen und hatte keine Vorstellung davon, was mich erwarten würde. Doch solange ich mit Alexander unterwegs war, war es mir ohnehin egal, wo wir uns befanden.

»Wow, Fanny. Das Kleid sieht umwerfend aus.« B seufzte verzückt.

»Nicht schlecht.« Ebenfalls an meinem Bettende saß Samantha. Allerdings war sie angespannt und neben der strahlenden B sah sie etwas fehl am Platz aus.

»Danke.« Zufrieden strich ich den Stoff des bodenlangen Kleides glatt. Das wundervolle Abendkleid war mir extra für die Gala zur Verfügung gestellt worden und kostete bestimmt ein kleines Vermögen. Aber am Wichtigsten, es passte mir wie angegossen. Seitlich hatte es einen langen Schlitz, sodass man meine Beine beim Gehen sehen würde. Der Ausschnitt war herzförmig und meine Schultern waren frei. Einzig eine silberne Kette zierte meinen Hals. Der Stoff war im selben Mitternachtsblau gehalten wie das Kleid, das ich am ersten Abend hatte tragen wollen, jedoch im Badezimmer einer Pfütze zum Opfer gefallen war.

»Apropos.« Während B ihr Make-up perfektionierte, wandte ich mich Samantha zu. »Weißt du noch den ersten Abend hier in der Villa. Hast du damals mein Kleid eventuell versehentlich in die Wasserlache fallen lassen?«, fragte ich sie direkt.

Sie zuckte mit den Schultern. »Ich habe das Kleid nicht absichtlich ins Wasser geworfen. Ich dachte, ich täte dir damit einen Gefallen.«

»Wirklich?« Überrascht wurden meine Augen groß.

Daraufhin legte sie allerdings den Kopf in den Nacken und lachte laut auf. »Nein. Es war absolute Absicht. Ich war wohl wirklich einfach gemein.«

Kurz starrte ich sie verblüfft an. Dann entwich auch mir ein Glucksen. Wenigstens war sie ehrlich.

»Bitte warne mich vor, solltest du mich die Treppe hinunterstoßen wollen«, entgegnete ich und war mir nicht sicher, ob es wirklich ein Scherz war.

Es war schon seltsam, wie das Leben spielen konnte. Vor einem Jahr hätte ich mir nie träumen lassen, heute in einer gigantischen Villa in Amerika zu stehen und mit der Person herumzualbern, die gerade zugegeben hatte, absichtlich gegen mich intrigiert zu haben. In diesem Moment kam Toni an der Zimmertür vorbei und mir verging die gute Laune schlagartig. Auch Samantha registrierte die Veränderung.

»Sie wird sich schon wieder einkriegen.« Obwohl ihre Worte gut gemeint waren, erzielten sie nicht die gewünschte Wirkung.

Ich fühlte mich schlecht und sah betreten zu Boden. Die silbernen, funkelnden High Heels blitzten unter dem Saum des Kleides hervor und auch wenn es nicht einfach werden würde, darauf zu gehen, hatte bei ihrem Anblick im Schuhgeschäft mein Frauenherz sogleich höhergeschlagen und Sandra war der Meinung gewesen, sie dürften keinesfalls zu Hause bleiben.

»Viel Spaß bei der Gala. Alexander scheint dich wirklich zu mögen.« Samantha begleitete mich und B in die Eingangshalle.

»Ärgert dich das denn gar nicht?« Misstrauisch sah ich sie an. Womöglich plante sie bereits ihre Rache und ich war nur so blöd, auf ihre plötzliche Freundlichkeit hereinzufallen. »Immerhin bist du doch auch für Alexander da, oder?«

»Ich bin eher der Typ, dem die Männer hinterherjagen. Dass ich nun konkurrieren soll, um den Mann zu erobern, gefällt mir nicht so gut wie gedacht.« Sie lachte leichthin.

»Sind die anderen auch schon fertig?« Kail eilte durch die Eingangshalle mit einem Klemmbrett unter dem Arm.

»Sie kommen gleich.« Ich atmete tief durch.

»Zeig Alexander und der ganzen Welt, was in dir steckt. Hau sie alle vom Hocker.« Samantha lächelte mir aufmunternd zu.

***

Alle vier Kandidaten unterstützten regelmäßig Hilfsorganisationen und auch bei der heutigen Gala würden Spenden für Kinder in Entwicklungsländern gesammelt werden.

Alexanders soziales Engagement war nur noch ein weiterer Punkt, der seine Persönlichkeit unwiderstehlich machte. Er war wirklich der Traummann schlechthin.

Wir wurden einzeln von den Männern in Limousinen abgeholt. Während der Fahrt unterhielten wir uns gut, wobei ich immer nervöser wurde. Schlussendlich kamen wir am Veranstaltungsort an und Alexander drückte beruhigend meine Hand. Es war geradezu absurd, aus dem Wagen zu steigen und von einem Blitzlichtgewitter erwartet zu werden. Ich klammerte mich an Alexanders Arm wie eine Ertrinkende. Mein Herz klopfte wie verrückt und ich schluckte schwer. Die Kameras kamen von allen Seiten und ich konnte kaum noch unterscheiden, welche zum obligatorischen Fernsehteam und welche zur amerikanischen Presse gehörten.

»Achtung Stufe.« Alexanders Stimme drang wie durch Watte an mein Ohr.

Mein Blick zuckte Richtung Boden und vorsichtig nahm ich die mit rotem Teppich bedeckte Treppe in Angriff, die zum Eingang des Gebäudes führte. Der Stoff meines Kleides war gefährlich lang und ich musste aufpassen, mich mit der Schuhspitze nicht darin zu verfangen.

B und Niklas gingen einige Schritte vor uns. Für B waren die Paparazzi kein Problem. Voller Selbstbewusstsein und Klasse poste sie vor den Kameras und strahlte von innen heraus.

»Habe ich dir schon gesagt, dass du heute einfach bezaubernd aussiehst?« Alexander schenkte mir ein strahlendes Lächeln und unter normalen Umständen hätte ich verzückt zurückgelächelt. Doch mit den weit aufgerissenen, blauen Augen und blassen Wangen hätte das Lächeln wohl ziemlich verrückt ausgesehen. Wie die Mischung aus einem Psycho-Clown und dem verrückten Hutmacher.

Daher beschränkte ich mich auf ein einfaches »Danke«.

»Jetzt werden noch ein paar Red-Carpet-Fotos gemacht und anschließend eventuell ein Interview. Fühlst du dich dazu bereit?«

Ich rechnete es Alexander hoch an, wie fürsorglich er sich nach meiner Meinung zu dieser Aufgabe erkundigte. Doch ich ging nicht wirklich davon aus, dass Mara ein »Ich fühle mich noch nicht bereit für ein Interview, bei dem ich mich vor der ganzen Welt blamieren könnte« zählen lassen würde.

»Klar«, entgegnete ich stattdessen. »Wird bestimmt lustig.«

Ja, lustig für die Zuschauer. Für mich allerdings würde es die Hölle werden. Zittrig holte ich tief Luft. Den anderen drei Mädels fiel es augenscheinlich viel leichter, sich im Rampenlicht zu präsentieren. Ein um das andere Mal fragte ich mich, wie ich hier nur gelandet war.

»Lächeln«, rief mir Alexander in Erinnerung.

Wie geheißen hob ich die Mundwinkel für die unzähligen Kameras, während Alexander beschützend seinen Arm um meine Taille legte.

»Kommt hier herüber«, rief Kail und winkte uns zu sich.

Nervös ließ ich mich von Alexander über die Stufen nach oben navigieren. Etwa auf halbem Weg gesellten wir uns zu den anderen drei Pärchen. Ich hatte die berechtigte Angst, durch einen Schweißausbruch in Gänze zu schmelzen. Die Aufregung und der laue Sommerabend fühlten sich an wie eine Stunde in einer finnischen Dampfsauna.

»Wer möchte bei den Interviews den Anfang machen?«, erkundigte sich Kail.

»Fanny? Wollen wir?« Alexander schien sich vor der Kamera überaus wohlzufühlen und seine blauen Augen funkelten gut gelaunt.

Davon war ich leider wenig begeistert. »Ja?« Meine Antwort war mehr eine Frage, dennoch schien mein Schicksal damit besiegelt.

»Gut, dann folgt mir.«

Mit großen Schritten gingen Alexander und Kail voraus. Die Reporterin wartete bereits in einigen Metern Entfernung auf uns und Alexander schien völlig zu vergessen, dass ich mit meinen High Heels und dem Kleid zu nicht mehr als kleinen Trippelschritten in der Lage war.

Plötzlich sah ich allerdings einen aus den Medien nur allzu bekannten Mann – war das nicht Prinz Harry? Schlimm genug, dass ich gerade vor allen Kameras wie ein dümmliches Lamm dem englischen Prinzen hinterherstarrte, ich vergaß auch noch vollkommen die Länge meines Kleides. Meine Schuhspitze verhedderte sich im Saum des Stoffes und sobald ich um Gleichgewicht ringend mit den Armen ruderte, wusste ich schon, was als Nächstes passieren würde.

»Oohhh Aahhh«, machte ich wenig hilfreich und griff hilfesuchend ins Leere.

Die Stufen kamen immer näher und ich fiel nach vorne wie eine Meerjungfrau an Land. Und das war noch nett ausgedrückt. Vermutlich zog ich vor Schreck gerade ein Gesicht wie ein Fisch.

Im letzten Moment packten mich zwei starke Arme und fingen mich auf. Stumm erwiderte ich den intensiven Blick aus Lars' blaugrauen Augen. Ich war mir der klickenden Kameras schmerzlich bewusst. Ich konnte mir die Schlagzeilen bildlich vorstellen: Frau wegen Prinz Harry in Ohnmacht gefallen, aber von Traumprinz gerettet. Vor meinem geistigen Auge kam Lars in silberner Rüstung auf einem weißen Eisbären über den roten Teppich geritten. Schnell verdrängte ich jene absurden Gedanken.

Auch Lars wirkte überrascht mich in den Armen zu halten und mein Herz schlug, wenn überhaupt möglich, noch schneller.

»Danke«, murmelte ich leise.

Seine Hände an meinen nackten Schultern waren glühend heiß. Die Atmosphäre zwischen uns knisterte förmlich und ich traute mich nicht zu atmen.

»Fanny? Alles in Ordnung?« Das war Alexanders Stimme.

Schnell richtete Lars mich auf und ließ von mir ab.

Ich nickte nur stumm. In meinem Hals hatte sich ein Kloß gebildet und obwohl ich es mir nicht recht erklären konnte, fühlte ich mich plötzlich ganz seltsam. Dort wo zuvor gerade noch Lars' Hände ein wohliges Prickeln auf meinen Armen hervorgerufen hatten, begann ich nun vor Kälte zu zittern. Ich verspürte Einsamkeit und sehnte mich nach seiner Nähe.

Normalerweise hätte ich nun irritiert die Augenbrauen zusammengezogen, doch ich war mir der Anwesenheit der Kameras bewusst und bemühte mich um Fassung. Vorsorglich legte nun Alexander seinen Arm um meine Taille, doch das drückende Gefühl wich dennoch nicht von mir. Ich warf einen kurzen Blick über meine Schulter. Tanja hatte sich besitzergreifend bei Lars eingehakt, aber er schien nicht wirklich Notiz davon zu nehmen. Unsere Blicke trafen sich. Verlegen biss ich mir auf die Unterlippe, dann sah ich schnell weg und versuchte mich auf das Interview zu konzentrieren.

Eigentlich sollte ich vollkommen aus dem Häuschen sein. Immerhin befand ich mich in Amerika auf einer noblen Gala und trug ein umwerfendes Kleid, das vermutlich mehr gekostet hatte, als Ellas VW-Wagen wert war. Vor keinen fünf Minuten war Prinz Harry an uns vorbeispaziert und nun führte ich auch noch ein Interview mit der Presse. Mein Leben war absolut verrückt. Doch zu meinem Leidwesen war das Interview total bescheuert. Ich konnte mir nicht vorstellen, dass auch nur irgendjemand dort draußen eine dieser Fragen interessieren könnte, und dennoch meisterte ich es souverän – absolut untypisch für mich. Mich hatte eine kühle Gelassenheit erfasst und es fühlte sich an, als stünde ich neben mir.

Nachdem das Interview beendet war, musste ich mich immer wieder dazu ermahnen, den Blick nicht zu Lars wandern zu lassen, und fokussierte stattdessen geradezu penetrant meine eigenen Hände. Bei Alexanders Worten sah ich auf.

»Du wirkst irgendwie abwesend. Sicher, dass alles in Ordnung ist?« Er musterte mich von der Seite.

Während Lars und Chloe noch das letzte Interview gaben, warteten wir bereits im Inneren des Gebäudes. Es wimmelte nur so von Leuten in schicken Abendkleidern und Anzügen. Irgendwo saß jemand am Flügel und spielte klassische Musik, die mich in einen eigenartigen Trancezustand versetzte.

»Ja, ist nur ganz schön viel Trubel hier«, redete ich mich schwach raus.

»Wir müssen auch nicht mehr lange bleiben.« Mit einem typischen Alexander-Lächeln sah er mich an.

Ich wollte schon protestieren, immerhin würden wir wohl kaum gehen dürfen, solange Mara und Herr Dieter das nicht auch so wollten.

»Wenn du möchtest, können wir noch zu mir. Eventuell noch das ein oder andere Gläschen Wein trinken und ungestört reden …«

Abwartend sah er mich an. In die Herren-Villa? Das bedeutete, die ersten Übernachtungsdates standen an. Mein Herz klopfte nervös. Würde das bedeuten, dass Lars Tanja zu sich einlud?

»Ja, das klingt toll«, erwiderte ich schnell und atmete tief durch. Warum machte ich mir überhaupt über Lars Gedanken? Endlich lief mit Alexander alles genau so, wie ich es mir erträumt hatte.

Kapitel 31 – Herzbeben

Der Abend nach der Gala war grandios. Es war die erste Nacht, die wir gemeinsam und ganz ohne Kameras verbringen durften und wir redeten lange bis in die Morgenstunden. Alexander erzählte mir viel über seine Familie. Offenbar kannte er die Steiermark deswegen, da seine Schwester wegen einer Urlaubsliebe nach Österreich gezogen war. Natürlich weckte das auch in mir die Frage, ob Alexander dazu bereit wäre, meinetwegen in ein anderes Land zu ziehen. Laut traute ich mich das allerdings nicht auszusprechen.

Nach dem Frühstück brachte mich Kail in die Ladys-Villa zurück und ich vermisste Alexander schon, sobald ich durch die Tür war. Am liebsten wäre es mir gewesen, er hätte sofort die Koffer gepackt, um mit mir die Show zu verlassen. Doch so spielte es sich in der Realität natürlich nicht ab.

Zum fünften Entscheidungsabend waren wir wieder in die Herren-Villa eingeladen geworden. Ich konnte es kaum glauben, dass nun wirklich schon über ein Monat vergangen war. Einerseits war es mir unbegreiflich, wie viel in dieser kurzen Zeit passiert war, und gleichzeitig fühlte es sich schon viel länger an. Denn ohne Internet und Co. blieb so viel Zeit für einen selbst und seine eigenen Gedanken.

Wie ich vermutet hatte, waren nach der Gala auch Chloe, Tanja und B zu einem Übernachtungsdate eingeladen geworden. B war über alle Maße von Niklas angetan und auch zwischen ihnen war der erste Kuss gefallen. Bei Tanja und Lars schien es nicht so gut gelaufen zu sein und ich wusste nicht, warum mich diese Nachricht so erfreut hatte. Ich redete mir ein, es würde an Tanjas Persönlichkeit liegen, denn alles andere hätte ich mir selbst nicht erklären können. Am nächsten Tag hatte es noch ein Gruppendate gegeben, bei dem ich nicht dabei gewesen war, und nun folgte auch schon wieder ein Entscheidungsabend.

Niklas leitete die Nacht mit einer kurzen Ansprache ein und verkündete, es würde heute eine kleine Talentshow geben. Im ersten Moment hielt sich die Begeisterung in Grenzen und alle hätten gerne mehr Vorbereitungszeit gehabt. Denn ein kamerataugliches Talent ließ sich schließlich auch nicht so ohne Weiteres aus dem Hut zaubern. Thomasch ging schlussendlich als gutes Beispiel voran und präsentierte uns einen Stepptanz. Am Ende bekam er tosenden Applaus, obwohl er mich ja insgeheim an ein Pferd auf Asphalt mit einem epileptischen Anfall erinnert hatte.

»Wenn ihr Requisiten oder ein besonderes Lied für euren Auftritt braucht, wendet euch damit an Kail«, informierte Mara.

Ich überlegte fieberhaft, womit ich heute brillieren wollte. Da ich mich weder zu singen noch zu tanzen traute und ich weder steppen noch jonglieren oder feuerspucken konnte, liebäugelte ich mit dem Vortragen eines Gedichtes. Das war zwar nicht unbedingt ein Talent per se, doch so streng würden das die Herren schon nicht sehen. Wenigstens das Reden vor Menschen war ich gewohnt und daher gab es eigentlich auch keinen Grund zur Nervosität. Allerdings war ich ein Tollpatsch und ich musste bereits jede potenzielle Gefahr im Vorhinein eliminieren. Ich kannte das Gedicht, das ich rezitieren wollte, auswendig, doch um mich gegen ein mögliches Blackout zu wappnen, wollte ich die Worte doch lieber auf einem Zettel festhalten.

Die meisten Kandidatinnen waren wie auch ich mit der Vorbereitung ihrer Aufgabe beschäftigt, sodass die Herren im Gegensatz zu sonst relativ frei am Rande standen. Lars unterhielt sich am Pool mit Tanja. Thomasch zeigte Anna, wie man richtig steppte und Niklas half B bei einem Handstand (Ein Glück, dass sie heute einen Hosenanzug statt eines Kleides trug).

Alexander unterhielt sich mit Kail und ich entschied mich dazu, die Chance zu ergreifen, um vor der Entscheidung noch ein paar Worte mit Alexander zu wechseln. Ich verließ meinen Platz auf dem Liegestuhl und ging zu ihnen.

»Hallo«, sagte ich hibbelig und strich mir eine Haarsträhne hinters Ohr.

Alexander sah auf und seufzte. Klang das etwa genervt?

»Hallo Fanny. Ich kann gerade nicht«, antwortete er und stieß mich damit vollkommen vor den Kopf. Keine Sekunde später wandte er sich wieder Kail zu. Seine abweisende Reaktion kränkte mich und im ersten Moment war ich sprachlos.

Aber die Kamera war direkt neben mir, daher wollte ich mir keine Blöße geben. »Kein Problem. Ich wollte ohnehin zu Kail«, log ich.

»Oh«, machte er überrascht. Nun sah er mir doch wieder in die Augen.

»Kann ich mit dir sprechen, wenn ihr hier fertig seid?«, fragte ich an Kail gerichtet und als dieser nickte, ging ich zurück zu den Liegestühlen.

»So, wie kann ich dir helfen?« Geschäftig kam Kail einen Moment später auf mich zu.

»Hast du vielleicht einen Zettel und Stift für mich? Das wäre großartig.«

»Klar. Komm schnell mit.«

Ich folgte ihm in die Villa. Bei den Interviewplätzen nahm er von einem der Tische ein Klemmbrett und riss aus einem Collegeblock mehrere Seiten heraus. Dann reichte er sie mir gemeinsam mit einem Kugelschreiber weiter.

»Klasse, danke.«

Da rief auch schon jemand anderes nach Kail und er eilte weiter. »Gern geschehen. Komm zu mir, solltest du noch etwas brauchen.«

Draußen war für meinen Geschmack viel zu großer Rummel und da ich mich konzentrieren musste, setzte ich mich auf einen der gemütlichen Interviewsessel und umschlang mit meinen Armen eines der herzförmigen Polster. Gerade als ich das letzte Wort niedergeschrieben hatte, hörte ich Schritte. Ich sah auf und erkannte Lars, der die Theke ansteuerte. Ich beobachtete, wie er sich in der Küche ein Getränk mischte und jenes schlussendlich exte. Ganz offensichtlich hatte er mich noch nicht bemerkt.

»Wow, was hast du heute Abend denn noch vor?«, kommentierte ich eine Spur schockiert. Der Whiskyanteil hatte den der Cola ganz eindeutig in den Schatten gestellt.

Ertappt drehte er sich mir zu. »Das war für die Nervenberuhigung«, entgegnete er verlegen und kratze sich den Kopf. »Mara zwingt mich heute zu breakdancen und das habe ich seit meiner Studienzeit nicht mehr gemacht.«

Er füllte sich das Glas noch mal auf. Diesmal verzichtete er ganz auf die Cola und kam zu mir.

»Du kannst breakdancen?«, fragte ich beeindruckt.

»Ich konnte«, verbesserte Lars und vor Grauen schien es ihn zu schütteln. »Wenigstens bin ich nicht der Einzige, der sich heute blamieren wird. Alexander muss singen und er ist deswegen schon den ganzen Tag ein einziges Nervenbündel.«

War das etwa der Grund, warum er mich vorhin so angefahren hatte?

»Wird schon gut gehen. Ich hoffe, du brichst dir nicht den Hals«, scherzte ich.

Mit einem Stöhnen setzte sich Lars auf einen der Sessel neben mir. »Du lachst, dabei ist das gar nicht so unwahrscheinlich. Ich bin wirklich aus der Übung.«

»Sieh es positiv: Solltest du dich verletzen, hast du zumindest eine ganze Reihe von Damen, die sich darum reißen werden, sich um dich kümmern zu dürfen.«

Bei meinen Worten verspürte ich einen eifersüchtigen Stich, der mich selbst am meisten überraschte. Woher kam dieses plötzliche Gefühl?

»Ganz großartig. Dann ist es mir das ja fast wert«, entgegnete er sarkastisch und nahm noch einen großen Schluck aus seinem Getränk. »Wie unhöflich von mir, möchtest du auch etwas zu trinken?«, bot er mir an.

»Äh, ja bitte einen Moskito«, antwortete ich von meinen eigenen Gedanken abgelenkt.

Lars lachte als Antwort glucksend. »Sicher ein Moskito und nicht lieber einen Mojito?«, zog er mich auf. »Wie betrunken bist du schon?«

»Ich sollte wohl doch besser nüchtern bleiben. Für meinen Auftritt brauche ich schließlich einen klaren Kopf«, antwortete ich errötend. In Wahrheit machte mich wohl seine Gegenwart nervös, auch wenn ich es nicht zugeben wollte.

Nach einer kurzen Stille drehte sich Lars auf seinem Sessel, sodass er mir von Angesicht zu Angesicht gegenübersaß und stützte sein Kinn auf seiner Hand ab.

»Du hast letztens gesagt, du seist wegen Alexander in die Show gekommen, richtig?«

Ich nickte. »Ja, nachdem ich ihn in dem Werbespot gesehen habe, habe ich mich angemeldet.«

»Was findest du eigentlich an ihm?« Er klang ehrlich neugierig.

»Für dich hört sich das bestimmt verrückt an, aber er ist genau wie der Traummann, den ich mir als Kind für meine Zukunft ausgemalt habe.«

Tatsächlich hoben sich Lars' Mundwinkel amüsiert. »Willst du mich jetzt aufziehen? Du hast dich bei der Show beworben, nur weil er so aussieht wie ein Märchenprinz, den du dir vor Jahren imaginiert hast?«

»Ein bisschen mehr Verständnis hätte ich mir von dir schon erhofft. Hattest du keine Traumfrau?«

Ich seufzte gespielt resigniert und legte Zettel und Kissen beiseite, um meine Arme zu verschränken. Meine Fassade blieb allerdings nicht lange aufrecht und ich musste herausfordernd grinsen. Mit Lars hatte ich irgendwie immer das Gefühl, ein pubertierendes Schulmädchen auf Klassenfahrt zu sein. Er kitzelte in mir das Bedürfnis hervor, scherzend durch die Wellen zu springen und im Sand Schneeengel zu hinterlassen. Da war es mit Alexander ganz anders. Er war so erwachsen und es war geradezu unmöglich, seine Gedanken zu durchschauen. Während der Show würden wir nie die Chance bekommen, uns vollkommen ungezwungen näher kennenzulernen. Aber das, was ich bisher von ihm erfahren hatte, reichte aus, um verrückt nach ihm zu sein.

»Nein, habe ich nicht.« Lars' amüsierter Gesichtsausdruck wurde ernster. »Ich möchte es verstehen. Warum hast du dich für ihn entschieden?«

»Weil ich an Liebe auf den ersten Blick glaube.«

»Ist das nicht etwas oberflächlich?«

Lars meinte es bestimmt nicht böse, dennoch kränkten mich seine Worte. Vielleicht auch gerade deswegen, weil sie ein wenig Wahrheit beinhalteten. Ich hatte mich von Anfang an auf Alexander eingeschossen gehabt, dabei hatte ich zu jenem Zeitpunkt nicht mehr als das Aussehen von ihm gekannt.

»Schau nicht so entsetzt. Ich halte dich nicht wirklich für oberflächlich.« Lars stieß mir neckend in die Seite. »Diesen Eindruck machst du nicht auf mich.«

»Welchen Eindruck mache ich denn auf dich?«, konterte ich.

Seine Antwort kam wie aus der Pistole geschossen. »Als wärst du aus Versehen hier gelandet.«

Einen Moment sahen wir uns nur an, dann prusteten wir los.

»Nicht aus Versehen, aber auch nicht wirklich mit Absicht.« Ich zuckte unentschlossen mit den Schultern. »Als ich Alexander gesehen habe, ist es einfach klar gewesen.«

»Was ist klar gewesen?« Lars' blaugraue Augen verengten sich kaum merklich.

»Dass er der Richtige ist.« Ein warmes Gefühl prickelte in meiner Magengegend. »Manchmal frage ich mich, ob Liebe eine Krankheit ist.«

Ausgelassen lachte er, sodass sich um die Augenpartie Lachfältchen bildeten, die ihn wie einen Teddybären aussehen ließen.

»Tu nicht so, als wärst du noch nie verliebt gewesen«, entgegnete ich spöttisch.

»Doch, ich glaube schon. Aber nie so richtig. Mein Herz hat meinen Verstand nie ausgeschaltet.« Er hob die Schultern.

»Ernsthaft?« Ungläubig sah ich ihn aus großen Augen an. »Keine verrückten Kurzschlussreaktionen aus Liebe?« Oder wie in meinem Fall aus Liebeskummer.

Ein erneutes Schulterzucken seinerseits.

»Liebe ist das Schönste überhaupt.«

»Selbst wenn man sich dafür im Fernsehen vor dem ganzen Land zum Clown macht?«, zog Lars mich lachend auf.

Der Schlag saß. Aber ich zuckte mit den Schultern. »Wenn man verliebt ist, liegt Magie in der Luft und das rückt alles andere in den Hintergrund.«

»Du bist so …« Doch ich sollte nicht mehr erfahren, als was er mich bezeichnen wollte, denn in diesem Moment begann sich die Erde unter unseren Füßen zu bewegen.

»Was ist das?«, kreischte ich auf.

Mein Körper wurde von einem leichten Vibrieren erfasst, das immer stärker wurde. Ein Blick zur Decke zeigte mir, dass die Lampen schwankten und das Licht flackerte.

»Ein Erdbeben«, rief Lars gegen den Lärm des in Bewegung geratenen Hauses an. »Weg von den Glasscheiben. Komm, schnell!« Er packte mich am Arm und zog mich auf den Boden. Gerade hätte ich bestimmt auch keinen Schritt über den bebenden Untergrund geschafft. »Unter den Tisch dort!«

Schützend lotste Lars mich in die Richtung des Tisches, zu dem wir auf allen vieren krabbelten. Überall hörte ich Glas klirren und ich konnte nicht zuordnen, ob es nur das Geschirr war oder dem Erdbeben eine der Glasfronten zum Opfer gefallen war. Schubladen fielen aus den Regalen und als ein Schrank nur wenige Schritte neben uns nach vorne und auf den Boden knallte, schrie ich erschrocken auf.

»Wir haben es gleich geschafft. Schnell, dorthin«, murmelte mir Lars beruhigend zu.

Ich war vor Angst wie gelähmt und wäre Lars nicht da gewesen, hätte ich keine Ahnung gehabt, wie ich mich am besten in Sicherheit brachte.

Nebeneinander drängten wir uns unter dem stabilen Holztisch zusammen und verharrten dort. Lars zog mich an sich und ich legte meine Wange an seine Schulter. Mein Herz hämmerte in meiner Brust und meine Nerven waren zum Zerreißen gespannt. Doch Lars' Umarmung hüllte mich in ein sicheres Gefühl und dankbar schloss ich die Augen.

Kapitel 32 – Schlechte Nachrichten

Sobald das Erdbeben vorbei war, dauerte es eine Weile, bis wir uns aus unserem Versteck trauten. In der Villa herrschte vollkommenes Chaos. Es sah aus wie auf einem Schlachtfeld. Sobald wir das Freie erreichten, hörte ich aufgeregte Schreie.

»Da sind sie!« Mit einem Blick erfasste ich die Lage. Die anderen saßen zusammengekauert auf der Wiese, wo die Gefahr von umfallenden Gegenständen getroffen zu werden, am geringsten war.

»Himmel Herr Gott. Seid ihr unverletzt?« Mara lief auf uns zu. Es war das erste Mal, dass ich sie aufgelöst erlebte.

»Ja, es geht uns gut«, versicherte Lars ihr.

»Gut. Sind die Kameras bereit?« Tief durchatmend wandte sich Mara an die ganze Gruppe. Schneller als gedacht hatte sie sich wieder gefasst und rang sich sogar ein überzeugendes Breitmaulfrosch-Lächeln ab. »Bitte hört jetzt alle gut zu. Aus gegebenem Anlass werden wir die Entscheidung auf einen anderen besonderen Abend der nächsten Woche verschieben.«

Ein Murmeln ging durch die Kandidatinnen. Aber hatten sie ernsthaft erwartet, wir würden trotz Schutt und Asche die Entscheidung durchziehen?

»Ich bitte euch, hier gesammelt zu warten, bis die Strom- und Gasleitungen im Gebäude überprüft worden sind. Gleich werde ich auch ein Team zur Ladys-Villa schicken. Sobald wir grünes Licht haben, gebe ich euch Bescheid.«

***

Im Gegensatz zur Herren-Villa war die Ladys-Villa gut weggekommen und als wir zurück ins Haus durften, nahmen wir den Schaden in Augenschein. Die Statik des Hauses war unbeschädigt, aber die Einrichtung hatte einige

Verluste zu beklagen. Ich hatte noch nie ein Erdbeben miterlebt. Aber da Kalifornien für seine starken Erdbeben bekannt war, hätte ich wenigstens daran denken können, mich vorab zu informieren. Zum Glück war Lars an meiner Seite gewesen. Wäre er zu jenem Zeitpunkt nicht ins Haus gegangen, wäre ich vermutlich von einer herabfallenden Vase erschlagen worden. Dementsprechend war ich ihm wirklich etwas schuldig.

Die nächsten Tage vergingen in gähnender Langweile. Das Team war mit der Schadensbekämpfung beschäftigt und wir rechneten ständig mit Nachbeben. Bei der kleinsten Bewegung blieb mein Herz vor Schreck beinahe stehen. Handwerker gaben sich die Klinke in die Hand und es herrschte ein Kommen und Gehen. Da, um auf Nummer sicher zu gehen, alle Leitungen überprüft wurden.

Trotz der Umstände gab es vereinzelt Dates, aber ich war nie unter den Auserwählten. Stattdessen lenkte ich mich damit ab, an meinem Buch zu arbeiten und die Geschehnisse der Show darin zu verarbeiten. Heute Morgen hatte ich bewusst nicht gefragt, wer für das Einzeldate ausgewählt worden war, um meinen eifersüchtigen Gedanken nicht noch zusätzliches Gift zum Nähren zu geben. Stattdessen lenkte ich mich mit meinem Notizbuch ab und verbrachte den Tag unter der Decke.

Es war bereits gegen Abend, als Kail mich in meinem Zimmer aufspürte. Ohne Kameramann oder Mara hatte er das bisher nie getan, weshalb ich verwundert aufsah.

»Fanny? Kommst du bitte mal kurz mit?« Sein Gesicht war angespannt und automatisch beschlich mich ein ungutes Gefühl.

»Ist etwas nicht in Ordnung?«, fragte ich und dachte sofort an mein Buch. Hatte Toni womöglich in ihrer noch immer nicht abgeklungenen Wut auf mich ausgeplaudert, was ich damit plante?

Vorsichtshalber klappte ich meinen Notizblock zu und stand auf, um Kail zu folgen. Er antwortete nicht auf meine Frage und ich befürchtete, die Lage nur noch zu verschlimmern, sollte ich ihn zu sehr drängen. Schweigend gingen wir durch die Villa. Da die anderen Kandidatinnen im Garten saßen, begegneten wir niemanden und verließen das Haus durch die

Eingangstür. Nebeneinander spazierten wir die Straße hinauf. Ich vermutete, es war ein Weg parallel zum Strand, den ich aber noch nie selbst gegangen war.

»Dort vorne ist das Haus des Produktionsteams«, erklärte Kail, als wir in eine Einfahrt bogen.

»Es gibt ein Produktionsteam-Haus?« Ich konnte die Überraschung nicht aus meiner Stimme verbannen.

»Natürlich, wo glaubst du, sollten wir sonst die Zeit während der Dreharbeiten hier in Übersee leben?« Für einen kurzen Moment hoben sich seine Mundwinkel amüsiert, dann wurde er allerdings wieder ernst.

Bei dem von Kail erwähnten Haus handelte es sich um eine genauso große, wenn auch nicht so luxuriöse Villa. Sie befand sich am Strandabschnitt etwa in der Mitte zwischen der Ladys- und der Herren-Villa.

»Wohnen Mara und Herr Dieter auch hier?« Ein ungutes Gefühl nahm von mir Besitz.

»Ja, das tun sie.«

Ohne Zweifel brachte mich Kail zu Mara, damit ich Ärger bekam. Andernfalls würden sie mich wohl kaum in die privaten Räume bringen und das auch noch ohne Kamera. Kails düsteres Verhalten sagte bereits alles. Ich war ja so was von geliefert. Gerne hätte ich ihn ausgefragt, doch mir blieb jegliche Frage im Hals stecken. Ich schluckte schwer.

Wir betraten die Villa und Kail führte mich einen langen Gang entlang. Ich war so nervös, dass ich kaum dazu kam, mich umzusehen. Vielmehr war ich vollauf damit beschäftigt, einen Fuß vor den anderen zu setzen, ohne umzukippen.

»Mara?« Kail klopfte vorsichtig an die nur angelehnte Arbeitszimmertür.

»Ah, ihr seid da. Schön, bitte kommt herein.«

Ich wusste ihre freundliche Stimme nicht zu deuten. Einerseits konnte es sich um die Ruhe vor dem Sturm handeln, andererseits klang sie wirklich warm. Auf jeden Fall nicht so süffisant, wie ich es mir ausgemalt hatte.

»Kail, sei so nett und lass uns für einen Moment allein.«

Erschrocken versuchte ich Kails Blick aufzufangen. Ich wollte nicht mit ihr allein gelassen werden. Doch er sah stur auf den Boden und verschwand dann durch die Tür.

»Bitte setz dich«, forderte mich Mara auf und zaghaft nahm ich auf dem Stuhl vor dem Schreibtisch Platz.

Meine Hände waren ganz schwitzig und mein Herz klopfte nervös. Nun trat tatsächlich ein, wovor ich mich von Anfang an gefürchtet hatte. Jeder würde erfahren, dass ich ein Buch über die Show schrieb und Alexander und der Rest der Welt würden mich für eine aufmerksamkeitssüchtige Autorin halten. Wirklich großartig.

»Leider habe ich schlechte Nachrichten für dich«, eröffnete Mara und rückte ihre schwarz eingefasste Brille zurecht. Damit war die Show für mich gelaufen. Natürlich erst, nachdem sie mich vor der Öffentlichkeit bloßgestellt hatten. Mein Herz verkrampfte sich schmerzhaft.

»Dein Großvater hatte einen Schlaganfall.«

»Was?«, fragte ich verblüfft und merkte, wie mir zeitgleich das Herz in die Tiefe fiel.

»Deine Schwester hat uns kontaktiert. Es tut mir wirklich sehr leid.«

Eine drückende Taubheit überzog mich von Kopf bis zu den Zehen. Tränen traten mir in die Augen.

»Lebt er?«, fragte ich schwach und schluckte schwer.

Mara nickte ernst. »Ja, er ist am Leben und die Operation ist gut verlaufen. Momentan liegt er allerdings auf der Intensivstation.«

»Ich muss mit meiner Schwester sprechen«, brachte ich mühsam hervor. Mein Atem ging flach und mir saß ein dicker Kloß im Hals.

»Natürlich. Du kannst sie von hier aus anrufen.« Mitfühlend lächelte mich Mara an und deutete auf das Telefon.

Mit zitternden Fingern wählte ich Ellas Nummer und Mara entfernte sich taktvollerweise aus dem Arbeitszimmer, um mich allein zu lassen.

»Komm schon – geh ran«, beschwor ich Ella durch den Hörer. Doch niemand hob ab. »Verdammt.«

Mir brannten Tränen in den Augen und Verzweiflung ballte sich in mir zusammen. Plötzlich spürte ich in vollem Ausmaß, wie weit ich von meiner

Familie entfernt war. Es war eine drückende Leere, die mir die Luft zum Atmen nahm und mich einsam und allein zurückließ. Als Ella nach weiteren drei Anrufen noch immer nicht abhob, gab ich auf.

Hals über Kopf verließ ich das Haus und rannte die knarrenden Holzstufen der Veranda hinunter, den kühlen Sand unter meinen Füßen. Dunkelheit umhüllte mich und ich gestattete mir den Tränen freien Lauf zu lassen. Es war bereits spät und die anderen Kandidatinnen in der Villa würden sich zweifelsohne fragen, wohin ich verschwunden war. Doch ich konnte nicht einfach so wieder zurück. Obwohl mir Mara versichert hatte, dass mein Großvater lebte und es ihm so weit gut ging, sehnte ich mich danach, die Worte von meiner Schwester zu hören. Ihr vertraute ich. Eine Familie musste in schweren Zeiten zusammenhalten. Ich verfluchte mich für die Entscheidung, weggegangen zu sein. Was hatte ich mir dabei nur gedacht?

Eine Weile wanderte ich rastlos den Strand auf und ab, dann hielt ich es nicht mehr länger aus. Zu sehr sehnte ich mich nach Alexanders Nähe und Trost. Es war mir egal, ob die Kameras mich in meinem aufgelösten Zustand sehen würden. Ich wollte nicht mehr allein sein. Entschlossen ging ich auf die Herren-Villa zu. Ich kannte den Weg vom Morgen, als mich Kail nach meinem Einzeldate mit Alexander zurück in die Ladys-Villa gebracht hatte.

Als ich mein Ziel erreichte, war die Villa hell erleuchtet und die Terrassentüren standen offen, weshalb ich über die steinerne Treppe die Anhöhe hinaufging. So versunken in meine düsteren Gedanken bemerkte ich die Personen auf der Terrasse zu spät. Erst als mich ein Kameramann blöd anglotzte, verharrte ich überrascht. Dann wanderte mein Blick weiter, um zu sehen, was die Kamera gerade filmte und mein Herz blieb stehen. Auf der Hollywoodschaukel saßen eng umschlungen zwei Gestalten. Augenblicklich erkannte ich die wellige Haarmähne, die unverkennbar zu Sherry gehörte. Rittlings saß sie auf dem Schoß eines Mannes, dessen Hand unter ihren Rock gewandert war.

»Oh«, machte ich perplex. Die zweite Gestalt löste sich aus dem Kuss und sah auf. Der Blick aus den azurblauen Augen war wie ein Sturz in eiskaltes Wasser.

»Fanny«, sagte Alexander schockiert, doch da hatte ich mich schon umgedreht und stürmte davon. »Fanny! Was machst du hier? Warte!«

Ich ignorierte seine Rufe und lief zum Strand. Der Sand unter meinen Füßen war uneben und ich knickte immer wieder mit den Knöcheln um. Sherry würde bestimmt bald in die Villa zurückkehren und allen von ihrem Kuss mit Alexander erzählen. Unmöglich konnte ich dorthin zurück.

»Fanny? Was für ein Zufall, das hier scheint unser Platz zu sein«, hörte ich eine vertraute Stimme gut gelaunt rufen und bevor ich mich's versah, warf ich mich Lars in die Arme. Schluchzend klammerte ich mich an seine Schultern und ließ meinen Gefühlen freien Lauf.

»Was machst du hier am Strand? Was ist los?« Seine Freude, mich zu sehen, verwandelte sich in Sorge. Er selbst trug Sportklamotten und kam offenbar gerade von einer Laufrunde.

»Keine Ahnung«, schniefte ich aufgelöst.

»Komm, ich bring dich ins Haus«, murmelte er und hob mich hoch. Tränen verschleierten meinen Blick.

»Nein, nicht dorthin. Ein Kameramann ist bestimmt schon hinter mir her!«

»Was? Warum? Könntest du mir bitte mal erklären, was gerade los ist?«

»Ich … ich …« Doch ich brachte keinen zusammenhängenden Satz zustande.

»Okay.« Er überlegte einen Moment. »Ich weiß, wo wir uns verstecken können. Dort sucht uns bestimmt niemand.«

Er trug mich bis zur Veranda des Produktions-Hauses und setzte mich dort ab. Wir schlichen uns durch den menschenleeren Gang, dann zog Lars eine unscheinbare Tür auf und schob mich sanft in das Zimmer. Der abgelegene Raum glich einer zu groß geratenen Besenkammer. Allerdings war er vollgestopft mit Technikkram und Requisiten. An Kleiderstangen hingen seltsame Kostüme, die die Frage aufwarfen, ob hier zuvor das Team von Jurassic Park gewohnt hatte. In der hinteren Ecke stand ein Sofa, auf dem mich Lars nun absetzte. Obwohl es draußen warm war, kuschelte ich mich in eine Decke, die über die Lehne gelegt worden war. Es gab mir das Gefühl, als würde sie mich zusammenhalten, während mein gebrochenes Herz noch irgendwo vor Alexanders Füßen auf der Terrasse lag.

Lars schloss die Tür hinter sich. Dann setzte er sich neben mich.

»Möchtest du jetzt darüber reden, was dich so aufgeregt hat?«

»Bitte, können wir über etwas anderes reden?« Oder am besten gar nicht ... Reden machte Dinge erst real. Anstatt Akzeptanz verspürte ich ein tiefes Verlangen, einfach zu vergessen.

»Nicht weinen«, murmelte Lars und fing mit seinem Daumen eine Träne auf, die über meine Wange rollte.

»Tut mir leid. Ich will dich nicht so runterziehen«, schniefte ich und schüttelte entschuldigend den Kopf.

»Es tut mir weh, dich so traurig zu sehen.« Mit einem warmen Lächeln nahm Lars mich in den Arm.

So saßen wir eine Weile einfach da. Es tat gut, seine Nähe zu fühlen und seinem Herzschlag zu lauschen. Doch je weiter sich meine Gedanken verstrickten, umso präsenter wurde der Schmerz, den mir Alexander bereitet hatte und der sich genauso anfühlte wie der, den Marks Betrug verursacht hatte.

»Ich möchte einfach an nichts denken.« Erneut traten Tränen in meine Augen. Aber anstatt mein Gesicht wieder an seiner Schulter zu verbergen, erwiderte ich seinen Blick. Es war nicht wirklich ein Gedanke oder ein Entschluss. Genau genommen dachte ich eigentlich gar nicht. Doch plötzlich drückte ich meine Lippen auf seine und küsste ihn mit voller Leidenschaft.

»Stopp«, murmelte er und schob mich von sich. »Fanny? Was tust du da?«

»Es tut mir leid.« Verschämt senkte ich den Blick. »Ich dachte nur ... das hätte ich nicht machen sollen ...«, stammelte ich. Seine Zurückweisung sollte mich nicht überraschen, schließlich war es dumm anzunehmen, Lars hätte noch Interesse, nachdem ich ihn klar und deutlich zurückgewiesen hatte. Ich sprang auf, sodass die Wolldecke zu Boden fiel.

»Warte, wo willst du hin?« Lars stand ebenfalls auf.

»Zurück. Es war ein Fehler hierherzukommen. Es tut mir leid, ich wollte dich nicht so überfallen und ich dürfte ohnehin nicht hier sein.« Ich lachte schwach, um zu überspielen, wie verlegen ich war. Was hatte ich mir nur dabei gedacht, in Lars' Armen Schutz zu suchen?

Er packte mich an den Schultern, sodass mir nichts anderes übrig blieb, als seinen Blick zu erwidern.

»Ich weiß, du bist wegen Alexander hier und irgendetwas muss vorgefallen sein, weshalb du so aufgelöst bist. Ich möchte die Situation nicht ausnutzen, aber ich will auch nicht einer von den Idioten sein, der seine Chance auf Liebe verpasst, nur weil er zu feige war den Mund aufzumachen.«

»Lars«, sagte ich überrascht, unfähig ein weiteres Wort zustande zu bringen.

»Lass mich ausreden, bevor du mir das Herz brichst.« Er lächelte schwach, aber mit funkelndem Schalk in den Augen, wie ich es von ihm gewohnt war. »Du hast mich von Anfang an bezaubert und es macht mich krank zu sehen, wie du dich von Alexander blenden lässt. Du hast Liebe verdient – aber echte. Keine einstudierte Show, die nur für das Fernsehen gut ist.«

Stumm sahen wir uns an. Mein Herz klopfte viel zu schnell und mir wurde ganz schwindelig.

»Jetzt darfst du etwas sagen«, sagte er und hob die Mundwinkel, als ich immer noch nichts antwortete.

Ich war sprachlos. Meine Gefühle fuhren Achterbahn und es war unmöglich, sie in Worte zu fassen. Ich holte tief Luft. Doch anstatt zu einer Erwiderung anzusetzen, überbrückte ich den Abstand zwischen uns und küsste ihn. Diesmal stieß er mich nicht weg. Der Kuss war lang und innig. Seine Hände fuhren über meinen Körper und ich genoss das prickelnde Gefühl auf meiner Haut.

Nur am Rande bekam ich mit, wie wir zurück auf das Sofa wanderten. Ich beugte mich über ihn, sodass meine blonden Haare sich aus dem Knoten lösten. Zärtlich strich er sie aus meinem Gesicht, während er meinen Hals mit Küssen bedeckte. Jede Berührung löste eine kleine Explosion an Endorphinen in meinem Körper aus und ungestüm verlor ich mich in seinen Berührungen. Bevor ich mich's versah, zog er den Reißverschluss meines Kleides nach unten. Schwer atmend schlüpfte er aus seinem T-Shirt und warf es unachtsam auf den Boden.

»Bist du dir auch wirklich sicher, dass du das willst?«

»Ich will dich«, flüsterte ich heiser.

***

Ich musste eingeschlafen sein, denn als ich flatternd die Augenlider hob, befand ich mich nicht in meinem Bett in der Villa, sondern nackt, lediglich in eine Decke gewickelt, neben Lars. Verdammt! Was hatte ich mir dabei gedacht? Mein Herz schlug panisch in meiner Brust. So eine bescheuerte Idee. Nun hatte ich nicht nur riskiert sofort aus der Show zu fliegen, sondern auch mit Lars' Gefühlen gespielt.

Meine Gedanken waren ein einziges Durcheinander und ich hatte keine Ahnung, was das zu bedeuten hatte. Obwohl mir nur zu gut bewusst war, wie kindisch es war, einfach abzuhauen, fühlte ich mich in dem Moment nicht bereit, ein klärendes Gespräch zu führen.

Darauf bedacht, ihn nicht zu wecken, entwirrte ich vorsichtig die Decke um meinen Körper und suchte meine Kleidung zusammen. Auf leisen Sohlen tapste ich zum Eingang. An der Tür verharrte ich für einen kurzen Moment und warf einen Blick über meine Schulter. Lars schlief noch immer tief und fest. Ich schlüpfte nach draußen in den Flur. Vermutlich hätte ich ihn wenigstens wecken sollen, doch dazu konnte ich mich nicht durchringen. Das Haus war vollkommen leer, vermutlich schliefen alle noch. Draußen ging gerade die Sonne auf und ich sehnte mich nach frischer Luft, die mir hoffentlich einen klaren Kopf bringen würde.

Plötzlich hörte ich Schritte. Erst wirbelte ich herum, da registrierte ich, dass sie aus genau jener Richtung kamen. Der Flur war zu lang, um es ungesehen bis in den Wohnbereich zu schaffen, daher drehte ich um und zog wahllos die Tür zu meiner Linken auf. Mit wild klopfendem Herzen versteckte ich mich an die Wand gekauert und wartete ab. Sobald die Schritte verklungen waren, richtete ich meine Aufmerksamkeit auf das Zimmer. Ich war in Maras Büro gelandet. Wenigstens war es keines der Schlafzimmer.

Dennoch nichts wie weg von hier. Hektisch legte ich die Hand auf den Türgriff, drückte nach unten und zog daran. Anstatt die Tür damit zu öffnen, hielt ich plötzlich den metallenen Türgriff in der Hand.

»Verdammt«, fluchte ich leise und versuchte den Griff wieder anzusetzen, doch er hielt nicht. Ich rüttelte daran, aber die Tür blieb, wo sie war. Ich war eingesperrt.

Kapitel 33 – Versöhnung

Eine Weile überlegte ich fieberhaft, was ich tun sollte. Doch nach einem Blick aus dem schmalen Fenster, das gleich unterhalb der Decke ansetzte, verwarf ich den Plan, aus dem Fenster zu klettern, sofort wieder. Ganz abgesehen davon befanden wir uns zu hoch oben, um unverletzt hinunterzuspringen.

Ich ging zum Telefon und sah mir das Adressbuch daneben an. Wie durch ein Wunder fand ich unter dem Buchstaben L die Nummer der Ladys-Villa. Da ich nicht wusste, was ich sonst machen sollte, rief ich dort an. Nach dem zweiten Klingeln nahm Chloe ab.

»Hallo?«, fragte sie neugierig in den Hörer. Sie musste sich ziemlich wundern. Schließlich waren wir noch nie über das Haustelefon angerufen worden.

»Hier ist Fanny. Kannst du bitte kurz B ans Telefon holen?«, bat ich sie mit gedämpfter Stimme.

»Sie ist bei Niklas. Kann ich ihr etwas ausrichten?«

Verdammt – das durfte jetzt doch nicht wahr sein!

»Nein ... hmh. Ist Toni in der Nähe?«, überwand ich mich zu fragen.

»Ja, ich glaube, sie ist schon wach. Einen Moment. Toni! Komm mal kurz her!«, rief Chloe und mein Herz zog sich angespannt zusammen. Was sollte ich ihr sagen?

»Ja?«, machte sich Toni bemerkbar und ich atmete tief durch.

»Ich bin es, Fanny«, sagte ich kleinlaut.

»Wo bist du?« Sie klang irritiert und nur halb so abwehrend, wie ich es erwartet hatte.

»Hör zu. Es tut mir unglaublich leid, dass wir gestritten haben. Aber ich habe wirklich ein großes Problem.« Ich schluckte schwer. »Und ich brauche deine Hilfe.«

***

Ich saß auf brennenden Kohlen, während ich auf Toni wartete. Zwar hatte ich ihr den Weg genau beschrieben, dennoch zweifelte ein Teil in mir, ob sie mir wirklich so schnell verzeihen konnte. Oder ging sie womöglich doch schnurstracks zu Mara, um mich auffliegen zu lassen? Kurz bevor ich doch noch aus dem Fenster sprang, öffnete sich die Tür von außen und ein dünner Lichtstrahl fiel vom Flur herein.

»Toni«, rief ich erleichtert und stürmte auf sie zu. Ehe sie sich's versah, zog ich sie auch schon in eine lange Umarmung. »Danke.« Mir saß ein dicker Kloß im Hals.

Sie bedeutete mir ruhig zu bleiben und ich schlüpfte durch die Tür nach draußen. Wie zwei Einbrecher (die wir streng genommen wohl auch waren) schlichen wir uns aus dem Gebäude. Sobald wir die Terrasse unbemerkt erreicht hatten, liefen wir giggelnd und lachend den Strand entlang, bis wir außer Sichtweite waren. Vor Anstrengung und Lachen schwer atmend ließ ich mich in den Sand fallen. Tief sog ich die frische Morgenluft in meine Lungen ein. Toni setzte sich neben mich.

»Danke, dass du mich befreit hast«, sagte ich, ohne ihr in die Augen zu sehen.

Eine Zeit lang schwiegen wir. Jede hing ihren Gedanken nach, während unsere Blicke gen Himmel gerichtet waren. Es war der schönste Sonnenaufgang, den ich je gesehen hatte.

»Es tut mir leid, dass wir uns gestritten haben.« Nun sah ich doch auf. »Es tut mir wirklich leid«, sagte sie noch mal. »Ich bin eifersüchtig gewesen, weil du die ganze Aufmerksamkeit bekommen hast. Aber ich hätte meinen Ärger nicht an dir auslassen dürfen. Lars hat kein Interesse an mir, aber dafür kannst du nichts.« Entschuldigend hob sie die Schultern, sodass der Sand unter ihr knirschte. »Ich habe mich damit abgefunden. Lars und ich passen nicht zusammen und es tut mir leid, was ich dir alles vorgeworfen habe.«

»Mir tut es leid. Ich hätte von Anfang an die Wahrheit sagen müssen. Ich wusste im Vorhinein, wie scheußlich Lügen sind. Aber ich habe einfach nicht den Mut gehabt, es dir zu sagen.« Es tat gut, endlich all das auszusprechen, was mir auf dem Herzen lag. »Aber aus diesem Grund muss ich auch jetzt ehrlich zu dir sein.«

»Du kannst mir alles sagen.« Sie lächelte mir zu, doch ich musste das Gesicht verziehen. Ich fühlte mich schrecklich.

»Ich bin mit Lars zusammen gewesen. Deswegen war ich in der Villa. Ich wollte mich hinausschleichen. Allerdings habe ich jemanden gehört, sodass ich mich verstecken musste. Tja und da ist der Türgriff abgebrochen ...«

»Du bist was?«, kreischte Toni ungläubig. Erst sah sie mich fassungslos an, dann platzte sie förmlich vor Lachen. »Wow, du bist wirklich der größte Tollpatsch der Geschichte.«

»Ich weiß«, antwortete ich geknickt.

»Wieder Freunde?« Toni legte sich auf den Bauch und stützte sich auf den Ellbogen ab.

»Wieder Freunde«, bestätigte ich mit einem Lächeln.

»Hast du wirklich mit Lars geschlafen?«, fragte Toni und legte neugierig das Kinn auf den Armen ab.

»Ja«, gab ich niedergeschlagen zu. »Keine Ahnung, was ich mir dabei gedacht habe. Bist du sehr sauer?« Ich hatte Angst um unseren neu gewonnenen Frieden, doch Toni zuckte mit den Schultern.

»Wenn ich ehrlich bin, finde ich, ihr würdet ein tolles Paar abgeben. Vielleicht bin ich gerade deswegen so eifersüchtig gewesen.«

»Und wenn ich mir gar nicht sicher bin, ob ich in ihn verliebt bin? Schließlich bin ich doch wegen Alexander hierhergekommen ...«

»Liebe lässt sich nicht planen«, antwortete Toni leichthin.

»Und was, wenn es eine Kurzschlussreaktion gewesen ist, weil ich Alexander mit Sherry gesehen habe?«, merkte ich besorgt an.

Toni lächelte mir zu. »Das kannst nur du beantworten.«

Gerne hätte ich meine Befürchtung verneint. Doch war ich nicht für Kurzschlussreaktionen bekannt?

Wir blieben noch eine ganze Weile am Strand, lauschten den Wellen, beobachteten den Sonnenaufgang und holten all jene Gespräche nach, die wir in den letzten Wochen verpasst hatten. Ich erzählte Toni vom Schlaganfall meines Großvaters und sie tröstete mich auf ihre gewohnt liebevolle Art und Weise. Unser Streit war damit endgültig überstanden.

***

Sobald wir zurück in der Villa waren, erreichte ich auch endlich Ella. Sie versicherte mir Opapa würde es gut gehen. Am liebsten hätte ich die Show sofort verlassen, um nach Hause zurückzufliegen. Doch Ella überzeugte mich, noch nicht die Koffer zu packen. Sie würde mich über alle Entwicklungen auf dem Laufenden halten und ich sollte mir keine Sorgen machen. Das tat ich natürlich trotzdem. Aber ich vertraute dem Urteil meiner Schwester.

Es war geradezu erstaunlich, wie viel Zeit man hatte, wenn man früh aufstand. Denn obwohl ich schon gefühlt eine Ewigkeit wach war, war es noch immer vor zehn, als ich die Villa erneut verließ.

Die Wellen rauschten, die Sonne brannte vom Himmel. An das Leben direkt am Strand könnte ich mich glatt gewöhnen. Schade, dass es schon bald wieder nach Hause gehen würde.

»Deine Nachricht hat mich überrascht.« Lars lächelte, allerdings verhalten. Er war definitiv sauer, dass ich am Morgen abgehauen war.

»Ich wollte unbedingt mit dir sprechen. Da musste ich ein bisschen kreativ sein.«

Nun erreichte sein Lächeln doch seine Augen. »Eine geheime Nachricht auf der Serviette beim Frühstück. So eine nette Geste habe ich schon lange nicht mehr erlebt.«

Ich hatte gestern schon wieder gegen so viele Regeln verstoßen, da war es auf diesen einen weiteren Verstoß auch nicht mehr angekommen. Obwohl ich mir selbst noch nicht mal ganz über meine eigenen Gefühle im Klaren gewesen war, hatte ich das Gefühl gehabt, dringend mit Lars sprechen zu müssen, weshalb ich Kail um Hilfe gebeten hatte. Er hatte ihm die Serviette untergeschoben.

»Können wir uns setzen?«, fragte ich und schluckte schwer.

»Klar.«

Mein Herz schlug mir bis zum Hals, als wir auf einem Felsen nahe des Wassers Platz nahmen.

»Es tut mir leid«, begann ich zögernd und wusste nicht, wie ich meine Gedanken fortführen sollte.

»Tut es dir leid, dass du mich heute allein neben einem Dinosaurierkostüm hast aufwachen lassen, oder dass du mich gestern nur benutzt hast, weil du sauer auf Alexander gewesen bist?«

»Du weißt davon?« Vor Überraschung war ich zu keiner Reaktion fähig.

»Ja, er hat beim Frühstück davon erzählt. Ich habe nur gehofft, du würdest es abstreiten oder wenigstens erklären können.«

Es war das erste Mal, dass er mich wirklich enttäuscht ansah und es fühlte sich schrecklich an.

»Es tut mir leid«, wiederholte ich niedergeschlagen und blinzelte gegen die Tränen an.

»Weißt du, ich habe dich wirklich gern, Fanny. Aber ich habe es nicht verdient, dass du mit meinen Gefühlen spielst, nur damit du dann wieder zu ihm zurückrennst.« Damit ließ er mich am Strand zurück und ging.

»Bitte Lars. Warte!« Doch er drehte sich nicht um und wollte meine Worte nicht hören.

Für eine Weile sah ich stumm auf das Wasser hinaus. Als mich von hinten jemand ansprach, war ich gar nicht wirklich überrascht. Es war Mara.

»Guten Morgen«, sagte ich. Ohne Zweifel steckte ich in unglaublichen Schwierigkeiten.

»Ich weiß, du hast es gerade nicht leicht, aber das ist nicht das erste Mal gewesen, dass du dich meinen Regeln widersetzt hast, richtig?« Streng sah sie mich durch ihre Brille hinweg an. Im Licht der Sonne leuchteten ihre Haare wie ein Feuerball.

»Es tut mir leid.« Jenen Satz hatte ich heute schon öfter als im gesamten letzten Monat gesagt.

»Ich habe dir wirklich einiges durchgehen lassen, aber jetzt ist es damit endgültig vorbei. Tut mir leid, Fanny. So läuft nun mal das Showbusiness.«

»Ich verstehe.« Sie hatte recht und das war nur die natürliche Konsequenz meines Regelverstoßes.

»Mach dich für einen fulminanten Abgang bereit. Ich habe heute noch einiges mit dir vor.«

***

»Fanny, wo bist du gewesen?«, rief mir B ganz hibbelig zu. »Spazieren«, antwortete ich wortkarg und betrat den Wohnraum. Die Atmosphäre war so geladen, ich wusste augenblicklich, das konnte nur an einer Nachricht von den Herren liegen.

»Wir gehen heute auf einen Ball.« Voller Überschwang warf sich B um meinen Hals.

»Wir alle?«, fragte ich überrascht und überlegte gleichzeitig, ob ich bis heute Abend nicht schon die Show verlassen haben würde. Andererseits war der Ball für Maras Spektakel vermutlich die beste Gelegenheit. Alles in mir verkrampfte sich nervös.

»Ja. In deinem Zimmer liegt schon eine Schachtel mit einem Kleid. Jede hat eines bekommen. Sie sind so unglaublich schön«, schwärmte B.

In dem Moment stieß auch Toni zu uns. »Ja, sie sind echt großartig. Du musst deines auch auspacken. Ich will es sehen.« Freundschaftlich drückte sie meinen Arm.

B sah konfus zwischen uns hin und her. »Habe ich da etwas verpasst?«

Toni und ich wechselten einen einstimmigen Blick, dann giggelten wir gleichzeitig los. »Komm, wir müssen uns für einen Ball herrichten.«

Arm in Arm stapften wir alle drei nebeneinander zurück in unser Zimmer. Wenn es schon mein letzter Abend in der Show sein würde – so wollte ich doch wenigstens gut aussehen.

Kapitel 34 – Die Masken fallen

Der Abend war angebrochen und Aufbruchsstimmung lag in der Luft.

»Wow – du siehst bezaubernd aus«, rief Toni begeistert und klatschte in die Hände.

»Wir sehen alle bezaubernd aus«, verbesserte ich sie.

»Vielleicht macht Kail ein Foto von uns. Diese Outfits müssen wir festhalten.«

Und vor allem diesen Moment, ergänzte ich still. Es war schön, wieder mit Toni befreundet zu sein. Wir waren ein gutes Dreiergespann, wobei Michelle fehlte. Ich hatte weder Toni noch B von meinem anstehenden Rauswurf erzählt, um die Stimmung nicht schon im Vorfeld zu drücken.

»Rot steht dir großartig. Das Kleid ist umwerfend«, sagte ich zu B, die sich vor dem Spiegel im Kreis drehte.

»Und deines erst«, seufzte Toni. »Du siehst damit aus wie ein Engel.«

»Oder eine Prinzessin«, warf B ein.

»O ja, wie Cinderella.«

Ich kicherte über ihre ausgelassenen Kommentare. »Ich finde die Idee mit den Masken auch richtig toll.« Ich hielt mir meine venezianische Maske vor das Gesicht.

»Findest du?« Unentschlossen hob B die Augenbrauen. »An der Haarfarbe und Länge erkennt man doch ohnehin, wer hinter der Maske ist.«

»Es hat einfach etwas Mysteriöses«, hielt ich dagegen. »Außerdem sehen die Masken toll aus.« Wenn ich heute die Show verlassen musste, würden mir die zwei Mädels fehlen.

»Bereit?«

Ich nickte und warf einen letzten Blick in den großen Spiegel. Mein bodenlanges, silbernes Kleid war mit funkelnden Pailletten bestickt und der Schlitz auf einer Seite machte es gleichermaßen sexy wie elegant. Es war schulterfrei, doch dafür waren meine Arme mit langen weißen Handschuhen bedeckt, wie ich sie bisher nur in Filmen gesehen hatte. Wenigstens äußerlich fühlte ich mich damit dem heutigen Abend gewappnet.

Der Rauswurf traf mich nicht so hart, wie ich es erwartet hätte. Zu sehr freute ich mich auf mein Zuhause und meine Familie. Allerdings fühlte es sich nicht gut an, die Sache zwischen Lars und mir im Streit enden zu lassen. Dafür mochte ich ihn einfach zu gerne. Meine Chancen hatte ich mir sowohl bei ihm als auch Alexander verbaut. Aber vielleicht war das nur zu meinem eigenen Besten. Ich brauchte wohl Zeit, um mich selbst zu finden.

»Es kann losgehen.«

»Dann Masken auf«, ordnete B an und ich befestigte die elegante schwarze Maske vor meinem Gesicht. Um die Augen herum waren funkelnde Strasssteine angeordnet und auf der rechten Seite ragte eine schwarze Feder hoch. Meine Haare hatte Toni zu Locken gedreht und zu einer aufwendigen Frisur hochgesteckt. Einzig ein paar Strähnen hatte sie locker auf meinen Schultern platziert.

»Ihr habt mir noch gar nicht von der Gala erzählt«, meinte Toni munter und hängte sich bei uns unter. »Das war bestimmt aufregend.«

»O ja.« Ich lachte trocken auf. »Wir haben Prinz Harry gesehen.«

Der Moment, als ich über mein Kleid gestolpert und sicher in Lars' Armen gelandet war, erschien mir in so weiter Ferne. Seither war so viel geschehen.

Die Vorbereitungen für den Abend liefen auf Hochtouren und die Stimmung war so locker und ausgelassen wie schon lange nicht mehr. Es kam mir skurril vor, so entspannt zu sein, obwohl ich mir sicher sein konnte, heute zusammen mit ein paar anderen Kandidatinnen die Show zu verlassen. Da der letzte Entscheidungsabend aufgrund des Erdbebens ausgefallen war, rechneten alle damit, dass mit dem Ball eine Entscheidung einhergehen würde.

Sobald alle fertig waren, stiegen wir in die Limousinen. Der Maskenball würde in einer eigens gemieteten Location stattfinden und die Fahrt war länger als üblich. Wir genossen es, wie Stars vorzufahren, und alberten ausgelassen herum. Schlussendlich hielten wir vor einem kleinen Schloss, das einem Märchenschloss alle Ehre machte. Es hätte genauso gut einem Disneyfilm entsprungen sein können. Ich konnte mich gar nicht sattsehen und das, obwohl ich in den letzten Wochen schon so einiges zu Gesicht bekommen hatte.

»Ladys«, begrüßten uns die Herren vor laufender Kamera.

Wie die vier Musketiere höchstpersönlich standen sie etwas erhöht auf der Eingangstreppe vor dem noblen Anwesen und Thomasch richtete die Begrüßungsworte an uns. »Für heute haben wir eine ganz besondere Überraschung für euch. Aber eines soll gesagt sein – heute ist nicht nur ein weiterer Entscheidungsabend!« Mein Blick streifte Lars. Er hielt seine Maske in der Hand. »Bis Mitternacht habt ihr Zeit, uns zu beeindrucken, bevor sich Cinderellas Kutsche wieder in einen Kürbis verwandelt.« Ich beobachtete, wie sich Lars' Mundwinkel bei Thomaschs kitschigem Vergleich amüsiert hoben. Schnell sah ich weg, als mich seine blaugrauen Augen ebenfalls fixierten. »Wir freuen uns auf einen zauberhaften Abend!«

»Cut«, rief Herr Dieter und klatschte. »Thomasch, gut gemacht. Ihr vier könnt schon mal hineingehen und euch auf Position begeben.«

Heute trug der Regisseur mit dem nervigen Breitmaulfrosch-Lächeln einen engen, hellgrünen Anzug aus glänzendem Stoff, der den Vergleich augenblicklich noch viel lebendiger gestaltete.

Während Alexander, Lars, Thomasch und Niklas durch die monströse Eingangspforte verschwanden, wandte sich Herr Dieter uns Frauen zu.

»Ihr seht heute ganz wunderbar aus.« Strahlend blickte er in die Runde. Vereinzelt kamen leise gemurmelte Dankeschöns, doch allgemein war die Atmosphäre eher angespannt. »Verzaubert unsere Männer heute ganz besonders. Denn für die Entscheidung haben wir uns etwas Großartiges ausgedacht.« Schelmisch zwinkerte er uns zu. »So, dann aber los. Kameras – ready?«

Als wir den Eingangsbereich des kleinen Schlösschens betraten, war von allen Seiten aufgeregtes Staunen zu vernehmen. Die Location war absolut umwerfend und mit der Dekoration hätten sie sich kaum mehr Mühe geben können. Überall hingen grüne Ranken und kleine Kürbisse von den Balustraden und die weiß strahlenden Silberwände und Marmorsäulen sahen wie mit Eiskristallen bedeckt aus. Dazu kamen die Eisskulpturen und bei genauerem Betrachten erkannte man unsere Gesichter.

»O mein Gott. Sie haben Eisfiguren nach uns gestalten lassen«, kreischte Toni und zerquetschte förmlich meine Hand. Aber da konnte ich ihr nur zustimmen – das war ja der absolute Wahnsinn! »Schau doch nur!« Toni zog mich am Arm weiter.

»Krass«, murmelte ich. Irgendwie war es auch etwas schräg, seinem eigenen Spiegelbild in Form einer Eisskulptur entgegenzustarren. Doch schräg war ohnehin das meiste in der Showbranche.

Ein Teil der Gruppe war bereits durch eine weitere große Flügeltür gegangen. Gemeinsam mit Toni und B folgte ich ihnen. Von den Balustraden hatte man einen guten Blick auf einen gigantischen Ballsaal. Zwei weite, geschwungene Treppen führten hinunter in den großen Raum. Auch hier war die Dekoration im Cinderella-Stil gehalten und ein wahrgewordener Märchentraum. Was mich jedoch überraschte, war, dass auch noch weitere Gäste anwesend waren.

»Glaubst du, das sind bezahlte Schauspieler?«, fragte B und lehnte sich über das Geländer, um einen besseren Blick zu haben.

»Vermutlich. Wäre doch blöd – ein Ball und nur vier Männer zum Tanzen«, antwortete ich kichernd. In dem Moment zog ein gellender Schrei die allgemeine Aufmerksamkeit auf sich.

»Mami«, kreischte Sherry völlig außer sich und zog eine rundliche Frau an sich. Es dauerte einen Moment, bis ich begriff.

Plötzlich erschienen die unter den Masken verborgenen Fremden in einem völlig anderen Licht. Es waren nicht nur Männer als potenzielle Tanzpartner, sondern genauso Frauen. Sie sahen alle unterschiedlich aus und dennoch erkannte man in jedem von ihnen etwas Vertrautes von den Kandidatinnen. Das waren unsere Familien. Augenblicklich brach totales Chaos aus. Hektisch versuchte jeder seine Familienangehörigen zu finden, während die, die noch in der Eingangshalle waren und von den Ereignissen im Festsaal nichts mitbekommen hatten, neugierig herbeigelaufen kamen.

Während Toni und B ebenfalls die Treppe nach unten eilten, hielt mich jemand zurück. Überrascht atmete ich auf, als ich in Kails dunkle Augen blickte. »Hey. Kann ich kurz mit dir reden?«, fragte er und ich nickte. »Eigentlich wollte deine Schwester kommen, aber wegen deines Großvaters hat sie den Flug gecancelt«, erklärte er mir ruhig.

»Oh.« Ich nickte. Das war einleuchtend. Dennoch packte mich ein Fünkchen Wehmut. Es wäre so schön gewesen, Ella wiederzusehen. »Danke, dass du mir das sagst.« Ich lächelte schwach. Einen Moment verweilten wir in einträchtigem Schweigen, während die Begeisterungsrufe der wiedervereinten Familien zu uns drangen.

»Ich sollte auch besser zu den anderen.« Ich verabschiedete mich von Kail und ging ebenfalls die Treppe hinunter, um mich unter die Menge zu mischen. Ein silberner Flügel stand auf einem Podest und ein Mann in Frack spielte beruhigende, klassische Musik. Es war wie im Märchen und absolut fantastisch – dennoch fühlte ich mich schrecklich allein.

»Fanny?«, riss mich eine vertraute Stimme aus den Gedanken.

»Alexander?«, fragte ich, obwohl ich ihn natürlich trotz der Maske wiedererkannt hatte. Wie auch nicht ...

»Mara hat uns erzählt, was mit deinem Großvater geschehen ist. Mein aufrichtiges Beileid.« Aus seinen Augen sprach Mitleid.

»Danke, aber er ist ja nicht tot«, antwortete ich eine Spur zu schnippisch.

»Nein, aber ... also ...« Verlegen kratzte er sich am Hinterkopf. Sherry stand mit ihrer Familie nicht weit von uns entfernt. Damit steigerte sich nur mein Ärger. »Ich hätte dir gerne beigestanden. Anstatt ...«

»Anstatt?«, forderte ich ihn auf weiterzusprechen. Natürlich war klar, was er sagen wollte, dennoch hatte ich nicht vor, ihn so schnell von der Angel zu lassen. Doch dann begriff ich, wie heuchlerisch es war, beleidigt zu sein. Schließlich hatte ich mit Lars geschlafen und würde ich ihm davon erzählen, würde er mich vermutlich sofort gehen lassen. Ich hatte Alexander in den letzten Wochen wirklich sehr gemocht. Aber langsam begriff ich, dass meine Vorstellung von ihm als Traumprinz nicht der Wirklichkeit entsprach. Wir verstanden uns gut, aber da war nicht diese Verbundenheit, die ich zu Lars aufgebaut hatte. Zwischen uns fehlte die Magie.

Doch da Mara mich heute sowieso hinauswerfen würde, war alles egal.

Ich konnte einzig gespannt bleiben, wie sie meinen Abgang inszenieren würde.

»Es tut mir leid. Ich wollte nicht zickig sein. Das ist das Konzept der Show und das verstehe ich.«

»In Ordnung«, sagte Alexander inbrünstig und nahm meine Hand. »Ich bin froh, dass wir uns ausgesprochen haben.«

Da wir von einer echten Aussprache weit entfernt waren, lächelte ich nur schwach. Doch hier war auch nicht der richtige Zeitpunkt, um ihm von Lars zu erzählen. Automatisch wanderte mein Blick durch den Saal. War Lars' Familie auch da?

»Ich würde dir gerne jemanden vorstellen.«

»Sehr gerne.« Immer noch suchend konnte ich mich kaum auf unsere Unterhaltung konzentrieren.

»Dann hole ich sie gleich her. Warte hier.« Schnell drückte er mir einen Kuss auf die Wange.

»Gut«, murmelte ich und sah zu, wie er in der Menge verschwand.

»Na, alles in Ordnung?«, erklang eine Stimme hinter mir und ich zuckte erschrocken zusammen.

»Ja – alles in Ordnung.« Ich drehte mich um. »Lars«, sagte ich dann wesentlich erfreuter, als ich ihn sofort erkannte.

»Tut mir leid, ich wollte dich nicht erschrecken.« Trotz der Maske erkannte ich, wie er schmunzelte und seine Worte damit Lügen strafte.

Ich war so unglaublich froh, dass er mich nicht mit Ignoranz bestrafte, sondern mit mir sprach.

»Du, Fanny. Ich möchte mich für meine Worte von heute Morgen entschuldigen. Das war nicht fair von mir.«

»Es war absolut berechtigt. Du hattest jeden Grund, wütend zu sein.«

»Ich habe erst vorhin erfahren, dass dein Großvater im Krankenhaus liegt. Weißt du, wie es ihm jetzt geht?«, fragte er mitfühlend.

»Ja, ich habe heute Morgen mit meiner Schwester telefoniert. Sie sagt, dass er sich bereits überraschend schnell erholt und ich mir keine Sorgen machen soll.«

»Das ist schön.« Er drückte meinen Arm.

»Wer von deiner Familie ist hier?«, erkundigte ich mich neugierig.

»Mein Vater und mein Bruder. Sie müssten eh irgendwo in der Nähe sein.« Suchend blickte er sich um.

»Und deine Mutter? Konnte sie nicht kommen?«, fragte ich ahnungslos.

Lars' Gesichtsausdruck wurde ernster. »Meine Mutter ist gestorben, als ich klein war. Damals bin ich noch in die Grundschule gegangen«, vertraute er mir an.

»Das tut mir leid«, murmelte ich leise. Unfähig andere Worte zu finden.

»Der Schmerz über solch einen Verlust geht niemals ganz weg. Aber so geraten sie nie in Vergessenheit. Ich wünsche dir aus vollem Herzen, dass es dein Großvater schafft. Die Familie ist einfach das Wichtigste.«

Ja. Ja – da hatte er wirklich recht.

Bevor wir unsere Unterhaltung weiterführen konnten, wurden wir von Alexander unterbrochen.

»So, da sind wir wieder«, sagte er gut gelaunt und drängte sich zwischen mich und Lars. Ich hatte gar nicht bemerkt, wie nah wir uns standen und überrascht schreckte ich zurück.

»Hi.« Obwohl es lächerlich war, kam ich mir ertappt vor.

»Darf ich dir meine Schwester und ihren Verlobten vorstellen?« Er lächelte glücklich und deutete auf eine hochgewachsene Brünette in einem grünen Kleid. Da ihr Gesicht von einer ebenfalls grünen Maske verdeckt war, konnte ich die Ähnlichkeit zu Alexander nicht sofort ausmachen, allerdings hatte sie genauso schöne blaue Augen.

»Hallo. Alexander hat uns schon so viel von dir erzählt. Es freut mich, dich kennenzulernen«, flötete sie mit einem breiten Lächeln und reichte mir ihre Hand.

»Hallo«, sagte nun auch der Verlobte und schüttelte mir zeitgleich die Hand. Die Erkenntnis traf mich wie ein Blitz und geschockt taumelte ich einen Schritt zurück. Sowohl Lars als auch Alexander legten mir beunruhigt eine Hand an den Unterarm.

»O mein Gott«, rief ich maßlos entsetzt.

Kapitel 35 – Die Vergangenheit holt jeden ein

Ungläubig starrte ich den Mann vor mir mit weit aufgerissenen Augen an. Das konnte unmöglich Wirklichkeit sein. Niemals! Nie, niemals! Mein Magen fühlte sich an, als würde ich gerade aus einem Flugzeug springen, und hätte ich zuvor etwas gegessen, hätte ich mich wohl übergeben. Das war einfach zu absurd. Schwankend krallte ich mich an Lars' Arm fest. Mir schwirrte der Schädel und ich zog ernsthaft in Betracht, den Verstand zu verlieren. Das war schlimmer als Paranoia – das war verdammte Verfolgung.

»Was zum Geier machst du hier, Mark?«, kreischte ich in kalter Wut. Sollten das kantige Gesicht mit dem Dreitagebart und die warmen, braunen Augen in diesem Moment meiner Vorstellung entsprungen sein, so war das der schlimmste Rückfall, den man sich nur vorstellen konnte.

Sobald der gewisse Jemand antwortete, war mir klar, dass ich nicht verrückt war. Mark war hier. Mein Exfreund. In Fleisch und Blut.

»Fanny?«, fragte Mark irritiert.

Ich riss mir die Maske vom Gesicht und funkelte ihn erbost an.

»Das darf nicht wahr sein. Was zum Teufel machst du hier?« Hysterisch mit den Händen wedelnd, um meine Nerven zu beruhigen, riss ich mich von Lars und Alexander los und drehte mich im Kreis, wie bei einer merkwürdigen Geisterbeschwörung. Allerdings wollte ich keinen Geist beschwören, sondern Mark zum Verschwinden bringen. Ich bedachte ihn mit einem Blick, wie es sonst nur griesgrämige alte Männer gegenüber aufdringlichen Tauben taten. »Verschwinde!« Ein »Husch, Husch«, konnte ich mir gerade noch verkneifen.

»Reiß dich doch bitte zusammen«, murmelte Mark und lachte verlegen.

»Kennt ihr euch etwa?«, fragte Alexander verwirrt und sprach damit das Offensichtliche aus.

Natürlich – diese Stimme und diese Augen hätte ich überall wiedererkannt. Es war Mark. Ohne Zweifel.

»O mein Gott. Das bedeutet, sie ist Bianca«, rief ich laut aus und konnte nicht verhindern, wie eine aus der Psychiatrie Entlaufene zu klingen. Augenblicklich tauchte das Bild vor meinen Augen auf, als ich die zwei das letzte Mal zusammen gesehen hatte. Nackt – in meiner Wohnung. Unbändige Wut braute sich in mir zusammen.

»Fanny, beruhige dich. Woher kennst du diesen Mann?« Lars packte mich am Handgelenk und zwang mich damit, ihn anzusehen. »Was ist los?« Sanft blickte er mich aus seinen graublauen Augen an, aber ich konnte vor Zorn weder atmen noch denken.

»Das ist meine Schwester und ihr Verlobter«, antwortete Alexander und sah vollkommen irritiert vom einen zum anderen.

Ich dachte daran zurück, was Alexander über seine Schwester erzählt hatte. Hatte sie nicht ihre große Liebe im Italienurlaub kennengelernt? Moment mal – Italienurlaub – Rom? Das Bild von Mark und mir auf unserer Urlaubsreise kam mir in den Sinn. Hatte er sie damals kennengelernt? Im Sommer – Monate, bevor wir Schluss gemacht hatten?

»Du verdammter Arsch«, kreischte ich nun endgültig außer Kontrolle. »Ihr habt euch in Rom kennengelernt! Während unseres Urlaubs. Du hast mich monatelang betrogen!«

»O Gott«, sagten Lars und Alexander tonlos im Einklang.

Zeitgleich stürzte ich mich wie eine wild gewordene Furie auf Mark. Ich war außer mir. Es brauchte sowohl Lars als auch Alexander, um mich in Schach zu halten und Mark davor zu bewahren, an Ort und Stelle gevierteilt zu werden.

»Ihr wart in Rom noch ein Paar?«, fragte Bianca entsetzt und sah zwischen uns hin und her.

»Natürlich«, fauchte ich ungehalten. »Warum glaubst du, hätte er sonst noch Monate danach den Schlüssel zu meiner Wohnung gehabt, um mit dir darin zu vögeln?« Normalerweise hätte ich mich nun selbst tadeln müssen, solch ein Wort im Fernsehen in den Mund zu nehmen. Doch mein Verstand hatte sich in dem Moment ausgeschaltet, als ich Marks Stimme gehört hatte. Nun war ich in einem einzigen Rausch gefangen. Einem Blutrausch.

»Er hat gesagt, es sei seine Wohnung und du würdest ihn stalken«, stieß Bianca mit einer Mischung aus Unsicherheit und Entsetzen aus.

Einen Moment lang herrschte vollkommene Stille. Selbst der Klavierspieler hatte zu spielen aufgehört. Biancas Blick wanderte zu Mark. »Du hast sie betrogen und mich belogen.« Nun sickerte die Erkenntnis auch zu ihr durch. »Du Arsch«, zischte sie voller Wut. Sie schnappte sich ein Champagnerglas vom Tablett eines Kellners – der ebenfalls als Teil der neugierigen Menge näher getreten war. Ich erwartete, sie würde den Inhalt in sein Gesicht schütten, doch stattdessen knallte sie es ihm auf den Kopf.

»Bianca!«, rief Alexander schockiert und zog sie von Mark weg.

»Fahr zu Hölle«, brüllte Bianca, befreite sich aus dem Griff ihres Bruders und rauschte mit einem bauschenden Kleid davon.

Mark besaß noch die Geistesgegenwart, ihr hinterherzurufen: »Bianca! Warte!«

Mit Genugtuung stellte ich fest, dass die Kameras an uns klebten und Mara grinste zufrieden im Off.

»Scheiße«, fluchte Mark und fuhr sich durch die Haare. Im Gegensatz zu uns hatte er nicht die Übung von Wochen, sich an die fehlende Privatsphäre zu gewöhnen. Ohne irgendjemanden in die Augen zu sehen, lief er durch die Menge davon. Wie eine gedemütigte, kleine Prinzessin.

»War schön, dich wiederzusehen, Mark«, schrie ich ihm nach. Dann war es still.

Ich atmete immer noch heftig und mein Blut kochte. Aber mein Verstand war zurück. Mara und Herr Dieter strahlten mich an, als wäre ich ein verfrühtes Weihnachtsgeschenk. Eindeutig war das ihr Highlight der ganzen Staffel.

»Wow«, sagte Alexander baff und nahm sich das letzte Glas, um sich den Alkohol in einem Zug die Kehle hinunterzuschütten. Das hätte ich nun auch gebrauchen können.

»Geht es dir gut?«, fragte Lars und betrachtete mich besorgt. Vermutlich erwartete er, ich würde jeden Moment zusammenklappen.

Obwohl es absolut unangebracht war, begann ich zu lachen. Es überkam mich ganz plötzlich und als die anderen um mich herum ebenfalls verhalten einstimmten, lachte ich nur noch mehr.

Mara hatte recht behalten. Es war ein fulminanter Abgang gewesen.

***

Nachdem ich mich von meinem Lachanfall erholt hatte, lotste Lars mich zur Seite, sodass wir nicht mehr in der Mitte der Menschentraube standen.

»Das war heftig«, sagte er perplex und fasste die Situation damit ganz gut zusammen. Dann wurde er allerdings sauer. »Gebt ihr eine kurze Pause. Schaltet endlich die verdammten Kameras aus.« Ein besonders fleißiges Helferchen von Mara ließ sich jedoch nicht abschütteln. »Ich meine es ernst. Verschwinde«, knurrte er erbost und nach einem kurzen Winken von Mara gab der Kameramann klein bei und verschwand.

»Danke«, sagte ich und seufzte tief. »Aber ja, wow. Das war echt …«, mir fehlten die Worte.

»Fürchterlich?«, versuchte es Lars.

»Lustig«, entgegnete ich und brachte ihn damit zum Grinsen. Dann wurde ich wieder ernst. »Nein – fürchterlich trifft es eigentlich ganz gut.« Nachdenklich lehnte ich mich mit dem Rücken gegen eine der Säulen. »Es tut mir leid, dass Bianca nun auch verletzt wurde. Aber wenigstens liegen nun alle Karten offen.« Ich seufzte. Alexander war nach dem Streit seiner Schwester gefolgt. Sie brauchte nun definitiv auch eine Schulter zum Anlehnen. »Mark ist ein Mistkerl. Er wird es bereuen, hier vor die Kamera getreten zu sein.« Ich spürte einen Funken Schadenfreude. Der Gute hatte bestimmt nicht damit gerechnet, hier so in Maras Kreuzfeuer zu geraten. »Danke, dass du mich zurückgehalten hast. Ich bin wirklich ganz schön ausgeflippt.« Nun wurde mir doch in vollem Ausmaß bewusst, wie extrem meine Reaktion gewesen war. Ich würde als Furie in die Medien eingehen.

»Das hätte der Kerl wohl nicht überlebt«, scherzte Lars. Unvermittelt legte er seinen Arm um meine Schulter. »Auch wenn es dir jetzt vielleicht peinlich ist, ich fand deinen Auftritt stark. Dann bist du halt ausgetickt – na und? Das ist menschlich.« Mit einem warmen Lächeln drückte er meinen Arm.

»Danke«, murmelte ich leise.

Seine Worte bestärkten mich und ich fühlte mich automatisch besser.

»Fanny? Was ist da unten passiert?«, hörte ich Tonis aufgeregte Stimme und mit B im Schlepptau kam sie auf mich zugestürmt. »Geht es dir gut?«

»Ich lass euch dann mal allein. Bis später«, raunte mir Lars zu und machte meinen zwei Freundinnen Platz.

»Danke«, formte ich lautlos mit den Lippen.

»Gerne«, antwortete er ebenso leise und zwinkerte mir zu.

»War das Mark? Ich meine, *der* Mark?«, betonte B und tanzte genauso hibbelig wie Toni auf der Stelle.

»Ja«, sagte ich erstaunlich ruhig. »Aber er ist es nicht wert, darüber zu reden. Lasst uns besser tanzen gehen und den Abend genießen.« Ungläubig starrten sie mich beide an. Aber ich lachte nur. »Mir geht es wirklich gut. Diese Bombe hat seit dem Beziehungs-Aus in mir geschlummert. Ich schätze, das musste einfach mal raus.« Schulterzuckend ließ ich meinen Blick durch den Ballsaal schweifen. Überall standen die Familien beisammen und tuschelten. Zu gerne hätte ich jetzt Ella hier gehabt. Sie hätte Mark als Draufgabe bestimmt noch eine Ohrfeige verpasst.

»Du bist zu entspannt. Ich weiß nicht, ob das normal ist.« Toni und B sahen sich unschlüssig an.

»Man erreicht immer einen Punkt, an dem der Ex nicht mehr wichtig ist. Es hat zu lange gedauert, bis ich damit abschließen konnte. Vielleicht, weil ich bis heute nicht die komplette Wahrheit wusste. Aber jetzt ist mein ganzes Pulver verschossen. Die Bombe ist entschärft. Versprochen.«

Langsam tauten ihre Mienen auf und erwiderten mein Lächeln – ob unsere Eisskulpturen auch schon geschmolzen waren?

»Ich werde euch wirklich vermissen, wenn das hier zu Ende ist.« Ich zog beide in eine feste Umarmung.

Kapitel 36 – Cinderellas Schuh

Mitternacht rückte überraschend schnell näher und schon war es Zeit für die Entscheidung. Wie angekündigt verwandelte sich Cinderellas Kutsche zurück in den Kürbis und vier von uns würden heute die Show verlassen.

Als ich eigentlich nur ein Stück von dem deliziösen Kürbiskuchen hatte probieren wollen, hatte Samantha mir mit einem wissenden Blick zugeraunt, dass Herr Dieter mich nach dieser Show keinesfalls hinauswerfen würde. Doch daran glaubte ich nicht mehr. Dennoch war ich nicht aufgeregt, sondern überraschend ruhig und ausgeglichen.

Die Familien waren für die Entscheidung nach draußen geschickt worden. Nun waren nur noch wir Kandidatinnen übrig. So ohne die Familienangehörigen wirkte der große Ballsaal merkwürdig leer. Wenigstens die Eisskulpturen verdoppelten die Gruppe.

»Trotz der zahlreichen Aufregungen heute steht wieder eine Entscheidung an«, begann Niklas die Eröffnung und ungeachtet der drohenden Worte brach vereinzeltes Gekicher aus. Auch ich musste lachen – mein Wutausbruch war wohl wirklich filmreif gewesen.

»Daher müssen wir uns nun von ein paar von euch verabschieden. Leider wird es diesmal auch mehr als vier Frauen treffen.«

Überraschtes Raunen folgte.

»Es wurde bereits angekündigt, aber es gibt noch eine besondere Überraschung«, übernahm Thomasch das Wort und das Gekicher verwandelte sich in aufgeregtes Gemurmel.

»Denn Cinderella hat ihren Schuh verloren und wir wollen ihn zurückbringen«, sagte Lars, bemüht ernst zu bleiben. Diese Worte waren so was von aus dem Drehbuch und ich musste grinsen.

»Hier haben wir vier Cinderella-Schühchen.« Alexander hielt einen davon in die Höhe. Es war ein kleiner Glasschuh. Allerdings nur symbolisch und lediglich so groß wie ein Hühnerei. In echt hätte der Fuß keiner Einzigen von uns hineingepasst. »Jeder von uns darf ab jetzt und die nächsten Wochen einen davon verschenken. Diejenige, die diesen Schuh überreicht bekommt, ist automatisch nicht nur in der nächsten Runde, sondern bekommt eine Wildcard bis zum Halbfinale und damit der letzten Einzeldaterunde.«

Wow – das war mal eine Ansage. Die Atmosphäre war vor Begeisterung geladen. Bis zum Halbfinale waren es noch ein paar Wochen. Da war es natürlich klar, dass jede einen dieser Schuhe haben wollte.

Die ersten Kandidatinnen wurden auf die übliche Art und Weise in die nächste Runde gebeten, wobei jede die gläsernen Schuhe im Blick hatte. Ich war eine der Letzten, die noch nicht aufgerufen worden war, und davon war ich auch gar nicht überrascht.

»Fanny«, sagte Alexander und verwundert sah ich auf. »Ich weiß, zwischen uns ist es immer turbulent gewesen und es tut mir leid, dass ich nicht für dich da gewesen bin, als du meinen Beistand gebraucht hättest, aber ich mag dich wirklich sehr gern.«

Es klang ganz so, als würde er mich in die nächste Runde einladen. Erlaubte sich Mara einen Scherz oder meinte er das ernst?

»Daher möchte ich keine Chance verpassen, dich näher kennenzulernen.« Alexander lächelte mir zaghaft zu. »Dieser Glasschuh ist eine Wildcard für das Dreamdate kurz vor dem Finale«, wiederholte er noch mal für die Kamera.

Eine Wildcard? Für mich? Sprachlos sah ich ihn an. Aber was war mit meiner Strafe dafür, dass ich gegen die Regeln verstoßen hatte? Als Mara mit mir geredet hatte, war ich noch enttäuscht darüber gewesen, doch durch die Konfrontation mit Mark hatte sich so einiges verändert und ich hatte die Nase voll von dem ganzen unechten Tamtam.

Es gab keine Wildcard für die Liebe.

Entweder waren Gefühle im Spiel oder nicht – aber eine Wildcard? Nein, die gab es nicht.

Ahnungslos redete Alexander weiter. »Fanny, nimmst du meine Einladung an, mich in den nächsten Runden noch besser kennenzulernen?«

Es war eine rhetorische Frage, die die vier Herren während der Show vermutlich schon an die hundertmal gestellt hatten. Aber heute war alles anders. Die letzten Monate hatte ich so darum gekämpft, mit meiner Vergangenheit abzuschließen und um meinen Traummann zu kämpfen, um mir eine neue Zukunft aufzubauen. Mark so überraschend wiederzusehen war nicht nur ein Schock gewesen, es hatte mir auch gezeigt, was ich die ganze Zeit so tatkräftig versucht hatte zu ignorieren. Das Fernsehen war für mich kein Ort, um die wahre Liebe zu finden. Genauso wie es falsch war, seinen Traumprinzen allein daran zu definieren, wie man sich als kleines Kind seinen zukünftigen Mann vorgestellt hatte. Dann sah Alexander nun mal aus wie Ken höchstpersönlich – was half mir das, wenn sein Charakter nicht zu mir passte? Es waren Kleinigkeiten, die uns unterschieden, die allerdings entscheidend waren. Vor allem aber spürte ich nicht die Magie zwischen uns. Jene war das Ausschlaggebende, das Liebe von verliebt sein unterschied.

Nach dem Beziehungs-Aus mit Mark hatte ich mir eingeredet, ich müsste sofort von einer Beziehung in die nächste stürzen. Nur um nicht allein zu sein. Ich erkannte ein Muster, denn nachdem ich mich von Alexander zurückgewiesen gefühlt hatte, war meine erste Reaktion gewesen, mich in Lars' Arme zu stürzen.

Anstatt andere in mein Chaos hineinzuziehen, sollte ich erst mal lernen allein glücklich zu sein. Ich war noch viel zu jung, um bereits in dieser Torschlusspanik nach Mr Right zu suchen. Wie Ella mir schon so lange predigte: Manchmal muss man viele Frösche küssen, bevor man seinen Prinzen findet.

Alexander war ein Frosch geblieben. Aber das war nicht schlimm. Denn in erster Linie musste ich erst mal lernen, mit mir selbst glücklich zu sein.

»Nein«, sagte ich daher mit fester Stimme und hob das Kinn. »Ich nehme die Einladung nicht an.«

»Was?«, fragte Alexander verdattert und ohne mich umzusehen, spürte ich, wie die Atmosphäre kippte.

»Ich bin euch allen hier unglaublich dankbar für die unvergessliche Zeit. Ich habe Freunde gefunden.« Lächelnd sah ich zu Toni, B und Samantha. »Und habe viel über mich selbst gelernt. Die letzten Wochen waren eine Achterbahnfahrt und unfassbar berauschend.« Mein Blick blieb bei Lars hängen. »Dennoch werde ich die Show verlassen und nach Hause zurückfliegen.« Sobald die Worte meinen Mund verlassen hatten, durchflutete mich pure Erleichterung.

Es war nicht so, als würde ich aufgeben und mit gebrochenem Herzen nach Österreich zurückkehren. Nein, ich ging erhobenen Hauptes und mit einer neuen Erkenntnis.

Man durfte sein Glück nicht davon abhängig machen, einen Mann zu finden, der einen versorgte. Die Suche nach dem Richtigen hatte mich demgegenüber blind gemacht. Erst jetzt begriff ich, dass ich bisher nie allein glücklich gewesen war. Und das galt es nun zu ändern.

Solange ich für meinen Prinzen noch nicht bereit war, sollte er ruhig als Frosch auf mich warten.

Kapitel 37 – Ende gut, alles gut – das Happy End

Wieder zurück in Österreich trafen mich die Auswirkungen meiner Entscheidung, bei der Show mitzumachen, mit voller Wucht. Vor Ort in Amerika hatten wir wie in einer Seifenblase gelebt. Erst hier wurde ich mit dem ganzen Drumherum konfrontiert – und das war alles andere als lustig. Die Medien hatten den Spitznamen, den mir Alexander verpasst hatte (und den Mara und Herr Dieter daraufhin gezielt für mein Persönlichkeitsprofil als Werbegag eingesetzt hatten), übernommen. Selbst meine Freunde nannten mich nun Dornröschen. Natürlich nur, um mich aufzuziehen.

Es war eine große Umstellung gewesen, den restlichen Sommer zu Hause zu verbringen, da die Erlebnisse in Übersee mich stark geprägt hatten. Vor allem an Lars dachte ich oft. Bisher war nur die erste Folge (in der ich mich den Umständen entsprechend einigermaßen gut schlug) der Staffel ausgestrahlt geworden und das Ende war ein großes Geheimnis. Allerdings vermutete ich, Lars könnte sich für Tanja entschieden haben. Während der Zeit, in der ich dort gewesen war, hatte sie zumindest den meisten Kontakt zu ihm gehabt. In manchen Momenten erwischte ich mich dabei, eifersüchtig zu sein. Dennoch wünschte ich ihm, dass er mit seiner Entscheidung glücklich war. Genauso wie Alexander und den anderen Kandidaten.

Natürlich fragte ich mich auch, inwieweit Alexanders Gefühle echt gewesen waren, oder ob er mit mir gespielt hatte. Ich für meinen Teil glaubte daran, dass unsere Zuneigung echt gewesen war, jene für die Liebe aber schlichtweg nicht gereicht hatte.

Des Weiteren war es geradezu bewundernswert, wie die Boulevardpresse das Leben einer einzigen Person so ausschlachten konnte. Wenigstens brauchte ich nun keine extra Werbung für das Buch machen – dafür hatten die Reporter schon selbst gesorgt.

Nach langem Hin und Her hatte ich mich dazu entschlossen, dem Buch über die Show kein Happy End zu geben. Zumindest kein klassisches. Wir waren in einer Zeit angekommen, in der wir kleinen Mädchen nicht immer einreden mussten, man könnte nur mit dem Traumprinzen glücklich werden. Ich hatte mich dagegen entschieden und fühlte mich so lebendig wie noch nie. Mittlerweile waren seit meiner Rückkehr fast zwei Monate vergangen und die Ferien neigten sich dem Ende zu.

Anlässlich des Geburtstages meines Neffen befand ich mich für ein Familienessen in Ellas Garten, um die letzten warmen Sonnenstrahlen des Sommers zu genießen.

Mit Toni und B stand ich in Kontakt und wir planten bereits ein Wiedersehen. Leider hatte Toni keinen der Herren für sich gewinnen können, dafür schwebten B und Niklas gemeinsam auf Wolke sieben. Solange das Finale im Fernsehen noch nicht ausgestrahlt worden war, blieb das natürlich streng geheim.

Genüsslich hielt ich mein Gesicht in die Sonne, während der Geruch des Feuers zu mir wehte. Mein Schwager stand in der Hitze neben dem Grill und wischte sich den Schweiß von der Stirn, während er das Fleisch und das Gemüse wendete. Er tat mir regelrecht leid. Dennoch war das Essen zu lecker, um ihn von der Arbeit in der Hitze zu befreien.

»Ich brauche noch mehr Schnittlauch«, rief mir Ella aus der Küche zu und reichte mir durch das offene Fenster ein Messer in den Garten.

»Aye aye, Captain«, zog ich meine Schwester auf und salutierte.

»Ja, ja, Dornröschen«, konterte diese schlagfertig und ich kapitulierte lachend. »Und ihr wascht euch die Hände. Das Essen ist fast fertig und Oma und Opa sind gleich da«, fügte sie an die Kinder gewandt hinzu. Opapa hatte sich mittlerweile wieder erholt und war beinahe genauso fit wie vor seinem Schlaganfall.

»Aye aye, Mami«, zwitscherte die kleine Lisa und lief ins Haus.

Als ich gerade den Schnittlauch im Kräuterkasten neben dem Gemüsebeet abschnitt, kamen meine Eltern in den Garten.

»Hallo, Fanny. Thomas.« Elegant wie immer stöckelte Mama mit ihren Pumps über die unebene Wiese. Hätte ich in der Show doch auch so eine gute Figur gemacht. Die Tollpatsch-Gene hatte ich definitiv nicht von ihr.

»Schön dich zu sehen, Schatz.« Mama hauchte mir links, rechts, links ein Küsschen auf die Wange.

»Ihr könnt euch schon setzen. Das Essen ist gleich fertig«, rief Ella uns zu und kam mit einer Pfanne Kartoffeln nach draußen.

Weder Mama noch Papa oder die Kinder hörten auf sie.

»Wo bleiben Mathias und Gloria? Ich habe doch zwölf Uhr gesagt«, schimpfte Ella vor sich hin.

»Da habe ich neulich etwas ganz Interessantes gehört«, sagte Mama stattdessen und begutachtete Ellas Tomatenstöcke durchdringend.

»Was denn, Mama?«, fragte Ella resigniert und stellte sich zu uns. Mit einem gestressten Blick wischte sie sich die Hände an der Schürze ab.

»Bei Temperaturen von einunddreißig Grad muss man vor die Tomaten einen Sonnenschirm stellen – das wirkt Wunder.« Überzeugt nickte sie und tätschelte die Blätter.

»Sehr gut. Ella, möchtest du nicht gleich anfangen deine Tomaten mit Sonnencreme einzuschmieren? Dann werden sie auch bestimmt nicht so rot«, konnte ich mir meinen Kommentar nicht verkneifen und kicherte.

Mama musterte mich erbost. »Bei dir überlebt doch nicht mal ein Plastikbaum«, entgegnete sie und wandte sich wieder dem Gartenbeet zu.

»Wir sollten uns wirklich setzen. Das Essen wird sonst kalt«, unterbrach uns Ella und rollte mit den Augen.

Just in dem Moment läutete es. »Das ist bestimmt Mathias. Fanny, machst du bitte die Tür auf?«, bat mich Ella und ich ging ins Haus. Zwar jetzt ohne Schnittlauch. Das Messer hatte ich allerdings noch in der Hand. Nicht dass die Nachbarschaft hier so gefährlich gewesen wäre.

»Ihr seid spät«, sagte ich zur Begrüßung und riss die Tür voller Elan auf.

Anstatt des vierköpfigen, anstrengenden Familienanhangs erblickte ich zwei blaugrau funkelnde Augen. Vielleicht brauchte ich einen von Mamas Sonnenschirmen. Es konnte sich nur um eine Hitze-Halluzination handeln.

Unmöglich stand tatsächlich Lars vor mir.

»Lars«, rief ich erstaunt aus. »Was machst du denn hier?« Mit vielem hätte ich gerechnet. Aber das? In meinem Magen flatterte es und ich war unfähig meinen Mund zu schließen.

»Ich dachte mir, ein Österreichbesuch war schon lange fällig«, antwortete er mit einem umwerfenden Lächeln. »Ich konnte Mara deine Adresse entlocken. Nachdem sie meine einzige Favoritin aus der Show hat gehen lassen und unter allen Kandidatinnen keine andere Frau für mich dabei gewesen ist, war sie mir das schuldig. Ich wollte dich überraschen«, sprach er weiter, als ich immer noch wie hypnotisiert auf der Stelle verharrte. »Begrüßt man in Österreich so uneingeladene Gäste?« Mit amüsiert hochgezogenen Augenbrauen nickte er zu meiner Hand, in der ich immer noch das Schnittlauchmesser umklammert hielt. Mir stieg die Hitze in die Wangen.

»Nein, also …« Ich lachte kopfschüttelnd auf und legte das Messer beiseite. Es war eine Überraschung, Lars zu sehen. Aber eine gute. Innerlich platzte ich vor Freude und mein Herz blühte auf.

»Haben Eisbären eigentlich blaue Augen?«, fragte ich plötzlich unvermittelt und während sich auf Lars' Gesicht ein breites Grinsen ausbreitete, überbrückte ich den Abstand zwischen uns und schlang meine Arme um ihn.

Ich küsste ihn. Und diesmal war es kein Versehen. Sondern genau das Richtige.

Danksagung

Ich vergesse immer wieder, wie viele Nerven und Tränen mich ein Buch kostet, bis ich wieder bis weit nach Mitternacht an einer Deadline arbeite. Dieses Buch in die Welt zu entlassen, fühlt sich für mich an wie das Ende einer Ära. Seit Jahren arbeite ich daran, hatte immer Spaß an der Geschichte und wollte sie doch noch nicht loslassen.

Die ersten Entwürfe haben vor Ewigkeiten auf Wattpad ihren Anfang gefunden, weshalb ich mich ganz herzlich bei meinen Wattpad-Lesern bedanken möchte.

Genauso ein riesengroßes Dankeschön an die Fredericks Autorengirls Ney, Ebru und Nati. Mit euch gemeinsam zu arbeiten, ist die beste Motivation.

Danke an Sandra, die das Buch wie immer als Erste gelesen hat – ohne deine Ratschläge wäre ich der entscheidungsunfähigste Mensch überhaupt, aber du bist meine Ella, die mir immer weiterhilft.

Danke an meine Eltern, die mir Kakao und Schokolade vorbeibringen, wenn ich in einen Nervenzusammenbruch hineinsteuere, und mich immer unterstützen.

Vielen lieben Dank an meine Lektorin Yvonne und Larissa, Nicole und Kerstin vom wunderbaren Impress-Team.

Bis zum nächsten Buch
Eure Katharina

DIE MACHT DER GEFÜHLE
TAUCH EIN IN ROMANTISCH-FANTASTISCHE GESCHICHTEN.
IM PRES S
#IMPRESSBOOKS
ALLES VON IMPRESS HIER:
IMPRESSBOOKS.DE

FUNKEN SPRÜHENDE SPORTS ROMANCE

Mimi Heeger
SECRET CRUSH. DER STAR DER MANNSCHAFT
ISBN 978-3-551-30259-5
Softcover
Auch als E-Book erhältlich

Die schüchterne Journalistik-Studentin Lauren kann sich wirklich Schöneres vorstellen, als zwei Wochen lang einem arroganten Fußballstar an den Fersen zu hängen. Ausgerechnet sie soll über den berüchtigten Frauenheld Scott Peterson berichten und den verboten gut aussehenden Sportler in der Öffentlichkeit als einen repräsentablen und sympathischen jungen Mann darstellen.

Genovefa Adams
RISKY GAME. KÜSSE AUF DEM EIS
ISBN 978-3-551-30228-1
Softcover
Auch als E-Book erhältlich

Avery liebt die Sonne und Wärme der Südstaaten über alles. Als sie ihr Zuhause und ihre Freundinnen verlassen soll, bricht für sie eine Welt zusammen. Doch Averys neue Heimat hält nicht nur Schnee für sie bereit, sondern auch den charmanten Tyler. Er setzt alles daran, das Geheimnis um seine Identität zu bewahren, und führt Averys Herz dabei mehr und mehr aufs Glatteis.

WWW.IMPRESSBOOKS.DE

Impress

Die Macht der Gefühle

Impress
Ein Imprint der Carlsen Verlag GmbH
Mai 2021

Lektorat: Yvonne Lübben
Umschlagbild: © www.bookcoverstore.com
Umschlaggestaltung: formlabor
Satz und Umsetzung: readbox publishing, Dortmund
ISBN 978-3-551-30366-0
www.impressbooks.de